Research Series on
Modern Chinese Literary
Genealogy

中国现当代文学

主编 / 刘勇 李怡

华文文学谱系与家国想象

沈庆利 / 著

文化艺术出版社
Culture and Art Publishing House

图书在版编目（CIP）数据

华文文学谱系与家国想象 / 沈庆利著. —北京：
文化艺术出版社，2024.9
ISBN 978-7-5039-7616-2

Ⅰ.①华… Ⅱ.①沈… Ⅲ.①华文文学—现代文学—
文学研究—世界 Ⅳ.①I106

中国国家版本馆CIP数据核字（2024）第093959号

华文文学谱系与家国想象

著　　者　沈庆利
责任编辑　贾　茜
责任校对　董　斌
书籍设计　李　响
出版发行　文化艺术出版社
地　　址　北京市东城区东四八条52号（100700）
网　　址　www.caaph.com
电子邮箱　s@caaph.com
电　　话　（010）84057666（总编室）　84057667（办公室）
　　　　　84057696—84057699（发行部）
传　　真　（010）84057660（总编室）　84057670（办公室）
　　　　　84057690（发行部）
经　　销　新华书店
印　　刷　国英印务有限公司
版　　次　2024年9月第1版
印　　次　2024年9月第1次印刷
开　　本　710毫米 × 1000毫米　1/16
印　　张　20
字　　数　300千字
书　　号　ISBN 978-7-5039-7616-2
定　　价　78.00元

“中国现当代文学谱系研究丛书”编委会

“中国现当代文学谱系研究丛书”
总序

1928年，时任清华大学中国文学系主任杨振声发表了题为《新文学的将来》的演说。他在演说中提出——

> 文学是代表国家、民族的情感、思想、生活的内容。史家所记，不过是表面的现象，而文学家却有深入于生活内容的能力。文学家也不但能记述内容，并且能提高情感、思想、生活的内容。如坦特，如托尔斯泰，如歌德，他们都能改造一国的灵魂。所以一个民族的上进或衰落，文学家有很大的权衡。文学家能改变人性，能补天公的缺憾，就今日的中国说，文学家应当提高中国民族的情感、思想、生活，使她日即于光明。

此时距离“文学革命”，仅过去十年时光。作为“五四”一代作家，杨振声在演说中表达的是对于方兴未艾的“新文学”的殷切期待。如今，“新文学”已经走过百年历程。世纪回眸，陈独秀、胡适、鲁迅、周作人等前驱开辟的道路，早就在丰富的实践中成为一种“常识”。“新文学”的历史无负杨振声的嘱托。

当然，从最初的“尝试”走到今天的“常识”，其间的路途并不平坦，更非顺畅。此中既有“新文学”发生与发展本身必须跨越的关卡，也需要面对与“五四”之后的时代风云同频共振带来的挑战。在这一过程中，“新文学”的理想激扬过，也落寞过；曾经作为主流而显赫，也一度成为潜流而边缘；始终坚守自身的价值立场，但也或主动或被动地调整着前进的步伐。不过无论如何，“新文学”还是在百年风云中站稳了脚跟，竖起了旗帜，在“提高中国民族的情感、思想、生活，使她日即于光明”的征程中形成了与传统文化既有联结又有区别的现代文明的“新传统”，与“国家、民族的情感、思想、生活的内容”打成一片。

“新文学”从历史中穿行而来的过程，便是“新文学”的种子落地生根的过程，也是其在观念、制度、风格与气象上不断自我建设的过程。“新文学”从来不是一成不变的，但其内核、本质、意涵与边界却也在探索与辩难中日益明确与积淀。

因此，看待、理解与研究“新文学”，也就内在地要求一种历史的眼光、开放的精神、多元的视野与谱系的方法。而当杨振声演说《新文学的将来》时，他事实上也开启了更为自觉地从事“新文学”研究的传统。1929 年，为落实与杨振声一道确立的“注重新旧文学的贯通与中外文学的融会”的清华国文系建系方向，朱自清开设“中国新文学研究”课程。此举被王瑶先生认为是“最早用历史总结的态度来系统研究新文学的成果”，影响深远。

回溯百年“新文学”研究史，也包括中国现当代文学学科史，正如王瑶先生所言，“如果我们用历史的观点看问题”，朱自清的筚路蓝缕“显示着前驱者开拓的足迹”。而朱自清奠立的“用历史总结的态度来系统研究新文学”的方法，正是现当代文学研究最为重要的学术经验。此后一代又一代学人的前赴后继，便都是在杨振声与朱自清的延长线上展开工作。我们策划“中国现当代文学谱系研究丛书”，也是如此。

当年，朱自清的“中国新文学研究”课程不仅在清华讲授，还曾经到北京师范大学与北平大学女子学院等校开设。而后两者都是今日北京师范大学的前身。“新文学”研究的传统在北师大百年的教育史与学术史上薪火相传，代不乏人。以北师大学人为主体的“中国现当代文学谱系研究丛书”致力于站在新的历史与学术起点上继往开来，守正出新。

丛书中的十卷著作尽管各有关怀，但也有相近的问题意识，那便是都关注“新文学”在“改造一国的灵魂”中发挥的作用，以及在这一过程中对于“新文学”的锻造。“新文学”的核心价值是从“立人”精神出发，追求“改造中国人及其社会”，以建立“人国”，并且寄托对于人类命运的终极关怀。因此，“新文学”确立了以“人的文学”为基础的价值谱系，启蒙、民主、科学、解放是其最为重要的理念。而“新文学”对于“人的解放”的要求又是与国家的独立和富强以及人类一切被压迫民族的解放关联在一起的。所以，“新文学”对于个体的承担不会导向“精致的利己主义”，“感时忧国”的精神也包含了对于民粹主义的反思。“新文学”是一种自信但不自大的文学，是一种稳健但不封闭的文学。开放与交流的“拿来主义”态度是“新文学”的立身之本，与“无穷的远方，无数的人们”的血肉联系则是“新文学”的源头活水。“新文学”是一种真正的“脚踏大地”同时“仰望星空”的文学。对于“新文学”价值谱系的清理，既是一项学术研究的课题，更是一种精神砥砺的需要。

而从“新文学”传统中生长出来的“新文学”研究，同样有其价值谱系。王瑶先生强调，“研究问题要有历史感”。严家炎先生也曾经指出，“中国现代文学史的研究，首先要尊重事实，从历史实际出发”。这是对于学科品质与独立品格的根本保证。历史的态度与谱系的方法是中国现当代文学研究的正道与前路，这是前辈学者留给我们的最为重要的经验。而对于“新文学”研究而言，不仅有价值谱系、知识谱系、方法谱系，更有思想谱系、文化谱系、精神谱系。樊骏先生就注意到，在以王瑶为代表的学科先辈身上，同时兼备“两个精神谱系”：“一是西方传统中的‘普罗米修斯—但丁—浮士德—马克思’，一是中国、东方传统中的‘屈原—鲁迅’。”他们“都是这存在着内在联系的两大精神谱系，在现代中国学术界的自觉的继承人”。钱理群先生认为，“新文学”研究的传统正是“精神传统与学术传统”合而为一的。这也就决定了当我们以历史的态度与谱系的方法研究中国现当代文学时，不仅是在进行学术创造，也是在精神提升。而这显然是与“新文学”的价值立场一致的。我们可喜地看到，这也正是丛书中的各卷作者不约而同的选择。

北京师范大学文学院高度支持丛书的编辑出版。而从《中国现代文学编年史》开始，我们就与文化艺术出版社确立了良好的合作关系。“中国现当代文学谱系研究丛书”作为师大中国现当代文学学科与师大鲁迅研究中心的最新成果，期待得到学界同人的赐教指正。我们也希望有识之士可以和我们一道共同推进中国现当代文学研究的发展与繁荣。

刘勇　李怡　李浴洋

“中国现当代文学谱系研究丛书”编委会

2023年5月20日

目录

第一章　文化中国情怀与华文文学概念谱系

第二章 现代性求索与文化认同纠结

第三章 乡土变迁与乡土中国想象

第五章 北京（南京）书写与中国想象

第一章

文化中国情怀
与华文文学概念谱系

华文文学研究作为一门新兴学科，既有跨地域、跨文化、跨族群、跨民族的流动性、新锐性、全球性等“优势”，又有因身份认同纠结而导致的边缘化倾向。在中国现当代文学等强势学科的“遮蔽”下，其“边缘”地位更为凸显。这一学科的名称由最初的“台港文学”先后经历“台港（澳）暨海外华文文学”“华文文学的大同世界”“世界华文文学”“文化的华文文学”，以及强调语言属性的“华语文学”“跨区域华文文学”“世界汉语文学”“20世纪汉语文学”等不同概念名称的演变。近年来，“华语语系文学”的“震撼登场”和“汉语新文学”的“异军突起”，分别在海内外汉语学术界产生了强烈影响。学界围绕这两个概念的讨论，既折射出海内外两种相异成趣且形成鲜明对照的学术思路及文化心态，又体现了海内外学界彼此呼应和交流的多重可能，同时为华文文学的学科性质和学科命名带来新的思考契机。对华文文学学科名称的演变谱系稍加回顾不难发现，其中绕不开的是“面向”还是“背向”中国的核心命题，即文化认同与政治认同的纠结。所谓“离散”与“在地”、“本土性”与“中国性”等问题的纠葛也与此相关，折射出海内外华人知识分子文化中国情怀的多重面影。

率先在中国台湾地区出现的“文化中国”话语，在某种程度上可视为全球华人文化寻根的产物，同时也是海内外互动与呼应的结晶。它既反映了当代华人知识分子的文化理想和文化担当，更彰显了其确立自身文化身份、寻求精神安顿的内心渴望。一代代炎黄子孙梦寐以求的，始终不脱传统中国与现代中国、文化中国与政治中国、历史中国与当下中国、民族的中国与世界的中国之完整统一。无数华文文学作家通过作品呈现的，也正是这样一个真实可感的“中国梦”。

本章的三节分别探讨了文化中国话语和文化中国情怀的历史流变，以及文化中国情怀下华文文学概念的谱系演变及其相关论争，希望能起到抛砖引玉之效。

第一节　“文化中国”话语与海内外华人文化互动

“文化中国”话语最早出现于20世纪70年代末的中国台湾地区，与1949年后台港两地和中国大陆的长期隔绝，以及近现代中国的历史剧变相关。历经长期的酝酿发酵，台港文人作家的“文化中国”情怀不仅形成了一套体现着华人共同文化心理特征的话语体系，而且与中国大陆社会日益关注的“文化自觉”“文化寻根”等命题互动并“合流”，成为全球华人文化认同的重要符号。海峡两岸暨海内外华人知识分子如何在凝聚共识的基础上构建“现代的文化中国”，理应成为一个亟待完成的“共同志业”。

一、“文化中国”话语与20世纪六七十年代台湾社会

作为固定语词的“文化中国”，最初来自20世纪70年代末一群到中国台湾留学的马来西亚“华侨生”，其中包括后来移居香港并以武侠小说流行于世的温瑞安。20世纪80年代，台湾著名学者傅伟勋出版了《“文化中国”与中国文化》一书，并先后5次以“文化中国与中国文化”为主题赴中国大陆发

表演讲，对当时的中国大陆学界产生了颇具震撼力的影响。此后美国哈佛大学教授杜维明先生自 1990 年开始，先后在美国夏威夷东西方中心、普林斯顿中国学社等西方学术重镇，围绕“文化中国”这一课题进行过数次演讲与讨论，大力宣扬“文化中国”，成为全球华人学者中探讨与宣扬“文化中国”用心最深同时也是理论建树最多的一位。

“文化中国”这一固定语词尽管迟至 20 世纪 70 年代末才正式出现，但当我们稍稍回顾一下历史就不难发现，早在这一概念明确提出之前，海内外华人知识分子就产生了浓烈的类似“文化中国”的心理情怀，并历经长期的酝酿发酵，逐渐形成一套体现着华人共同文化心理特征的话语体系。“文化中国”情怀的产生，其直接动因首先应追溯到 1949 年后台港两地与中国大陆的长期隔绝。1949 年，国民党政权在国共内战中的惨败和迁台，对众多将其奉为正朔并有着深厚传统文化积淀的精英知识分子而言，无疑是一次天崩地裂般的心灵重创。

1958 年元旦，在香港的唐君毅、牟宗三联合徐复观、张君劢共同发表了《为中国文化敬告世界人士宣言》(以下简称《宣言》)，试图探讨并回答当时占全人类近四分之一人口的中国人，如何安顿自己精神和心灵的问题。在他们看来，“这全人类四分之一人口之生命与精神，何处寄托，如何安顿，实际上早已为全人类的共同良心所关切”。而所谓“中国问题”也已转化为世界性问题：“如果中国文化不被了解，中国文化没有将来，则这四分之一的人类之生命与精神，将得不到正当的寄托和安顿；此不仅将招来全人类在现实上的共同祸害，而且全人类之共同良心的负担，将永远无法解除。”[①] 那么全球中国人该如何安顿自己的生命和精神呢？唐、徐等人的回答非常明确：简言之，

---

① 唐君毅：《说中华民族之花果飘零》，台湾三民书局 1974 年版，第 120 页。

就是只有扎根在自己的文化传统中，中国人的生命才能得以安顿，灵魂才能有所寄托。而只有在经过现代化淬炼和转型的中国文化的积极参与，并与其他文化良性互动的前提下，一个多元的体现着“天下一家”的世界文化体系才有可能形成。

以今天的眼光视之，《宣言》的主旨正是要“促使中国文化返本开新，以建立一个现代的文化中国”[①]，唐、徐等人通过这一《宣言》，实际上旗帜鲜明地表明了自己的“文化中国”情怀和立场。而《宣言》发表后，很快在当时全球各地的华人社群中产生了强烈影响，至今仍余音缭绕。

1966 年 11 月，蒋介石政权发起了一场自上而下的“中华文化复兴运动”。在当局的示范和倡导下，对中华文化的守护与眷恋一时蔚然成风，甚至一度形成一种中华传统文化、三民主义主流意识形态与台湾执政当局“三位一体”的时代共识抑或“错觉”。这一运动同时也为东方社会，尤其是中国大陆如何在伴随现代转型中建构自己的文化身份，积累了不少前瞻性的历史经验。20 世纪六七十年代的台湾社会，足以称得上经济发达、文化繁兴，简直就是众多海外华侨向往的“圣地”所在。正如有的论者指出，当时的台北作为一个发达资本主义的都市文化空间，“犹如三〇年代的东京之于日据下受日本教育长大的台湾青年”，抑或“二十世纪初期以来的巴黎之于拉丁美洲的文学青年”一样令人景仰，吸引了包括本章篇首提及的温瑞安等大批海外华侨前来学习。而台北之所以能占据这样的“便宜”，更像是一种历史的偶然或阴错阳差。[②]台湾当局一方面要“复兴传统”，另一方面却不得不依赖美国等西方列强的“保护”。一方面不得不依附于美国等西方列强，另一方面却又从

① 戴琏璋:《中国文化与文化中国》，台湾《鹅湖学志》1998 年第 21 期。

② 参见黄锦树《马华文学与中国性》，台湾麦田出版股份有限公司 2012 年版，第 14 页。

维护自己威权统治的需要出发，排斥来自西方的“民主”“自由”等主流价值观念。当时的整个社会则面临着如何在西化与（中国）传统、自我想象与客观处境之间寻找平衡的文化命题。“二战”后类似半殖民地的文化氛围和教育体制，使得台湾新一代年轻人几乎将美国输出的西方价值观念奉为不二选择，甚至出现了“哈美”“哈日”一类的时尚潮流。

在20世纪六七十年代那样一个经济高速发展和开放、政治却集权且专制的时代，台湾民众发生认同的纠结和自我身份的迷惘无疑是一种必然。而长期被压抑的台湾本土意识和族群矛盾，尤其是特定时代下的台湾省籍冲突，更在威权体制下持续发酵并借着“民主”诉求和“党外运动”的兴起而不时浮出水面。正因如此，当我们重新审视温瑞安等马来西亚华侨生当年到台湾追寻和发现“中国”的种种遭际，难免会产生一种啼笑皆非的感觉。温瑞安原本是怀着对“（文化）中国”的满腔期待来到台湾的，他凭借自己的人格魅力发起组织了名震一时的“神州诗社”，本以为可以在这片“（神州）乐土”上找到渴盼已久的精神家园，并能大展身手、大有作为，然而一不小心却被台湾当局猜忌进而被以莫须有的罪名关进大牢，乃至被“驱逐出境”。这就好比从豪情万丈、痴情满怀的情感巅峰一落千丈，跌入寒冰彻骨的深渊一样，可谓直观而生动地折射出海外华人对“（文化）中国”的幻想与实体之间的巨大落差。然而我们发现温瑞安对“文化中国”的追寻是如此热烈而执着，足以称得上无怨无悔、九死未悔。即使在梦断台湾、被迫流落到当时还属于英国殖民地的香港，他依然通过自己的武侠小说创作尽情幻想和宣泄了那不可抑制的“中国梦”，通过绚丽多姿的文字建构了一个充满传奇色彩的“武侠（内在）中国”形象。温瑞安对“（文化）中国”的追寻和建构（虚构），在众多身在台湾（抑或中国香港、南洋、北美等世界各地）却心系中国的华人作家中颇具代表意义。笔者认为这相当鲜明地印证了唐君毅先生在20

世纪70年代对年轻学子的谆谆告诫："若问中国在哪里？就在诸位的生命里。我们每一人皆可代表中国，毫无惭愧。要说认同，即要先认同于自己个人心中之中国民族，与中国文化生命。"[①] 而著名诗人余光中一再强调的"凡我在处，就是中国"，更可谓是对唐君毅"文化生命里的中国"的自觉回应和积极发挥。

然而时过境迁之后，无论是唐君毅倡导的"文化担当"，还是余光中对故国家园神圣般的"回望"，以及温瑞安对中国青春无悔般的"单相思"，在今天台港社会的很多年轻人那里，似乎都已是明日黄花。难怪不仅有马来西亚华人作家宣称："真正的文化中国是活在我们内心，而不活在世界上的任何角落，任何土地上。"[②] 更有林幸谦等"六字辈"作家要含泪"吐出我的中国"。时代变迁下价值观念的变化如此天翻地覆，究竟是历史发展的一种趋势，还是原地踏步式的轮回交替？抑或是在反感于父辈们不可救药的"文化恋母"或"文化迷情"，而进入貌似清醒的"文化叛逆（逆反）"阶段？

二、"文化中国"情怀与近现代中国历史变迁

如果我们将历史的视野放宽，不难发现"文化中国"话语的产生，抑或海内外华人知识分子逐渐积聚的"文化中国"情怀，又与19世纪中后期到20世纪前期整个现代中国历史的沧桑巨变息息相关。

古老的华夏中国与其说是一个民族，不如说是一种源远流长的文明，而

---

① 唐君毅：《海外中国知识分子对当前时代之态度》，载《说中华民族之花果飘零》，台湾三民书局1974年版，第98页。

② ［马来西亚］刘育龙：《旅台与本土作家跨世纪座谈会会议记录》（上），《星洲日报·星洲文艺》1999年10月23日。

且在中国古人眼中，它还是唯一的文明。现代西方列强对华夏中国的强行接触及其进入，才迫使中国艰难地蜕变为一个现代民族国家，并屈辱地加入西方主导的当今世界体系。在这样一个艰难而痛苦的过程中，知识分子的思想裂变和人格冲突自然十分强烈。众所周知，近现代中国知识分子从第一次鸦片战争后就被迫开始“睁眼看世界”，并对自身的社会文化和历史传统进行反省与革新。一般认为这种自我反省经历了一个从“器物革新”（洋务运动）到“制度革新”（百日维新）再到“文化革新”（五四运动）的发展历程：最初对清帝国修补式的维新运动乃至立宪运动，皆未能起到立竿见影的社会效应并达到人们的预期，于是更为激烈的颠覆式的革命思潮应运而生，迅速上升为不可逆转的时代主潮。辛亥革命的爆发终于瓦解了清政府的统治，并草草结束了几千年的封建专制政体。——无论从何种角度看，这样的变革都不可不谓剧烈和彻底。但在很多启蒙知识分子和激进革命者眼中，这场革命却夹杂了太多的妥协和不彻底。于是又有了以“文化革新”为旗帜的五四新文化运动之爆发，以及陈独秀等人更加振聋发聩的道德革命主张：“伦理的觉悟，为吾人最后觉悟之最后觉悟。”[①] 以反思和批判自身文化传统的改造国民性主张，也一度成为时代的最强音。不仅如此，这种文化启蒙运动还与更加彻底、更加全面的“新革命”主张联系起来，20 世纪 20 年代后期的“北伐战争”和 40 年代的社会主义革命运动，最终能够勇往直前地奏响一路凯歌，虽然个中原因极其复杂，但莫不与当时社会主流思想界的这种革命向往和革命伦理息息相关。一个著名的例子，是左翼作家郭沫若在五四运动高潮时发表的《凤凰涅槃》一诗，以凤凰“集香木而自焚”并复活这一意象，表达了一种“只有旧中国彻底灭亡，新中国才得以诞生”的强烈诉求。诗人将“旧中国”与

① 陈独秀：《吾人最后之觉悟》，《青年杂志》1916 年第 1 卷第 6 号。

“新中国”完全对立起来的观点，应该说体现了众多知识分子对当时中国社会的共同认知。但所谓“新中国”果真能与“旧中国”彻底割裂吗？后来的历史足以证明：伴随大革命而来的不仅有大变革、大翻身和大解放，还有大动荡、大破坏，以及大流离、大恐慌和大分裂。而在激进变革的汹涌思潮中，那种迫不及待地主张全盘西化与他化的观点，在今天看来自然不无草率和幼稚。

然而今天的我们却不能也不应对那些近现代先驱的文化选择过于苛责和诘难，他们经历了太多“天塌地陷”“乾坤颠倒”式的身心裂变，也有着太多民族危亡压力下的茫然失措、紧张窘迫，同时不乏豪情万丈地“改天换地”“开天辟地”和创造新时代的自我体验和想象。置身于社会急剧变迁的历史夹缝中，他们一度发生文化认同与政治认同、历史认同与现实认同、民族认同与政权认同、族群身份认同与社会心理认同之间的矛盾、纠结乃至错乱，同样是在所难免的。与之相应的则是西化与本土、东方与西方、现代与传统、叛逆（革命）与回归，乃至“左”“右”两派意识形态之间的复杂纠结。以激进反传统著称的陈独秀，曾对自己早年激进的文化主张进行了痛彻反省；鲁迅和周作人这一对现代中国文学史上的“双子星座”，也由早年的志同道合发展为中年的兄弟失和，尽管其中涉及一些不足为外人道也的私家隐情，却也堪称文人士大夫之间在道德和价值观念上分道扬镳的生动写照。至于他们后来一个成为伟岸高大的“民族魂”，另一个却一不小心沦落为人人唾弃的汉奸，更折射出现代中国知识分子家国认同的分裂。当今中国大陆的一些鲁迅研究者津津乐道于鲁迅生前对古代中国汉唐气魄的追慕，试图对先前那个被定格了的激进反传统的鲁迅形象进行纠偏和校正。但这不也恰恰揭示出鲁迅在现代启蒙者与传统士大夫这两种角色之间的彷徨游离？而鲁迅通过文字反复书写的那个汉唐气魄，自然也可视为近现代文人建构的“文化中国”的某种先驱性原型了。

另外一些被称为“文化保守主义者”的文人学者，对近现代中国在急剧变迁中的西化和他化倾向则有着特殊的敏感，其内心深处的“文化中国”情怀也更加凸显。早在20世纪10年代，出生于马来西亚并深受西学影响的辜鸿铭，就对“真正的中国”正在消失而痛心疾首（《中国人的精神》）。如果说辜鸿铭的言论主张在民国“新时代”难免给人以守旧、张狂之印象，那么作为现代新儒家创始人之一的梁漱溟对陈独秀等人的谏言，却更能体现出一种难能可贵的历史理性。在他看来，中国（以及印度）与最先步入现代化的西方列强相比，并不仅仅是“不及”，其实还有更多的“不同”：不同的历史演进道路、不同的文化历史观念。而“不同”与“不及”相比，恰恰包含着完全不一样的理性认知和价值判断。值得注意的是梁漱溟对传统中国文化弊病的认知，与陈独秀、鲁迅等“五四”文化先驱并无二致。他认为中国文化不仅“早熟”，更夹杂着“幼稚”“老衰”“暧昧”“消极”等多种劣根性。但尽管如此，梁漱溟依然认定中华民族乃整个人类的一大“奇迹”，因为它是“无比之大”“无比之久”，又是“无比之融合统一”。[①]梁漱溟对陈独秀等人“伦理觉悟”一类主张的反驳，在今天来看的确击中了要害。近年有西方学者如杜赞奇等人，一再强调中国和印度的复线或分叉历史与西方的线性历史观迥然有别，并引起了学术界的巨大反响。其实梁漱溟先生在20世纪20年代就已提出类似观点，当然这也是所谓“国情特殊论”的历史先声，而“国情特殊论”又容易引发人们对东方专制主义传统的辩护，这或许又会成为某种历史性吊诡。

在现代中国文坛上，表现出浓郁的“文化中国”情怀并对建构现代“文

① 参见梁漱溟《中国文化的命运》，中信出版社2010年版，第82页。

化中国”作出了历史性贡献的，还有两位文人值得一提：20世纪30年代的林语堂和40年代的张爱玲。林语堂在五四运动之后，曾有过一段紧紧跟随周氏兄弟，且对传统持激烈批判态度的时期，甚至提出过“彻底欧化”的激进观点。但他早年接受的西学教育背景和长期游学欧美的人生经历，尤其是他那先天性的基督教家庭背景和“两脚踏中西文化”的宏阔视野，却使他比国内其他知识分子更容易突入西方主流文化的精神内核，从而对西方文明有着相对全面和清醒的认识，同时又避免了因一知半解或固守某一文化立场而导致的偏见和偏激。他既没有像自己的福建同乡辜鸿铭那样复古保守，又没有将西方现代文明简单地视为疗治古老中国一切弊端的灵丹妙药。林语堂通过自己的英文著作《生活的艺术》《吾国与吾民》《京华烟云》等作品，以自己充满个性化的想象与虚构，勾勒了一个近乎乌托邦的完美中国形象。这当然掺杂了不少一厢情愿的主观想象成分，甚至不乏迎合西方读者的东方主义“媚俗”倾向。但在他那些看似主观化的虚构和不经意的幽默闲谈中，却常常蕴含着对中国文化“生生不息”之传统的深刻洞察。他对中国国民性的探究，也由周氏兄弟等人单一化的“国民劣根性”批判，转向了对“国民独特性”的客观描述；他笔下的那一幅幅满怀诗意的道家文化图景，可谓与梁漱溟等人建构的“儒家中国”既相异成趣又异曲同工。而从小就生活在租界的张爱玲则站在半中半西的现代化租界立场，以一双冷眼反观半新半旧、半殖民地半封建之中国社会。张爱玲几乎终其一生都在追逐并享受着西方现代物质文明和个人主义理念带来的种种便利和自由，与此同时却又不由自主地频频回望那个让她伤痕累累的旧式家庭及其背后的“老中国”。尤其是她后半生被迫仓皇出逃的人生经历，一方面迫不及待地从现实中国逃离到“新大陆”，另一方面却与美国主流社会格格不入，甚至难以栖身。张爱玲晚年孤独寂寞地“躲”在美国洛杉矶那座无人知晓的公寓内深居简出，依靠品味红楼梦魇而聊度残生。其内心深处的家与国、灵与肉、梦想与现实之间无法排解的矛盾与痛苦，想必只有她本人才能深深体悟。作为现代华文作家的“祖师奶奶”（王德威语），她也在无意之中开创了一个建构“唯美（文化）中国”的博大而庞杂的书写传统，并直接影响了从白先勇到严歌苓等众多海内外华人作家的写作风格。

综上所述，从近现代中国知识分子在激进变革中对复兴古代中国之辉煌历史的想望，到梁漱溟等人对中华文明独特性的体察和认知，以及鲁迅、林语堂、张爱玲等人对古老的华夏中国自觉而不自觉地频频回望；从唐君毅等人宣扬的“文化生命里的中国”，到余光中、白先勇、金庸和温瑞安等众多台港作家苦苦追寻、刻意发掘的“内在中国”，可清晰见出“文化中国”话语谱系的演变轨迹。同时这些文人作家通过各自的回忆和想象，以各种手段打造了一个多棱立体且复杂深邃的“文化中国”形象。如果再进一步追溯一下历史，既然古代中国更多的是一种文明形态，那么所谓“中国”本身就含有一种深厚独特、不言而喻的文化心理内蕴。诚如梁漱溟所说：从秦朝时期的“车同轨”“书同文”，历经汉代数百年的大一统时代，华夏中国就已演变为“世界少有的文化统一大单位”，而且两千多年来的中国就一直延续着这样一个“文化统一的大单位”，因而古代中国“是以天下而兼国家的”。[①]梁先生的观点早已得到西方学者如列文森等人的认同并加以发挥，这无须赘言。

然而过分夸大古代中国的文化属性，在一些学者看来又可能面临瓦解中国历史同一性和地域统一性的危险。针对目前台湾及西方汉学界在古代中国

① 梁漱溟:《中国文化的命运》，中信出版社 2010 年版，第 82—83 页。

历史研究中频频出现的消解或超越中国同一性的学术倾向，大陆历史学者葛兆光就提出了尖锐批评，他质疑这些做法“是否过度放大了民族、宗教、地方历史的差异，或者过度小看了‘中国’尤其是‘汉族中国’的文化同一性?”[①]葛兆光虽然赞同中国古人由于相信天下没有另一个足以与汉族文明相抗衡的文明，因此“相当自信地愿意承认，凡是吻合这种文明的就是‘夏’，而不符合这种文明的则是‘夷’，这个时候，国族的民族因素、空间和边界因素，都相当地薄弱”[②]。他同时也承认古代的儒家学者始终认为“夷夏之别”的重点不在于地域和种族，而主要在于文化与文明的分野，但他在考证大量史料的基础上，又认定这一边界模糊的状况到唐代中叶以后就发生了“根本性的变化”，到宋代时期则实现了更为剧烈的转变，从而使得传统中国的华夷观念和朝贡体制从实际的“策略”已转为“想象的秩序”，“从真正制度上的居高临下，变成想象世界中的自我安慰”；而“过去那种傲慢的天朝大国态度”，也在现实中变成了“实际的对等外交方略”；至于士大夫知识阶层关于天下、中国与四夷的观念，也“从普天之下莫非王土的天下主义”，转化为了“自我想象的民族主义”。[③]应当承认这一论述除了对“民族主义”和“对等外交方略”一类现代西方概念的滥用以外，是大致符合历史的实际状况的。葛兆光提出的“中国”意识在宋朝时期趋向固定的看法，也很难被否定。尽管历史上没有一个王朝政权直接以“中国”为名号，但以“中国”或“中国人”自居的传统却从未中断。正是在这深厚持久的历史传统作用下，辛亥革命后创建的现代中国——“中华民国”，才能够顺应时代的潮流呼之欲出。

---

① 葛兆光:《宅兹中国——重建有关“中国”的历史论述》，中华书局 2011 年版，第 34 页。

② 葛兆光:《宅兹中国——重建有关“中国”的历史论述》，中华书局 2011 年版，第 46 页。

③ 葛兆光:《宅兹中国——重建有关“中国”的历史论述》，中华书局 2011 年版，第 46—47 页。

不过笔者同时认为，古代中国的“天下主义”既然与皇权专制连接在一起，现代中国的“民族主义”则离不开“人民主权”这一核心理念，那么这其实是两种截然不同的国家性质，两者不可混为一谈。而如何在使古代中国向现代中国的转型过程中，一方面剥离其皇权专制主义的阴影，另一方面将“人民主权”真正贯穿其中，并使之与“大一统”的传统理念实现现代意义的有机结合，恐怕才是现代中国之理论（乃至实践）建构的关键问题所在。

三、全球性“文化中国”与海内外文化互动

海内外华人知识分子“文化中国”情怀的隐现及“文化中国”话语的涌现，在某种程度上乃是全球华人“文化寻根”的产物，同时也是海内外文化界互动与呼应的历史结晶。它折射出以当代新儒家为代表的台港暨海外华人知识分子彰显中华民族的自身文化身份，寻求精神安顿和心灵寄托的内心渴望。而“文化中国”的理论构想在20世纪90年代趋于成熟和定型也绝非历史的偶然：离散到世界各地的华人族群数百年来受尽了各种各样的排斥、歧视与压迫，他们与祖国大陆的关联一度被迫中断，不同的社区和社群之间更缺乏联系与整合。长期以来为了各自的生存，他们常常被迫孤军奋战，甚至陷入孤苦无依的可悲境地。诚如杜维明所说，这种状况直到20世纪80年代才有所改变。而这一时期正是中国大陆实行改革开放，社会政治开始步入正轨和理性，海峡两岸也由紧张对抗转向经济共荣、和平发展的“新时代”。尽管此前的30多年（1945—1979），日本国力的重新恢复和以韩国、新加坡、中国台湾、中国香港等地为代表的“亚洲四小龙”的经济腾飞已是举世瞩目，然而同样引人注目的却是中国大陆的

缺席，“外界的敌对态度和自我孤立的政策，使中华人民共和国与工业东亚的崛起大体上互不相关”[①]。从这一意义上讲，中国大陆20世纪70年代末启动的改革开放不仅改变了东亚乃至整个世界的历史方向，更为全球华人社会的互动与整合提供了坚实的现实基础，全球视野下的“文化中国”正是由此应运而生的。

所谓“文化中国”，就是要从“文化的立场”去探讨和建构“中华民族所共同组成的一个文化世界”[②]。正因如此，“文化中国”既是一个全球性的命题，也与本土性息息相关，但它超越了狭隘的地域观念和民族意识，乃至政治上的统合、经济上的纷争等议题。依照杜维明的说法，就是要在“以权力和金钱为论议主题的话语之外，开创一个落实日常生活而又能展现艺术美感、道德关切、宗教情操的公众领域”[③]。从而在倡导不同文明之间的对话、交流与和谐共存的同时，为构建一种新型的全球伦理而做出更大的贡献。笔者在前文已指出，杜教授作为对“文化中国”理论建构贡献最大的一位学者，他对“文化中国”三个“意义世界”的界定与划分，迄今为止依然是海内外学术界对“文化中国”最具权威性和代表性的解说。正是在杜维明等人的积极倡导下，“文化中国”话语体系和理论构想很快在北美、中国台湾和中国香港等华人社会中产生了热烈反响。1993年，香港中文大学就曾举办过一次“文化中国展望：理论与实际学术研讨会”，引发了诸多海内外学者对“文化中国”理论构想进行探讨和展望。1999年，杜教授的《文化中国

---

① 杜维明:《文化中国：以外缘为中心》，载《杜维明文集》(第五卷)，武汉出版社2002年版，第388页。

② 杜维明:《徐复观的儒家精神》，载《杜维明文集》(第五卷)，武汉出版社2002年版，第199页。

③ 杜维明:《徐复观的儒家精神》，载《杜维明文集》(第五卷)，武汉出版社2002年版，第427页。

的认知与关怀》一书在台湾出版，该书荟萃了杜先生多年来对“文化中国”的思考和学术讨论成果，成为迄今为止探讨“文化中国”理论的标志性著作，由此也进一步确立了台湾在全球性“文化中国”的理论发源地和输出地地位。

几乎在“文化中国”理论趋于成熟的同时，它也传入中国大陆并被社会各界接受。笔者发现不仅有众多研究中国哲学的学者频频使用和介绍这一术语，而且它很快进入社会文化乃至政治话语体系的中心，甚至变为民族文化身份自觉的某种象征，以及展示中国文化软实力的重要符号。不仅如此，这一术语在中国大陆也很快走出书斋，进入社会公众的视野，成为令人耳目一新的时尚关键词之一。据笔者所知，已有不少文化公司、社会传媒和影视节目纷纷以“文化中国”命名。然而传媒界、商界和时尚界对“文化中国”的追逐和频繁使用，虽然有助于这一术语的大众普及，却也使得隐藏其后的那些独特深邃的文化哲理内涵被大大地冲淡乃至扭曲了。有感于此，笔者认为很有必要从该概念产生的源头——20世纪六七十年代的台湾语境出发，探讨作为文化符码的“文化中国”之来龙去脉。不仅力求起到些正本溯源的作用，更试图发掘这一文化符码对于未来两岸文学和文化互动可能产生的多重意义。

在中国大陆学人中，最近20年在倡导“文化中国”领域用力最多且影响最大的，莫过于著名社会学家费孝通先生。他虽然与现代新儒家没有直接渊源，其研究领域严格来说也不在人文社会学科范畴之列，甚至没有明确使用过“文化中国”这一术语。然而费先生自20世纪90年代以来，却一直不遗余力地倡导中华民族的文化自觉。在他看来，所谓“文化自觉”，即生活在一定文化中的人对其文化所产生的“自知之明”：“明白它的来历，形成过程，所具的特色和它发展的趋向。”这既不是“文化回归”与复古，更非“全盘西化”或“他化”，而是为了“加强对文化转型的自主能力，取得决定适应新环境、新时代时文化选择的自主地位”。他还强调指出：“只有在认识自己的文化、理解所接触到的多种文化的基础上，才有条件在这个正在形成中的多元文化的世界里确立自己的位置，然后经过自主的适应，和其他文化一起，取长补短，共同建立一个有共同认可的基本秩序和一套各种文化都能和平共处、各抒所长、联手发展的共处守则。”[①] 对于这样一个“文化自觉”的思想历程，费孝通以一句“各美其美，美人之美，美美与共，天下大同”[②] 进行了言简意赅的总结。而稍加比较便可发现，这样一种对现代“文化中国”之内涵的最简洁有力的揭示，不仅与杜维明一再倡导的将“文化中国”建构为跨文明对话与沟通的话语社群不谋而合（简直可以说是同一思想内涵的话语翻版），也使我们很容易联想起孙中山先生当年在《民族主义第六讲》（1924年3月2日）的演讲中一再表达的主张：中国在未来如果真正实现了繁荣富强，“我们不但要恢复民族的地位，还要对世界负一个大责任”。在孙中山看来，中国在恢复了民族主义和民族地位之后，便要以中国传统的“固有的道德和平做基础”，去“统一世界”，建立一个“大同之治”，从而使得“我们民族的真精神”得以发扬光大。[③] 同时坚决不重蹈近代西方列强“灭人国家”的帝国主义老路。而要和其他民族一道，着手建立一个济弱扶倾、同舟共济的国际新秩序，“我们对于弱小民族要扶持它，对于世界列强要抵抗它”[④]。笔者认为，这乃是现代“文化中国”情怀抑或理想的一个最早的“理论（话语）源头”。

---

① 费孝通：《文化与文化自觉》，群言出版社 2010 年版，第 195 页。

② 费孝通：《文化与文化自觉》，群言出版社 2010 年版，第 195 页。

③ 孙中山：《民族主义第六讲》，载《孙中山全集》（第九卷），中华书局 2006 年版，第 253—254 页。

④ 孙中山：《民族主义第六讲》，载《孙中山全集》（第九卷），中华书局 2006 年版，第 253 页。

中国国家主席习近平于2013年6月5日对墨西哥访问时，在墨西哥参议院的演讲中也强调中国和拉丁美洲国家之间要加强文明对话和文化交流，“不仅‘各美其美’，而且‘美人之美，美美与共’，成为不同文明和谐共处、相互促进的典范”[①]。种种迹象表明，中国政府正越来越清醒有力地推动现代“文化中国”的建构。无论是积极倡导的以合作共赢、文明互鉴、对话和平为基础的周边国际秩序，还是“一带一路”构想中的“共商、共建、共享”等理念诉求，甚至习近平主席一再申明的“中国梦既是中国人民追求幸福的梦，也同各国人民追求幸福的梦想相通”[②]等主张，都不难从中管窥到“文化中国”建构的积极推进。而在一些西方主流学者如塞缪尔·亨廷顿等已故政治学家的眼中，“文化中国”的提出和建构则含有明显的中国（华）民族主义倾向。亨廷顿不无偏见地对作为中国软实力的“文化中国”发出了警告：“散居在各地的华人，即具有中国血统的人（以此区别于‘中国人’即生活在中国的人），越来越明确地使用‘文化中国’这一概念来表明他们的共识。20世纪曾是西方众矢之的的中国认同，现在正根据中国文化这一持续要素来被重新阐述。……因此，‘大中华’不仅仅是一个抽象的概念。它是一个迅速发展的文化和经济的现实，并开始变成一个政治的现实。”[③]从理论上讲，作为想象性话语社群的“文化中国”既然能被想象，就有变为现实的可能。更何况“文化中国”之构想的宗旨，乃是要使世界各地的华人社群发展壮大并走向进一步的整合呢？在亨廷顿看来，这很可能对美国主导的西方霸权构成严峻挑战，并导致更加剧烈的文明冲突。从西方中心的角度看，亨廷顿的担忧并非全无

① 习近平：《习近平谈治国理政》，外文出版社2014年版，第312页。

② 习近平：《习近平谈治国理政》，外文出版社2014年版，第64页。

③ ［美］塞缪尔·亨廷顿：《文明的冲突与世界秩序的重建》，周琪、刘绯、张立平、王圆译，新华出版社2002年版，第183页。

道理，不过这是否也可理解为当今世界其实更需要不同文明之间的对话与交流，由此反而更加凸显出建构一个作为“（对话）话语平台”的“文化中国”的必要性和紧迫性呢?

中国为何称为中国?中国人为什么称为中国人?或者“中国”究竟是什么?这些问题在21世纪的今天似乎显得更加严峻和急迫。海峡两岸暨全球华人迄今仍然面临着如何安顿自己的生命与精神的重大问题。正因如此，以今天的眼光重新梳理和反思20世纪六七十年代以来台湾（或香港）社会涌现的“文化中国”话语，及其近现代以来人文知识分子的“文化中国”情怀，和海内外华人作家对“文化中国”的想象性建构，就不应仅仅理解为一种简单的怀旧，更应成为对海峡两岸乃至全球华人知识分子对“当下之要求”的积极回应和自觉担当。文化既包容政治又超越政治。不论古代中国是以文明立国，还是现代中国更像一个“以国家的姿态出现的文明”（白鲁恂语），都反映了“中国”超乎寻常的文化凝聚力量。中华文化代代相传的持久性和令人惊异的统一性是不可分割的，无论是梁漱溟等现代中国学人，还是西方学者如白鲁恂等，都对此有着清醒的洞察。这无疑对古代中国顺利转型为现代意义的民族国家至关重要。民族认同也可视为个人自我认同的重要内容，若生活在不能认同的文化类型中，往往会产生自我认同的痛苦，从而造成与他人和社会之间的严重疏离与异化。[①] 近年来西方社会频频发生自杀式恐怖袭击事件，那些恐怖主义者往往是为生活所迫而移民到西方国家，却无法融入主流社会，无法认同自己所在社会的信仰、价值观念一类的“边缘人”。此可谓是文化认同与民族认同、个人认同与国家认同无法统一，乃至走向紧张对立后失智失

① 参见李瑞全《中国文化价值中的民族与文化并立的意义》，台湾《鹅湖月刊》2014年第471期。

常，甚至失去人性的极端案例。相对而言，现代中国历史变迁中也曾一再出现激进、冒进主义思潮，与唐君毅等人在20世纪中期一再指出的文化与民族的建构未能实现真正意义的统一，以及由此造成的文化政治的“跛脚”不无关系。

从某种程度上体现着中国文化政治和文化心理之奥秘的“文化中国”，无疑是联结历史与未来、海内与海外的一个重要纽带。如果说古代的华夏文明作为共同的人类创造和人类遗产已超出某一民族与国家的界限，成了“天下一统”的义理根据，那么经过创造性转化的现代意义上的“文化中国”，更可成为未来“大同世界”和构建人类命运共同体的重要理论基石。唐君毅先生当年甚至主张“大家不必太看重身份证上的白纸黑字，与西方的国籍法”，因为“历史的意义，比地理的意义，当然深厚重大得多”①，当然也可认为是从如何返本开新，建构起全球性的“现代的文化中国”这一历史命题所做的发挥。古往今来，文化都是实现民族沟通与民族融合的最自然和平的方式，“孔子的创见是明确地以文化来衡量种族间的差异，以文化消弭民族之间的区别性以至敌对性”②。笔者完全同意并赞赏这样的观点：如果这样一个“现代的文化中国”得以真正建立起来，如果我们每一个人都能实现政治认同与文化认同、历史认同与现实认同，乃至家国认同的有机统一，那么不仅普通个人不再被自己安身立命的纠结困惑，同时整个中国社会也能够长治久安。

---

① 唐君毅:《海外中国知识分子对当前时代之态度》，载《说中华民族之花果飘零》，台湾三民书局1974年版，第87页。

② 李瑞全:《中国文化价值中的民族与文化并立的意义》，台湾《鹅湖月刊》2014年第471期。

第二节 海内外贯通下的华文文学概念谱系

一、“海内外”互动：从“台港文学”到“世界华文文学”

台港澳暨海外华文文学学科如何与中国的“内地文学”研究融会贯通起来，一直是困扰学术批评界的重要问题。“台港澳暨海外华文文学”的前身是“台港文学”。20世纪70年代末80年代初，随着中国大陆的改革开放，香港和台湾文学被大陆学界“重新发现”，一个新型的研究学科也随之出现。[①]学科最初被命名为“港台文学”或“台港文学”，后来随着研究的深入，人们越来越发现在台湾和香港文学中“似乎存在着一个开放的‘特区’”，“属于这一‘特区’中的作家同时兼具两种身份”：一方面包括大批台湾、香港旅居国外或入籍所在居住国的华人作家；另一方面有不少从国外来到中国台湾香港地区或留学或定居，深度参与台湾、香港文学建构的海外作家。前者如白先勇、於梨华、聂华苓、郑愁予、陈若曦、王鼎钧等，后者则有王润华、温瑞安、黄锦树、林幸谦等知名作家。他们已然成为台湾文学（香港文学）不可或缺的组成部分，同时也是“外国华文文学”的重要力量乃至主干成员。[②]正是台港文学与外国华文（人）文学之间这种特殊的“输出”与“输入”关系，决定了台港文学复杂而独特的“特区”性质，于是“台港暨海外华文文学”之概念脱颖而出并很快获得学界认可：1982年，暨南大学首次召开关于台湾和

① 澳门文学的情况与台港文学类似，限于篇幅不再单独强调列出。

② 参见刘俊《跨区域跨文化的华文文学研究》，《江苏社会科学》2004年第4期。

香港文学的学术研讨会，会议名称确定为“首届台湾香港文学学术研讨会”；1986年，在深圳召开的第三届台港文学学术研讨会，会议名称更改为“全国台港与海外华文文学学术研讨会”，此前（1984）汕头大学则成立了“台港及海外华文文学研究中心”，并创办了《华文文学》杂志。[①] 迄今为止，“台港（澳）暨海外华文文学”依然是最具可行性和科学性的学科概念，虽然这一概念略显冗长且因其“特区”性质而使得“台港文学”与“海外华文文学”之间的边界显得模糊不清，令这一概念“遭遇到极大的挑战”[②]。但此后海内外学界不断提出的新概念，如“世界华文文学”“跨区域华文文学”“世界汉语文学”“华语语系文学”“汉语新文学”等均无法将其完全取代，足以显示该概念不可抑制的旺盛生命力。

从“台港（澳）暨海外华文文学”向“世界华文文学”的过渡，首先由海外华人作家和学者发起，内地学界随之附和响应，海内外学界很快达成共识。1985年春，德国汉学家马汉茂（Helmut Martin）教授到美国威斯康星大学东亚系讲学，与当时也在该校任教的美籍华人学者刘绍铭一起，商议筹办了一次“国际性的现代中国文学会议”，其目的不仅要“把台湾文学和大陆文学相提并论”，而且还把“中国香港、马来西亚、新加坡和菲律宾等地的华文作家，一并列入节目表内作为现代中国文学一个流派（不是支流）”加以讨论。这次会议的英文题目为“The Commonwealth of Modern Chinese Literature”，但中文名称的翻译却颇费周折。刘绍铭自称从事翻译工作多年，

① 参见刘俊《跨区域跨文化的华文文学研究》，《江苏社会科学》2004年第4期。本书的完成借鉴吸取了刘俊、朱寿桐等学界前辈同人的研究成果，在此特别致谢。

② 刘俊：《跨区域跨文化的华文文学研究》，《江苏社会科学》2004年第4期。

“这次却给自己出的题目难倒：不知怎么翻成贴切的中文。”[①]因为英文中的“commonwealth”一词具有“政治实体”与“联邦”一类的含义，如直译为“联邦”显然既不符合会议发起者的意图，又很难为广大华人读者所接受。刘先生将其译为“灵根自植”，乃取“commonwealth”一词的引申意义，是说流落到海外的华人作家虽然不时有“花果飘零”之感，但“如果不因水土不服而枯萎，日后也会自成花果”[②]。可见当时的刘先生只是意识到了华文文学“自成花果”的特点，还没有产生被后来的学者们反复强调的“世界性”意识；会后有学者提出一个非常贴切的中文译名——“中国文学的大同世界”，才首次以“世界”一类字眼修饰“华文文学”，而“世界华文文学”概念的雏形已隐现其中。

沿着“消解中国（大陆）文学中心”的思路继续前进，便有了1988年在新加坡召开的“东南亚华文文学：第二届华文文学大同世界国际会议”。正是在这次会议上，美籍华人学者周策纵教授提出了世界范围内的华文文学应具有“多元文学中心”（multiple literary centers）之观点，新加坡学者王润华先生更对此做了深入细致的阐发：“华文文学，本来只有一个中心，那就是中国。可是自从华人移居海外，而且建立起自己的文化与文学，自然会形成另一个华文文学中心……因此，我们今天需要从多元文学中心的观念来看世界华文文学，需承认世界上有不少的华文文学中心。”[③]应该说这种兼具“世界

① 刘绍铭：《灵根自植——写在现代中国文学大会之前》，载《世界中文小说选》附录一，台湾时报出版社1987年版，第892页。

② 刘绍铭：《灵根自植——写在现代中国文学大会之前》，载《世界中文小说选》附录一，台湾时报出版社1987年版，第892页。

③ 王润华：《从中国文学传统到海外本土文学传统——论世界华文文学的形成》，载第五届台湾香港澳门暨海外华文文学国际学术研讨会、广东省社会科学院文学研究所选编《台湾香港澳门暨海外华文文学论文选》，海峡文艺出版社1993年版，第16页。

性”眼光和“多元化”理论的观点，的确有吸引力和说服力，它首先被传播到台湾岛内，并激起了岛内作家与学者的强烈共鸣，“华文文学”之概念从此完全超出了“中国文学”的范畴。4 年后，即 1992 年 11 月，在台北举办了“世界华文作家协会第一届大会”，据说有来自世界各地的 150 多位华文作家参加，可谓真正意义上的声势浩大，影响自然也非同一般。本次会议的最大成果，就是“世界华文文学”名称的正式确立。

海外暨台港学者们的主张很快得到内地学界的积极回应，次年即 1993 年，内地学界在庐山召开的第六届台港澳海外华文文学国际研讨会也顺其自然地更名为“世界华文文学国际研讨会”。自 1982 年在暨南大学举办首届台湾香港文学学术研讨会算起，此类学术研讨会已先后在深圳、厦门、上海、广州等地举办了五届，名称不断延展变迁，直到这一次才最终确定下来，此后未发生更改。而在此次会议上，内地的“台港澳暨海外华文文学学会”也更名为“中国世界华文文学学会”。

依照笔者之陋见，“世界华文文学”之所以迅速获得海内外华文文学作家和研究者们的普遍认可，很大程度上得之于“世界”这一概念本身所蕴含的强大魅力。只不过内地学者和作家们注重的是中国文化、中国文学如何“走向世界”，台港暨海外华人作家及学者们更为看重的则是“世界”自身的超国家、超民族内涵，以及“世界”观念对“中国文学中心”观念的破解。

相比于“台港澳暨海外华文文学”，“世界华文文学”的确宏大响亮了许多。但随之而来的问题是：“世界”是否包括中国？“世界华文文学”是否应包括中国现当代文学？在台港暨海外学者们看来，这是不言而喻的事情。然而内地学者却采取了折中的态度，当然也可以说极为巧妙地将“世界华文文学”分为“广义”和“狭义”两种：广义的“世界华文文学”指包括中国大陆在内的“全世界”的华文文学；狭义的“世界华文文学”则特指中国大陆以外的含港、澳、台暨海外华文文学的总称。在笔者看来，这在客观上已对台港暨海外学者们提出的“华文文学的大同世界”主张产生了某种程度的消解作用。但对“世界”的偏好却使华文文学的“世界性”成为海内外华文文学研究界达成共识的基础，尽管其中夹杂着或明或暗的角力、妥协和折中。

几乎从“海外华文文学”这一名称诞生之日起，一些被纳入“海外华文文学”之列的作家就曾反复表达不解和不满。很多海外华人作家坚定地认为自己的作品充满“中国意识”，不应被排除在“中国文学”之外；即使那些认定自己为“中国之外”的华人作家，也对“海外华文文学”之概念表示质疑，认为这一名称折射出一种“中国文学中心论”。[①] 就汉语语境而言，“海外”一词在历史上的确带有某种歧视性的文化意味[②]，但这一意味在现代中国社会早已荡然无存。然而将“海外”与“国外”完全等同并不符合中国文化传统的逻辑。“海外”与“国外”的意义日趋接近并等同起来，不过是最近30多年中国社会受西方影响的结果。

与之相应的是国内学界越来越形成一种不容置疑的定见：一个作家一旦被称为“海外（华人）作家”，就不能再从属于“中国作家”之列；“海外华文文学不能进入中国（现当代）文学史”的主张也获得了广泛且一致的认同。在这种观点看来，若华人作家已成为外国公民，就绝对没有理由再将其创作纳入中国文学之内，“这不是华裔作家本人愿不愿意的问题，而是会引起

---

① 早在1986年，新加坡学者杨松年先生在出席深圳大学举办的“第三届全国台港与海外华文文学学术讨论会”时，就针对“海外华文文学”明确提出了反对意见。

② 《尔雅·释地》中有“九夷、八狄、七戎、六蛮，谓之四海”的说法，那时的“四海”不仅包括“中国”，还囊括了“夷”“狄”“戎”“蛮”等中国以外的地方，几乎涵盖了古人视野所及的整个世界。照此逻辑推断下去，“海外”则指的是比“夷”“蛮”等荒远之地还要偏僻遥远的“世界之外”了。

争议的国际政治问题”[①]。该论点由著名学者陈国恩先生提出，影响深远并附议颇多。但笔者却怀疑这种以单一化、绝对化的国别主体认同切入文学批评领域的做法是否合理且可行？笔者完全赞同陈先生对新加坡、马来西亚等东南亚华文文学已由曾经的“侨民文学”演变为“独立发展的马华文学”之判断，也赞成这些国家的华人作家在国家认同上已经与中国人不同，“他们与中国的联系只是一种文化上的联系和与父母兄弟姐妹的亲情联系”[②]，但同时认为现代民族国家公民的政治认同与其文化心理认同是一个多元一体、复杂多棱的系统。在文化和政治、文学与政治之间是否考虑保留一个相对模糊的“边缘地带”？即使是在社会政治领域，如此一清二楚也是难以做到的。而白先勇、聂华苓等海外华人作家即使已经入籍他国，难道就一定要把他们“开除”于中国文学之外？“从理论上说，汤亭亭、谭恩美的创作应该归于美国文学，程抱一的创作应该归入法国文学，这也是不错的。但在事实上不是这样来理解。米兰·昆德拉尽管用法语创作，人们习惯上还是认为他是捷克作家。”[③]新加坡、马来西亚等东南亚地区的华人作家和华文文学状况自有其特殊的社会历史缘由和现实国情，我们应充分尊重并考量其主观意愿，但对于北美、欧洲和大洋洲等大多数地区的华人作家及其创作而言，或应采取不同的选择和策略。作家的文学创作与其政治归属，在不引发国际政治冲突的前提下大可不必“上纲上线”。

另外一个不可忽略的因素，是当今世界很多国家都承认公民的双重国籍

① 陈国恩:《海外华文文学不能进入中国现当代文学史》,《中国现代文学研究丛刊》2010年第1期。

② 陈国恩:《海外华文文学不能进入中国现当代文学史》,《中国现代文学研究丛刊》2010年第1期。

③ 陈思和:《学科命名的方式与意义——关于“跨区域华文文学”之我见》,《江苏社会科学》2004年第4期。

身份。众所周知在当今世界，既是美国人又是英国人，既是英国人又是法国人或德国人、比利时人的现象比比皆是。世界文坛的许多著名作家生前都曾拥有双重国籍身份；由于特殊的历史原因和现实国情，中国政府自20世纪50年代起果断放弃了双重国籍政策，而且迄今依然施行严格的单一国籍基本国策。无论是从国际历史背景还是现实国情来考量，这一决策都有充分的理由而且是绝对正确的。但笔者认为国籍身份的单一性并不意味着在文化心理认同上也必须做出如此斩钉截铁且单一化的非此即彼的“敌对化”界定。大多数情况下，一个国家的公民是可以既爱自己所在的国家，同时又深深眷恋着自己文化心理的“祖国”或“母国”的；如同一个人既爱自己的父亲也爱自己的母亲，将所在国家公民的“爱国”情感与男女之间排他性的爱情相提并论并不可取。可以想见的是随着全球化的日渐深入和全球性流动人员的增加，“一家两国”乃至“多国”现象会越来越常见，他们将是维护世界和平，避免国与国之间的政治关系走向极端对立的重要力量。

基于同样的理由，笔者认为中国学者对台港暨海外华文文学的研究，在涉及重大政治原则和民族立场底线问题时绝对不能含糊。例如，中国台港地区的文学属于中国（现当代）文学不可分割的一部分，理应成为我们的文化心理共识。尤其是在当今“台独”与“港独”势力愈演愈烈、“甚嚣尘上”的时代，更应旗帜鲜明地宣示自己的文化政治立场，坚决同与任何分离主义扭结的主张做斗争。但除此之外，涉及不同国别的华文文学暨华人作家作品，笔者认为大可不必固守于非此即彼的敌我思维模式而顽固不化。

二、“华语语系文学”的“偏锋”

汉语学术界的“华语语系文学”概念，最初来自对英文词组“sinophone

literature”的翻译，而“sinophone literature”又是模仿“英语语系文学”“法语语系文学”“葡语语系文学”等词汇产生的一个新语词。英文中的“anglophone”一词由“anglo”和“phone”两部分构成。“anglo”很好理解，就是指盎格鲁－撒克逊血统的英美人；“phone”的语言意义一般指一种语音类型，但与语言学领域的“langue”有本质不同：“langue”既可指语音也可指文字，“phone”则仅指声音或语音，构不成语言文字，更与“体系”无关，反倒更接近汉语里的“方言”等概念；“phone”还可指发出语言的装置（如电话）或讲同一种语言的人。“anglophone”即是后一种意义的具体应用，是对所有能熟练讲英语的非英（美）国人的统称。它可以翻译成“英语语风”“英语语脉”，实在不行还可翻译为“英语语族”，以区别于语言学领域早有定论且已被学界公认的“语系”概念。——也许翻译者们会反驳说，“anglophone”指称的“语系”并非语言学领域严格意义上的“语系”，他们甚至可以提出“大语系”“小语系”等不同概念。但诸如此类的说法，在笔者看来简直如同此“妻子”非彼“妻子”一样，乃是一种毫无逻辑的“无理取闹”。

如果说“anglophone”可以理解为“盎格鲁（撒克逊）的声音”，“sinophone”完全可直译为“（来自）华夏的声音”。最早把“sinophone”引进汉语学术界的华人学者陈鹏翔先生将其翻译为“华语风”其实是很有道理的，与英文原意颇为神似。[①]马来西亚华人学者张锦忠认为该词更应翻译为“华夷风”，意味着“声音、风向、风潮、风物、风势，总在华夷之间来回摆荡”[②]。对“华语语系文学”积极鼓吹的王德威先生虽然对此表示赞赏，却显然难以舍弃多年来为“华语语系”理论创新付出的努力。既然在他看来，被学界普

① 参见刘俊《“华语语系文学”的生成、发展与批判——以史书美、王德威为中心》，《文艺研究》2015年第11期。

② 王德威：《华夷风起：马来西亚与华语语系文学》，《世界华文文学论坛》2016年第1期。

遍接受的“海外华文文学”“世界华文文学”等概念都蕴含着相对于中国文学的“中央与边缘，正统与延异”之间的“对比”，并已构成“不言自明的隐喻”[①]，那么“华”“夷”一类传统语汇包含着更为鲜明的层级观念和歧视意味，当然就是更应该被“扬弃”的了。

依照严格意义上的学理视角对“华语语系文学”稍加探析，便可发现这一概念实难成立。对此香港学者黄维梁教授多年前已有明确论述，在他看来，将“语系”套用在“华语（文）文学”之上的做法实乃明显“用词不当”：全球范围内的语系仅有汉藏语系、印欧语系等十几个，汉语属于汉藏语系（Sino-Tibetan language family）的一支，它虽然包括吴、湘、粤、闽南等不同地域的方言，但它只是一种语言，严格地说属于一种“语种”，很难称为“语系”。[②]黄维梁教授担心“华语语系”的“语系”一词容易使人产生汉语这一语种乃是“一个巴比塔（Tower of Babel）般的语言大家庭”之误解，笔者却认为这正是史书美等“华语语系”（文学）倡导者们刻意追求的效果。

遗憾的是黄维梁先生的观点没有引起国内学术界的足够关注，相反海峡两岸学界几乎随着“华语语系文学”概念的输入闻风而动，赞赏者认为该概念的提出“试图跳出中心与边缘、异乡与原乡、自我与他者的二元对立模式”，为华文文学研究开创了“崭新的话语空间”[③]；批评者则直斥史书美的“华语语系”建构不过是“关起门来自己过家家的短命操作”，其“反离散”论述更会导致一种“对抗性贫血”[④]；大多数学者采取的则是一分为二的折中态

① 王德威：《华夷风起：马来西亚与华语语系文学》，《世界华文文学论坛》2016年第1期。

② 参见黄维梁《学科正名论："华语语系文学"与"汉语新文学"》，《福建论坛（人文社会科学版）》2013年第1期。

③ 李凤亮、胡平：《"华语语系文学"与"世界华文文学"：一个待解的问题》，《文艺理论研究》2013年第1期。

④ 朱崇科：《再论华语语系（文学）话语》，《扬子江评论》2014年第1期。

度，既承认“华语语系”带来的理论冲击力，又指出其缺陷和困境。由此一来，“华语语系文学”更像是一个“文学和意识形态交锋的话语‘场’”[①]。该话语场域轮番上演的，依然是华人文化圈讨论已久的边缘与中心、离散与在地之类的老话题；“华语语系文学”只是为这些老话题预设了一个新场域。然而新场域之“新”，却寄托在“语系”一词的借用、滥用甚至可以说误用的前提基础上，不能不令人感到有些悲哀。

可惜中国大陆一些学者却对此普遍缺乏清醒认知，一脚踏进由“华语语系”建构的话语场域却浑然不觉。[②] 众所周知语言尤其是通用语言（国语）的建构和使用，与现代民族国家的密切关系是怎么估计都不过分的。“同一个民族，同一个国家”与“同一个民族，同一种语言”相辅相成，成为建构和维护现代民族国家的基本手段。美国学者本尼迪克特·安德森在其著作《想象的共同体——民族主义的起源与散布》一书中回顾西方民族主义的出现时，就发现了一个显而易见的历史事实：“尽管今天几乎所有自认的（self-conceived）民族——与民族国家——都拥有‘民族的印刷语言’，但是却有很多民族使用同一种语言，并且，在其他的一些民族中只有一小部分人在会话或书面上‘使用’民族的语言。”[③] 前者包括美国、加拿大等美洲国家，后者则有众多曾经被西方列强殖民的非洲国家。中国的情况与美、英、加等国相

---

① 刘俊：《“华语语系文学”的生成、发展与批判——以史书美、王德威为中心》，《文艺研究》2015 年第 11 期。

② 有意思的是史书美为了论证自己提出的“华语语系”概念的“合理性”，竟然轻描淡写地创造出一个“汉藏语系语言群”之概念，完全置早已在学界达成共识且约定俗成的“汉藏语系”（Sino-Tibetan language family）而不顾。参见史书美《反离散：华语语系研究论》，台湾联经出版事业股份有限公司 2017 年版，第 19 页。

③ ［美］本尼迪克特·安德森：《想象的共同体——民族主义的起源与散布》，吴叡人译，上海人民出版社 2016 年版，第 45 页。

似，既然汉族在华夏民族构成中占据人口的绝大多数，汉文化传统是构成中华文化的主流传统，其普通话在现代中国这样一个（多）民族国家中享有独一无二的官方语言地位，如同代表盎格鲁－撒克逊传统的英语在美国社会占据的主导地位一样，其垄断性在所难免。另一个“反面”的例子是现今的印度，分布于该国众多的族群和族裔，以及伴随严重等级观念而造成的不同族群和部落之间的重重壁垒，是造成整个国家社会凝聚力削弱的重要原因。除英语外，印地语虽然也是这个国家的官方语言，但目前在印度使用该语言的人口只有30%左右，不能不说对于维护印度的文化统一发挥的作用有限。

为了突出“华语语系”的所谓“多语性”，史书美提出中国境内几乎存在“四百种”“藏缅语系语言”，其中的“汉语系”则至少包括“八个语言群与许多子群”的说法，并宣称“所谓的方言完全可视为不同的语言”。[①] 她在此连串使用了“语系”“语言”和“语言群”等概念，却不加界定和说明，汉语竟然在她这里成了“汉语系”，简直是在故意混淆概念。

三、“汉语新文学”的“雄心”

“汉语新文学”的提出，差不多与“华语语系文学”同时（2004），相对于“华语语系文学”造成的学术冲击和论争过程中的众声喧哗，“汉语新文学”概念似乎一直有些不温不火，然而它带给我们的学术启示却更为丰富，甚至更富深层意味。无论从何种角度看，“汉语新文学”概念的提出都更像是

---

① 史书美：《反离散：华语语系研究论》，台湾联经出版事业股份有限公司2017年版，第19—20页。

以理论建构的方式，针对“华语语系文学”提出的迄今为止最有力的反驳和抗争。

自2004年在《东南学术》杂志发表《另起新概念：试说“汉语文学”》一文起，朱寿桐一直致力于“汉语新文学”的倡导和建构。2010年，由他担纲主编、集结众多学人撰著的《汉语新文学通史》，堪称将“汉语新文学”观念运用于文学史写作的极富挑战性的一次可贵实践；2011年，《“汉语新文学”倡言》一书出版，荟萃了作者对“汉语新文学”的主要理论构想及其在学界引起的反响；2018年出版的新著《汉语新文学通论》，则堪谓“汉语新文学”的集大成之论。“汉语新文学”概念的提出，至少与海内外华文文学研究界的两大思潮相关：其一是内地学界自20世纪80年代开启的“重写文学史”运动及其对“中国现代文学”“中国当代文学”一类学科概念的反思；其二是台港暨海外华文文学研究界试图打破“海外”与“海内”之间的复杂纠葛，以“文化同一性”建构“华文文学的大同世界”的学术理想和实践。大陆学界目前普遍通行的中国现当代文学这一学科概念，系由中国现代文学和中国当代文学组合而成。中国现代文学的前身乃中国新文学之说，中国新文学又是在“五四”新文学基础上加以延伸和拓展形成的：从五四新文化运动中诞生的新文学很快发展为现代中国文学的主潮。不仅“五四”新文学的倡导者和实践者如鲁迅、胡适等人逐渐认可了中国新文学的说法，1935年出版的《中国新文学大系》更在集中展示新文学辉煌成就的同时，使这一概念为普通大众所耳熟能详并获得广泛认同。然而差不多与此同时，“就产生了以‘中国现代文学’这一后被证明更易于被人接受的概念取代原有‘中国新文学’概念的学术尝试”[①]。至20世纪50年代，在社会心理和政治意识形态的共

① 朱寿桐：《汉语新文学通论》，生活·读书·新知三联书店2018年版，第32页。

同作用下，中国现代文学逐渐取代中国新文学而在海内外学界形成难以撼动的绝对优势。新中国成立以后的“新中国文学”，则被冠以“中国当代文学”的名称，“成为更具时代活力和影响力的批评概念和学科命题”[①]。

在朱寿桐看来，作为“拼凑”型的“中国现当代文学”概念所体现的“某种抽稚与不严密”是显而易见的：首先它与现代中国多民族和多种语言文学的实际状况不完全相符——所谓“中国”现当代文学的研究范围事实上并未脱离“汉语新文学”；其次，中国现当代文学也难以理直气壮地对流散到世界各地的海外华文文学进行囊括和整合。应当承认朱寿桐对中国现当代文学之概念的批判和省思是敏锐的。而早在 1985 年，钱理群、陈平原、黄子平等学者就试图以“二十世纪中国文学”打通约定俗成的“近代、现代、当代”区隔，从而“把文学自身发生发展的阶段完整性作为研究的主要对象”[②]。陈思和则提出“中国新文学整体观”，主张打破因政治而设立的文学史发展的界限，“从宏观的角度上把握其内在的精神和发展规律”[③]。《上海文论》在 1988 年更开辟了“重写文学史”专栏，对既有文学史叙述模式进行全方位反思，试图改变“长期以来支配我们文学史研究的一种流行观点，即那种仅仅以庸俗社会学和狭隘的而非广义的政治标准来衡量一切文学现象，并以此来代替或排斥艺术审美评论的史论观”[④]。此后学界涌现的大量现当代文学史和 20 世纪中国文学史论著，基本都是沿着这一思路相继展开的。

在对海内外华文文学的整合过程中，学者们同样延续了 80 年代“重写文学史”的思路，以整体性的宏观视角把握海内外华文文学的多元脉络。如

① 朱寿桐：《汉语新文学通论》，生活 · 读书 · 新知三联书店 2018 年版，第 33 页。

② 黄子平、陈平原、钱理群：《论“二十世纪中国文学”》，《文学评论》1985 年第 5 期。

③ 陈思和：《中国新文学整体观》，上海文艺出版社 1987 年版，第 35 页。

④ 陈思和、王晓明：《主持人的话》，《上海文论》1989 年第 5 期。

黄万华提出的“20世纪华文文学”和“20世纪汉语文学”观念；刘登翰基于“分流与整合”脉络而提出的“二十世纪中国文学的整体视野”，以及周宁在“世界华文文学一体化”基础上提出的“文学中华”论述等。尽管从文学发生学角度看，20世纪的台港澳暨海外华文文学乃中华文化“花果飘零”的历史结晶，然而无论是中国现（当）代文学还是20世纪中国文学等概念，当面对“海外”这一异己空间时，却有某种程度的分裂，进而阻隔了华文文学的整体性建构。而“当炎黄子孙无法共同认同于一种政体、一个权力集团，而互相间的血缘亲情又无法割舍时，中国性和中华性之间的转换就是自然的了”[①]。

依照朱寿桐教授所言，“汉语新文学”中的“汉语”只是一个标明语言种属特性的概念。此外，“汉语新文学”还清晰地揭示出华人作家所承继的“（五四）新文学”传统特征。从散播于全球各地的华文文学共同使用的现代汉语这一语种属性出发，试图彰显全球各地华文文学的语言本体特征和文化心理共性，其中所蕴含的世界性面向以及统合海内外的学术张力，的确比其他概念超出许多。

“汉语新文学”意在以汉语的语种属性突破区隔和分裂，同时又强调了五四新文化运动以来新文学传统的文化历史意义和价值表述。朱寿桐以“汉语新文学”整合全球范围内不同区域、不同民族的华人作家创作，建构“世界汉语文学”整体性版图之雄心，在强调“汉语新文学”的“世界性取向”时表述得更为充分——只有在汉语新文学的意义上才能更自然地发现，更科学地认知我们的文学之于世界文学的价值。汉语新文学是中国文学具备世界性

① 黄万华：《变动不居：20世纪华文文学的文化态势》，《铁道师院学报》1999年第5期。

意识的学术标志。[①] 不过这一愿景能否获得海内外汉语学界的普遍响应，笔者尚不得而知。

综上所述，尽管特殊的历史传统和复杂的社会文化背景决定了无论是“华语语系文学”还是“汉语新文学”概念，其适用范围和行旅实践都具有一定的有限性，但笔者还是希望它们能走得远一些，再远一些！尤其是“汉语新文学”之概念，理应受到更多的关注和讨论。这不仅是由于台港暨海外华文文学研究近几十年来一直难以摆脱由海外学人引领学界潮流的宿命，内地学界除了随风而动之外，似乎一直缺乏原创性的理论构想。“汉语新文学”由出身于内地学界、带有祖国“本土”色彩的学者朱寿桐教授提出，不能不说是对这一学术惯例的突破。更因为“汉语新文学”这一概念所蕴含的求真求实、穷根究底的科学理性思维，对于当今海内外华人文化界尤显珍贵：如果说文学创作离不开自由奔放的想象和源源不断的情感喷涌，文学研究则应朝着理性化、科学化和规范化的学术道路不断拓进。

第三节　文化中国情怀下的华文文学观念论争

一、论争中的两个理论问题

综观不同华文文学观念之间的论争，背后折射出的乃是海内外华人知识

① 参见朱寿桐《绪论　汉语新文学概念建构的理论优势与实践价值》，载朱寿桐主编《汉语新文学通史》（上卷），广东人民出版社 2010 年版。

分子文化中国情怀多重而深层的复杂面影。无论是“华文文学的大同世界”还是多年前由内地学者提出的“文化的华文文学”，以及所谓中华文化在海外散播中的“花果飘零”“灵根自植”之自我表露，背后都折射出对古老文化中国的共同体认，并展现出华人文化身份的一致认同和自觉担当，直到史书美以“华语语系文学”概念，试图解构“华人离散诗学”及其背后的文化中国话语体系。史书美的“华语语系文学”论述主要集中在她的《视觉与认同——跨太平洋华语语系表述·呈现》（台湾联经出版事业股份有限公司 2013 年版）和《反离散：华语语系研究论》（台湾联经出版事业股份有限公司 2017 年版）两部论著之中。其最核心的着力点，是对汉语学术界沿用已久的“华人离散诗学”的颠覆性解构。无论如何这都是多年来全球性华文文学研究领域出现的一个离经叛道的前所未有的新现象。对“华语语系（文学）”深感兴趣的王德威先生，显然早就敏锐地洞察到史书美论述中偏离“文化中国”的倾向，他试图将“华语语系”重新拉入“文化中国”整体视域之内，以“华语语系文学”概念进一步建构全球华文文学的“多元中心”，但这一努力能否切实奏效还有待进一步观察。而几乎所有这些讨论都未曾脱离对两个重要理论问题——“华语的”还是“汉语的”、“语种的”还是“语系的”——探讨。下面具体论述之。

首先看“华语”与“汉语”之争。所谓“华语（文）文学”，顾名思义是“汉语文学”的一种别称。但为何要在“汉语文学”之外再造一个“华语（文）文学”概念？为什么“汉语”又被称为“华语”且在一定范围内有取代“汉语”之势？

传统华夏子民的自我称谓通常来自某一历史朝代名称的借用。夏朝乃中国历史上的第一个朝代，华夏遂成为中华民族的远古称谓。由《说文解字》等典籍可知，至少到汉代就已凝聚成以“夏”指称“中国人”的社会共识。

"夏"之前冠以"华"以修辞，凸显出华夏民族美好的自我期许，同时也为难以克服的自我中心、自我美化等民族自大情结埋下了伏笔。"夏"有大而雄壮之意，"华"则蕴含着美丽且有光彩的意思。"华夏"民族历经夏商周三代更迭，及春秋战国时期的王道衰微、众国林立和彼此争战，最终被秦国嬴政一统。继起的汉朝统治者完全承传了秦制，使之成为历朝历代封建王朝沿用的制度原型。传统中国虽不时发生动荡和周期性朝代更迭，中原农耕文明与来自西北、东北和西南地区的游牧部落、山地族群之间的博弈、争斗也时有发生，战火几度在中华大地延烧，但以汉族（人）为主体的中原农耕文明始终占据主流并不断扩张，由此导致了中国境内"蛮夷"与"华夏"既错综复杂地彼此交织，又始终维持了以汉族（人）为绝对多数的"多元一体"结构的稳固和不断强化。

自19世纪中期以来，深受西方民族主义思潮影响并接受其理论武装的华夏子民，在西方列强刺激下开始催生出一种超越血缘、地域及传统部落国家、天朝皇国体制的观念，一种成熟的现代意义上的"中华民族"意识也在艰难裂变中得以形成。在这一杂糅海内外广阔时空的现代背景下，历史上原本与"蛮夷"区隔的"华夏"自我称谓遂演变为国人尤其是移居海外的侨民与其他国家民族成员进行区分的一种自称。伴随着"中华"观念和"中华民族"名称的广泛推行，"华人""华侨""华裔""华族"等词语也应运而生。有意思的是，"中华"及"华人"等相关概念得以被认可并最终取代其他形式的民族自我称谓，打破了华夏子民借用过去朝代指称自我的传统。而以普通话为标准语言的现代汉语推行的结果，不仅使得国内不同地域、不同族群和族裔之间的会话交流、语言和文化沟通更为便捷，还随着华夏子民的海外散居而走出国门，走向了世界。今天大多数海外华人通用的其实就是中国大陆通行的普通话。区别仅在于某些语词、语音和语言习惯的区域差异，但在语种上并无二致。准确地说都是经过现代洗礼的白话汉语。

任何现代国家的建构都离不开官方语言抑或“国语”的确立，中国当然也不例外。正如历史学家们早就指出，自晚清民初开启，到五四新文化运动时期达至高潮的言文一致的白话运动的推广，对于现代意义上的中华民族的建构所起的历史作用怎么估计都不过分。“同一个民族，同一个国家”与“同一个民族，同一种语言”相辅相成，成为建构和维护现代民族国家的基本手段之一。散居世界各地的海外华人之所以更倾向于以“华语（文）”取代“（现代）汉语”之概念，隐含着对自己已在居住国落地生根，并加入居住国的“华人族裔”身份特征的强调，尽管他们所讲的其实就是“（现代）汉语”。

就字面意义而言，“华语大家庭”的范畴当然是要大大超过“汉语”一种语言，但在现实层面，身居海外的华人却自觉不自觉地将“华语”作为“汉语”的指称。尽管就科学性和准确性而言，以华语指称实际上的“（现代）汉语写作”并不完全恰当，但笔者认为“华语”这一内涵和外延都比较模糊的概念能够通行起来，应该说既与全球华人复杂多重的身份认同纠葛相关，也与华人族群思维方式和文化心理的模糊性、整体性和“非科学性”不无关系。可以想见的是，“华语”“汉语”乃至“中文”等不同指称的概念很可能长期并存下去，并在不同场合发挥互补作用。

至于“语种的”还是“语系的”之争，笔者在前文已指出，“华语语系文学”给海内外汉语学术界造成的“冲击”，与其带来的“混乱”是相辅相成的。事实上将英语中的“sinophone”译为“华文（语）文学”可谓名正言顺，不过事情的发展果然如王德威、史书美等海外学者期待的那样，这一“新”概念及其带来的“新视角”“新方法”很快引起了国内学者们的侧目和持续讨论。

二、论争背后的不同文化中国面影

史书美在“华语语系文学”理论建构中的西方中心主义立场及其牵强附会的文化心理逻辑，已招致海内外汉语学术界诸多切中要害的批判，本书不再赘述。在笔者看来，她对“离散中国人”的解构若进一步扩展为对中国“统（同）一性”的质疑，并试图对当今中国（多）民族国家观念加以解构之偏锋，才是更值得警惕的。

英文中的离散（Diaspora）一词源于希腊语“speiro”，原本为“播种”之意；该词的英文前缀“dia”，则有“分散”之意。长期以来，英文中的“Diaspora”专指犹太人的离散处境，所以该词在英文词典中一般只有大写形式。只是近年来随着后殖民研究、全球化研究等领域的拓展，该词才开始“被用作一个普通的、有小写形式的词汇”，泛指“在家园以外生活而又割不断与家园文化的种种联系的群体”[①]。离散批评借助后殖民主义、解构主义和全球化理论，为跨地域、跨国界的族裔身份研究开辟了一个新视角。数百年来华人族群在海内外的流离失散，对于研究全球范围内离散群体的总体文化特征具有某种“样板的作用”[②]。最典型的例子是20世纪四五十年代先是从中国内地流散至台港地区，然后又进一步“飞散”到东南亚、北美乃至世界各地的海外华人作家，他们一再表现出思乡怀乡和回望故国主题，以及对“文化失根”的痛切感触和“（文化）寻根”“续根”的强烈诉求。但复杂多重的华人海外移民史，的确是不能以单一化的离散理论就可以概括得了的。将全球

---

① 徐颖果主编:《离散族裔文学批评读本——理论研究与文本分析》“绪论”，南开大学出版社2012年版，第3页。

② 徐颖果主编:《离散族裔文学批评读本——理论研究与文本分析》“绪论”，南开大学出版社2012年版，第4页。

各地的华人文学形容为“离散文学”，确有以偏概全，甚至削足适履之嫌。尤其是在20世纪后期，经历了一系列风云变幻、沧桑巨变，包括东南亚华人在内的诸多海外华人族群被迫与中国“切割”之后，再以单一的（国族）离散视角观照这些华人作家的创作，难免有一厢情愿的先入为主的成见在内。

史书美指出“中国人”原本是一个“国家属性标志”，却成为“一个被传递的，民族的、文化的、语言的标志”，很大程度上已沦为一个“汉族中心主义的标签”[①]，因而应加以反思和批判。她提出“作为一个普遍化范畴”的“离散中国人”称谓是以一个“统一的民族、文化、语言、发源地或祖国为基础”，而忽视了“离散中国人主要是指汉族人”之基本事实[②]，也可看作对我们汉族中心主义思维定式的一种震撼性提醒，值得自我反思和警醒，正如学者赵稀方所言：“我们一再抵抗白种人的种族歧视，原来种族歧视也深深地扎根于我们的内心。这样一种‘碰撞’与‘震惊’，是我们在国内所难以发现的。”[③]然而史书美将“中国中心主义”与西方列强的对外殖民扩张混为一谈，却明显是牵强附会的产物。作为“中国性霸权”之表征的近代以来的中国海外移民，更与西方语境下的海外拓殖有根本不同，这早已是学界共识。对此王德威先生也承认：“19世纪以来中国外患频仍，但并未出现传统定义的殖民现象……尽管家国离乱，分合不定，各个华族区域的子民总以中文书写作为文化——而未必是政权——传承的标记。”[④]在笔者看来，王德威显然已经意识到一个鲜明的普遍现象：“各个华族区域的子民”所承传的正是华夏民族不

① 史书美：《反离散：华语语系研究论》，台湾联经出版事业股份有限公司2017年版，第29页。

② 史书美：《反离散：华语语系研究论》，台湾联经出版事业股份有限公司2017年版，第29页。

③ 赵稀方：《从后殖民理论到华语语系文学》，《北方论丛》2015年第2期。

④ 王德威：《华语语系文学：边界想像与越界建构》，《中山大学学报（社会科学版）》2006年第5期。

绝如缕的文化薪火，是一种根深蒂固、代代相传的“文化中国”情怀抑或文化心理意识。就此而言，华语语系绝对不能与作为殖民遗绪的英、法、西、葡等西方列强的语系文学相提并论。[①]沿着这一思路，王德威原本可以像李有成等台湾学者那样，对“华语语系文学”之概念提出根本性质疑和批判性反思。但王德威显然更看重这一概念所隐含的对抗性、叛逆性姿态，也更期待这一崭新的学术概念给中国大陆学界带来的冲击力，于是他尝试在史书美的立论基础上，将华语语系文学进一步升华为一个囊括中国大陆文学的全球性“平等的多重对话的网络”[②]。笔者认为王德威的这一努力其实更接近于将华语语系文化中国化的一次学术实践，只不过与杜维明等人对“文化中国”话语平台整体观念的强调不同，他更着意于华语语系这一话语“场”的众声喧哗，并有意无意地淡化了全球华文文学同文同种的属性。

对于近代华人的海外移民与西方人的海外拓殖之本质区别，美国学者本尼迪克特·安德森已从现代民族主义理论视角进行过独具慧眼的探析。安德森指出，包括中国和阿拉伯人在内的海外移民“很少经过任何母国的‘计划’，而且更少发展出稳定的从属关系”。就近代中国而言，“最后一波大规模的海外移民浪潮发生在 19 世纪当清朝逐渐解体，而东南亚各殖民地和泰国开始大量需求中国的无技术劳力的时候。因为几乎所有移民在政治上都和北京断绝了关系，而且这些人都是操着彼此无法相互沟通的方言的文盲，所以他们之中有些人多多少少地被融进了当地的文化之中，而有些人则彻底附庸于

① 参见李有成《绪论：离散与家国想像》，载李有成、张锦忠主编《离散与家国想像》，台湾允晨文化实业股份有限公司 2010 年版，第 8—9 页。

② 李凤亮、胡平：《“华语语系文学”与“世界华文文学”：一个待解的问题》，《文艺理论研究》2013 年第 1 期。

正在向当地进军的欧洲人”[①]。安德森的论断虽夹杂着西方中心主义的偏见，但他指出的古老的华夏中国与西方列强的殖民扩张倾向之不同，却基本符合历史事实。

一般认为，西方殖民扩张包括“入侵殖民”（invasive colonization）和“移民殖民”（settlement colonization）两种基本形式。澳大利亚学者比尔·阿希克洛夫特等人在其所著的《逆写帝国：后殖民文学的理论与实践》一书中，对于因这两种不同的殖民形式而产生的“后殖民文学”进行了理论廓清和分类，并在“后殖民文学”理论框架内，详细论述了英国以外世界各地的英语写作现象。该书的一个核心观点是：“英国文学不再是英语文学的普世标准，相反，各种各样适合本国国情的地方英语文学极大地丰富了英语语系文学，在这个语系里，中心和边缘的位置已经不存在，英国文学只是英语语系文学的一种，仅此而已。”[②]《逆写帝国：后殖民文学的理论与实践》一书中的观点，显然给一些华人学者运用后殖民视角论述“华语语系文学”之场域内的“去（中国）中心化”，带来不少启发和理论依据。但中国在历史上绝没有像“日不落帝国”那样建立起一个庞大的殖民体系，中国海外移民也没有像先后到美国、澳大利亚等地海外拓殖的欧洲白人那样，凭借自身的文化优势和军事强权建立殖民地并最终独立建国。相较而言，安德森的论述反而更切合历史事实：“虽然阿拉伯人和中国人都曾在约略与西欧人相同的时期大批远赴海外冒险，但是他们都未能成功建立完整、富裕，并且从属于一个伟大的核心母国的自觉的海外移民共同体。这也就说明了何以我们从未在这个世界上看到

① ［美］本尼迪克特·安德森：《想象的共同体——民族主义的起源与散布》，吴叡人译，上海人民出版社 2016 年版，第 185 页。

② 蒋晖：《“逆写帝国”还是“帝国逆写”》，《读书》2016 年第 5 期。需要说明的是笔者原文引述蒋晖先生的看法，不代表赞同“英语语系”这一概念。

新巴士拉或是新武汉这类城市的出现。”[①] 正因如此，现代民族国家理念和民族主义文化思潮才被安德森牢牢限定在西方现代文明产物的范畴内，并被他解释为西方文化传统率先步入现代社会的自我革新步骤，乃至引领全球风潮的文化创新表征。

安德森将现代民族主义的起源追溯至欧洲海外移民在北美等地的拓殖，其理论匠心正是要阐明它在人类历史上的新模型特征。对中国或东亚的研究简单套用这一理论模型，一方面，不仅无法准确阐释传统中国社会的变迁规律，也难以深入把握现代中国在西方民族主义理论挑战下的种种应变和文化历史变异。另一方面，离散的确会有终结时，离散的归宿不外两种：其一是彻底在地化并融入所在国；其二是回归心向往之的故国或祖国。历史上的华人族群无论是背井离乡还是落地生根，在背向中国的同时也难免会面向中国。海外华人曾因四海飘零而被迫灵根自植，但是植木也可成林，或者遥相守望。一味强调对抗、疏离和区隔，无视彼此的融合融汇和共生共存，是很容易导向狭隘偏激的极端主义倾向的。

“内部殖民（主义）论”由西方一些后殖民主义学者在20世纪60年代提出。该理论认为许多战后独立的第三世界国家摆脱外部殖民主义（西方殖民主义）的殖民统治之后，在其内部依然延续了类似殖民统治的压迫剥削关系。“内部殖民主义不仅体现在不同种族之间的关系上，而且还反映在不同地区的不平衡发展进程中。发达地区（‘增长极’）通过多种机制从落后地区（‘外围’）中汲取大量经济‘剩余’。……在一定程度上，‘增长极’与‘外围’的关系，就是独立前的那种宗主国与殖民地的关系的翻版。”[②]“内部殖民

① ［美］本尼迪克特·安德森：《想象的共同体——民族主义的起源与散布》，吴叡人译，上海人民出版社2016年版，第186页。

② 江时学：《“内部殖民主义论”概述》，《国外理论动态》1993年第15期。

（主义）论”为反思第三世界国家的政治经济矛盾和落后状况提供了宝贵的（自我）批评视角，在西方先进国家则成为一种少数话语的言说方式。但正如有学者指出，这一理论的泛化和滥用是值得小心对待的。首先，中国在近现代历史进程中除台湾、东北等少数地区外，整体上并没有完全沦为西方列强的殖民地。如果说外部（西方）殖民主义是“内部殖民（主义）论”的基础，那么这一历史基础并不存在，其理论适用性大可存疑。其次，中国古代漫长的历史中既有胡人抑或少数民族的“汉化”，也有汉人的“胡化”，可以说是一种“双向涵化”过程，与西方语境下的殖民压迫无法相提并论。至于多民族国家如何保护少数族裔和族群的文化传统，维护多元共生的文化生态问题，美、英等国已积累不少先进经验，当今中国也做出了诸多探索，“内部后殖民主义值得警惕，但不应成为多民族国家种族分离的借口，更不应与多元一体格局的建构相互对立”[①]。而面对一些海外学者以学术创新的名义对现代中华民族“统（同）一性”观念试图瓦解的时候，中国大陆学界不应置若罔闻。

相对而言，朱寿桐教授试图以“汉语新文学”整合目前通行的“台港澳文学”“海外华文文学”“中国现当代文学”等概念，对其加以贯通，共同组合成一座全球性的“汉语语言、汉语文化平台”，试图打造成一个“地不分海内海外，时不分现代当代，政治不分国共，社会不分‘社’‘资’，人不分南北，文不分类型”的汉语言文学的大同世界抑或文学乌托邦，进而将五四新文化运动以来不断涌现和时有创新的世界各地的华文文学，提升为堪与英语文学、法语文学、俄语文学比肩的“世界大语种文学”。[②]这一主张聚结海内

① 王富：《内部殖民论的反思》，《湛江师范学院学报》2013 年第 5 期。

② 朱寿桐：《汉语新文学通论》“绪论”，生活 · 读书 · 新知三联书店 2018 年版，第 4 页。

外的学术力量，共同建构一个以语言（现代汉语）为载体的全球性文化中国之意图十分明显。

照朱寿桐教授看来，目前相关的各个学术概念和学科名称如“中国现当代文学”“世界华文文学”“台港澳暨海外华文文学”等，彼此之间往往都包含“相当一段互相含混与互相夹缠的错综纠结”，而“能够用来综合概括所有这些概念并在其能指意义上不会产生歧义的只有‘汉语新文学’”。[①]无论是国内的现当代作家还是散居于世界各地的华文文学作家，只要使用现代意义的白话汉语写作，都可称为现代汉语作家；在思想观念上他们则都深受五四新文化运动开启的新文学传统的影响和浸润，因而皆可称为全球性“汉语新文学”的组成部分。“汉语新文学”通过善意地隐匿现代汉语文学的国家属性、凸显汉语的全球性语言属性，的确可以有效缓解部分海外华人作家的认同焦虑，助益于当前全球范围内被分割成不同国家和区域、不同板块和政治归属的华文文学格局的整合。语言之于文学的重要性无论怎么估计都不过分。朱寿桐借用韦勒克的著名论断“语言是文学的材料，但不同于石头和颜色，它不是惰性材料，而带有某一语种的文化传统”[②]，详细论证了语言背后的文化原型和文化传统对于文学创作的决定性意义。作为语言艺术的文学，“其表现的是一个语言共同体的文化认同最生动、最鲜活的部分”[③]。这正是“汉语新文学”倡导者们着眼于以汉语新文学建构言语社团的匠心所在。而这样一个关于“汉语新文学”的学术平台成功搭建之后，“文化传统和文化

① 朱寿桐:《绪论　汉语新文学概念建构的理论优势与实践价值》，载朱寿桐主编《汉语新文学通史》(上卷)，广东人民出版社 2010 年版，第 6 页。

② 沈立岩主编:《当代西方文学理论名著精读》，南开大学出版社 2005 年版，第 6—7 页。

③ 朱寿桐:《绪论　汉语新文学概念建构的理论优势与实践价值》，载朱寿桐主编《汉语新文学通史》(上卷)，广东人民出版社 2010 年版，第 13 页。

归宿感就会变成一个不言而喻的文化共同体”[①]。在笔者看来，此种通过淡化政治意识形态而着意开掘汉语文化传统和心理属性的努力，实乃通过隐匿“中国”之名而更加追求“（文化心理）中国”之实。这既与刘绍铭等人主张的“中国文学的大同世界”一脉相承，又和杜维明等现代海外新儒家倡导的作为全球性话语平台的“文化中国”观念有密切联系。[②]无论从何种角度来看，这种对“汉语新文学”的定位及愿景，已与全球范围内的“世界华文文学”建构，以及“王德威化”的“华语语系文学”的跨区域和全球性建构颇有异曲同工之妙了，背后折射出的都是一种根深蒂固的“文化中国”情怀。[③]

三、“中国现（当）代文学”能否被取代?

综上可知，从“世界华文文学”到“华语语系文学”“汉语新文学”的学科命名及话语演变轨迹，凸显出汉语学界对华文文学学科命名之准确性和科学性的执着努力。虽然“华语”（汉语）作为“语系”在概念上难以成立，但以“华语文学”取代大陆学界较多使用的“华文文学”却越来越常见，“华语”成为“汉语”的别称也逐渐被认可，而且似已成为一种学界新潮。[④]这不能不说与王德威等学者的倡导有关。在去掉“语系”两个字的前提下，笔者

① 朱寿桐：《汉语新文学的文化伦理意义》，《文艺争鸣》2011 年第 5 期。

② 参见沈庆利、王炳欣《论“文化中国”建构中的“汉语新文学”》，《华文文学》2020 年第 5 期。

③ 关于汉语新文学之于“文化中国”话语平台的承传关系，可参阅拙文《论“文化中国”建构中的“汉语新文学”》，《华文文学》2020 年第 5 期。

④ 如复旦大学中文系在近几年的研究生招生简章中，就新开辟了一个名为“世界华语文学”的招生方向。

完全赞同王德威先生的观点："华语语系文学（Sinophone Literature）的重点是从'文'逐渐过渡到语言，期望以语言——华语——作为最大公约数，作为广义中国与中国境外文学研究、辩论的平台"[①]，与"华文"着重于"文字和文化"不同，"华语"强调的是（现代）汉语的"（有声）语言"要素，这与索绪尔等西方语言学学者注重"有声语言"的传统一脉相承。汉语学术界或许越来越倾向于以"华语文学"取代"华文文学"，不能不说是由这场旷日持久的"华语语系文学"论争而产生的一个意外收获。

就科学性和准确性而言，以"华语"指称实际上的"（现代）汉语"写作当然不甚妥当。"华语"这一概念的内涵和外延都比较模糊，其范畴也远大于汉语自身。其实类似的困境在国内学界已屡见不鲜：严格意义上的中国语言文学绝对不只有汉语言文学一种，还应包括藏族、维吾尔族、蒙古族等少数民族的语言文学，但目前中国高校的大多数中国语言文学系实际上只开设汉语言文学一科。

"汉语新文学"的先天不足抑或最大的理论困境，在笔者看来是对"新文学"一词的沿用。打一个不恰当甚至有些低俗的比喻：一对新婚夫妇天长地久地生活在了一起，自然就会演变为老夫老妻。不仅"新郎"会变成"老公"，"新娘"也会变为"旧娘"乃至"老娘"。在思想观念和科学技术领域，人们最需要的是"苟日新，日日新，又日新"（《礼记·大学》）的永不枯竭的创新意识和创新实践，而在意识形态、社会政治乃至日常生活领域，"新"者的出现乃至对"旧"的颠覆则常常离不开激烈复杂的博弈冲突。历史中反复呈现的"但见新人笑，那闻旧人哭"（杜甫《佳人》）之类的悲喜剧，绝非仅限于家庭婚恋之中的个案。除了突飞猛进的科学技术相对于传统技术手段的

① 王德威:《华语语系文学：花果飘零　灵根自植》,《文艺报》2015年7月24日。

优势极为明显之外，其他社会文化领域的“旧势力”都不可能在新思潮、新观念面前心甘情愿地退出历史舞台。纵观世界历史，不知有多少除旧布新的社会变革和文化革新，都是经过了血雨腥风的斗争才得以完成。代表西方主流文化传统之一的基督教《圣经新约》的出现，就曾引起剧烈的社会冲突；1000多年后的16世纪，马丁·路德发动宗教改革运动开启“新教”传统，也几乎引发西方世界的分裂。而无论是“新约”还是“新教”之名称，之所以被广泛接受并在历史长河中稳固下来，很大程度是因为“新”“旧”之间的势均力敌和双方最终的妥协。

在当今汉语学术界，笔者认为在当前的社会现实语境下，无论以所谓的“华语语系文学”还是“汉语新文学”，颠覆或取代目前通行的“中国现当代文学”都几乎不可能。“中国新文学”肇始于五四新文化运动，与其除旧布新、改天换地之历史定位不可分割。然而从五四新文化运动派生的“五四”新文学及其定型化的“中国新文学”，自20世纪中期开始就不断招致来自“旧的”和“更新的”两方面力量的挑战。“新文学”“新文化”等概念很快被“现代文学”“现代文化”取代绝非简单的偶然因素所致，而更像是一种历史的必然选择。众所周知，“中国现代文学”之类概念的通行，是与中国历史各阶段的划分及其命名相辅相成的。史学界普遍将中国历史划分为“中国古代史”“中国近代史”“中国现代史”等不同阶段，因而包括文学在内的其他各学科的命名，如“中国古代文学”“中国现代文学”等也约定俗成地紧随其后。[①]既然各个学科都如此，文学又岂能特殊化？至于这些命名方式是否完全科学，则另当别论。但是要挑战甚至颠覆这一整套话语体系，绝非凭借文

① 张福贵先生对此已有清晰论述，参见张福贵《对近年来中国现当代文学几种命名的反思》，《中国现代文学研究丛刊》2016年第9期。

学等学科之力就能达到。

“中国现当代文学”作为一个拼凑型学科概念，当然可以被认为是各种社会力量综合考量乃至妥协的结果，但也恰恰是这个原因，这一概念最大限度地跟国内与国外、海内与海外、历史与现状之间错综复杂的社会现实相契合。“中国现当代文学”内涵与外延的相对模糊，使之在理论建构与社会现实之间形成一定的弥足珍贵的含混地带，它的所谓理论缺陷一旦应用到现实操作层面，却奇异地摇身变为其他概念难以企及的优长。现实和理论的吊诡常常匪夷所思。

那么将目前的“世界华文（汉语）文学”提升至与“中国现当代文学”并列的独立（二级）学科，是否必要且可行？笔者认为不仅可能性极小，而且没有必要。目前国内学界普遍将台港（澳）文学与“海外华文文学”合为一体，视为一个学科。其形成缘由是台湾文坛、香港文坛与世界各地的华语（文）文学之间一度有着比中国大陆更为紧密的关联；中国大陆在20世纪50—70年代一度中止了跟西方资本主义世界的经济文化联系，从而在客观上促使台港（澳）地区的文学与海外各国华人作家形成一个相对独立的文学圈。但随着中国大陆的改革开放，海外华人与祖国内地的联系纽带陆续重建并持续加固，海内外之间的密切往来和联系已显著加强。一个明显的例证是20世纪70年代末以来从中国大陆移居海外的“新移民作家群”，其中不少人如严歌苓、虹影等已纷纷“回流”，并且深度参与到中国当代文学的历史进程中，他（她）们既是海外华文文学的代表性作家，也是海内文学不可或缺的组成部分。而将中国大陆文学排斥在外的“台港（澳）暨海外华文文学”之结构体认识论本身，显然忽视了“台港澳文学”与海外抑或国外华文文学之间的属性区隔。

四、短短的余论："境外（跨境）华文文学"之可能

"世界华文文学"作为一个虚位的文学概念，在笔者看来完全可以成立，但它很难担当一个规范性的学科名称。作为一门独立的、规范化的学科，"世界华文文学"如果不包括中国大陆文学，显然不能称为"世界的"华文文学；如果包括中国大陆文学，则这个学科又成了一个无所不包的"巨无霸"，它自身的学术特色几乎要丧失殆尽。[①] 陈思和先生认为"世界华文文学"具有跨学科的性质，既包括"属于中国现当代文学"的台港澳文学，又包含属于世界文学范畴的外国文学的一部分，该学科在整体上应纳入"比较文学与世界文学"学科框架之内[②]，我想也是类似的意思。刘俊主张以"跨区域华文文学"取代"台港澳暨海外华文文学"概念，是基于该学科本身的"跨区域""跨文化"以及华人作家及其创作在不同区域之间相互"流动"和"重叠"之特质。[③] 这种对于"台港澳暨海外华文文学"领域之特区性质的发掘是极有见地的，但"跨区域华文文学"跟目前通行的"世界华文文学"概念，都存在一个是否包括中国内地现当代文学的问题。陈思和先生认为"跨区域华文文学"概念应是中国文学（含中国大陆文学、台湾文学、香港文学、澳门文学）和跨区域华人文学（中国以外地区的华人—华裔文学）的总称。[④]

此外，黄万华先生提出的"20世纪中国文学史"扩展为"20世纪汉语文学史"，应该与朱寿桐教授的"汉语新文学"概念颇为类似，都是为了强调汉

---

① 参见易水寒《尴尬的背后——对世界华文文学学科发展的思考》，《华文文学》2006年第5期。

② 参见陈思和《学科命名的方式与意义——关于"跨区域华文文学"之我见》，《江苏社会科学》2004年第4期。

③ 参见刘俊《跨区域跨文化的华文文学研究》，《江苏社会科学》2004年第4期。

④ 参见陈思和《学科命名的方式与意义——关于"跨区域华文文学"之我见》，《江苏社会科学》2004年第4期。

语作为全球华人作家共享的资源和共同使用的载体，以及“恢复两岸数地中国人认知的‘整体性’”[①]，其整合全球华文文学的意图都十分明显，而这又与“中国文学的大同世界”和“世界华文文学”概念背后的文化心理逻辑颇为相似；黄万华先生对汉语载体的高度重视，还与近年来现代文学研究界对语言载体的深度开掘一脉相承。但笔者更愿意强调海内外华文文学贯通之必要，而非越界和整合。所谓整合往往有吞并、一统和一体化之嫌，贯通却并非如此。当然贯通必须建立在共同性、共通性的前提下，不过更强调和而不同的中华文化特质，以及全球华文文学内部的跨文化、多中心特征而已。

早在2008年，笔者就曾提出以“（跨境）境外华文文学”取代现有的“世界华文文学”与“台港（澳）暨海外华文文学”的观点。[②] 如今之所以旧话重提，是认为这一观点就科学性和准确性而言尚有一定的合理意义。所谓“境外华文文学”，是指中国大陆边境以外的，包括港、澳、台暨海外华文文学等一切华文文学的统称。在今天，“境外”“跨境”早已在大陆社会的各个文化领域普遍适用与通行，将它借用到华文文学之内，自然未尝不可。“境外”并不等于自然的国土疆界之外，而是包括一国领域以内而尚未施行行政管辖的部分。一个简单明了的事实是：港、澳、台与内地之间的流动虽然日益频繁，但出境与入境却是必不可少的。“境外（跨境）华文文学”既避免了“世界华文文学”的名不副实，又绕开了“台港（澳）暨海外华文文学”作为学科名称的过于冗长与烦琐，同时保持了这一学科跨区域、跨学科的特区性

① 黄万华：《越界与整合：从20世纪中国文学史到20世纪汉语文学史——兼论百年海外华文文学的意义和价值》，《江汉论坛》2013年第4期。

② 沈庆利：《“世界华文文学”论争之反思》，载陆卓宁主编《和而不同——第十五届世界华文文学国际学术研讨会论文集》，广西人民出版社2008年版，第18—19页。

质。"'境外'一词的出现，有助于我们认识台湾、香港、澳门文学的特质。"[①] 华文文学的跨境流动性质，则更容易使其成为中国大陆与香港、澳门、台湾地区暨海外华人社会进行文学与文化交流的重要桥梁，并成为与中国大陆文学相对应的极富启示价值的参照系，同时避免了刘俊教授提出的"跨区域华文文学"概念中"区域"一词的歧义。当然，这一概念是否真的具有可行性，同样有待历史观察。

① 古远清:《世界华文文学概论》，中国华侨出版社 2021 年版，第 3 页。

第二章

现代性求索与文化认同纠结

无论从何种角度看，“中国梦”与包括“美国梦”在内的当今世界各国的共同梦想都有着扯不清、理还乱的复杂纠葛。而对于众多仰慕西方的现代文人而言，“美国梦”不过是其西式“现代梦”的一种折射，这在晚年寄居美国的张爱玲身上表现得尤为明显。张爱玲的“美国梦”夹杂着对美国乃至西方现代文明一厢情愿的认知偏颇和误解。她对“现代”的追求始终集中于西式个人主义“自由自在”的生活方式和物质生活的舒适便捷两个层面，而这又与她长期生活的（上海等）城市租界文化空间息息相关。特殊的家世背景和流离体验使得张爱玲在逃离现实层面“政治中国”的同时，又频频回望那个沉潜于社会历史和文化心理深处的“文化中国”，并将之视为唯一可安抚自身灵魂的精神家园。最令人诧异且不无吊诡的是，正是游离于中国社会边缘的乱世作家张爱玲，塑造出了一群融汇现代与传统的最纯粹地道的中国人形象。张爱玲在华语文学史上的不朽传奇和众多张派作家对她的追随，足可见出这一历经乱世动荡而依然存在的“中国（华）根性”，是如此的打动人心且代代相传。

收入本章的《周励“走向世界”的启示——从〈曼哈顿的中国女人〉到〈亲吻世界〉》一文，展现了旅美华裔作家周励近40年对“现代（西方）世界”的追慕历程，其经历了一个由对物质现代性的狂热追求到对精神现代性心领神会乃至执着探索的转向过程。周励从《曼哈顿的中国女人》到《亲吻世界》的创作转型，对当今渴慕“现代”的中国人世界观的形塑，在笔者看来不无启示意义。

本章另一篇论文是对台湾著名作家柏杨先生《中国人史纲》的阅读札记。柏杨先生以历史回顾为契机，倾注满腔热血弘扬“（现代）国家民族和人道人权”，这成为他一生著述和不懈追求的理想。柏杨在20世纪70年代已展现出将历史中国与现代中国、文化中国与政治中国、地理中国与作为现代“（多）民族国家”之中国融汇一体的“中国观”，其拳拳爱国之心和远见卓识，以及铁肩担道义的英雄气概着实令人感佩。该文根据2018年年底笔者受邀参加中国现代文学馆举办的海峡两岸“柏杨先生创作与人生学术研讨会”的发言加工而成，当时与会专家朱双一、陈晓明、石一宁、张清芳等师友同人的精彩发言，曾给笔者以很大启发。一晃几年过去，当年济济一堂畅所欲言的情景仍历历在目。

第一节　张爱玲：现代性求索中的美国梦与中国结

一、租界生存空间与张爱玲的“美国 / 西方梦”

张爱玲有一个“美国梦”，这一说法并非空穴来风。虽然张爱玲晚年身在美国，一度宣称她没有“美国梦”。但在笔者看来文人作家的公开声明常常最不可信，张爱玲的这一说法反而给人以此地无银三百两之嫌。而她早在中学时期就萌生了“到英国去读大学”一类“海阔天空的计画”，还幻想着要“把中国画的作风介绍到美国去”，到美国后她要比自己曾经的校友、毕业于上海圣约翰大学的林语堂“还出风头”。[①] 20世纪三四十年代的林语堂凭借英文著作《吾国与吾民》《生活的艺术》等在美国的畅销，几乎成为当时美国社会家喻户晓的人物，张爱玲将其视为自己的人生偶像并不足奇。

“美国梦”只是一个笼统的说法，亦可称为“英美梦”或“西方梦”，实际上是张爱玲这类新潮女性“现代梦”的具体表征。在那个年代的许多中国人眼中，“西方”与“现代”几乎是同义语；“西方”带来了“现代”，要追求“现代”则需“到西方去”抑或是彻底“西方化”。张爱玲的“现代梦”与她独特的家庭教养、生活空间不可分割，其母黄逸梵女士的身先士卒和言传身教起到了不可低估的作用。自19世纪中期以降，随着“欧风美雨”涌入中国，一些“得风气之先”的贵族子女率先领略到西方现代文明的魅力。他们震惊于西方科技的发达和物质生活的舒适自在，并深受西方自由浪漫、时尚摩登社会风气的魅惑，黄逸梵女士便是其中颇具代表性的一位。她家世显赫、容貌秀美、个性叛逆，并且“从骨子里反对男尊女卑的封建传统，全心崇尚西方文明”[②]。由此导致她与丈夫，也即张爱玲父亲张志沂婚姻的“短命”。他们两人的结合原本被视为金男玉女式的门当户对，但张志沂不可救药的“前清遗少”作风很快让黄逸梵无法忍受。作为一名躺在昔日家族荣华富贵的残梦里坐吃山空、挥霍无度的寄生者，张志沂的心智似乎永远停留在了衣食不愁、为所欲为的纨绔子弟时代。张爱玲在小说《花凋》中塑造的女主人公川嫦的父亲郑先生，“因为不承认民国，自从民国纪元起他就没长过岁数。虽然也知道醇酒妇人和鸦片，心还是孩子的心”[③]，可视为对张志沂形象的传神

① 张爱玲：《私语》，载《张爱玲集 · 流言》，北京十月文艺出版社2006年版，第135页。
② 王羽：《张爱玲传》，上海文化出版社2009年版，第110页。
③ 张爱玲：《花凋》，载《张爱玲文集》（第一卷），安徽文艺出版社1992年版，第135页。

写照。她的一句“他是酒精缸里泡着的孩尸”[①]，是对自己父亲那一类人的精准嘲讽。相对而言，那个剧烈动荡的时代虽然同样给接受了西方现代文明熏染的黄逸梵们带来刻骨铭心的伤痛，但纲常崩坏和家国离乱反倒为她们摆脱旧社会、旧传统和旧家庭的束缚提供了得天独厚的便利。黄逸梵不仅可以公然“大逆不道”地与丈夫离婚，还与丈夫的妹妹即张爱玲的姑姑一起“离家出走”，两人结伴赴欧游学。此后长期游历于东南亚、印度、西欧各地，让自己的生命之花得以四海绽放。

笔者很难想象当年黄逸梵以一双曾经饱受礼教裹挟的小脚，踩着西式高跟鞋彳亍行走于西方摩登世界的身影，该是何等矜持而又婆娑摇摆！如此经典画面实在令人悲喜交加又让我们感慨万千：那些在风雨飘摇的乱世里拼命追求西方现代生活的女性，一方面迫不及待地逃离专制腐朽的封建旧家族，飞蛾扑火般奔向自由时尚的海外新天地，另一方面又难以走出旧时代、旧传统先天注定的制约；一方面对西方时尚穷追不舍，另一方面又难以融入西方主流文明，甚至与其相去甚远。

挣脱了旧传统、旧家庭束缚的黄逸梵和张爱玲母女，都曾有过各自走出牢笼后恣意飞扬的辉煌时期。黄逸梵青年时期游历于欧亚列国，广泛结交社会名流，其人生经历可谓相当丰富而传奇；张爱玲不仅在20世纪40年代初的上海文坛“暴得大名”，更创造了中国文学史上不朽的传奇。但平心而论，两人都未能如愿以偿地求得心向往之的现世安稳，更没有在过眼烟云般的沧桑变迁中找到真正属于自己的精神家园。颇具讽刺意味的是，与其母依靠变卖祖传的古董器物才能维持自己在自由社会日常花销的做法类似，后来奔赴美国的张爱玲也只能通过反复讲述和回味自己早年的家族故事作为自己的生

① 张爱玲:《花凋》，载《张爱玲文集》(第一卷)，安徽文艺出版社1992年版，第135页。

存技能和心理寄托。甚至母女两人大隐隐于市的晚年凄凉生活，以及客死异国他乡、死时没有亲人陪伴的人生告别方式都颇为近似。

张爱玲和母亲黄逸梵两人，一个晚年落脚于有“老牌帝国主义”之称的英国，另一个迫不及待地投奔当时的新兴“世界霸主”美国，她们“用脚投票”的人生抉择对众多离家别国的华人而言不无启示意义。张爱玲母女对英美文化的推崇和对西方现代文明的认知，总体看不外两个方面：其一是对西方发达物质文明的艳羡和追逐，其二是对西方个人主义观念的仰慕与追求。尤其是后者，对于黄逸梵、张爱玲这类长期在中国旧式家庭受到压抑和戕害的贵族妇女而言具有不可抑制的吸引力。张爱玲的“现代梦”渗透着她的终极人生理想：物质生活丰富便利，行为方式自由自在，个人形象时尚摩登，在此基础上如果再能“出人头地”，那就简直达到了人生的“至高至乐”境界。正如有张爱玲传记作者指出，张爱玲的人生奋斗目标不外是“上海弄堂生活里最平民的女子赤手空拳、踏实安稳奋斗着的目标”，主要是为了“在别人眼中发现自身切实的存在，加上舒适惬意令人羡慕的现代都市生活”，同时“不失和平贞静而又热闹喜气的古中国之韵味”。[①] 这是一种集西方现代功利主义、世俗主义、物质主义于一体，同时结合了传统中国享乐主义、情趣审美主义的中西合璧式的现代人生观，其中掺杂的以租界生活体验为基础的“半殖民地女性”之文化心理烙印，是不可忽视的。

租界既是近现代中国历史上的民族耻辱标记，也为旧中国古老而封闭的“铁屋子”打开了一扇“接纳八面来风”的开放窗口，从而“撕开了封建时代沉沉黑夜的一角幕纱”，“显示出世界文明‘现代性’的熹微曙光”。[②] 租界和

---

① 任茹文、王艳：《沉香屑里的旧事——张爱玲传》，团结出版社 2002 年版，第 274 页。

② 谭桂林：《李永东著〈租界文化语境下的中国近现代文学〉序》，载李永东《租界文化语境下的中国近现代文学》，人民出版社 2013 年版，第 2—3 页。

租界文化空间在中国现代文化和文学变革历程中的历史作用，近年来已受到不少学者关注。但已有成果多为史料爬梳和对历史细节的还原，较少有人对租界如何集“民族屈辱”“罪恶渊薮”与“现代文明摇篮”等多重标签于一体的奇特现象给予理性层面的反思。实际上这已涉及全球范围内的“殖民现代性”纠葛话题，可惜国内学界对此关注较少。具体到张爱玲研究领域，虽然早在20世纪80年代初，赵园等学者就已指出张爱玲小说具有开向沪、港“洋场社会”的“窗口”特征[①]，张爱玲与20世纪三四十年代上海都市文化场域的关系也曾被广泛探讨，但从租界文化地理空间和租界文化语境视角对张爱玲文化心理人格及其创作加以观照的学术成果，依然比较匮乏。李永东的《租界文化与30年代文学》《租界文化语境下的中国近现代文学》等著作，全面梳理了上海租界文化语境在中国近现代文学的肌体上打下的深刻烙印，并认为近现代中国文学从思想倾向到审美风格都“或隐或显地受到租界文化语境”[②]的影响，然而李永东的著作却未论及堪称“租界本土作家”的张爱玲，李永东指出的受租界文化制约而形成的“近现代文学的殖民性、商业性、颓废叙事、民族意识、小资情调、戏谑风格、欲望主题、媚俗倾向、杂糅话语等方面的特性”[③]，套用在张爱玲这里其实更为适用。

一般认为20世纪二三十年代是上海跃升为现代化大都市的“黄金时期”，“伴随着上海工业、贸易和金融的现代化都在二三十年代达到浪峰，上海都市的繁荣也升向顶点”[④]。租界因为施行一套迥异于中国本土传统的西方“治外法

---

① 赵园:《开向沪、港“洋场社会”的窗口——读张爱玲小说集〈传奇〉》，载子通 、亦清主编《张爱玲评说六十年》，中国华侨出版社2001年版，第400页。

② 李永东:《租界文化语境下的中国近现代文学》，人民出版社2013年版，第4页。

③ 李永东:《租界文化语境下的中国近现代文学》，人民出版社2013年版，第4页。

④ 李今:《海派小说与现代都市文化（修订本）》，北京大学出版社2019年版，第18页。

权”体系，却由此阴错阳差地奠定了现代社会尤其是商业投资的法治基础，“为企业家提供了投资的保障和中国有史以来第一次不受官僚控制的自由”[①]，这确实是一个吊诡且具讽刺意味的现象，当时全国各地的富贾子弟、达官贵人纷纷来到租界寄居的同时，也带来大量财富和资金，与持续涌入的西方资本汇流，并由此向外辐射并反哺整个中国经济。与此同时，西方先进的科学技术和管理经验也与从中国各地荟萃于此的社会精英、技术人才和产业工人一道，实现了现代工业发展的有机结合，使得上海在短时间内完成了经济和城市拓展的大跃进。张爱玲于 1920 年 9 月 30 日出生在位于上海英租界的麦德斯脱路（今泰兴路）和麦根路（今泰安路）交界处的一栋别墅内。[②]除了童年时期曾跟随父亲从上海举家搬到北方，在天津法租界生活六年（1922—1928），和青年时期（1939—1942）到香港大学求学期间离开上海之外，其早年活动范围始终未离开过以租界为中心的上海这座摩登都市。由殖民地和半殖民地构成的独特都市文化空间，才是张爱玲最熟悉也最心仪的人生家园。她的人生成长阶段恰恰贯穿了上海现代化发展的整个“黄金时期”，其生命之路无时不见证了上海这座城市走向“（畸形）繁荣”的飞跃历程，但她似乎又对此熟视无睹。不同于茅盾、施蛰存、刘呐鸥、穆时英等 20 世纪二三十年代活跃于上海文坛的前辈作家，他们的政治立场无论“左”“右”，都刻意凸显上海这座摩登都市带给人的奇异感、梦幻感，他们笔下的上海城市景观也被大大地奇观化、传奇化、妖魔化抑或“理想化”了。生于斯长于斯的张爱玲与这些作家迥然有别，她不再像茅盾等人那样以一名初到上海的“外地小

---

① ［美］罗兹·墨菲：《上海——现代中国的钥匙》，上海社会科学院历史研究所编译，上海人民出版社 1986 年版，第 77 页。

② 张爱玲的出生日期有多种说法，笔者在此采用的是张惠苑编《张爱玲年谱》经过考证后的观点。

市镇人”的视角，惊叹于（或批判或艳羡）上海街头霓虹灯的五光十色、百乐门里的纸醉金迷和时装女郎们的搔首弄姿，她关注的只是高楼大厦、繁华街道背后的上海弄堂里最普通的上海市民的“私家生活”，她写出了上海这座城市生活的平民化、庸常感和家常感。

张爱玲也不同于自己家族中因循守旧的父辈，躲在上海租界一隅得过且过抱残守缺，追逐现代都市生活物质便利的同时又拼命拒斥来自西方的现代观念。一方面，身处租界文化空间的张爱玲天生属于现代，对一切沾染现代气息的光影声色和气味都有一种本能般的喜好。即使是汽油散发出的令人头昏的刺鼻味道张爱玲也喜欢有加，因为它跟现代化交通工具——汽车联系在一起。坐车的时候她甚至要特意坐在汽车司机旁边，“或是走在汽车后面，等它开动的时候‘布布布’放气”[①]。而她喜欢听的“市声”其实是现代都市的闹市之声，与古代文人雅士的“听松涛”、聆听田园野趣之声大不同，她是“非得听见电车响才睡得着觉的”[②]。她对香港的“一见如故”，很大程度上也是因为香港的现代化都市与上海十分相像，两者都荟萃了殖民地和半殖民地城市独特的摩登景观。另一方面，张爱玲和她的母亲率先呼吸到自由平等的新鲜空气，便再也无法对此放手，甚至不惜用上一生的代价追逐之。她对传统文人士大夫的乡土田园理想嗤之以鼻：“厌倦了大都会的人们往往记挂着和平幽静的乡村，心心念念盼望着有一天能够告老归田，养蜂种菜，享点清福。殊不知在乡下多买半斤腊肉便要引起许多闲言碎语，而在公寓房子的最上层你就是站在窗前换衣服也不妨事！”[③]张爱玲无法忍受且奋力挣脱的，是封建传统大家族内部无所不在的被监控、被管教和相互倾轧、相互算计、相互伤害之

① 张爱玲：《谈音乐》，载《张爱玲集 · 流言》，北京十月文艺出版社 2006 年版，第 78 页。

② 张爱玲：《公寓生活记趣》，载《张爱玲集 · 流言》，北京十月文艺出版社 2006 年版，第 21 页。

③ 张爱玲：《公寓生活记趣》，载《张爱玲集 · 流言》，北京十月文艺出版社 2006 年版，第 25 页。

宿命。只有在逃离自己的那个大家族之后，张爱玲才获得一种“久在樊笼里，复得返自然”般的轻松感和自如感。来自西方的现代化公寓将一个个原子式的独立个人荟萃在一起，彼此互相尊重和保护各自的私密生活，与中国传统大家族完全不同。张爱玲将公寓视为其“最合理想的逃世的地方”绝非偶然，她最看重也最珍视的是个人生活不受干扰的独立空间，是既自由自在又舒适方便的个人主义生活方式。

二、乱世体验与游离于“家国”边缘

租界文化空间不仅涵育了张爱玲的文化心理人格，主导着她的人生价值观和整体世界观，还深刻影响了她观照社会人生的特殊视角，同时也加剧了张爱玲流散于家国之外“边缘人”身份认同的纠结。租界是包罗万象、无奇不有的万花筒，它藏污纳垢又包容异己。腐朽没落的“前清遗老/少”可以在这里一掷千金、醉生梦死；以拯救国家民族和广大人民为己任的仁人志士也可利用这一空间运筹帷幄，掀起更大的社会风暴。但生活在上海弄堂里的普通市民却甚少与此发生直接联系，“上海市民大多对政治持敬而远之、与己无关的冷漠态度”[①]。不像北京或其他城市的人们能够被“平等”“正义”之类的价值理念轻易鼓动，“除非他们的现实利益受到威胁”[②]。这或许是五四新文化运动等虽然最先发轫于上海（租界），但最终却大成于北京这座文化之都的部分原因。陈独秀创办并主编的《青年杂志》（第二卷起改为《新青年》）从上海迁往北京，才在全国思想界产生蛟龙出海般的影响力。

① 杨东平：《城市季风：北京和上海的文化精神》，东方出版社 1994 年版，第 473 页。

② 杨东平：《城市季风：北京和上海的文化精神》，东方出版社 1994 年版，第 473 页。

租界文化空间最容易涵育一种无关政治的自私自利、精明算计的个人主义享乐人生观。作为“土著”上海人的张爱玲对此颇有认知，她宣称“上海人是传统的中国人加上近代高压生活的磨炼。新旧文化种种畸形产物的交流，结果也许是不甚健康的，但是这里有一种奇异的智慧”[①]。张爱玲所说的“奇异的智慧”，乃是一种暂时卸下了国家民族重负的个体主义生存哲学。张爱玲赞许上海人虽然“坏”，但“坏得有分寸”，他们“演得不过火”。——其实这种“不过火”的“有分寸”的“坏”，恰恰来自现代社会契约精神和法治观念对人性之恶的制约。可惜张爱玲对此并无进一步的思考和探析。以张爱玲为代表的众多“个人主义先觉者”对西方个性解放、个人主义的理解，与其说是原汁原味的西方个人主义理念，不如说更像是来自率性自由、无拘无束道家理想人生形式的某种“现代”翻版，已与“权利”与“义务/责任”不可分割的“自由”（liberty）观念相去甚远。然而无论是信奉“个人主义”的张爱玲还是她的第一任丈夫胡兰成，以及后来各类“反个人主义”者，无不把“个人主义”与完全以自我为中心的自私自利混为一谈。胡兰成一再引用张爱玲本人的话语强调“我是个自私的人”[②]，试图为“个人主义”张目。或许只有在那样一个“礼乐崩坏”“是非颠倒”的乱世，以特立独行和奇装异服招摇于世的张爱玲才可以公然标榜自己的“自私”吧。由此也决定了她注定难以被见容于中西方主流社会。张爱玲终其一生都跟她笔下的那些饮食男女类似，徘徊于新与旧、中与西、落后与先进、传统与现代之间难以安身立命，说她是沦为“弃绝”于家国之外的“边缘人”当不为过。

如同汉语中的“离乱”是由“离”和“乱”构成一样，乱世沧桑常常与

---

① 张爱玲：《到底是上海人》，载《张爱玲集·流言》，北京十月文艺出版社2006年版，第48页。

② 胡兰成：《她是个人主义者》，载季季、关鸿编《永远的张爱玲——弟弟、丈夫、亲友笔下的传奇》，学林出版社1996年版，第118页。

家国流散不可分割。“流散”（离散或流离）之概念在当今汉语学术界常用于对英语“diaspora”的翻译。而英语中的“diaspora”一词最初指“在巴勒斯坦之外的犹太人或犹太人共同体的聚集”，后来才引申为某一族群或共同体与犹太人相似的分散或者移民，不过笔者在此更愿意从汉语本初意义上使用“流散”“离散”一类语词，它们更多地令人想起古代中国屡见不鲜的家国飘零和妻离子散，以及传统文人对此层出不穷的怅惋感叹。历史上那些此起彼伏的离乱变迁、家国流散和兴亡更替，常常成为中国历代文学中最为优美凄婉和动人心弦的旋律。张爱玲的创作承继着这一最优美凄婉的审美传统，她一生经常处于一种颠沛流离和寄寓者的人生状态。早年拼命逃离旧家庭，成年后却难以建立起自己的新家庭；中年以后又迫不及待地从自己的祖国逃离，却无法在“新大陆”实现自己的人生梦想，找寻到自己的心灵归宿。张爱玲的人生遭际和创作，极为典型地折射出现代中国文人和海内外华人作家在近现代翻天覆地的历史动荡中流离失所而造成的孤苦无依的生态和心态，淋漓尽致地抒发了他们对“家不为家”“国不是国”的绝望感、悲苦感和虚无感，以及“无家可归”“无国可依”的悲叹。

乱世体验还造就了张爱玲特殊的生存危机感。我们在张爱玲笔下经常听到这样一个急切的声音：要快！要快！不然就来不及了。时代的脚步是那样急促，社会的变迁更让人猝不及防。动荡与破坏说不定会将原先的一切打碎，紧接而来的将是一个更加不可理喻的、让你失去原有位置的全新而陌生的新世界……正是基于这种难以预知和“迫不及待”的危机感，张爱玲才强调一切都须“趁早”：逃离旧环境的束缚要趁早，追逐新生活的理想要趁早，当然实现个人自我和“出名”也要趁早。为了及早出名，早慧而早熟且早早“世事洞明”的张爱玲甚至主张不妨做些“特别的事情”，而不管他人是好是坏，但名气总归有了。[①]——此种以“特别的方式”赚取别人眼球的功利主义、机会主义人生哲学，在当今网络时代已然被很多年轻人效仿。但张爱玲当年的这一感触或主张，与其说是其人生哲学的真实体现，不如说是她心灵深处安全感缺失的一种本能反应。尤其在经历了不可一世的荣华富贵很快变成过眼烟云之后，作为“破落者”的张爱玲实在太迫切需要通过他人和社会的认可，重新确立自己“贵族”般的社会价值和地位了。

张爱玲通过小说创作塑造了一个个在时代变局中无法掌控自己命运，甚至茫然失措的“乱世男女”形象，并对他们进行了深入细致的心灵解剖，揭示了他们在传统与现代、落后与守旧、西化与本土之间灵肉错位、丧失自我认同的生存窘境。即使在那些看似与时代变迁没有直接关系的爱情叙事中，张爱玲同样一针见血地烛照出笔下人物的自我迷失。她的作品从破落贵族的婚姻家庭生活这一特定角度，忠实记录了那些白云苍狗般的时代变迁给人们的生活和心理造成的深刻影响。在她笔下，那些天翻地覆般的剧烈变动，不仅一次又一次造成了社会的严重撕裂，更使得很多普通民众感到茫然而无所适从。笔者认为张爱玲小说着力表现的，正是那样一群在剧烈社会变动中惊慌失措的“破落者”们的真实生态和心态。他们要么在前所未有的大变动大破坏中被无情抛弃，成为可怜又可悲的牺牲品；要么在传统与现代之间左右摇摆、踟蹰不前，然而却被滚滚向前的时代列车裹挟而去，既不知自己的前路在何方，又迷失了古老的心灵家园。作者对于前一类人物给予了尖锐的嘲讽和批判，如小说《花凋》中的郑先生等人；对于后者则在批判之余，更多地表现出一种感同身受的同情和反思，如《红玫瑰与白玫瑰》中的男主人公

① 参见张子静《我的姊姊张爱玲》，载子通、亦清主编《张爱玲评说六十年》，中国华侨出版社2001年版。

佟振保。出身寒微的他如果不是凭自己的努力争取到留学的机会，很可能“一辈子生死在一个愚昧无知的小圈子里”。他在英国爱丁堡学成回国后，成为一家外资公司的高管及“一等一的纺织工程师”。虽然过的是一种亦中亦西、不中不西的优裕生活，但振保骨子里却是一个守旧陈腐当然也合乎传统中国道德标准的“好男人”。他与“殖民地女孩”娇蕊的相互吸引，除了单纯的情欲诱惑之外，还在于两人性格的相投和心灵的贴近。娇蕊那无机巧的热情和自由奔放的心灵，恰恰是令振保无法抵抗的致命武器，她那“婴孩的头脑与成熟的妇人的美是最具诱惑性的联合”，足以将振保彻底征服。而这又恰恰证明了振保这类“中国式好男人”在现实生活中是如何的压抑和身心分离。娇蕊也一下子看穿了振保：“其实你同我一样的是一个贪玩好吃的人。”[①] 不同的只是振保始终不敢正视真正的自己，不敢倾听他内心深处发出的真实声音，于是只能在婚姻与爱情、妻子与情人、物质与精神、情感与理智之间的冲突中苦苦挣扎、得过且过。

佟振保式的心灵分裂抑或灵魂撕裂，可视为包括张爱玲在内的现代中国知识分子人格分裂的一种写照。虽然他们中的很多人没有张爱玲那样的特殊家庭背景，也没有她那样两极化的性格反差，但在传统与现代、西方与东方、守旧与时尚、新乡与故土、灵魂与肉体、物质与精神之间却有着共同的瞻前顾后、徘徊踌躇的复杂“心结”。正因如此，张爱玲式的身心分离抑或灵肉冲突，相当典型地体现着现代中国文人及流散于世界各地的海外华人知识分子在传统与现代、梦想与现实、故国游离与梦幻回归之间的痛苦心志与踌躇心态。

---

① 张爱玲：《红玫瑰与白玫瑰》，载《张爱玲文集》（第二卷），安徽文艺出版社 1992 年版，第 137 页。

三、"美国梦"的失落和"（文化）中国结/梦"的永生

张爱玲曾自述"像拜火教的波斯人"那样把世界强行分作"光明与黑暗""善与恶""神与魔"的两半，而"属于我父亲这一边的必定是不好的，虽然有时候我也喜欢"。[①] 张爱玲的自述中不无自嘲和反讽意味，"不好的"父亲的那一边实际上有着张爱玲太多发自内心不可抑制的不舍和留恋，包括父亲房中弥漫着的鸦片烟雾。而冲破了父亲主宰的家庭牢笼之后，张爱玲很快发现自己终究难以割舍她那可憎可怜的父亲及其背后的"幽暗世界"。她可以顺利逃脱家族的牢笼，却始终无法斩断与其文化心理上千丝万缕的关联。她固然对自己那个衰落腐朽的封建贵族家庭有着太多的怨愤和不满，却又无比珍视着自己的贵族身份和贵族气质，反复回味着那个家族的荣耀与辉煌。那个黑暗堕落却荣耀显赫的大家族既令她憎恶恐惧，又让其魂牵梦萦并频频回首。从个体心理学和创作心理学角度看，我们发现潜藏于张爱玲心中的那个以父亲为原型幻化而成的自感沉沦却又无比率性的"坏孩子"形象，才是真正激发她艺术构造的原动力所在，"《传奇》里满是她、她的家庭和她的家族，在岁月年轮里，心灵绞结的心痕和生命辗转的旅痕"[②]。只不过由于父亲与母亲的对立和决裂给幼年张爱玲身心造成的严重影响，再加上半生流离和家国迷失的痛彻体验，进一步加剧了张爱玲的内心冲突抑或身心分离。

或许在张爱玲看来，只有身处美国那样一个堪称全球性现代奥林匹斯山系巅峰的资本主义霸权国家，才能获得切实的安全感和实现人生梦想的自由空间。然而当张爱玲真正踏上新大陆，开始圆自己"美国梦"的时候，却发

---

① 张爱玲:《私语》，载《张爱玲集·流言》，北京十月文艺出版社 2006 年版，第 135 页。

② 任茹文、王艳:《沉香屑里的旧事——张爱玲传》，团结出版社 2002 年版，第 153 页。

现自己当年那些“海阔天空的计画”不仅一一无法实现，还陷入空前被冷落的尴尬境地，甚至连生计维持都困难重重。近年来随着学界对张爱玲生平史料的发掘梳理，张爱玲到美国后为打进美国主流文坛而从事的各种努力和尝试也逐渐进入国内民众的视野：她先后拟定了《僵尸车夫》《孝桥》等迎合西方口味的关于老中国的写作题目，还以张学良为题材创作了一部传记小说《少帅》，为此甚至特意走访了一趟台湾。但所有这些努力都没能如愿以偿。她还将自己当年在上海滩“一炮走红”的代表作《金锁记》改写为英文小说《粉泪》，后又以《北地胭脂》之名在英国出版，然而，即使这部“亘古以来最优秀的中国小说”（夏志清语）也未能在西方产生应有的反响；无奈之际她又不得不再将其改写为中文版的《怨女》。——把年轻时期一个骇人听闻的家族传说反复以中英两种语言不断重写和改写，不恰恰说明占据张爱玲心灵全部的，正是那浓得化不开的家族情怀及其背后的“（文化）中国结”吗？至于她在美国几十年如一日地反复品味和研读中国古典文学名著《红楼梦》等作品，乃至一部《红楼梦魇》几乎倾尽她后半生心血，其行早已超越普通意义的喜爱或研究，而更多地上升为一种心灵的寄托或灵魂的皈依。晚年张爱玲是否“梦碎西方”“魂断美国”？笔者当然不能轻易下结论，但像她这类深深浸染着传统文化底蕴的现代中国文人，即使身不由己地飘零异国他乡，远离了政治地理上的中国，却依然追随着文化心理意义上的“家国”——那个古老中国的梦幻家园。

众所周知，与西方古希腊城邦国家、古罗马军事帝国和中世纪“封建国家”体系不同，传统中国更接近于一个以家国天下为意义框架的连续共同体。这个连续共同体又以每个传统中国人的个体自我为中心，“每一个自我都镶嵌在从家国到天下的等级性有机关系之中，从自我出发，逐一向外扩展，从而在自我、家族、国家和天下的连续体中获得同一性”[①]。而在这个“家国天下”的原型体系中，“国”的意义不仅暧昧，其地位也颇为尴尬。古代中国人“很难想象一个既非天下又在王朝之上的抽象的共同体。如果一定要在古代概念中寻找，‘社稷’这一概念比较接近”，但其内涵“远远不及近代国家那般丰富”，相反却具有某种“原始的氏族共同体意味”。[②] 而在近现代中国社会从“天下（传统家国天下连续体）”到“（现代民族主义）国家”的转换过程中，众多仁人志士和文人知识分子从西方民族主义文化理念中汲取思想养分，完成从以忠君报国为核心的传统信仰体系到以建构现代中华民族共同体为己任的思想转变，并从中找到以理想信念为基础的新的信仰体系。近现代中国作家的家族书写也曾被视为国家民族动员的手段之一，茅盾、巴金、老舍等现代众多新文学作家创作了大量“离家报国”“毁家（族）建国”以及“舍小家为大家（众）”的家族故事。但张爱玲却无意通过笔下的家族婚恋故事参与现实中的政治变革或文化变革，甚至从未像巴金等人那样诅咒过封建家族制度。

如果将“国”限定在现代民族国家范畴内，张爱玲及其创作揭示的传统“家（国）”与现代民族国家之间的撕裂几乎不言而喻；但倘若将“国”解释为传统意义的家国天下连续体不可或缺的一环，则可发现游离于家国之外的张爱玲实际上与其不曾有过真正断裂。正如许纪霖先生指出，传统家国连续体中的“家国”与“天下”之间既具有高度同一性又潜藏着某种难以弥合的“裂隙”，“自我恰恰镶嵌于这一连续与断裂的夹缝之中”，从而导致古人自我意识的双重性，并促成了传统中国人性格中“似乎是截然对立的两极”：其一

① 许纪霖：《家国天下——现代中国的个人、国家与世界认同》，上海人民出版社 2017 年版，第 2 页。

② 许纪霖：《家国天下——现代中国的个人、国家与世界认同》，上海人民出版社 2017 年版，第 3 页。

是“自我”与“天下”直接沟通的“天民”意识；其二是必须通过“齐家治国”才能达至“平天下”最高理想境界的“臣民”或“国之栋梁”意识。前者造就了一代代“光宗耀祖”“忠君报国”之士，后者则形成大量的“自由散漫的自然主义者”。以老、庄为代表的道家则干脆视家国为累赘，“相信通过审美的自由追求，自我可以与天下至道合二为一，融入至善至美的自然秩序之中”。[①] 以此管窥一下张爱玲的文化心理世界，可看出这类游离于家国之外的现代文人既无传统士大夫“忠君报国”的“臣民”观念，也无“直通天下”的“天民”意识，她与试图打通“天理”“良知”通道的正统儒家观念更是有极大隔膜，相反却和传统道家“无为”基础上的自由审美理想境界，以及佛家虚无人世体验基础上的“刹那”美学感悟“暗通款曲”。张爱玲所关心的“世界”，始终不脱一个由家族亲友构成的带有原始氏族共同体性质的、与其个人遭际密切相关的“生活圈”。张爱玲的创作所表现的，也是自己与这个“生活圈”之间充满爱恨情仇的多重纠葛。

晚年张爱玲即使过着一种离群索居的极端化孤寂生活，但又何尝不沉浸于自己的家族记忆中难以自拔？人终究是需要一种精神寄托的，而为了要证实自己的存在，为了“抓住一点真实的，最基本的东西”，人往往“不能不求助于古老的记忆”[②]，此堪称张爱玲人生观的绝佳注脚。而这样一种人生视域和“世界观”在四海流散的众多华人群体中又极富“代表性”。套用张爱玲在散文《有女同车》中那句意味深长的话：“电车上的女人使我悲怆。女人……女人一辈子讲的是男人，念的是男人，怨的是男人，永远永远。”[③] 是否可以说被

---

① 许纪霖：《家国天下——现代中国的个人、国家与世界认同》，上海人民出版社 2017 年版，第 5—6 页。

② 张爱玲：《自己的文章》，载《张爱玲集 · 流言》，北京十月文艺出版社 2006 年版，第 14 页。

③ 张爱玲：《有女同车》，《杂志》1944 年第 13 卷第 1 期。

迫流离于家国之外的张爱玲一辈子讲述的就是心目中的那个永恒的“家国”?她怨的是“家国”，拼命逃离的是“家国”，(心理上)离不开的还是那个传统意义上的“家国”，永远永远……由母亲和父亲尖锐对立而造成的身心撕裂抑或心灵分裂，在张爱玲到美国后悄然转化为政治认同与文化认同、感性认同与理性认知、现实体验与梦幻理想之间的矛盾：一方面她迫不及待地加入美国籍、千方百计融入美国主流社会，另一方面又沉湎于古老文化中国的梦影中聊以自慰。当她在美国过着一种孤独寂寞的生活时，那个在中国文人心中代代相传的不可抑制的“家国(连续体)情怀”，那些深藏其心灵深处的“古中国情趣”，竟成为她生命中的唯一寄托。

至于张爱玲在美国的处处碰壁，其作品始终不被美国主流社会接纳，折射出的则是中西文化交流的深层困境抑或尴尬。毕竟像中国这样独特的古老东方文明，其文化特质和美学精髓是难以被西方主流社会完全理解和接受的。就此而言，张爱玲的确没有她的圣约翰校友林语堂那么幸运。林语堂的《吾国与吾民》《生活的艺术》等英文著作在20世纪三四十年代的美国一度畅销，与当时世界反法西斯时代背景下美国民众对中国的关注及林语堂本人适时地“出入”基督教内外，跟美国主流传统的“暗合”不无关系。但深谙中国文化和艺术精髓的张爱玲却有着对以基督教文化哲学为核心的美国主流文明的相当隔膜，同时也无法像林语堂那样迎合西方普通读者的期待视野，构造一个“生活艺术化”的东方乌托邦形象作为西方(美国)现代文明的参照系，自然不会像林语堂那样在美国“走红”。

如同西方基督教所描画的“(天堂)永生”不符合大多数中国人的心灵期待一样，多数美国民众也对以现世世俗人生为中心、以生死轮回为“教义”的中国传统信仰观念缺乏了解和认同，而这恰是中西(美)文化产生隔膜不可忽视的深层原因。但相比于林语堂与中国社会文化的“隔了一层”，张爱玲对传统中国艺术精髓的深度把握和传神再现，却是林语堂难以望其项背的。“张爱玲的才情是纯中国式的，只有自己人——中国人才能揣摩她的话里有话；她的传奇只有在中国才能成就，不幸成就于乱世。”[①] 其实张爱玲本人对此也有一定的自我省察，她认为文人应该像一棵树，天生在那里，根深蒂固，越往上长，眼界越宽，看得更远；而如果要往别处发展，虽然未尝不可，却毕竟如风吹了种子，播送到远方，另生出一棵树似的，到底是艰难的事。[②] 可惜世事无常，张爱玲终究难逃远走异国他乡乃至花果飘零的命运。不过吊诡的是，正是得益于西方现代视角和现代主义手法，张爱玲才出神入化地再现了古老中国最深厚最本真的人生哲学和审美体验，并使其增添不少触目惊心的新奇要素。特殊的家世渊源、人生体验和文化心理素养使得张爱玲几乎“沉”到了古老中国的最“底部”，对西方现代性的发现和接受又使其站在当时中国现代性的“巅峰”位置。凡此种种都使其既“居高临下”又“见微知著”地洞察着传统国民性在现代中国社会的各种具体形态和生态。与同时代作家相比，游离于家国之外的张爱玲反而更深刻地揭示出“道地的中国性”更真实的面目。历史的吊诡与反讽实在太过令人“猝不及防”又如此“耳目一新”。

四、短短的余论：张爱玲创作与“道地的中国性”

“道地的中国性”一词借用于夏志清先生在《中国现代小说史》中对张爱玲《传奇》的评价：“《传奇》里的人物都是道地的中国人，有时候简直道地得可怕。”[③] 查夏志清的英文原著，与“道地”对应的乃是英文“solidly”一词，该词的

---

① 任茹文、王艳：《张爱玲传》，国际文化出版公司 2010 年版，第 206 页。

② 参见张爱玲《写什么》，载《张爱玲集 · 流言》，北京十月文艺出版社 2006 年版。

③ 夏志清：《中国现代小说史》，刘绍铭等译，复旦大学出版社 2005 年版，第 260 页。

基本内涵包括“坚固的”“牢固的”“不间断的”等。《传奇》表现的是一群与时代进步脱节、与民族国家主体脱节的“现代”中国人在新旧交替时期的逼真生态和心态。他们生活在繁华时尚的都市，享受着现代社会的自由开放、舒适便利，身心却被传统的风俗习惯、价值观念拘囿。在笔者看来，张爱玲笔下的那些“道地的中国人”身上折射出的，恰是一种道地的“中国性”（Chineseness）。而“中国性”作为西方汉学家和海外华人学者率先提出的概念，其思维逻辑与（中国）“国民性”（national character）颇为相似，但它又是一个错综复杂、众说纷纭的概念。为了删繁就简，笔者采用林语堂的说法：“每个民族都有自己清晰的头脑、敏锐的洞察力，牢牢地把握着影响我们行为和生存的所有决定性因素的根基，那些真实存在却无法看到的根基。”[①] 作为现代文学经典作家的张爱玲，为我们探寻这些“真实存在却无法看到的根基”及其背后的“清晰的头脑”和“敏锐的洞察力”无疑提供了极其宝贵的经典范文。张爱玲的人生经历、生命感悟及其文学创作，都为“（文化）中国性”的顽强生命力提供了鲜明而生动的佐证。

第二节　柏杨的“中国”回溯与“现代”憧憬
——以《中国人史纲》为中心

《中国人史纲》是柏杨20世纪六七十年代因“大力水手事件”被台湾国民党政府囚禁的九年多时间里，潜心研究中国历史的心血结晶。这是一部“忧愤深广”的发愤之作，也是以古喻今的呕心沥血之作。《中国人史纲》虽

① 林语堂：《美国的智慧》，刘启升译，陕西师范大学出版社2007年版，第1—2页。

不是一部严格意义上的开拓性史学著作，但比那些严谨有余、生动不足的历史著述更具可读性。然而它又的确是一部非虚构的信史，作者以纯正生动的现代汉语为语言载体，栩栩如生地讲述着历史画卷中一个个传奇人物和传奇故事。在当今各种“大历史”“小历史”“民间史”和“戏说历史”著述“愈演愈烈”的时代，《中国人史纲》引领时代风骚的先导作用不应被忽略；该书于1979年首先在台湾出版，历经40多年沧桑巨变依然以其生动精彩的文笔、著述体例的新颖独创和深邃独到的历史洞见在海峡两岸保持畅销，作为一种阅读现象无疑值得关注。

一、回溯“中国”：建构“（现代）国族”之“匠心”

柏杨在该书序言中开宗明义地宣称：之所以将这部命名为“中国人史纲”，乃是要站到“中国人的立场”回望历史并还原历史、重构历史。“中国人的立场”首先是基于人道人权的立场，也即普通人的民间立场。这与封建帝制时代“奉旨修史”的官方立场截然不同。封建帝制时代的官方修史拘囿于帝王中心、王朝中心视野，不仅“成则帝王，败则盗寇”，常常是非不明、价值错乱，“很多丑恶被美化，很多可歌可泣，代表中国人磅礴刚强、澎湃活力的智慧和勇敢，却被丑化”。[①]更不要说许多历史真相被掩盖、被扭曲了；“中国人的立场”还是基于华夏民族“国族建构”的现代立场。在柏杨看来，传统中国的“正史”常常是“国（王朝）亡”之后才由后世政权组织官员编撰而成，而它们又不过是“一大堆人物传记的合订本”，史料依据“多半取材

① 柏杨：《中国人史纲》（上），时代文艺出版社1987年版，“作者自序”第5页。

于该人物的墓志铭、行传、家谱之类的一面之词”。[①]其真实性、客观性值得怀疑。古代中国的史书典籍之多虽然堪称世界第一，但华夏民族却是历史真相、历史通识最短缺的民族之一。

“中国”一词虽自古有之，但现代意义的“中国”观念却是1840年以后，伴随着西方现代民族主义思潮的引入和冲击才形成的。众所周知，“人”的觉醒和现代国族身份的自觉始终相辅相成、互为表里。从梁启超的“‘新民’说”到鲁迅的“‘立人’说”，显示出知识分子对这一问题持续深入的思索。鲁迅提出的“根柢在人”“人立而后凡事举”“若其道术，乃必尊个性而张精神”等主张（《文化偏至论》），在今天听来依然像是空谷足音。柏杨自觉传承着这一“立人”和“立国”相互支撑的启蒙思路，他与海内外一切怀抱爱国热情的华人知识分子一道，期待着中华民族早日走向繁荣富强、自由开放。柏杨同时弘扬了鲁迅、胡适等“五四”文化先驱的文化批判和反思精神，特殊的离散、牢狱体验又激发了他对中国社会如何向现代转型、华夏民族如何实现自我更新等重大命题的独特感悟和深邃洞见，他的中国情怀、中国意识、中国观念表述得也更为完整统一。他一方面从现代意义的“中国”观念出发，将“人的解放”与现代民族国家的理想建构视为不可分割的统一体，并承继着鲁迅等“五四”文化先驱对传统中国国民劣根性的尖锐批判；另一方面又清醒地意识到，任何一个现代民族国家的建构都离不开本民族深厚久远的文化历史传统。正因如此，柏杨在《中国人史纲》中从中国上古时代的神话传说开始，一直叙写到八国联军攻打北京，封建王朝走向末日的19世纪末，对整个华夏中国的历史变迁进行了整体勾勒。而柏杨的历史叙述始终以“华夏民族多元一体建构”为中心线索，试图清晰地勾勒出中原华夏文明融汇

---

① 柏杨：《中国人史纲》（上），时代文艺出版社1987年版，“作者自序”第6页。

其他部落文明，进而“一统华夏”的历史总体脉络。作家以一己之力，以古代“通史”建构“（现代）国史”的自觉意识和雄心跃然于纸上。

古代中国的“国体”既然是封建王朝政权，那么在当权者的思维中，政权的安危始终高于国家人民，人民大众作为皇帝的子民只是被极少数皇权统治者宰割和奴役的工具而已。由此造成的直接后果是（中央）帝国政权与“中国”国体之间的疏离关系，以及王朝统治当局与普通人民之间的对立。当权者从自己一家一姓的私利出发，甚至不惜出卖整个国家民族的利益。有感于此，柏杨坚定地提出：“我们的国家只有一个，那就是中国。我们以当一个中国人为荣，不以当一个王朝人为荣。”这一“中国人”的身份自觉与作为“社会共同体”的“我们大中国”信念建构融为一体，使之不会随着王朝政权的兴衰成败而有所变化：“当中国强大如汉王朝、唐王朝、清王朝时，我们固以当一个中国人为荣。当中国衰弱如南北朝、五代、宋王朝、明王朝、以及清王朝末年时，我们仍以当一个中国人为荣。”[①] 柏杨笔下的“中国”既是地理的，也是历史的；既是文化心理的，也是社会政治的；既是传统的，也是现代的；既是一种现代意义的国族认同象征，也是源远流长的人类文明形态。它是西方民族主义思想浸润的产物，同时也是传统中国观念的现代传承：“中国象一个巨大的立方体，在排山倒海的浪潮中，它会倾倒。但在浪潮退去后，昂然的仍矗立在那里，以另一面正视世界，永不消失，永不沉没。”[②] 在他笔下，“中国”是我们永远的精神家园，也是我们神圣的“共同体”。

地理空间是建构国家民族第一位的基础要素。现代民族主义理论认为，一个民族必须与一块领土联系在一起，任何民族如果脱离了寄养其文化历史

---

① 柏杨：《中国人史纲》（上），时代文艺出版社 1987 年版，“作者自序”第 4 页。

② 柏杨：《中国人史纲》（上），时代文艺出版社 1987 年版，第 53 页。

身躯的生态地理空间，就会像空中楼阁一样缺乏真实感与现实意义。现代民族主义不仅明确要求特定的领土，还将这块领土视为本民族所谓特殊性、例外性和历史性的物质根据。西班牙学者胡安·诺格甚至认为民族主义意识形态和民族主义运动的特点之一就是“重新定义地理空间的技巧”，“也就是把一块地方政治化，把这块地方视为历史的和特别的领土”。[①]胡安·诺格的观点对于考察包括中国在内的世界各国民族主义的发展都不无借鉴意义。第二次世界大战后，流离于世界各地的犹太民族在“犹太复国主义”运动的推动下，依靠西方列强的支持成立了“以色列国”，就是这种文化心理持续作用的结果；而西方列强近代以来对中国领土的觊觎和强取豪夺，同样成为激发国人民族主义情感和意识的导火索。柏杨尖锐地指出：“十九世纪时，外国人曾嘲笑中国不过是一个地理上的名词，引起国人的愤怒。其实萨丁尼亚王国以意大利作为国号之前，意大利固然也是一个地理名词。现在伊斯兰共和国建立，锡兰也同样成为一个地理名词。”[②]贯通中西历史的柏杨敏锐地注意到了自然地理与民族主义文化政治、社会历史与生态地理之间的关系，他在《中国人史纲》开篇特意单列“历史舞台”一章，言简意赅又系统全面地介绍了中华民族的生存空间——历史舞台的山川地理、江河湖海之风貌。他满怀自豪之情地宣称：“中国人的历史舞台是世界上最巨大的舞台之一，这舞台就是我们现在要介绍的中国疆土。”[③]从长江、黄河到中国第一大咸水湖青海湖，从三山五岳到世界屋脊青藏高原上的喜马拉雅山，从五岭逶迤到西北的瀚海沙漠，从京杭大运河到万里长城，他都如数家珍般地一一道来。谈到万里长城时，

① ［西］胡安·诺格：《民族主义与领土》，徐鹤林、朱伦译，中央民族大学出版社2009年版，第22页。

② 柏杨：《中国人史纲》（上），时代文艺出版社1987年版，第4页。

③ 柏杨：《中国人史纲》（上），时代文艺出版社1987年版，第1页。

柏杨更是充满深情地神往着祖国山河的壮美：“（长城）它像一条神龙一样，随着山势，蜿蜒盘旋，在峰头岭巅，奔腾飞驰，构成世界上苍凉的壮观。”[①]中国人民在这块九百六十多万平方千米的土地上繁衍生息，创造出伟大而独特的中华文明，“这文明一直延续，并于不断扬弃后，发扬光大，直到今日”[②]。

从多元一体“中国”观的建构出发，柏杨将历次“夷夏之变”及其造成的文化历史影响作为一个叙述焦点。春秋战国时的楚国最终灭亡，被纳入中原“天下”，柏杨分析个中原因时特别指出：“楚王国建国过程中，最大的一件事是接受了汉民族的方块文字。”他认为正是这一关键性的文化举措，才使得“汉、楚两大言语相异的民族”数百年后“因文字统一的缘故，最后终于融化为一个民族”。[③]在他看来，“假使那时候中国跟腓尼基人一样使用拼音文字，楚王国必然用字母拼出他们的文字，经过七百年的对抗，各自发展各自民族的和乡土的文学，两个民族只会越离越远”。柏杨还认为“这是方块文字第一次显示它的功能”[④]。后来在（五代十国）大分裂时代、满族入主中原的清朝时代这一功能再次彰显。“方块汉字”对于融汇华夏文明、统一华夏民族的重要意义当然不是柏杨的个人发现，但他的历史洞见还是令人惊叹不已。五四运动高潮时期曾有人提出“废除汉字”的主张，与这种历史洞见的缺失不无关系。到20世纪二三十年代，中国知识界对此已有清醒认知。正如林语堂所说：“南方与北方的中国人被文化纽带连在一起，成为一个民族。……相同的历史传统，相同的书面语言——它以其独特的方式解决了中国的‘世界语’问题……一个满洲人能够使云南人听懂自己在讲些什么，尽管有一些困难，

① 柏杨：《中国人史纲》（上），时代文艺出版社1987年版，第28页。
② 柏杨：《中国人史纲》（上），时代文艺出版社1987年版，第1页。
③ 柏杨：《中国人史纲》（上），时代文艺出版社1987年版，第112页。
④ 柏杨：《中国人史纲》（上），时代文艺出版社1987年版，第112页。

这也实在是语言上的奇迹。这是经过缓慢的殖民化过程才获得的结果，并在很大程度上依靠汉字的书写系统，（成为）这个民族团结的有形象征。”[①]柏杨对于“方块汉字”的清醒洞见与此认知可谓一脉相承。

基于“文化演进”和“国族统一体”建构的立场，柏杨对历史人物和历史事件的评价颇有些独具慧眼。他针对齐桓公姜小白“尊王攘夷”的举措特别评论道：“‘尊王’是容易的，只要在仪式上做出热衷就够了。”但“攘夷”却是一项沉重的伟大使命，需要实力、魄力和历史人物的时代责任感。齐桓公勇敢地完成了自己的历史担当。柏杨称他为春秋时期“中国文明的保护人”确不为过[②]；而对于中国大一统社会的奠基和华夏民族统一体的建构作出了巨大贡献的秦始皇等人，柏杨更掩藏不住发自内心的溢美：“（秦）帝国的领导人，上自嬴政大帝，下至包括宰相李斯在内的高级官员，都精力充沛，具有活泼的想象力。在本世纪（前三）八〇年代，他们做出的比七〇年代统一当时世界还要多的事，也做出几乎比此后两千年大多数帝王所做的总和还要多的事。”[③]秦始皇统一天下后颁布了一系列剧烈改革措施，奠定了中国两千多年的帝制基础，对于华夏民族大一统历史格局的形成具有决定性意义，尽管他的极权专制导致了秦王朝的短命。传统史家往往从儒家“仁义”立场出发将其塑造为臭名昭著的“暴君”。其中一个重要原因是秦始皇的“弃儒”“反儒”和“焚书坑儒”带来的伤害。柏杨对这一事件却有自己的思考：“焚书坑儒”虽然是儒家学派诞生以来遭到的一次重大打击，但秦始皇仍然允许儒学博士们从事自己的研究，对儒家思想的不利影响并不如后人想象的那么大，“大的影响发生于稍后的九〇年代，粗野的项羽攻进咸阳后，纵火烧城，政府所保

① 林语堂：《中国人》（全译本），郝志东、沈益洪译，学林出版社1994年版，第31页。

② 柏杨：《中国人史纲》（上），时代文艺出版社1987年版，第28页。

③ 柏杨：《中国人史纲》（上），时代文艺出版社1987年版，第235页。

存的图书，包括儒家的以及其他学派的很多著作，才永久丧失”[①]。以现代眼光观之，嬴政的残暴专横固然是对人权的肆意践踏，但两千多年前的东西方人类社会都处于“大帝”与“帝国”的专制阴影下，怎么可能指望历史人物超越自己特定的历史时空呢?

同样基于华夏民族统一体建构的立场，柏杨认为西汉初年“七王之乱”的历史意义不容小觑，“如果七国胜利，中国势必回到战国时代的割据局面，互相并吞，战争不休。七国失败，使西汉王朝顺利的通过瓶颈，统一形势更加巩固”[②]。秦始皇创建的大一统中国社会，随着“七王之乱”的平定才得以确定。

《中国人史纲》中一个备受争议的内容，是柏杨将春秋战国时期、公元7世纪的盛唐时期和满族入主中原后的17世纪，分别列为古老中国的三个“黄金时代”。——前两个“黄金时代”不会引起争议，而将清皇（王）朝列为中国历史的第三个“黄金时代”，可能会让很多读者大跌眼镜。但站到中华民族“国族”建构的立场，可以发现清统治时期“共开拓八百九十万平方公里的国土，几乎超过明王朝三百五十万平方公里的三倍”，柏杨甚至认为“中国人必须永远感谢这个一度被誉为侵略者‘鞑子’的满洲人”，“没有他们，中国只是一个明王朝时那种中等的农业国家”。[③]这一观点只能算是“一家之言”，疆土领域的拓展的确是国家民族强盛的重要标志，但国土领域的开拓进取有时却与现代民族国家的人道人权理念发生偏离，则是要特别注意并防范的。不过自进入20世纪90年代以来，康熙、雍正、乾隆等清朝“大帝”的奋发有为被史学界乃至影视娱乐界越来越多地称颂，与柏杨等人这一先导性观点的

① 柏杨:《中国人史纲》(上)，时代文艺出版社1987年版，第237—238页。

② 柏杨:《中国人史纲》(上)，时代文艺出版社1987年版，第260页。

③ 柏杨:《中国人史纲》(上)，时代文艺出版社1987年版，第52页。

广泛影响不能说完全无关。

柏杨满怀期待地将20世纪以来的中国社会称为历史上的“第四个黄金时代”，中华民族历经苦难和屈辱而浴火重生，必将在世界舞台上充当“最重要的主角之一”[①]。而生活在其中的每一位公民都能尽享祖国的辉煌成就，成为堂堂正正、自由幸福的现代中国人，则是柏杨的宏愿。

柏杨指出，从第一个黄帝时代到“傀儡政权满洲国”四千多年的历史长河中，中国境内虽然出现过83个“像样的不像样的”王朝政权，但“没有一个政权是用‘中国’显示它们的性质的”，连现代国人熟悉的“中日甲午战争”，在当时正式的文书中也被称为“清日战争”。[②]柏杨一方面认为这些王朝政权不能代表真正的“中国”，另一方面又强调它们统统都属于中国，都是中国辖内的王朝政权，“所有的国，都是中国的另一种称谓”[③]。柏杨的这一“中国”观对于20世纪80年代以来台湾岛内兴起的“文化台独”和“去中国化”运动应该说具有先天性的批判意义。

二、清算“皇权”：通往现代（中国）之“道术”

对人道人权的弘扬是贯穿《中国人史纲》的另一主线。而要弘扬人道人权就不能不对传统中国社会的封建皇权观念进行批判和清理。在中国传统观念里，一个人只要“坐稳了天下”，天下便成为他的私有物，天下万物便成为他任意生杀予夺的对象：“生、予是以杀、夺为基础的，臣民生下来就是为君主所杀、夺的。在传统思想文化中，人有生存权利的观念是十分淡薄的，反

① 柏杨：《中国人史纲》（上），时代文艺出版社1987年版，第53页。

② 柏杨：《中国人史纲》（上），时代文艺出版社1987年版，“作者自序”第3页。

③ 柏杨：《中国人史纲》（上），时代文艺出版社1987年版，“作者自序”第4页。

之，臣下被君主杀、夺则是天经地义，理所当然之事。反衬之下，不杀、不夺即是恩。”[①]在此种观念下，皇帝个人自我意识的膨胀与广大臣民自我意识的萎缩常常构成令人触目惊心的对比。帝王可以为所欲为，臣子在帝王面前只能战战兢兢、感恩戴德。《中国人史纲》堪称一部封建帝王肆意妄为、滥杀无辜、残害百姓的罪恶史，同时也是一部中国人民在皇权专制主义下被奴役、被残害的苦难史、屈辱史。作者以“不隐恶”“不虚美”的实录精神，揭露了历代专制皇帝罄竹难书的罪恶和广大人民的斑斑血泪。

在柏杨看来，数千年中国历史几乎绕着一个圆圈原地打转：“一、旧王朝统治阶级腐败灭亡。二、军阀或变民集团乘机夺取政权，发生混战，杀人如麻。三、混战的最后胜利者建立新的王朝，组织新的政府，成为新的统治阶级。四、经过一段安定或繁荣的时间。五、又回到第一：统治阶级腐败灭亡。”[②]如此这般像走马灯一样循环往复。浸润着现代人道情怀的柏杨在叙述这些史实时，禁不住洒下同情的泪水：“我们对千千万万死难的亡魂，尤其是那些可怜的儿童和无助的妇女，怀有深切悲痛。”[③]鲁迅先生在《灯下漫笔》一文中曾将古代中国历史的周期性循环概括为“坐稳了奴隶的时代”和“想做奴隶而不得的时代”，与柏杨对中国历史“原地打转”的体认可谓不谋而合。而鲁迅当年尖锐指出的传统中国社会的“吃人”本质，在柏杨的《中国人史纲》这里更得到有力的佐证。

在“酱缸文化”的历史作用下，享有“九五之尊”的皇帝本人其实也是皇权专制的最大受害者之一。面对无与伦比的权势诱惑，很少有人不被冲昏

---

① 刘泽华:《中国的王权主义——传统社会与思想特点考察》，上海人民出版社 2000 年版，第 272 页。

② 柏杨:《中国人史纲》(上)，时代文艺出版社 1987 年版，第 317 页。

③ 柏杨:《中国人史纲》(上)，时代文艺出版社 1987 年版，第 306 页。

头脑，患上柏杨所说的“大头症”。权力既是“春药”也是“迷幻药”，更是世界上最大的“毒品”。即使少数开国者和雄才大略的大帝有足够定力抵御人性的贪婪而不至于理性尽失，但也无法保证子孙后代不被皇权专制腐化。唐太宗李世民就是一个典型的例子。他在位期间励精图治，缔造了中国历史上著名的“贞观之治”。柏杨对他给予高度评价：“向理性屈服是一件不容易的事，李世民大帝的伟大在此。”[①] 但即使是这样一位盛世明主，也是通过杀害弟兄、囚禁父亲的不法手段夺得政权的，他的雄才大略和自我约束在中国历史上实属罕见，他治下的太平盛世也不过昙花一现，更漫长的历史则是暗无天日、民不聊生的乱世。

在谈到魏晋南北朝时期一系列短命王朝的帝王们害人害己、不可理喻的暴行时，他以耍猴者与被戏耍的猴子做了形象的比喻：“班主（耍猴者）必须珍惜他衣食生命所寄托的猴子，假如不断使它饥饿，鞭打它，甚至乱刀砍死它，它恐怕只有死翘翘。五胡乱华十九国充满了不珍惜猴子的班主，当他们把猴子虐待死时，他们自己也只有跟着死，而且是惨死。”[②] 痛感于明朝开国皇帝朱元璋残害功臣、滥杀无辜，柏杨运用现代心理学视角进行了辛辣分析：“朱元璋之所以如此，主要的在于他的性格，一种绝对自私和愚昧的蛇蝎性格。”[③] 在柏杨看来，朱元璋及其后代“喜欢看别人流血、看别人痛苦、看别人跪下来向他哀求，而他又拒绝宽恕”，这种冷血和残酷是人类中“最卑鄙最可怕的一种品质”。[④] 事实上集天下所有权力于一身的皇帝同时可以说集天下阴暗心理之大成。他们的任性、残忍、冷漠、猜忌几乎无以复加，对臣子

① 柏杨：《中国人史纲》（下），时代文艺出版社 1987 年版，第 479 页。

② 柏杨：《中国人史纲》（上），时代文艺出版社 1987 年版，第 376 页。

③ 柏杨：《中国人史纲》（下），时代文艺出版社 1987 年版，第 699 页。

④ 柏杨：《中国人史纲》（下），时代文艺出版社 1987 年版，第 699—700 页。

和乱民的残害和羞辱手段无所不用其极。而皇权专制下所谓昏君、暴君与明君之间，不过是皇家“肖子”和“败家子”之间的差别，“无论是秦二世赋敛天下，穷奢极欲，还是汉文帝励精图治，恭行节俭，驱动皇帝政治行为的精神力量只有一个，即天下是我的家产”①。这正验证了马克思一针见血的论断：“专制制度的唯一原则就是轻视人类，使人不成其为人……专制君主总把人看得很下贱。”②

宦官制度是皇权专制下“使人不成其为人”的一个极端表现，柏杨称其为“中国文化体系中最可耻的产物之一”。③宦官们常常因饱受伤害和屈辱而身心扭曲，他们对社会和他人常怀有不可抑制的仇视和报复心理；再加上人生视野被限定在“侍奉（皇帝）”的狭隘范围内，要其在炙手可热的权势面前坚守道义无异于痴人说梦。柏杨指出宫廷内不可能有道德节操，“因为宫廷轻视节操，有节操的人在宫廷中不能生存”④。柏杨还惊叹于“以中国圣人之多，道貌岸然之众，又专门喜欢责人无已时，而对皇帝割人的生殖器，竟然熟视无睹，叫人大惑不解”⑤。究其原因，莫过于古人早就认定皇帝有权杀人，皇帝所做的一切都是对的，“不要说割掉几个男人生殖器没啥了不起，就是杀掉千人万人的脑袋，也理所当然”⑥。在柏杨眼中这是传统文人士大夫饱受皇权专制主义迫害，“积威之下，人味全失，而奴性入骨”⑦的典型表征。

---

① 刘泽华：《中国的王权主义——传统社会与思想特点考察》，上海人民出版社 2000 年版，第 242 页。

② 《马克思恩格斯全集》第一卷，人民出版社 1956 年版，第 411 页。

③ 柏杨：《中国人史纲》（上），时代文艺出版社 1987 年版，第 330 页。

④ 柏杨：《中国人史纲》（上），时代文艺出版社 1987 年版，第 333 页。

⑤ 柏杨：《丑陋的中国人》，人民文学出版社 2008 年版，第 74 页。

⑥ 柏杨：《丑陋的中国人》，人民文学出版社 2008 年版，第 74 页。

⑦ 柏杨：《丑陋的中国人》，人民文学出版社 2008 年版，第 75 页。

在柏杨看来，古代中国的司法制度很早就分为两个独立的系统：一个是普通法庭——司法系统；另一个就是司马迁碰到的诏狱法庭——军法系统："诏狱法庭的特征是，犯法与犯罪无关。法官的唯一任务是运用法律条文编撰一件符合上级头目旨意的判决书。"[①]法官的任务并不在于追寻真相，而仅仅是执行上级的命令。一件莫须有的谋反案或巫蛊案就可牵连到千千万万无辜百姓。柏杨特别提到西汉时期曾向皇帝刘询上疏的守廷尉史路温舒，他在上疏中沉痛暴露了当时廷狱制度的黑暗，倡议司法改革。尽管在当时的社会背景和皇权制度下路温舒的倡议不可能实现，但柏杨依然为这位名不见经传的法庭小吏（守廷尉史）浓墨重彩地记上了一笔："这件奏章，是中国最早争取人权的呼声，虽然很温和，很微弱，而且又没有收到任何效果。"[②]可惜随着君主绝对专制的一步步强化，皇权对人权的践踏蹂躏越来越严重。柏杨对明朝朱氏政权的"偏见"，很大程度上是因这一政权开创的廷杖制度、特务政治，使得皇权主义的"酱缸文化"进一步加深："英国于一百年前（按：指13世纪），即建立国会，约束君主权力。中国却恰恰相反，君权更加肥壮，这是明王朝加给中国人的不幸。"[③]

皇权无边与皇恩浩荡融为一体，一方面是皇帝及皇家的"兽性疯狂"，为了获得或保住自己的权力而不择手段；另一方面则是世间一切美好事物都被皇帝堂而皇之地据为己有。皇帝或类似皇帝的当权者成为所有人既畏惧又艳羡的对象，人人对之加以顶礼膜拜，人人想方设法在其面前邀宠争宠，人人都幻想着过上皇帝般醉生梦死的生活。从某种程度上可以说，很多传统中国人梦寐以求的就是像皇帝那样高高在上、为所欲为。这种观念已渗透到传统

---

① 柏杨：《中国人史纲》（上），时代文艺出版社1987年版，第282页。

② 柏杨：《中国人史纲》（上），时代文艺出版社1987年版，第284页。

③ 柏杨：《中国人史纲》（下），时代文艺出版社1987年版，第706页。

中国人生活的方方面面，华夏大地上曾涌现无数大大小小、形形色色的“土皇帝”与“家皇帝”。他们虽不像皇帝那样神圣威武、天下一尊，却在属于自己的那块“天下”范围内同样试图为所欲为、独断专行，效仿着皇帝的做派。掌控权力后品尝到的巨大甜头更使得许多人飞蛾扑火般扑向权力、权势中心。柏杨以东汉时期专权的外戚为例，感叹他们在皇帝联合宦官的打击下虽然不断走向毁灭却又屡屡东山再起，以至前仆后继的命运。他冷峻而沉痛地评论道：“这是一个令人感慨的单调场景，第一批新贵靠女人的关系烜赫上台，昂视阔步，不可一世，不久全被拖到刑场，像杀猪一样的杀掉。第二批……以后三批、四批、五批。我们相信外戚中也有非常聪明的才智之士……不可能毫无警觉。但权力的迷惑太大，使他们自以为可以控制局势。”①

中国人是世界上最善良的民族，“虽然在历史上不断出现战争，不断出现杀戮，但任何一个民族的历史都是如此，不同的是这都不是中国人主动的追求”②。然而这种和平良善的气质却给历史上的帝王统治者以可乘之机，无数平民百姓被驱使、被奴役，像无辜的羔羊一样被屠杀。中国人民是勤劳勇敢的，却常常因皇权专制被捆住手脚；中国人民是坚韧顽强的，却因皇权专制而滋生出太多的依附和卑贱意识。

传统中国只有走出皇权专制的阴影，现代中国才能真正得以建立。在皇权专制主义跌落的地方，现代意义的人权才能树立。古老的华夏民族只有彻底摈弃皇权主义观念，才能真正像凤凰涅槃一样重新焕发英姿。这是柏杨的《中国人史纲》带给我们的最鲜明的启示。令人欣慰的是，柏杨与他挚爱的“中国”一起历经种种苦难、挫折，最终迈向了一条不断自我升华、自我革新

---

① 柏杨：《中国人史纲》（上），时代文艺出版社 1987 年版，第 334 页。

② 柏杨：《中国人史纲》（上），时代文艺出版社 1987 年版，第 49 页。

的康庄大道。柏杨贯通中西古今的宏阔文化视界和“不为帝王唱赞歌，只为苍生说人话”的人格精神，为海峡两岸乃至全球人文知识分子树立了一个值得敬仰的标杆。

第三节　周励“走向世界”的启示
——从《曼哈顿的中国女人》到《亲吻世界》

20世纪90年代初，旅美华裔作家周励以一部自传体小说《曼哈顿的中国女人》火爆海内外，与差不多同时热播的电视连续剧《北京人在纽约》一起，成为90年代国人“跨出国门，走向世界”的两个生动符码。《曼哈顿的中国女人》作为新时期留学生文学或“新移民文学”而产生巨大反响的畅销之作，在20世纪全球华人文学史上留下了不可磨灭的一页。周励此后又有《曼哈顿情商》（2006）等作品问世，但未产生超越性、实质性的重大突破。直至文化散文集《亲吻世界——曼哈顿手记》（以下简称《亲吻世界》）的出版（2020），笔者认为这标志着这位商业型女作家创作模式的全新转型和前所未有的精神跃进。周励这一代在新时期改革开放之初率先跨出国门奔向“世界”的华人知识分子拥抱“世界”、探索“世界”的心路历程无疑令人激赏；将其放置于新时期中国改革开放持续深入和全面发展的历史进程中考察，可以发现这一转型对未来中国社会的发展动向，尤其是渴慕和追求“现代”的当代国人世界观的形塑具有鲜明而深远的启示意义。

一、《曼哈顿的中国女人》与“90 年代文化现象”

学术批评界早就有“回望（20 世纪）80 年代”的说法，并产生了诸多引人注目的研究成果，却较少出现“回看 90 年代”的声音。其实与 80 年代伴随社会“破冰”而在文艺领域持续出现的繁荣景象相比，90 年代初期的文化转型同样激发了诸多令人惊叹的“现象级”作家作品。那是一个改革开放“再出发”的“大开大合”的特殊时代，也是一个文学家和艺术家“一不小心”就成为时代焦点的“火热”年代。且不说《渴望》《北京人在纽约》等影视剧一度造成万人空巷的观赏热潮，文艺出版领域延烧的“王朔热”“汪国真热”“余秋雨热”及饱受争议的“《废都》热”等，也格外引人注目和值得回味。至于周励的《曼哈顿的中国女人》在当年引发的社会反响，作为一种阅读现象和社会文化现象直到今天依然是值得探讨的话题。

众所周知，90 年代初的改革开放热潮，同时掀起了新一轮的出国留学热和“淘金热”。这些热潮将人们压抑已久的原始活力和生命冲动释放出来，如同广大球迷为当时的中国足球喊出的“冲出亚洲，走向世界”的口号一样，当时的民众尤其是一些都市青年也常常为“冲出国门，走向世界”而欢欣鼓舞、跃跃欲试。《曼哈顿的中国女人》就是在这一举国上下的“出国淘金热”中“应运而生”的，它的迅速“蹿红”极大契合了当时国人拥抱“现代”、渴望成功的心灵需要和审美期待。书中女主人公作为一名自费留学的中国女性，虽然初到美国曾陷入举步维艰的困境，她做过家庭保姆、到中国餐馆端过盘子，然而却在短短几年内迅速实现了从“丑小鸭”到“白天鹅”奇迹般的跨越，不仅在曼哈顿中央公园周边安家置业，还拥有自己的公司，经营着“上千万美元的进出口贸易”；她经常与“纽约第五大道的总裁们”洽谈国际贸易，跻身华尔街精英阶层。如此“现实版”的“成功神话”和“励志传奇”

故事，足以令无数渴望出人头地、发家致富，乃至到欧美“镀金”、迅速实现“鲤鱼跳龙门”式人生跨越的中国读者渴慕不已。

正如周励在该书扉页的题词中所说：“此书谨献给我的祖国，和能在困境中发现自身价值的人。”爱国情怀的展现和励志奋斗的抒发，是《曼哈顿的中国女人》最基本也最鲜明的两大主题。小说以酣畅淋漓、饱满激情的语言描述了海外华人如何利用自己的特殊处境和身份报效祖国，为国家经济发展做出独特贡献的经历。全书结尾处她更通过曾留学美国的现代诗人闻一多的著名诗句倾诉衷肠：“别看五千年没有说破，你猜得透火山的缄默？说不定是突然着了魔，突然青天里一个霹雳 / 爆一声：‘咱们的中国！’”[①] 作家笔下的“咱们的（大）中国”是海外华人华侨心之所系、心向往之的祖国，是全球华人共同的精神家园。周励无疑属于近代以来持续“睁眼看世界”“别求新声于异邦”，从异域“盗得天火”以更好地促进祖国强盛繁荣的先进知识分子谱系之列；另外女主人公的成功传奇，与长期脱离于全球市场体系之外的中国经济体重新回归并与西方对接的改革开放春风息息相关。周励等人敏锐地抓住了这一难得一遇的历史契机，跃身为引领风骚的“弄潮儿”。在那样一个拨乱反正、百废待兴的时代，个人对梦想的追求、对成功的渴望与对财富名望的向往难得地融为一体；不甘平庸、不屈从命运安排的拼搏精神和创业竞争的奋发作为，与为国争光的宏大抱负相辅相成。从这一意义而言，认为《曼哈顿的中国女人》展示了20世纪八九十年代中华民族崛起的精气神，展现出华夏子民顽强拼搏、永不服输的民族自信精神并不为过。[②] 尽管该书因其自传与虚构等问题引起不少争议，但书中女主人公的励志英雄形象已树立起来，所谓

---

① ［美］周励：《曼哈顿的中国女人》，北京出版社1992年版，第516页。

② 参见陆士清《崛起民族的精、气、神——评周励的〈曼哈顿的中国女人〉》，《杨树浦文艺》2019年第1期。

争议反而使这部畅销书更加吸引眼球。

但当我们站到今天的角度重新回望那个全民拥抱“（现代）世界”的变革时代，却难免既为那个时代的青春活力感念激动，也因混杂其中的躁动不安、急功近利而五味杂陈。在笔者看来，《曼哈顿的中国女人》与电视剧《北京人在纽约》一起，共同折射出当时国人对“走向世界”怀持的一种不言而喻的认知：所谓“世界”即是以欧美为主体的“第一世界”；“走向世界”则是迫不及待地奔向“世界的中心”纽约等时尚摩登的超级大都市。如果将整个世界比喻为以现代化和经济繁荣为层级的“奥林匹斯山系”，曼哈顿无疑处于巅峰位置，“走向曼哈顿”便意味着走向世界之巅。《北京人在纽约》的男主人公王起明和《曼哈顿的中国女人》的女主人公分别从堪称“中国中心”的北京、上海直接飞往纽约，无疑含有某种直观的文化象征意味。

翻读《曼哈顿的中国女人》，扑面而来的是叙述者兼主人公对以曼哈顿为标志的西方现代文明的倾慕。作家在小说代序部分尽情渲染了“我”在纽约曼哈顿市中心公园大道（Park Ave）漫步时无比自信、无比自豪的美好感受。她时而“眼望着街心一簇簇嫩黄与猩红的郁金香，以及灯火辉煌、令人眩目的 Helmsley 大厦”心潮澎湃、抚今追昔；时而在住所不远的“Trump Plaza”“Trump Tower”等标志性建筑旁驻足观望：“这个名叫 Trump 的人，比我大不了 10 岁，已经是风靡纽约，举世闻名的亿万富翁了。他有百万富翁的血统，他的父亲就是显赫的地产商人。”[①] 写下此段文字时的周励，恐怕并未预见到那个比她“大不了 10 岁”的“著名邻居”特朗普先生若干年后会成为美国历史上最“惊世骇俗”的总统之一；而在展示曼哈顿背后美国特有的“气派、豪华、慷慨和黄金帝国的威严”的同时，作家也揭示着纽约这座“世界

① ［美］周励：《曼哈顿的中国女人》“代序”，北京出版社 1992 年版，第 3 页。

都市”无比宽阔的包容襟怀，作为“外来者”的叙述者“我”在这一天堂般的“黄金世界”里简直如鱼得水、如梦如幻。

周励对纽约这座都市的不吝赞美并将其视为“天堂”般的人间乐园，与她在这里实现了人生梦想不无关系。作家顺理成章地将不甘平庸、顽强拼搏、开拓进取的奋斗精神与纽约这座现代化都市联系起来，原本无可厚非。但她在将所谓“平凡的人”与作为成功者的“我自己”加以分别并显示出对成功过度迷恋的时候，其偏颇偏执也清晰可见。她笔下所谓“平凡的人”之中包括了大多数纽约当地人，包括那些“脖子上挂满金饰物，面似高傲，上帝又赐予一副‘回眸一笑百媚生’的容貌的青年女性”，她们“生于斯，长于斯”，“然而在美国这块自己的土地上，只能争到一个给别人当秘书、收听电话，或者当售货员，替人跑腿等等廉价的‘打工饭碗’”，周励对此很是不解和不屑，流露出对这些平凡者“哀其平庸”“怒其不争”的复杂情怀；当看到这些资质优越的女孩子只是在从事端水、记账一类简单工作的时候，她竟突发奇想禁不住斥问：“她们不能当演员吗？为什么干这一行？而且可能干一辈子！……这些白皮肤蓝眼睛的土生土长的美国人……他们已经具备了上帝所赋予的种种优点，可是为什么反而生活得这么累，精神压力这么大？”[①]每次读到这段文字时笔者都难免哑然失笑，如果那些美国女孩子熟悉中国古代庄子“知鱼之乐”的典故，她们一定会反驳说：凭啥认定我们不快乐并且我们的“精神压力这么大”呢？人生的确需要奋斗和拼搏，但不是所有人都能够也愿意成为万众瞩目的明星、腰缠万贯的老总等成功者，况且任何一个人都难以永远处于巅峰位置。

在笔者看来，《曼哈顿的中国女人》所隐含的“走向世界”与走向欧美、

---

① ［美］周励：《曼哈顿的中国女人》“代序”，北京出版社 1992 年版，第 1—2 页。

走向曼哈顿等同起来，国人的“淘金梦”“发达梦”与“美国梦”“西方梦”纠葛在一起的理念，无论火爆激情、人生励志还是偏执狂热都值得反思。翻天覆地的变革和人性解放，与原始本能的释放和急功近利在当时难解难分。记得笔者在《曼哈顿的中国女人》最火爆的时候回乡探亲，看到《曼哈顿的中国女人》赫然出现在老家乡镇集市的地摊书摊上，在那些占卜算卦、以时装模特为封面的“日常”书籍中显得格外醒目。书摊旁还挂起一幅极具煽动性的海报：“看中国女人如何走向曼哈顿！”直到今天我依然认为那是90年代最富时代特征的文化隐喻之一。

二、《亲吻世界》与“精神现代性”探寻

时隔近30年后，周励从曼哈顿“再出发”，她眼中的“世界”早已不再只有纽约市中心的摩天大楼和五光十色，不再只是欧美全球化大都市的时尚摩登和外在浮华。她奔向并热情拥抱着“亲吻”的，是一个更加广大博深和多棱立体的世界。她不再仅仅从“落后”急切地奔向“先进”、从“本土”奔向异域的现代化大都市、从“摩登”奔向“更摩登”直至“最摩登”，而是融入了从“中心”走向“边缘”、从“先进”走向“落后”、从现代化都市走向原始自然群落、从“现实”走向“历史”、从“物质”走向“精神”、从异彩纷呈的外在“表象”世界深入一个更为波澜壮阔、神秘莫测的“精神文明世界”等多种方式。相对于当年那个迫不及待奔向曼哈顿的年轻周励，写作着《亲吻世界》的她已变得如此从容不迫、淡定自信，她的世界观和人生观也更为完整、立体与平和。

翻开这本散文集，不难发现“寻找”是其中最重要的关键词之一。这从众多文章都以“寻找”为题就可见一斑：《冰雪烈焰肯尼亚：寻找凯伦》《古

巴奥德赛：寻找格瓦拉和海明威》《寻找腓特烈大帝》《寻找叶卡捷琳娜女皇》《寻找伏尔泰：窥探欧洲君主与启蒙先驱的关系》《寻找路易十四》《路易十五时代：寻找蓬巴杜夫人》《牢狱遗痕：寻找路易十六玛丽·安东奈特王后》《罗马的阳光：寻找罗曼·罗兰和梅森堡夫人》《情燃埃及：寻找亚历山大和拿破仑的足迹》《追逐日光：寻找丘吉尔》《珠峰逐梦：寻找马洛里》《南极旅纪：寻找探险先驱斯科特、阿蒙森和沙克尔顿的足迹》等不一而足。而她试图"寻找"的，除了人人心向往之的奇观奇景、名胜古迹、历史遗迹和不可多得的人类文化艺术宝库之外，更主要的是那些看似散没于历史深处却对当下世界的形塑发挥关键作用的伟大人物，以及他们鲜活而丰富的生命形态；她试图用自己的虔诚心灵去感受那些伟大人物的伟大灵魂，以及他们背后的伟大文明传统。

不少评论家指出该书最撼动读者心灵的内容是作家对"二战"历史，尤其是对当年美日战争留下的历史遗迹探险般的实地考察。作家一方面回顾了"二战"后期日本军国主义者在节节败退的历史关口，却依然鼓动年轻士兵们为天皇"玉碎"的疯狂举动；另一方面详细还原并"触摸"历史事件发生的一个个现场。她提到的一个令人深思的案例，是当时美国"败将英雄"乔纳森·温莱特将军在战后的遭遇。他曾在菲律宾战场上被迫向日军投降，成为"二战"期间美军军阶最高的战俘。日本投降后温莱特将军被解救出来，他满怀愧疚地向美国政府和同胞谢罪："我对不起祖国，在战场上向敌人投降了。"然而等待他的并非道德谴责和嘲讽，回国后甚至被视为战争英雄受到政府和民众的隆重欢迎："你是英雄""你拯救了美国数万大兵！""你为了部下的生命不惜牺牲自己的名誉。"温莱特被晋升为四星上将，授予最高军事荣誉勋章。[①]

① 参见周励《亲吻世界——曼哈顿手记》，上海三联书店 2020 年版，第 30 页。

两相对比，日本军国主义视人命如草芥的疯狂，与美国所代表的西方现代文明主导的人类个体生命至上的观念孰优孰劣已一目了然。如果说战争是人类文明绽放最大的“恶之花”，那么日本军国主义及其背后的“天皇帝国”观念若不被粉碎实在天理难容。

与此同时，作家还以探险般的激情感知把握着“二战”时期一些美国将领既充满理性又满怀谦卑的心灵，他们在战争结束后既没有被胜利的狂热淹没头脑，也绝不宣扬极易膨胀的仇恨心理为自己的私利私欲服务，反而通过各种渠道客观表达了对于战争的认识。周励称多年来几乎跑遍了欧洲战场和太平洋战场的所有战役遗址，其中对被称为“（美国）海军陆战队史所有战争中最为惨烈的战役”——贝里琉岛战役和指挥这场战役的美军统帅尼米兹将军简直“情有独钟”。贝里琉岛战役发生在1944年9月至11月，是美日两军在整个“二战”时期爆发的最为血腥、伤亡代价最高的一场战役。整个战役虽然最终以美军全歼驻守该岛的1万多名日军将士并占领该岛“完胜”，但美军也付出了伤亡1.5万多人的惨痛代价，“全岛几乎被夷为平地，消灭1名日军要耗费子弹1331发，整整72天——比原计划的4天多出68天，每一天都尸骨遍野，血流成河”[①]。但作家绝非仅仅带领读者重温当年战争残酷的历史场景，周励对尼米兹将军的“情有独钟”是因为从当年的战场废墟中发现了一块不被人注意的青灰色石碑，上面的文字已被海风侵蚀得有些斑驳：“从世界各地来到这里重温如烟往事的人们应当被告知：日本官兵在这场战役中是多么勇猛、爱国、顽拼死守贝里琉岛，直到流尽最后一滴血。——太平洋舰队司令切斯特·尼米兹。”[②]周励从这段简短的文字中看到了切斯特·尼米兹等

① 周励：《亲吻世界——曼哈顿手记》，上海三联书店2020年版，第13页。

② 周励：《亲吻世界——曼哈顿手记》，上海三联书店2020年版，第14页。

人绽放的心灵闪光——“他做了古今中外功勋卓著的将帅们都没有做的一件事”，这种“在败者面前，王者的谦虚、对失去生命的悲悯与对军事专业领域勇猛同行的敬佩”所放射出的“人格与教养的魅力光芒”[①]，无疑令人肃然起敬。应当承认正是“这种人格与教养的光芒”构成了现代世界的重要精神基石。但周励遍寻美国国会图书馆及美国国家档案馆都未找到有关这块石碑的任何记载。这块不起眼的被历史遗忘的纪念碑“在世界上似乎只有我这个来自纽约的中国女人注意到了”[②]。——在笔者看来，这是极其可贵的“注意到”。我们发现怀持一颗渴望自由、永远年轻之心灵的周励，终于“看清”了这个世界最内在也最本质性的真实面目。

正如陈思和先生为该书所作的序言中所说：“我们阅读周励的文章需要有足够精神准备，准备承受那种心灵的冲击，它逼迫我们重新穿越时间隧道，再去体验一场场地狱般的血与火的生死考验。”[③]陈先生将这种冲击力概括为蕴含其中的人类理性精神，笔者深有同感，只是想进一步补充的是，这种人类理性精神更多地表现在对大自然和人类社会真相的好奇和永不止歇的探究中。周励在实地探索和发现“世界”的同时，更用心地去倾听和感知那些散发着真理光芒的理性声音。她在不断接近这个世界被纷纭复杂的表象层层包裹的事实和真相。要知道当今世界是由人类不同文明长期累积、冲突和彼此融汇的结晶。就百余年世界历史进程而言，20世纪前期先后爆发的两次世界大战为当今世界格局奠定了基础。“二战”以后虽有“冷战”和零星军事冲突的发生，但大规模“热战”再未出现，尤其是欧美列强之间几乎不可能再爆发集

① 周励：《亲吻世界——曼哈顿手记》，上海三联书店2020年版，第5—6页。

② 周励：《亲吻世界——曼哈顿手记》，上海三联书店2020年版，第5页。

③ 陈思和：《周励〈亲吻世界〉序言》，载周励《亲吻世界——曼哈顿手记》，上海三联书店2020年版，第1页。

团性、世界性的军事斗争。其中一个重要缘由是越来越多国家的人们摆脱了狭隘民族主义羁绊，超越了种族和民族偏见的鸿沟。周励在《亲吻世界》中还提及“二战”时为德国立下赫赫战功的隆美尔将军，最终却因被怀疑参与暗杀希特勒的行动，被迫喝下元首亲赐的毒药而死去。隆美尔的悲剧下场令人唏嘘，但当今德国普通民众对这位本国历史上的“英雄人物”产生了客观理性的评价：“从二十多岁就来美国攻读数学博士的老公麦克，曾在波茨坦忘忧宫对我讲：隆美尔是一位伟大的军事首领，不幸的是他出生在德国。站在他对面的才是真正的伟人，那些以精彩人生铭刻历史，大难当头临危不惧的盟军领袖，他们高尚的人格魅力和对人类正义的担当，永远抚慰遭遇不幸的、寻求支柱的、在困境与死亡之境寻求生命价值的人们。”[①] 麦克先生没有因为隆美尔将军生在德国就对其盲目崇拜，他反而被站在隆美尔对立面的盟军领袖们“对人类正义的担当”精神感动，这种心胸坦荡且理性开放的历史认知，很是令人动容。大半人生都奔波在“走向世界”道路上的周励，其拥抱并“亲吻”世界的人生历程为我们提供了颇具代表性的某种借镜。她在追索着一个个已被当今很多民众遗忘或有意回避的历史细节、揭开许多尘封已久的历史本真面貌的同时，也与那些伟大的灵魂发生一次次美丽的邂逅。她探寻到的是一个更加真实、更加绚丽多彩的精神世界。应该说周励经历了一个由对“物质现代性”狂热般向往和追求，到对“精神现代性”心领神会并执着追寻的转向过程。

所谓“精神现代性”，是相对于“物质现代性”而言的，并非一个严格意义上的学术概念，与之相应的还有“物质现代化”“精神现代化”等。新时期中国改革开放40多年的历史进程中，我们的物质现代化建设尤其是经济领

---

① 周励:《亲吻世界——曼哈顿手记》，上海三联书店2020年版，第334页。

域的突飞猛进举世瞩目。但物质世界的现代化终究离不开人的精神的现代化，如果将“现代性”理解为一套体现现代社会本质特征的理念体系，那么它自身就具有多重复杂的精神面向。改革开放以来的中国社会一直面临着如何面向现代、面向世界、面向未来的历史命题，更不要说人类命运共同体的建构离不开一种现代意义的、普遍性的人类视野和人文关怀了。“精神现代性”建构既需要继承和发扬中华传统优秀文化精神并使之完成现代性转化，还应对包括西方现代文明在内的世界文明的主流传统和文化精神完整把握、准确理解。华夏中国素有“天下大同”“和而不同”的世界情怀和文化理念，如何在新时代为打造平等自由的人类命运共同体做出自己的贡献，应成为包括海外华人华侨在内的全球华人共同面对、共同承担的时代课题。

三、奇迹“召唤”与探险行旅——周励创作特质

从《曼哈顿的中国女人》到《亲吻世界》“转身”背后的“变”与“不变”，是另一个值得探讨的话题。周励本人在接受采访时自称：“我和三十年前写《曼哈顿的中国女人》时完全一样，燃烧的激情与求知欲从未熄灭，唯一的不同是视野的日益开阔和‘与时俱进’。”[①] 笔者认为这是颇为清醒也颇为中肯的“夫子自道”。既永葆青春、不忘初心，又与时俱进、持续开阔自己的视野勇攀人生高峰，堪称周励最鲜明也最令人赞叹的人格面向。在她身上始终洋溢着一种不可抑制的生命激情，以及挑战自我、永不服输、永不言败、为梦想舍命拼搏的探险精神。这种精神渗透在周励创作的字里行间，成为其

① 周励、陈屹：《代后记：曼哈顿女人的“前世”今生》，载周励《亲吻世界——曼哈顿手记》，上海三联书店 2020 年版，第 453 页。

作品最具感染力的艺术奥秘之一。我们发现拒绝平庸、追求卓越、突破自我限定一类的人生信条，早已深入这位“曼哈顿的中国女人”的脊髓。

某种程度上人生即为或长或短的奇异旅行。依照弗洛伊德的说法，人从脱离母体子宫、呱呱坠地的那一刻开始，就踏上了一条充满凶险的生老病死的异乡征途。只有那些不惧艰险、征服艰辛的强者、勇者才能笑到最后。人为什么喜欢“流浪远方”？不仅仅是“世界那么大，很想去看看”，更是为了追寻梦中永恒的精神家园。作家本人也曾反复叩问自己：对旅行和探险的着迷究竟是受到与生俱来的好奇心的驱使，还是缘于对一切与物质无关的事物充满兴趣？“一个人最大的财富，是血液里创新的激情；是心灵与历史人物的对话；是读万卷书、行走天下的勇气与理想。”[①]但她最终无法给出确定答案，只能借用英国探险家乔治·马洛里的话意味深长地指出：之所以（冒死）攀登珠峰，是“因为山在那里！”（Because it’s there！）[②]。是的，因为它（壮丽的奇观和人生的高峰体验）就在那里。——那是奇迹的召唤，是来自天堂的神秘呼唤。人们常说生活中并不缺少美，只是缺少发现美的眼睛（罗丹语），其实也完全可以说人生中随处都有奇迹，只是缺少发现奇迹的眼睛。世俗生活的纷扰纠葛和名利场上的追逐已使我们的心灵变得愚钝麻木，只有那些保持心灵敏锐并不屈从于“安分守己”的人，方能在执着探索宇宙人生和心灵奥妙的同时，到“远方”探寻那个真正意义上的“自我”。如果说生命是上苍赐予的最好的礼物，那么珍惜和珍爱生命的绝佳方式就是摆脱乏味和虚浮的尘世虚荣，去追求和探索生命的壮丽壮观。而在周励的自我认知和人生追求中，她注定要和那些令人叹为观止的壮观与壮美融为一体。这也可以解释她何以

---

① 周励：《亲吻世界——曼哈顿手记》，上海三联书店 2020 年版，第 370—371 页。

② 周励：《亲吻世界——曼哈顿手记》，上海三联书店 2020 年版，第 371 页。

苦苦追寻那些伟大人物的伟大灵魂，醉心于他们波澜壮阔的壮丽人生和崇高人格。

周励被“二战”时期力挽狂澜的丘吉尔身上那种决绝的勇敢精神深深感染，折服于这位伟人“决不屈服，决不投降”的“硬骨头”气质，惊叹于丘吉尔发出的“人最可贵的精神是无畏”之呐喊。基于同样的原因，她对吟诵着“一个人可以被毁灭，但不能被打败”的“美国硬汉”海明威堪称一往情深。有迹象表明周励几乎把海明威视为自己的“精神之父”。早在《曼哈顿的中国女人》中她就多次提及海明威对自己的巨大影响，她笔下那位遭受了太多不幸和伤害，却“在战壕中写下《太阳照样升起》”等名著的海明威就像一头“勇敢的公牛”，“虽然被斗牛士刺得鲜血淋漓，被红绒旗逗得气急败坏，但依然站在斗牛场上”。而她正是从海明威等先贤先哲不屈不挠与命运抗争的精神中汲取了精神营养，才勇敢地拿起笔走上了文学创作的探险之路：“没有比报道一代人的史诗更为神圣的事了。”[①] 若干年后，周励坦然承认自己一路追随“爸爸海明威”的心路历程：“事实是，在我来到美国的近二十年时间里，我一直在寻找他的足迹，像女儿寻找一位久别的父亲。”[②] 她探寻着一个个当年激发海明威创作灵感的地方：从美国佛罗里达州到西班牙马德里、法国巴黎、意大利威尼斯以及非洲大陆，当然还包括对位于古巴哈瓦那附近《老人与海》的人物原型——那位老渔夫故居的探访。然而即使是像海明威这样一位尽显“压力之下的优雅”的硬汉人物，却因无法摆脱内心挣扎的困境而吞枪自杀；海明威相比于丘吉尔应该说缺少了些睿智理性和淡定从容、坚定不移的信念。值得欣慰的是，周励对此似乎也有清醒的洞察，她对海明威满怀痛惜和悲悼，

① ［美］周励：《曼哈顿的中国女人》，北京出版社 1992 年版，第 513 页。

② 周励：《亲吻世界——曼哈顿手记》，上海三联书店 2020 年版，第 208 页。

却对丘吉尔不吝赞美："丘吉尔的一生遭遇争议、排挤和毁谤，但是他的天赋、勇气、勤奋和献身精神如今已经成为英国的骄傲丰碑，那些嫉妒毁谤他的人早已被世人忘却被历史埋葬，而丘吉尔仍然像海上的太阳，那永久的光芒将照亮着世世代代的人们！"[①] 周励将丘吉尔称为"千千万万英国人和世界公民的精神导师"绝非溢美过度，而是洞达人性和历史的理性认知。真正意义的勇敢者绝非无知无畏，而是那些不畏艰险顽强求知求真又不失务实精神的人。

迄今为止周励已游历过130多个国家，她多次登上阿尔卑斯山、马特洪峰和西藏珠峰大本营。仅仅在2012年至2016年期间就四次奔赴南、北极。普通人所谓"旅游""游览""观赏"等审美体验，在她这里转化为挑战自我、挑战生命极限的宝贵时机。周励将自己对南、北两极和珠峰大本营的探险旅行视为自己的"燃情三极"，不仅从中体验到"心静若水，情静如山"的祥和，更强烈地感受到一种朝圣般的心灵洗礼和刻骨铭心的人生"高峰体验"。可以说周励大半人生孜孜以求的，正是这种西方人本主义心理学家马斯洛等人提出的人生"高峰体验"，"她要证明的是人之所以为人的高贵和百折不挠"[②]。笔者认为，以"她攀登上了（世界）巅峰，同时又心怀感恩和谦卑"一类话语概括周励的创作和人生转型之路也是颇为恰当的。历经传奇和沧桑，周励对于自己的人生多了一份审视和省察。2010年，她动了一次肺部大手术，经受了"宛如千万把刀往胸膛上扎"般的疼痛，虽然事后怀疑手术缘于医生的误诊，但周励对医生"为了病人好"的苦衷有着充分理解[③]；2012

① 周励：《亲吻世界——曼哈顿手记》，上海三联书店2020年版，第344页。

② 陈思和：《周励〈亲吻世界〉序言》，载周励《亲吻世界——曼哈顿手记》，上海三联书店2020年版，第5页。

③ 周励：《亲吻世界——曼哈顿手记》，上海三联书店2020年版，第347页。

年元旦前后，周励在乘坐意大利“歌诗达邮轮”时遭遇了一次“当代泰坦尼克”悲剧，船长因玩忽职守和隐瞒事故真相而导致沉船惨剧的发生。幸免于难的她没有一味谴责船长的“道德败坏”，而是对加缪在《鼠疫》中的感悟产生了进一步的认同：“世上的罪恶大致皆由愚昧无知造成，愚昧而良好的愿望与真正的罪恶带来同样深重的灾难。”[①] 在这样一种超越世俗的悲悯视角观照下，周励既反复表达着对那些超凡卓绝的不朽灵魂的敬爱，也深恶痛绝于尘世的庸俗卑劣、愚昧无知。在《梵高的眼泪：这个世界不配拥有美丽的你》一文中，她试图深入“这个世界不配拥有”的艺术天才文森特·梵高孤独奇绝的心灵世界，洞悉其鲜为人知的生命奥秘。梵高作为人类文化史上一个不朽神话，很大程度是由于他生前穷困潦倒、不名一文与身后的显赫声名反差太大。周励从梵高那凄苦不幸却创造出了艺术奇迹的人生中感悟到“人类所有的痛苦和屈辱，都可转化为生命的火焰和动力”之哲理；又对梵高终其一生渴求“爱和认可”却只能一次次“心碎”的悲剧人生“唏嘘悲泣”。或许对梵高太过偏爱了，以至于作家甚至将梵高周边的所有人，包括其至亲和曾经的挚友高更等统统视为迫害梵高的“凶手”：“只要高更给他一点鼓励，一点温情，或给他寄一小块油画习作，梵高一定不会自杀。”[②] 我想高更先生若地下有知，会恨不得从坟墓里跳出来争辩一番的。但读者若能充分体察作家为梵高愤懑鸣冤的深挚情感，应该会对此报以会心的一笑吧。梵高这类天才本应属于至善至美的天国，属于唯美的艺术王国，却不幸以疯子的面目降临充满偏见和无知的世俗人间，这是他的不幸，也是这个世界的不幸。但从另一角度看这个世界何其有幸，因为有了梵高；梵高又何其有幸，因为他的价值终

① 周励：《亲吻世界——曼哈顿手记》，上海三联书店 2020 年版，第 149 页。

② 周励：《亲吻世界——曼哈顿手记》，上海三联书店 2020 年版，第 117 页。

被这个世界认知。

岁月悠悠、时光匆匆，沧海桑田、白云苍狗，世界纷纭复杂、乱象纷呈又天下大道殊途同归，不同的只是无数个体鲜活而生动的生命体验和心灵探寻；人类历史的轨迹尽管不时发生曲折反复，但沿着文明进步的方向前进的大势从未改变。笔者愿意分享周励在《亲吻世界》中引用的诺贝尔奖获得者索尔尼仁琴的感言来共勉："作家的任务就是要涉及人类心灵和良心的秘密，涉及生与死之间的冲突的秘密，涉及战胜精神痛苦的秘密，涉及那些全人类适用的规律，这些规律产生于数千年前无法追忆的深处，并且只有当太阳毁灭时才会消亡。"[①]

① 周励:《亲吻世界——曼哈顿手记》，上海三联书店2020年版，第453页。

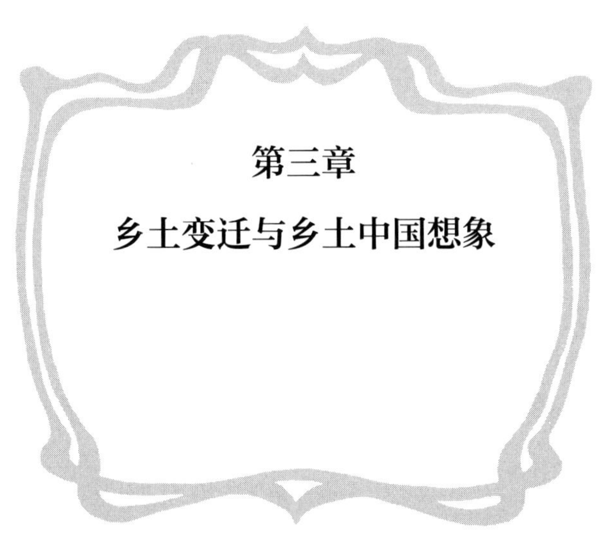

第三章

乡土变迁与乡土中国想象

现代诗人臧克家曾有一首题为《三代》的短诗："孩子，在土里洗澡 / 爸爸，在土里流汗 / 爷爷，在土里葬埋。"其生动形象又言简意赅地描述了传统乡土社会中土地与人的依附关系。根植于土地的农民对自己固守的一方乡土往往产生一种"黏附性"，生于斯、长于斯、死于斯，像极了植物对于土地的"黏附"。对此费孝通先生曾以"植物"比喻乡土社会的"根植"性："只有直接依赖于泥土的生活才会像植物一般的在一个地方生下根，这些生了根在一个小地方的人，才能在悠长的时间中，从容地去摸熟每个人的生活，像母亲对于她的儿女一般。"[①] 在这样一种文化心理定式中，土地不仅滋养了我们的生命，更孕育了我们的未来。而以植物的"根植"比喻乡土社会的生活方式，在中外作家笔下已屡见不鲜。

自 19 世纪中期开始，西方人不断从海上而来，以坚船利炮撞开古老中国的大门，迫使中国社会开启艰难的现代化转型之路。西方带给中华民族空前屈辱的同时，也带来了全新的现代文明观念。这不仅是一种崭新的全球海洋通商文明，更是极具吸引力、诱惑力的时尚摩登的全球化现代都市文明。西方列强通过一个个不平等条约，迫使清政府对外开放通商口岸。正是一系列通商口岸乃至租界的开设客观上造就了沿海城市的现代化、城市化，也加剧了日益繁华的沿海中心城市与衰颓凋敝的内陆边缘农村社会之间的反差，这在海峡两岸是一种共同的现象。传统乡土社会在现代化运动的强力冲击下遭

---

① 费孝通:《乡土中国　生育制度》，北京大学出版社 1998 年版，第 10 页。

遇一次次“流离”。许多世居乡村的农民主动或被动离开农村向城市迁移，导致乡村的败落乃至“空心化”。

文学作为社会变迁的晴雨表和时代号角，生动鲜明地反映了现代中国社会的一次次城乡剧变，以及一个多世纪以来城市化大潮中芸芸众生的命运起伏。收入本章的《“乡下人进城”与两岸文学中的乡土变迁——20 世纪 30—80 年代》一文，试图对 20 世纪 30—80 年代海峡两岸文学中“乡下人进城”叙事及其背后折射的乡土变迁加以回顾比较。其他三篇文章分别从城乡变迁角度对鲁迅、吕赫若、阎连科等两岸作家个案进行探析。鲁迅的不少小说长期被视为现代乡土小说的典范，但鲁迅其实是以介乎城乡之间的乡镇（小市镇）为本位展开自己的乡土中国想象的；而将吕赫若在 20 世纪 30 年代台湾文坛获得盛名的《牛车》，与茅盾的短篇小说经典《春蚕》加以比较阅读，可检视两岸作家对“（半）殖民现代性”的共同关注和批判；阎连科的《炸裂志》等作品则形象地揭示出缺乏精神导引的城市化运动，如何像脱了缰的野马一样既吞噬着传统乡土社会的心灵世界，又丧失了现代文明的精神特质。阎连科那酣畅淋漓、不无异端叛逆和戏谑的叙述方式，不能不说是对畸形城市化现象的绝妙讽刺。

第一节　“乡下人进城”与两岸文学中的乡土变迁——20 世纪 30—80 年代

一、当乡土“遭遇”现代

传统中国社会虽然有大规模的人员迁移和流动，但往往只是旧有乡土社会的“移植”而已，直至西方人在19世纪中期把现代工业文明和民族主义文化思潮强行“送”给国人。西方人以坚船利炮撞开古老中国的大门，迫使中国社会开启了艰难的现代化转型之路。同时带来的还有全球视野下的现代海洋通商文明，以及具有不可抑制吸引力的时尚摩登的现代都市文明。到城市去，到上海去，到北京去！遂成为一代代“乡下人”孜孜以求的梦想。但即使身处最“中心”的都市北京、上海，那些“城市追逐者”依然不能满足自己的意愿。于是有人滋生出“到伦敦去”“到纽约去”的念头。在全球范围内的城乡变迁、“越洋”大潮面前，传统乡土中国既遭遇到前所未有的冲击，也面临“千载难逢”的历史发展机遇。

将海峡两岸文坛表现城乡变迁，或以“农民进城”为叙事题材的小说文本略加比较便可发现一个有趣的鲜明现象：大陆作家反复表现的大多是农村人对于城市，尤其是现代化都市“飞蛾扑火”般的向往，是他们在追逐“城市梦”过程中的苦乐交织；台湾作家则更多地表现着自给自足的乡村社会如何被城市化进程“骚扰”、裹挟，以至于造成农村人的流离失所、无所依归。其中不少边缘人被城市化浪潮“冲刷”到城市街头，甚至成为脱离大地母亲，无法“脚踏实地”的“悬空的人”“摆荡的人”。海峡两岸文坛的这种区隔/整合现象，在不同时代变迁中有着不同风貌和特征，也为未来文学发展提供了不少可资借鉴的因素。

二、20世纪30—40年代：“城市来了”与被迫进城

站在21世纪的今天重新回望20世纪三四十年代，那无疑是一个苦难与动荡并存的年代、一个战火与热血交织的时代。但正所谓“国家不幸诗家幸”，不仅台湾现代文学在这一时期趋于成型，大陆现代文学更在剧烈变革中

迈向了成熟的收获季节。尤其是30年代中前期，茅盾的《子夜》（1932）、老舍的《骆驼祥子》（1936）、李劼人的《死水微澜》（1935）等一系列经典名著相继问世，代表了20世纪中国文学最重要的创作实绩。另外，虽然两岸的社会性质有所不同：台湾处于日据时期，中国大陆则处于“半殖民地半封建社会”。但中华民族处于西方列强环伺和欺凌之下的整体悲剧命运并无本质分野。随着日本军国主义的对外扩张，其觊觎整个中华大地乃至东南亚各国的野心日益暴露；与此同时海峡两岸同胞同仇敌忾、一致抗击日本军国主义的坚强意志和决心也日益彰显。1937年“七七事变”爆发后，中华民族则在最危险的时候空前团结起来，展开不屈不挠的抗日斗争。日本军国主义强加于中华民族的战争灾难，在客观上促成了中华儿女民族意识的觉醒，促进了古老中国向现代民族国家的急剧转型。这是任何侵略者最不愿意看到却又不得不面对的“残酷”现实。

在异族殖民统治和战争危亡时期，处于中心地位的大城市既是殖民统治的核心平台，也是民族受难的“肉身”象征。20世纪三四十年代的台湾作家已敏锐注意到日本殖民当局推动的现代化与城市化运动如何来势汹汹、不可阻挡。由于现代（机器和工业）文明来自日本，“现代”也是日本殖民当局奴役台湾人民、掠夺台湾财富、侵占台湾资源的强有力手段，作为民众代言者的文人作家对这种畸形现代化、工业化和城市化的声讨与批判，便成为时代的最强音。在台湾作家笔下，与固守乡村的贫困生活相比更不可接受的，是殖民现代性对传统乡土社会的冲击和摧残。伴随殖民化而来的工业化、城市化浪潮作为势不可当的时代洪流，无人不被卷入其中。那些像植物一样“黏附”于一方土地的农村人，随时可能在某一天的早晨醒来后，蓦然发现城市化已“来到”自己身边。但普通人却难以从这一时代剧变中获得福祉，反而遭遇意想不到的灾难和不幸。

透过杨逵的《送报夫》（1934）我们看到，日本殖民当局强制推行的“现代化”农场，是怎样逼迫原为自耕农的农民家破人亡、流离失所的；而吕赫若、杨逵、朱点人等作家的小说，则反复表现了强加于台湾人民的“日本的东西”（现代文明）如何“可怕”，如何逼迫得底层人民家破人亡、妻离子散，以及不得已的“男盗女娼”式的堕落的；细读朱点人的短篇小说《岛都》（1932），可以看到在“岛都”台北这样的现代都市，一方面是蒸蒸日上的工程建设和城市公园里绅士阶层的惬意休闲，台北在他们眼中简直就是“人间天堂”；另一方面却是底层人民的民不聊生、饥寒交迫，甚至被逼卖儿卖女。小说结尾处，主人公史明也成长为工人阶级的反抗者和“地下运动”工作者。城市在迅速崛起的同时，也在“培育”着它的反对势力；而在朱点人的另一篇小说《秋信》（1936）中，那位坚守民族气节的地方乡绅陈斗文先生，躲在乡间的农家小院尚能“自成一统”地“独善其身”，但当他迫于殖民当局的压力，不得不进行一次“台北之行”，却足以让我们领略到这种“独善其身”式的“文化抵抗”是多么苍白无力。作者一方面以斗文先生这位“乡下土地主”的视角观察台北，为这座城市的“日新月异”“旧貌换新颜”感到前所未有的震撼。斗文先生来到台北的的确确见识了日本殖民当局现代化建设的“丰功伟绩”，而这正是日本殖民当局要达到的效果。当时的殖民政府为了庆祝所谓“始政四十周年”（1935），举办了一次声势浩大的“台湾博览会”，向广大民众炫耀殖民当局开放与建设台湾社会的“辉煌成就”。但在另一方面，陈斗文先生这类“乡下人”对台北这座光怪陆离的现代化都市却又是如此的有隔膜和不认同！置身于由“和服、台湾衫、洋服”组成的完全日本化的摩登氛围，斗文先生油然而生的不是惊喜和赞叹，相反却是无限的悲凉、痛苦和无奈。台北早已不是他的“憧憬之乡”，连他最向往的“抚台衙”也已摇身变成了现代化的“台北公会堂”,“屋貌依然,而往事已非”了![①]而斗文先生那一身依旧停留在“清朝年代”的古装打扮,尤其是“倒垂在脑后”的长长的辫子,置身于台北街头又是多么不合时宜!

《秋信》中的斗文先生与茅盾《子夜》里的吴老太爷这一人物形象,在笔者看来简直不无神似。《子夜》中的吴老太爷刚刚抵达上海,就因受不了这座摩登都市的一系列“强刺激”而一命呜呼;斗文先生刚刚启程赶赴台北,却被自己乘坐的火车发出的汽笛鸣响“吓得昏迷过去”。在《子夜》中,茅盾通过作品中的时尚青年范博文之口对吴老太爷之死总结道:“老太爷在乡下已经是‘古老的僵尸’,但乡下实际就等于幽暗的‘坟墓’,僵尸在坟墓里是不会‘风化’的。现在既到了现代大都市的上海,自然立刻就要‘风化’。”[②]范博文对吴老太爷这类“封建主义老太爷”的轻蔑和不齿,想必也体现了包括茅盾在内绝大多数现代文人共同的情感认知和决绝立场:“去罢!你这古老社会的僵尸!去罢!我已经看见五千年老僵尸的旧中国也已经在新时代的暴风雨中间很快的很快的在那里风化了!”[③]相较之下,朱点人对于陈斗文这类在殖民高压下依然坚守民族气节的守旧文人,却没有像茅盾对于封建主义那样的决绝和轻蔑。与吴老太爷留给我们的只有可悲、可叹、可笑相比,斗文先生还给我们以肃然起敬的悲壮印象。他有着堂吉诃德式的不可理喻,也有着堂吉诃德式的可敬乃至可爱。但他以螳臂当车的勇气抗拒咄咄逼人的畸形现代化与城市化,必然要“败下阵”的宿命却是无疑的。

在现代化、城市化的强力冲击下,农民丧失固有的土地和家园,不得不

---

① 钟肇政、叶石涛主编:《光复前台湾文学全集》卷④《薄命》,台湾远景出版事业公司 1980 年版,第 107 页。

② 茅盾:《子夜》,人民文学出版社 2000 年版,第 26 页。

③ 茅盾:《子夜》,人民文学出版社 2000 年版,第 26 页。

流落城市街头，成为无家可归的“流氓无产者”，已然是一种社会常态。林海成（笔名林越峰）在1934年发表的一篇题为《到城市去》[①]的短篇小说中，讲述一个名叫忘八的农民因受不住农村生活的困顿窘迫而流落城市，先是成为一名洋车夫，不久因一场大病而丧失力气，只好做起路边擦鞋的生意，最后因走投无路竟沦落为盗贼，不幸落水身亡。虽然这篇小说像是一段粗糙而简单的素描，艺术表达上比较稚嫩，但他关注的农村人被迫“到城市去”后只有“死路一条”的社会现象却颇具普遍意义。林海成大概没有想到，时隔两年后（1936），海峡对岸的老舍先生同样塑造了一位来到城市做起人力车夫的“乡下小伙”祥子这一人物形象，遭遇到的几乎是同忘八一样的悲剧命运，进一步“坐实”了城市只是富人和上等人的天堂，对于处在社会底层的穷人却不啻人间地狱这一主题。

《骆驼祥子》中的祥子从小生长在乡间，这里的“乡间”应是离北京不远的郊区或河北等地的乡村。在“失去了父母与几亩薄田”之后，18岁的他“带着乡间小伙子的足壮与诚实”，满怀希望地来到北京这座大都市，追寻自己的人生梦想。最初一段时间，“凡是以卖力气就能吃饭的事他几乎全作过了”，但对于他这样一穷二白的乡下年轻人来说，“拉车是件更容易挣钱的事”[②]，于是一心一意地做起了一名人力车夫。刚来到北京的祥子既年轻力壮，又纯朴敦厚。作家反复强调他“就很像一棵树，上下没有一个地方不挺脱的”，“他确乎有点像一棵树，坚壮，沉默，而又有生气”。[③]笔者在前文已指

---

① 原载1934年11月5日《台湾文艺》创刊号，收入钟肇政、叶石涛主编《光复前台湾文学全集》卷④《薄命》，本章引用日据时期台湾作家作品如无特别说明均出自该书，恕不一一注明。

② 老舍:《骆驼祥子》，人民文学出版社1962年版，第4页。

③ 老舍:《骆驼祥子》，人民文学出版社1962年版，第5页。

出，没有比“树”这一意象更适合于描述黏附在一方土地上的农民形象。然而祥子却不幸是一株“移植”到都市里的“小树苗”，他在这里注定“水土不服”，被城市的黑暗吞噬。

我们发现进到城里的祥子依然遵循着根深蒂固的“乡下人”思维。他想拥有一辆属于自己的“洋车”，这已近似于支撑其生存意志的“终极信仰”，就像老实本分的农民对土地的执着追求一样。与农民式的辛苦劳作、省吃俭用的攒钱行为极为相似，祥子对自己车子的追求也是精打细算的，在当时的北京拥有一辆洋车大概至少一百元，对他而言绝不是小数目，“但是，他下了决心，一千天，一万天也好，他得买车！……他不吃烟，不喝酒，不赌钱，没有任何嗜好，没有家庭的累赘，只要他自己肯咬牙，事儿就没有个不成”[①]。可见祥子是何其一厢情愿！他完全没有意识到即使拥有一辆属于自己的洋车，可以“不再受拴车的人们的气”，但照旧无法改变自己的命运。

经历过“三起三落”的曲折命运，尤其在目睹“有车一族”的老年洋车夫依然冻死街头的惨剧之后，祥子终于“觉悟”了。他所有的梦想与坚持，他的那点“乡下人”的自尊乃至（道德）自信，都统统被击垮。他终于明白：“无论自己怎么要强，全算白饶。想来想去，他看出这么点来：大概到最后，他还得舍着脸要虎姑娘；不为要她，还不为要那几辆车么？‘当王八的吃俩炒肉’！他不能忍受，可是到了时候还许非此不可！”[②]他开始幻想过上一种“上等人”不劳而获的寄生生活。然而“王八”怎么可能那么容易就能当上的，即使当“王八”，也轮不到祥子这样老实巴交的人。在守财如命、六亲不认的虎妞父亲，同时也是城市“坐地虎”的刘四爷面前，祥子完全不是其对手。

---

① 老舍：《骆驼祥子》，人民文学出版社 1962 年版，第 7 页。

② 老舍：《骆驼祥子》，人民文学出版社 1962 年版，第 56 页。

最终祥子落得人财两空的可悲下场。小说最后，祥子完全沦为城市流氓无产阶级的一员，成为彻底丧失人生理想的类似阿Q得过且过的行尸走肉。“祥子还在那文化之城，可是变成了走兽。”[①]他被这座城市的不公不义迫害，也被它的腐朽堕落侵蚀，几乎与这座古老的都市一同沦落。他在失去“乡下人”本分的同时，也丧失了做人的起码节操。按照作者的说法，祥子已沦落为“堕落的，自私的，不幸的，社会病胎里的产儿，个人主义的末路鬼！”[②]在传统的以宗法制为基本社会关系的乡土社会，我们发现“失（故）土”常常与“失所”紧密相连，流离失所的“流民”也就很容易变成无所依赖的“无赖”或“流氓”。

如果再追溯一下鲁迅创作于1921年的《阿Q正传》这篇国民性批判的经典杰作，同样不可忽略阿Q这一人物形象游动于城乡之间的“盲流”特征。阿Q之所以流落未庄给人家当雇工，或许是因为未庄作为相对中心的村镇，要比他更加偏远的家乡更容易寻找到谋生的机会？作为未庄的“外来者”，阿Q处处被蔑视、被排斥，甚至只能“借住”在土谷祠。但阿Q却“很自尊”，几乎将未庄所有的居民“全不放在眼里”，很大程度上是因为他有过几回“进城”的人生经验。阿Q既鄙薄城里人将“长凳”称为“条凳”，看不惯其做菜时把葱叶切得细而又细的精细做法；离开城市回到乡村的他又瞧不起未庄里的“乡下人”见识短浅，不像他那样见过“城里”的大世面。[③]当阿Q因“恋爱的悲剧”而声名狼藉，面临“生计问题”时，他便与众多“盲流”一样“打定了进城的主意”。他在城市里遭遇天翻地覆的辛亥革命运动，并很快

① 老舍:《骆驼祥子》，人民文学出版社1962年版，第211页。

② 老舍:《骆驼祥子》，人民文学出版社1962年版，第224页。

③ 参见鲁迅《阿Q正传》，载《鲁迅全集》(第一卷)，人民文学出版社1981年版，第487—532页。

（草草）完成了由“盲流”到“流氓”（盗贼）的人生歧变：“革命”带来的动乱使他“机缘巧合”地加入盗贼团伙，“趁火打劫”了一番举人老爷的财产。当“发迹”的阿Q再次回到落脚的未庄时，他发现庄子里所有的人，甚至权倾一时的赵太爷都对自己刮目相看。阿Q充分见识了“革命”的威力，也尝到了“革命”的甜头，他开始萌生“投降革命党”的念头，并因之产生种种不切实际的美妙幻想。然而他始料未及的是，革命党不仅不接受他的“投降”，反而很快对其草菅性命，使他从“中兴”迅速走到“末路”。

在笔者看来，老舍的《骆驼祥子》与鲁迅的《阿Q正传》等作品都在触及传统中国文化某些负面特征的同时，尖锐批判了现代都市对于底层人（农）民的腐蚀和伤害。无论是鲁迅笔下的阿Q，还是老舍笔下的祥子，以及茅盾倾力塑造的民族资本家吴荪甫，他们来到城市后都未能遇到命运的真正转机，反而加剧了自己人生的败落乃至灭亡。他们的“城市梦”在残酷的现实面前都被撞得粉碎，就此而言两岸现代作家并无本质区别。但与台湾作家不同的是，大陆作家并没有将都市现代性完全视为本土社会的异己势力，相反，他们讲述得更多的是农村人对现代城市的向往与追慕。一个鲜明的例证是李劼人《死水微澜》中的女主人公邓幺姑，农村出身的她因为居住在离成都不远的郊区，从小便对大城市成都充满向往。为了实现自己到城里生活的梦想，她宁愿嫁给成都大户人家的老太爷“做小”。未能遂愿才“退而求其次”，成为天回镇上一家杂货铺老板蔡兴顺的妻子。——天回镇这座小城镇虽然比不上成都那样的大城市，但总比在乡村种田好了许多。邓幺姑的城市梦想可视为20世纪中国广大农村人共同的人生理想。20世纪中国文学史上不知有多少邓幺姑式的农村男女飞蛾扑火般地奔向城市。对他们而言，“中国梦”就是自己梦寐以求的“城市梦”。

三、20世纪50—80年代：进城后的“悬空”或“盲流”[①]

1949年国民党政权败逃台湾，经过50年代的“白色恐怖”，20世纪六七十年代的台湾社会进入前所未有的经济腾飞时期，城市化、现代化运动持续高涨。而中国大陆直到70年代末才迈入改革开放的历史新时期，同时也引发了至今仍蓬勃兴盛的城市化运动。稍加比较便可发现，六七十年代台湾文坛涌现的大量表现城乡剧变的小说文本，与八九十年代大陆同类题材作品尽管在时间上跨越了十几年甚至二十几年，却具有诸多超越时空的相通之处。

四五十年代从大陆败逃到台湾的国民党政权及高官人士，往往集中于台北等大城市，“外来”的特权阶层与广大本土底层民众之间的对立隔阂，使得“城”“乡”差距与省籍矛盾、阶级对立、中西文化冲突纠葛在一起，成为台湾各种错综复杂社会矛盾的集中折射。台湾新文学开创之初作家们对“殖民现代性”的警惕和批判，以及日据时期遗留下来的现代化与本土化、广大乡村与中心城市之间的撕裂与隔膜，由此转化为台北等现代化都市与“本土/乡土台湾”之间的撕裂乃至对立。自上而下、由外而内的现代化、城市化运动则被艺术化地表现为外来势力强加于“本土/乡土台湾”的骚扰、勒索和压榨过程。在黄春明等台湾六七十年代乡土文学作家的笔下，不难发现乡土文明和小农经济形态在工业化、城市化到来之前，一直可以保持自给自足的自然美好状态。即使历经不可预料的天灾人祸，他们也总能渡过一次次难关，背后的乡土文明也足可顽强延续。但“外来”的城市化、现代化运动却对生生不息的乡土文明造成了致命性打击。黄春明中篇小说《青番公的故事》（1967）

① “盲流”一词最早应追溯到1953年4月政务院下达的《关于劝止农民盲目流入城市的指示》，堪称国内“盲流”概念的首次提出；此后出台的一系列文件和通知将“农村劳动力”牢牢限定在自己的“乡土”之内。

中的青番公一家，年轻时曾遭遇一场突如其来的洪水，夺去了除他本人外全家人的性命，也将他们的家园化作一片“石头荒地”。但他在乡邻的帮助下重建了家园，并与同样孤身一人的本村女阿菊结婚。多年以后，曾经孤苦伶仃的青番终于发展为儿孙满堂的大家庭。青番公一家“死而复生”的传奇般家族史，更像是传统乡土文明的一种隐喻，象征了乡土文明虽然遭遇种种苦难和不幸，却每每能展现出强大的自我修复能力。

黄春明在那些与土地厮守的底层农民身上，发现了一种坚韧顽强、不可毁灭的伟大生命力量。那饱经沧桑、历经艰难却坚不可摧的青番公简直就像一位土地公的化身，保佑着子孙后代繁衍生息。而在黄春明的另一篇小说《溺死一只老猫》（1967）中，固守一方乡土的老农民阿盛伯宁死也不让“街仔人”在他们的清泉村修建现代化的游泳池。他慷慨激昂且理直气壮地宣称：“清泉的水是要拿来种稻米的，不是要拿来让街仔人洗澡用！……清泉的人不稀罕通车，我们有一双腿就够了。我们只关心我们的田，我们的水……”[①]阿盛伯眼中的清泉村乃是一个“龙头地”，村子里的那口老井就是“龙目”。清泉村人祖祖辈辈都受着这条神龙的保佑，如今修建的现代化游泳池却要把“龙目”生生毁掉，岂不将清泉村的古老风水彻底破坏？但阿盛伯的反抗注定是徒劳的，连他溺死在泳池的“死谏”行为，也成为人们眼中的“笑料”。与青番公堪称同一谱系的阿盛伯在面临现代化文明的冲击时，即使以命相抵也注定徒劳。对那些固守一方土地的老农而言，导致“天”真正塌下来的不是传统乡土文明内周而复始的自然灾害，而是现代文明及城市文明的扩张与侵蚀，那才是真正“要命”的。

---

① 《黄春明小说选》，福建人民出版社 1985 年版，第 48 页。本书引述黄春明小说文字均出自该书，恕不一一注明。

于是我们看到，早年朱点人、吕赫若等作家刻意表现的现代化与被殖民化、城市化与非人性化的复杂扭结，在六七十年代的台湾作家这里，不仅被延续和强化，而且城市作为罪恶、堕落的“外来”异己特征也一再被放大。与自给自足的传统乡村相比，城市不仅充满了各种欲望的诱惑和人性堕落的陷阱，还因为集中了各种商业化、娱乐化的消费娱乐设施，最大限度地激发起人们的消费欲望和原始本能，促使其最“方便快捷”地走向堕落。通过纯朴善良的女孩彩凤的遭遇可以确定，进入城市的那些年轻漂亮的乡下女孩倘要守身如玉，简直“难于上青天”(《彩凤的心愿》，1978)；而在乡下小伙子小林的眼中，那些城市里的上等人无论怎样忙忙碌碌疲于奔命，也不过是为了自身的生存和那一点可怜的虚荣心，普通人家的一条命在这些城市人眼中还不如阔太太的一张出境证更为重要(《小林来台北》，1973)。与此同时，作家们还把更多同情的目光投向那些在乡土剧变中被迫离开家乡，进入城市却找不到自己位置的边缘小人物身上。黄春明《两个油漆匠》中的“猴子”和施叔青《倒放的天梯》中的潘地霖，尽管两人的工作环境有很大不同：一个从乡下来到台北这座国际化大都市，整天“悬挂”于台北一座二十四层高楼的半空，从事着大厦墙面一幅巨型广告牌的油漆工作；另一个则在1966年开启的台湾“东部开发之热潮时期”受雇为一名油漆匠，整日“高悬”在海拔两千公尺的高空，对一座“一共有一百二十公尺长”的吊桥进行油漆粉刷。一个混迹于繁华的城市闹市区却与这座城市格格不入，另一个置身于渺无人烟的乡野山川之上惶惶不可终日，但两人的“离土”和“悬空”体验以及由此导致的精神异常却是如此相似。两位作家都刻意渲染了来到城市边缘，或被城市化“席卷而去”的农村打工者们，由于远离乡土、脱离土地之后“上不着天、下不触地”的悬空感，以及由此导致的“失魂落魄”之悲剧。

相反在故乡农村的村头田畔，却永远伫立着一位伟大而慈悲的母亲，随时召唤那些在城市打拼失败的闯荡者。于是那位在城市沦落风尘的姑娘白梅，在“要做一位母亲”的心愿驱使下通过性交易成功怀孕，然后安然回到家乡疗养自己的心灵创伤，并顺利产下宝贝儿子。在曾经离弃的那个故乡里的小山村，她终于找到了自己生命的归宿（《看海的日子》，1967）。小说写得十分浪漫温馨，但作家“无视”传统宗法社会对于白梅这类“伤风败俗”女性的排斥和歧视，其一厢情愿的理想化想象或许已有些“不可思议”。类似的例子也出现在同为台湾乡土文学重镇的陈映真笔下，在小说《夜行货车》（1978）中，他干脆让心爱的男主人公詹奕宏带着女朋友搭上南下的“夜行货车”，回到自己的农村老家重新开启新生活。身为台湾男人的詹奕宏表现出的硬气令人肃然起敬，他从华盛顿大楼辞职也自在情理之中。然而作家让他们从台北匆匆赶回南方乡下，究竟是一时冲动还是经过深思熟虑的人生抉择？深受现代文明滋养、已经习惯了城市生活的詹奕宏们的“乡村梦”，真的会如愿以偿吗？

反观中国大陆文坛，由于现代化、城市化步伐一度被延宕，反而促使广大民众对现代化、城市化的向往激情发生强烈反弹。表现在文学领域，就是一代代农村人对“城里人”的羡慕，他们不顾一切“到城里去”，遂成为当代文坛最醒目的一个主旋律。

80年代崛起的一批写实主义及“新写实”作家如莫言、郑义、李锐等，纷纷通过创作对六七十年代底层农民的生存困境进行历史性反思。刘恒在中篇小说《狗日的粮食》（1986）中，通过农民杨天宽与妻子瘿袋的半世情缘和令人辛酸的悲苦遭遇，揭示了“粮食”（土地）与“生殖”（生存）之间相辅相成的复杂关联：杨天宽用二百斤谷子买来一个“瘿袋（肉瘤）在肩上晃来晃去”的丑婆娘。他最关心的不是婆娘的面貌如何，而是胸脯上的瘿袋是否“碍生”。对于他这样的农民来说，传宗接代毕竟是最重要的。具有丰富的饥饿经验却生存能力极强的瘿袋，甚至从捡拾来的骡粪中淘洗出“整的碎的玉米粒”，才使得他们家熬的“粥”中，在“一锅煮糟的杏叶上”看到几颗“金光四射的粮食星星”。这一极富典型意义的细节，堪称20世纪六七十年代中国底层农民真实状况的传神写照。一句“狗日的……粮食！”虽称不上千古文人的一声长叹，却足以道出中国农民积蓄千年的悲哀和辛酸。在源远流长、生生不息的历史长河中，中国农民表现出的超乎寻常的生存意志足以令世界为之震撼。然而将这种最低限度的生存过于美化和理想化，却可能隐含滑向封闭保守乃至民粹化的危险。就像孩子投胎到自己的父母那里一样，人们把自己的命运交付给属于自己的那一片乡土，那土地起码要养活得起人们，否则又怎能保证人们对自己的乡土不离不弃呢？

通过郑义的中篇小说《老井》（1985）可以管窥黄土高坡那群挣扎在生存底线的老井村人，即使一代代都面临着吃水的严重困难，仍然不愿意迁往他乡，堪称土地黏附的极端化个案。但《老井》中的孙旺泉虽然坚决不愿离开养育自己的一方乡土，他的恋人巧英却已下定决心，要到城市里开创一片生活的新天地了。同样地，黄春明《看海的日子》中的白梅虽然最终回到故乡农村安度“余生”，她对儿子的期待却是将来“坐大船越过这个海去读书”，要做个“了不起的人”，要成为“了不起的人”就需远离故土，“漂洋过海”去读书。漂泊四方的人们无法排遣对故乡乡愁的情愫，守望故土的人们又常常面向远方发出惆怅的向往，或许注定成为人类心中永远解不开的“死结”。

80年代的继往开来和持续深入的改革开放，同时引发了中国历史上前所未有的城乡变迁。文学也成为时代变革的嘹亮号角，其中作家们最偏爱的母题之一便是对城乡变迁的现实观照与历史回顾。高晓声的短篇小说《陈奂生上城》（1980），应当说为作家们涌入这一领域揭开了历史性的“序幕”。小说主人公陈奂生因偶然机遇来到城里，却在城市的“现代”及豪华面前无所适从，尽显自己的荒唐可笑。小说标题中的一个“上”字形象地凸显出城乡之间的“上下”和“里外”差别。这一从“城里”俯瞰“乡下”的略带善意的嘲讽视角，自 80 年代一直延续到 21 世纪众多农村题材的小说和影视戏剧作品中。农村人尤其是中年农民的保守固执、见识短浅，常常被演绎为城市人取乐和取笑的对象。而主要以“乡下人”视角尤其是站到乡下“有志青年”的立场上，设身处地地表现他们在追求“城市梦”中的苦乐交织和种种悲欢离合并感动了亿万农村“有为青年”的，则不能不提及英年早逝的陕西作家路遥。他的《人生》《平凡的世界》等作品之所以在当时引起几乎是全社会的轰动效应，很大程度上是因为他表达了亿万农村青年力求挣脱乡土的束缚，向往现代城市的真切心声。路遥以朴实的笔触描述了无数农村青年为了从“乡下”奔向“城里”，并借此改变人生命运而苦苦挣扎、艰难奋进的真实心路历程。只要乡土中国的社会本质未发生根本变化，城市中国的理想愿景尚未完全实现，“路遥热”就有充足的社会理由持续存在下去。

四、余论：80 年代后两岸文学的合流与“后 / 新城市化”书写

80 年代之后的台湾社会已进入“后城市化”抑或“逆城市化”新时代，但中国大陆社会却持续兴起一轮又一轮轰轰烈烈的城市化运动。尽管如此，海峡两岸文学对城市化及整个现代化的反思批判却呈现出明显的“合流”趋势。

正如赖和等人早在 20 世纪二三十年代就敏锐观察到的，如果乡土社会的工业化与现代化进程不能使底层农民得到实际的生活改善，反而让其深受其害，那么这样畸形而不人道的社会进步，是否还值得追随和赞颂？现代性的到来一方面极大地解放了人的自由与冒险天性，催生了人们的创造欲望和

开拓潜质，另一方面也最大限度地释放了人的原始本能，包括那些被传统道德压制和掩盖的原始欲望和邪恶本性。100余年来，无数台湾作家聚焦于此，始终如一地聚焦于人的尊严及“乡土的尊严”问题。而所谓“乡土的尊严”，指向的乃是一种攸关不同文化传统，尤其是乡土文明传统的尊严问题。不过，当所谓“尊严”问题既与广大乡土的流离、“故国（园）的沦亡”，以及异族强加的殖民现代性、所谓“本土”对“外来势力”的排斥等议题时，我们又不能不惊叹于其中异乎寻常的复杂吊诡。

相对而言，当我们反观中国大陆，历史上的城镇居民曾经与“国家职工”“公家人”成为一体，由此形成的底层农民对“城里人”的艳羡常常异化为对社会“上等人”的羡慕，以及对权力和丰腴物质生活的追逐，也就不足为怪了。山西作家李锐在短篇小说《古老峪》（1986）中，以极短的篇幅描述了一名城市男青年，作为“工作队”代表被安排到乡村古老峪去“念念文件”期间感受到的农村女孩对他的渴慕：“你们公家人都好看，看这手细的，像是戏上的人。”[①] 在这赤裸裸的爱的表白中，连“公家人”近乎丧失男子气概的“细细的手指”都成为农村妇女艳羡的对象。农村人对“公家人”（城里人）的向往甚至已异化为审美价值观的畸形。这种以城市男性的视角感受农村女性渴慕目光的写作趋向，曾被当代大陆男性作家反复玩味。同样在张艺谋根据作家鲍十的小说《纪念》改编的电影《我的父亲母亲》（1999）中，依然可从一个貌似纯情唯美的爱情故事背后管窥到此类叙事不可抑制的诱惑：农村女孩招娣暗恋上来到他们村小学校教书的青年骆老师，几经周折两人终成眷属，一爱就是40年。电影中的骆老师虽然谈不上多么高贵与显赫，但其“公家人”（在当时至少也算是半个城里人）的身份却足以让当时只能“在土里刨

---

① 李锐:《厚土》，浙江文艺出版社2000年版，第17页。

食”的农村人羡慕有加。即使他被打成“右派”（这恰恰是“城里人”才有的一项“特权”），被暂时“下放”到农村，但相对于广大农村人来说依然是“高人一等”的。“城”与“乡”之间的等级关系以如此纯情的方式呈现出来，不能不让人啼笑皆非。

90年代以后的大陆文坛，持续涌现出对狂热现代化和盲目城市化的尖锐批判潮流，这在阎连科、邱华栋等人的小说和众多“非虚构写作”中均已表现得淋漓尽致。邱华栋曾尖锐地讽刺北京这座城市“就像一块肿瘤一样在生长”，而人们却像癌细胞一样从四面八方汇集而来。在都市里为了生存，他们不得不出卖肉体和智慧，然后让自己成为更简单的物质；城市里的人们就像被驱赶的马匹一样拼命奔跑，被自己不断膨胀的欲望追赶得筋疲力尽；至于都市里的情感则完全以欲望和利益交换为核心。他笔下那些从外地小城市（乡镇）义无反顾地奔向北京、奋不顾身地爬向北京这座“城市玻璃山”的男女青年，不惜赌上自己的青春与生命热情“借以换取我们想得到的东西”[①]。但阎连科、邱华栋们讲述此类故事时难以掩藏的既尖酸刻薄又津津乐道甚至不无艳羡的语气，却与明清市井小说惯常的讽喻手法太过神似，未免引起读者的诸多遐想。

总体来看，半个多世纪以来海峡两岸中国底层农民在城乡之间游离奔波，很多人的“城市梦”不断破碎而又前赴后继。这是数千年中国历史史无前例的现象，既反映了传统乡土中国向现代“城市中国”转型过程中的多重面向，又折射出这一转型中的阵痛与曲折。作为社会变迁晴雨表和时代号角的文学，对城市化大潮中芸芸众生命运起伏、悲欢离合的生动呈现，太过让人感喟不已。通过对半个多世纪海峡两岸文学中“乡下人进城”叙事的简单梳理，笔

① 邱华栋：《所有的骏马》，百花洲文艺出版社2016年版，第1页。

者最大的感喟是涌动于广大农村民众心底深处最广且最深的“暗流”，依然是他们那不可抑制的“城市梦”。无论他们对城市美好生活的向往多么卑微，都不应被忽视、被亵渎，因为这是无数底层民众最真实、最热切的梦想之一。

第二节　乡土中国的“镇—乡”写照：鲁迅乡土小说刍议

一、导言：如何以阿 Q、祥林嫂为中心

笔者曾不止一次设想过：在现代中国文化史上，如果以鲁迅为中心画一个圆，这个圆将会有多大？我实在难以思量。因为现代中国社会百余年的所有文化思潮，几乎都与鲁迅这一新文学的“原（圆）点”有着“斩不断、理还乱”的复杂关系。从知识界的各种文化论争到五四新文化运动以来中国社会遭遇的重大文化抉择，包括所谓进步与落后、革命与反动、文明与野蛮、西化（殖民化）与本土、左翼与右倾之间的矛盾纠葛，乃至百余年来城市与乡村之间的文化互渗互动、城乡变迁中社会边缘者的命运起伏等，都可在鲁迅这一典型个案中看到鲜活生动的印证材料。众所周知，传统中国社会本质上是乡土性的，所以被称为“乡土中国”。自 19 世纪中叶开始，古老的华夏中国被西方强行拽入全球性现代化进程中，从而引发中国社会“数千年未有之变局”，因现代转型而产生的城乡社会剧变更是前所未有。鲁迅开创的现代乡土小说流派既从现代启蒙者视角审视传统乡土中国的愚昧落后、野蛮原始，又表现着那些“乡下人”游离于城乡之间的悲苦命运及其独特生态和心态，

鲁迅笔下的阿Q和祥林嫂，堪称游走于城乡边缘的两个典型人物。

《阿Q正传》侧重于表现的并非阿Q一生的命运遭际，而是他被“（辛亥）革命”洪流冲击下像随风而起的一枚落叶那样的命运起伏，及其“草草了事”的人生转机：“革命”的狂风巨浪来自城市并迅速波及包括未庄在内众多百姓的生活，游走于城乡间的阿Q可谓得风气之先，本来面临生计困境的他阴错阳差搭上“革命”的便车，陡然间交上好运“发了大财”，回到未庄后的他立马被刮目相看，连最有权势的赵老太爷都要怯怯地尊他一声“老Q”，于是阿Q着实飘飘然了几日。但他也因此惹祸上身，被诬陷为“革命党”并迅速走向“大团圆”的结局。套用一句当今时代颇为流行的话语，时代的一粒尘不巧就砸在阿Q这类边缘者头上，却不幸成为压倒他身家性命的一座大山。

祥林嫂与阿Q一样同属挣扎于社会底层的边缘人，作为更弱势的女性，她被打上更多“不祥”的耻辱烙印。与阿Q凭借“精神胜利法”自欺欺人、“自娱自乐”地苟且存活不同，祥林嫂孜孜以求的是活得“有尊严”。她太渴望被他人尊重，被社会主流认可。笔者甚至认为就精神谱系而言，祥林嫂与阿Q堪称对立的两极又一脉相承：阿Q内心深处最大的渴望，又何尝不是获得他人和社会的认可？他自欺欺人式的自我吹嘘，乃至“儿子打老子”之类的疯言狂语，无不折射出潜意识中对别人“高看自己一眼”偏执般的向往，只不过依靠正常途径和理智思维，他已意识到这不可能，阿Q只能通过非理智的“精神胜利法”，或幻想以超现实的非正常手段实现心中积压已久的梦想。“革命（造反）”的发生为他提供了前所未有的人生机遇，借力这股“好风”，阿Q的确在短时间内享受到平步青云般的快乐体验，不过他的生命也如绽放的爆竹那样烟消云散。本节试图以这两个人物为中心，通过对他们的比较分析进而管窥鲁迅笔下那个以“未庄”或“鲁镇”命名的乡土世界。

二、阿 Q：游走于城乡边缘的游民 / 流氓形象

只要对《阿 Q 正传》这部作品稍微有些了解，就可以分辨出阿 Q 与普通农民乃至贫雇农之间的巨大分野。在中国，人们头脑中的“正统”农民形象总是以日出而作、日落而息，面朝黄土背朝天地辛勤劳作为代表的。他们的思想和行为则始终以家庭或家族为中心，不到万不得已是绝不肯离乡背井的，但这显然与阿 Q 的性格特征不相符。阿 Q 的姓氏和籍贯都很渺茫，他没有父母和妻儿，没有兄弟姐妹，甚至连所谓的叔侄姑姨等各种远房近房的亲戚关系都没有。像这种“光杆一人”的现象在中国农村是比较罕见的。小说还描写到，阿 Q 因为进过几回城，在自我感觉上始终要比地道的未庄人“见多识广”得多。一方面，他不自觉地以一个乡下人的眼光鄙薄着城里人的生活语言与习惯，比如用木板做成的凳子，未庄叫“长凳”，城里人却文雅地称为“条凳”，阿 Q 认为很“可笑”；未庄人把作为调料的葱叶切得足有半寸长，城里人却要切成细细的葱丝，阿 Q 也认为很“可笑”；另一方面，他在未庄人面前始终又有一种高人一等的优越感，“未庄人真是不见世面的可笑的乡下人呵，他们没有见过城里的煎鱼！”这样的描写固然与作者故意淡化阿 Q 的身份特征与阶级属性，从而把他塑造成整个国民精神的象征不无关系，但恰恰又成为阿 Q 游民身份的重要佐证。

确认阿 Q 的游民身份特征，对我们准确理解阿 Q 的个人心态与社会内涵具有重要意义。我们的问题是：为什么鲁迅先生要用一个被排斥在宗法人伦关系网络之外的游民形象，来作为整个中国国民灵魂的代表呢？众所周知，中国传统文化的基础与核心就是宗法人伦，中国传统社会赖以存在的基础也是宗法人伦。被暂时排斥于宗法人伦关系网络之外的游民群体和阶层，以及由此形成的游民文化，无论如何都只能是中国社会各个阶层的边缘部落和边

缘文化，那么，身为游民的阿Q能否具有这样的典型性，足以涵盖整个中国传统文化尤其是宗法文化的本质特征？在笔者看来，这恰恰显示出鲁迅的良苦用心。他正是要通过阿Q这样一个看似已与宗法人伦断绝了关系的孤苦无依的游民形象，通过他与宗法人伦千丝万缕的精神联系，来揭示出宗法人伦在中国社会无孔不入的惊人的渗透力量，以及给中国人的文化心理人格造成的戕害是何其严重。

小说实际上多次涉及阿Q被排斥于由宗法人伦关系组成的"人际圈子"之外的孤苦情怀，以及渴望回到"圈子"之内的迫切心态。阿Q在被人痛打和遭受屈辱之后，他唯一的对抗办法就是用"儿子打老子"的虚幻想象来自欺欺人。而当未庄最有权势的"大户"赵太爷的儿子中了秀才的时候，阿Q竟然高兴得手舞足蹈，并且说这于他也很有光彩，因为"他和赵太爷原来是本家，细细的排起来他比秀才还长三辈呢"。阿Q的"酒后吐真言"无疑是对他最深层次的心灵秘密的泄露：他是多么渴望再次回到早已把他抛弃的宗法人伦关系"圈子"之中啊。但阿Q却为自己的"原形毕露"付出了沉重的代价，他很快就被叫到赵太爷那里获得一顿斥责："你怎么会姓赵！你哪里配姓赵！"——在赵太爷眼中，阿Q既然如此低贱与贫困，他就没有资格再姓赵，即使真的姓赵也早已被赵氏家族扫地出门。这实际上充分暴露了宗法人伦在温情脉脉背后的虚伪与残酷。更为可悲的是，阿Q在挨了赵太爷那样地位显赫的"儿子"的嘴巴之后，竟然产生了一种得意扬扬的感觉，他甚至觉得周围的人们从此对他也尊敬了许多。——当我们为这种阿Q式的精神胜利法而深感可悲可叹的时候，却不应该忽略它所显示出的中国人独有的微妙而隐秘的文化心理：试图在宗法人伦上高人一等，以达到占别人"便宜"的目的。

阿Q"恋爱的悲剧"也同样可被看作他为回归宗法人伦关系网络这一文化心理母体而做出的努力。阿Q对小尼姑的动手动脚，一方面是他宣泄性本能的需要；另一方面也是他欺软怕硬一类奴性哲学的具体体现。但阿Q冒冒失失地向吴妈下跪求爱，却不应该被看作单纯性本能的驱使。事实上，小尼姑的一句“断子绝孙的阿Q”的咒语更加强烈地刺激了他，正是这句话又把他深埋在心底而不敢正视的隐痛勾了出来，使他开始考虑结婚生子一类的人生大事。阿Q在小尼姑的蛊惑下的确产生了强烈的性需要，但深受儒家圣贤文化影响的阿Q却是完全没有意识到或者根本不承认这一点的，他要与吴妈“困觉”的动机是堂而皇之而且完全符合儒家礼教的：“不孝有三，无后为大。”这种“非为色也，乃为后也”一类的儒家文人们津津乐道的虚伪而腐朽的人生哲学，想不到却被大字不识的阿Q奉为金科玉律，封建伦理道德的威力由此可见一斑。

笔者认为阿Q向吴妈下跪求爱的另外一种心理动机是：他多么希望通过结婚生子这一手段来实现哪怕一丁点儿的自我价值。阿Q虽然被他原来的家族抛弃，但他还可以通过组建自己新家庭的方式重新回到宗法人伦关系网络中。因为中国文化中最小的社会意义单位是家而不是个人，个体只有具备了自己的家庭、成为儒家文化最为看重的生生不息的宗法链条中不可缺少的一个环节，才能作为宗法社会里的一分子被承认和接纳。而他本人也可以在妻儿面前以恩人自居乃至耀武扬威。稍稍熟悉中国宗法社会的人就会明白断子绝孙意味着什么。即使在今天的农村社会里，“绝户”仍然是最恶毒的咒语和最避讳的字眼之一。[①]因此阿Q像溺水者抓住一棵救命稻草一样拼命地抓住了这“最后的希望”。当然，阿Q这最后的挣扎也无可避免地走向了失败，摆在他面前的也许只有迅速向丧失所有信念的流氓无赖蜕化这样一条路了。

---

① 这也可以解释在中国偏远的农村，计划生育为什么会受到如此强烈的抵制。事实上养育儿子在很多农民那里就是自我价值的体现，而不单是“养儿防老”“劳动力匮乏”等实用的考虑。

阿Q身上存在着严重的流氓无赖气，对此恐怕没有多少人提出异议。其实鲁迅先生本人早就指出了阿Q"很沾了些游手之徒的狡猾"[①]，而苏雪林等也特别强调了阿Q的"乡下无赖汉"[②]特征。"流氓"一词，在现代汉语词汇里早已是臭名昭著的贬义词，但在先秦时期，它至少还称得上是一个中性词。从词源学上讲，"流氓"最初的含义是指"流亡之民"，其意义与流民、游民并没有多少差别。"流"与"游"有时相近；而"氓"在先秦乃至秦汉时期一般读作"méng"，其主要指草野之民、普通男子等[③]，可见，"流氓"一词最初也最宽泛的含义就是"流动的下等民众"，并没有特殊的情感褒贬色彩。只是随着社会上游民阶层的出现，"流氓"才逐渐成为无业游民的代名词；我们发现在大量的古代文献中，"游子""游手""游棍""地痞""痞子"等词汇，又都与广义的"流氓"在语义上相近。春秋战国时期的游士与游侠，从历史的角度来看恰恰是流氓的祖师爷。[④]"流氓"一词的贬义化过程在汉语发展中是很有典型性的，类似的词语在古代还有"风骚"等，在当代社会则有"小姐"一类。

那么，为什么游民总是与人所不齿的流氓相连？一般的解释是：古代社会里的统治者是以宗法人伦作为统治百姓的主要手段的，而游民又是脱离了

① 鲁迅先生在《寄〈戏〉周刊编者信》一文中曾说道："我的意见，以为阿Q该是三十岁左右，样子平平常常，有农民式的质朴，愚蠢，但也很沾染了些游手之徒的狡猾。在上海，从洋车夫和小车夫里面，恐怕可以找出他的影子来的，不过没有流氓样，也不象瘪三样。"鲁迅在这里提到的"流氓"，主要特指上海殖民地时期的"流氓瘪三"，与本节所指的广泛意义上的"流氓"并不相同。

② 苏雪林：《〈阿Q正传〉及鲁迅的创作艺术》，《国闻周报》1934年11月5日，第11卷第44期。

③ 如《诗经·国风·卫风》中的《氓》篇，其起始两句为"氓之蚩蚩，抱布贸丝"，其中的"氓"仅是泛指男子。

④ 参见陈宝良《中国流氓史》，中国社会科学出版社1993年版，第79页。

宗法人伦关系网络的一个特殊群体，自然成为统治阶级的心腹大患了，那么对这一群体的偏见与污蔑也就应运而生。但笔者认为，“游民”这一群体的声誉败坏绝不仅仅是缘于统治阶级的偏见与歧视，它也充分表明了普通百姓对这一特殊群体厌恶与防范的情感态度。即使在今天，凡是游民和流民聚居的地方，社会治安问题依然十分严重。[①] 而游民之所以非常容易向流氓无赖转化，笔者认为仍然要在中国社会的宗法特征中寻找原因。在我们这样一个组织严密、层出不穷的宗法社会，个人的价值感和尊严感几乎要全部体现在由宗法人伦组成的网络关系中。一个传统中国人的自我价值往往要通过一层层的人际关系才能被逐步地表现出来。而这种人际关系又主要是建立在血缘和亲情或者至少是“拟亲情”基础上的。这就是为什么古代士大夫最向往的是光宗耀祖，最害怕的则是死后不能被从祖宗那里代代相传的宗庙接纳。而一个传统中国人如果丧失了这种赖以生存的人际关系，他就等于没有了起码的生存价值和意义，从而不仅在生活上沦为社会最边缘的游移者和流浪者，在心灵上也极有可能变成最缺乏信念的得过且过者，这种人是很容易走上道德堕落之路的。中国传统社会里的游民阶层在四海为家浪荡江湖的时候，他们常常由于缺乏最起码的道德准则和行为规范，便逐步走向了这样的人性异化与堕落之路，形成了独具特色的“流氓文化”[②]。

鲁迅深刻揭示了阿Q从社会最底层最边缘化的“游民”转向“流氓”的

---

① 无独有偶，今天的城市市民一般把从乡下“流”到城里去的农民打工者称为“盲流”，其读音和意义都与古代的“流氓”十分相似，笔者认为这绝不仅仅是一种巧合。

② 作为佐证，我们不妨考察一下与“流氓”内涵极为贴近的“无赖”一词的语义转化过程：元代以来，人们经常将流氓称为“无藉之徒”，“藉”就是“依靠”的意思，与“赖”字相近，后来又慢慢演变成“无赖”。这里的潜台词就是：一个人失去了可以依靠的各种关系（主要是宗法关系），是最容易变成流氓无赖的。“无藉”一词后来又写作“无籍”，因为“流氓”没有户籍册，所以又被称为“无籍之徒”。

歧变过程。阿Q在长年孤苦的流浪生活中，尽管由于生存环境的严峻而不得不卖力打工（“割麦便割麦、撑船便撑船”），但也形成了游手好闲、乖戾无赖的性格特征。无论是他“儿子打老子”那样的油腔滑调，还是“老子先前——比你阔多啦”一类的自我吹嘘，以及“和尚动得，我动不得”式的强词夺理、流里流气，都极为突出地显示出阿Q的地痞无赖嘴脸。仔细分析起来，阿Q的“精神胜利法”与流氓无赖的精神哲学也不无相通之处。广义的“精神胜利法”从字面上讲就是保持精神领域里的优越性，从而“战胜”对手乃至他人。作为一种生存策略和斗争策略，“精神胜利法”原本无可厚非，要所有的人不具备一点点“精神胜利法”是不可能的。阿Q的性格悲剧不在于他是否有“精神胜利法”，而在于他的“精神胜利法”不具备任何对现实的超越性和人类的正面伦理价值，唯一的作用就是通过虚化现实来自欺欺人。在阿Q那里，所谓的“精神胜利法”就是他有意识地在自己的主观世界里构筑起一个与外部客观世界对立的心理幻影，并且在这个幻影中自我麻醉、得过且过。而要做到这一点，阿Q首先应该练就一种对任何事情都不要太当真的油滑精神。只有凭借这种油滑精神，才能消解他无可排解的焦虑与人生屈辱。

阿Q式的“精神胜利法”是以有意识地消解生活中的任何原则性作为前提的，这恰恰是“以无秩序为秩序，以无道德为道德，以无规则为规则”的痞子文化也即流氓文化的一种折射。如同传统社会反复上演的逼上梁山戏剧一样，无依无靠的阿Q已别无选择地被主流社会一步步“逼”上流氓无赖乃至盗贼的不归路。他先是被自己的家族抛弃，后又被他所寄存的整个环境——未庄排斥。尤其是“恋爱的悲剧”发生后，给他带来的直接后果是面临前所未有的生计问题。迫于生存压力，阿Q只好操起偷盗的勾当。但在未庄那样一个熟人社会，阿Q能做的只是翻墙到尼姑庵里拔一两颗萝卜之类的小偷小摸，对他维持生计来说不过是杯水车薪。只有来到城市那个更“广阔的社会舞台”，阿Q才得以“一显身手”。他在城市里遭遇“革命”，也在城市里完成了从流氓无赖到“盗贼”“暴徒”的歧变。

三、祥林嫂：被“乡土”诅咒的“进/逃城（镇）女性”

如果说阿Q是游走于城乡社会边缘的无赖或流氓形象，祥林嫂则是试图从贫困落后、暗无天日的农村“乡土社会”，逃离到鲁镇那样一个相对开化和文明的“乡镇社会”，却不能在鲁镇安身立足、无法被鲁镇接纳的无依无靠的凄苦女性人物。研究者们常常引述毛泽东同志的著名论断，以“政权”“族权”“神权”和“夫权”对祥林嫂的迫害探讨其人生悲剧，这诚然是不错的。而在这四条“极大的绳索”中，“神权”无疑是其核心和基础。俗话说“皮之不存，毛将焉附”，离开了“神权”也即传统信仰体系的支撑，其他三条“绳索”必将走向瓦解。正是无所不在的封建迷信观念控制着《祝福》中包括祥林嫂在内几乎所有人的思维模式和行为方式，并死死限定了她无可逃脱的悲剧命运。

若再进一步探究，不难发现每一次祥林嫂命运的转折都是“天灾”与“人祸”交互作用、相辅相成的结果。所谓封建迷信信仰体系也以黑暗、愚昧和生产力低下的乡土社会为根基酝酿孕育而成。请设想一下：如果祥林嫂的第一任丈夫没有因病夭折，尽管作为童养媳的她难免悲苦，但夫妻相依为命应可勉强度日；若再生儿育女，大概率也能过上普通人的生活；如果祥林嫂的第二任丈夫贺老六不是正当壮年就因伤寒过世，再退一步，若祥林嫂年幼的儿子阿毛没有为野狼所害，祥林嫂含辛茹苦把儿子抚养成人，或许有一天她也能时来运转？发生在祥林嫂身边的一连串不幸事件，难免令人发出“天有不测风云”的喟叹。套用今天的话来说，正是那些不可抗力所造成的灾祸与传统封建礼教及其整个精神氛围的交互融汇，才共同布下了戕害祥林嫂的天罗地网，一步步绞杀了祥林嫂的人生希望，剿灭了她生命深处的热情和活力。当然，像祥林嫂那样接连遭遇如此多的不幸，在任何社会恐怕都是极端化的个别现象。或许正因为这一连串事件太过“稀奇”，才演化为人们口耳相传的“传奇”故事，以至于一些老妇人特意从外地赶来找到祥林嫂，非要亲耳聆听一下她本人的讲述才“信以为真”，并陪着洒几滴同情的眼泪方可“心满意足”。

祥林嫂的一生仿佛受到了上天抑或无常命运的诅咒，而且这一诅咒注定无法摆脱、无法反抗。这一“咒诅”与其说来自上天，不如说是传统乡土暗黑势力黏附于自然灾祸之上狼狈为奸、共同作祟的结果。祥林嫂遭受的一切厄运都是其身处的那样一个与生产力低下相关的贫困麻木、原始蒙昧之整体氛围、精神生态所致。正是因为贫困，她的婆婆才会强行将她卖给更偏远的“深山野墺”的贺老六家，以便为自己小儿子娶亲筹措资金；同样因为贫困，祥林嫂原生家庭的亲人才会“做主”把她嫁给卫家山的那样一户婆家，相信也应收取了不少彩礼钱。在那样的年月，买卖妇女向来被认为理所应当。同样因为贫困，年轻力壮的贺老六得了伤寒而无钱医治才不幸离世；至于年幼的儿童被狼叼走之类的极端事件，应该是人烟稀少、社会生产力低下的偏远乡村才有可能发生的社会惨剧。很难想象它会出现在人口众多、繁华时尚的现代城市社会，即使在文明程度相对较高的鲁镇也不太可能发生。

不少学者从经典阶级论出发，认定代表鲁镇接纳祥林嫂的鲁四老爷一家对祥林嫂的雇佣关系是一种残酷的阶级剥削和压迫，但站到传统伦理的中正立场则可看到鲁四老爷一家对于祥林嫂虽不能说仁至义尽，却也无可厚非，很难被过于谴责和挑剔。如果说他们家第一次收留祥林嫂，主要是因为看中她作为劳动力的廉价，第二次在祥林嫂走投无路下依然下决心接纳她，不能不说主要是出于对祥林嫂的同情："四婶起初还踌躇，待到听完她自己的话，眼圈就有些红了。她想了一想，便教拿圆篮和铺盖到下房去。"[①]四婶的踌躇是必然的，祥林嫂毕竟是个寡妇，先后克死了两任丈夫，她唯一的儿子也因其失误而夭折。从当时人们秉持的迷信观念出发，担心她会给自家带来厄运而避之不及应是一种正常的反应。但最终人道和仁慈的力量战胜了四婶自卫式的心理本能。尽管如此，鲁四老爷一家对祥林嫂的接纳和帮助不会也不该损害到自己的利益，而这也是大多数普通人的立场。要知道一方对另一方的无私奉献抑或照应，即使在作为成年亲朋好友之间也难以维系持久，更何况祥林嫂跟鲁四老爷一家没有任何亲属渊源，只是单纯的雇佣与被雇佣关系？祥林嫂的遭遇的确令人同情，但如果因她这类"伤风败俗"的人的"沾手"而"弄脏"了自家祭祀使用的"洁净"用品和供品，招致祖宗在天之灵的不满，岂不变成败坏鲁家家运的大事？

并非鲁镇人的祥林嫂是在卫老婆子的协助下，主动从婆婆家逃离到鲁镇的，为的是到鲁四老爷家寻求一份帮佣工作。小说中还明确写到，祥林嫂在鲁四老爷家做佣工不到三个月，口角边便"渐渐有了笑影，脸上也白胖了"，可见她是何等的知足；她在鲁四老爷家虽然辛苦，但毕竟暂时过上了不像在婆家那样担惊受怕、被凌辱和恐吓的生活。然而好景不长，婆婆很快追索到鲁四老爷家。鲁家作为知书达理的大户人家，当然也不可能强行"扣押"祥林嫂："既是她的婆婆要她回去，那有什么话可说呢？"可见鲁四老爷是多么深明大义！然而正是因为他遵循所谓大义而避免惹祸上身，才在客观上为祥林嫂步入"火坑"助了力。至于祥林嫂第二次来到鲁四老爷家做了多长时间的佣工才被解雇，小说中没有明确交代。但鲁四老爷作为雇主，在祥林嫂已

---

① 鲁迅：《祝福》，原载《东方杂志》半月刊第二十一卷第6号。

不能胜任女佣的工作——她甚至“常常忘却了去淘米”时，即使被多次警告也“全不见有伶俐起来的希望”的时候，鲁四老爷将其解雇实不为过：他们家即使再富有，也不可能像慈善家那样替整个社会收留并照料祥林嫂这类无家无靠的穷苦人一辈子。

不仅鲁四老爷一家，鲁镇上的其他众多看客都对祥林嫂表达了或多或少的同情与关心，他们耳闻目睹祥林嫂的人生悲剧，固然表现出一些幸灾乐祸和鉴赏者的自私卑劣，却也曾试图设法出手相助。祥林嫂的“传奇”经历的确增加了他们茶余饭后的谈资和评头论足的资本，但倘若统统认定这些人仅仅出于自私冷漠或假仁假义，则未免以偏概全。在当时的社会环境下，他们对祥林嫂只能更多地表现为爱莫能助的无奈。事实上包括卫老婆子、柳妈在内，无论其主观动机如何，都在客观上不止一次尝试帮助祥林嫂摆脱人生困境，却无一例外以失败告终。客观来看，介乎城乡间的鲁镇社会的确比祥林嫂婆婆家所在的卫家山及更加偏远的贺家墺，要文明开化得多。而遭遇连环不幸的祥林嫂至死不愿离开鲁镇，而且未见她寻求过自己父母亲人的帮助，莫非她的父母亲人已经不在人世，抑或她的亲人家庭业已自顾不暇，根本不可能给这嫁出去的女儿以任何帮助，才让祥林嫂铁了心，即使无依无靠也要留在鲁镇讨生活？祥林嫂的“用脚投票”最清楚不过地表明了她潜意识中对鲁镇社会的留恋，或许只有在鲁镇这样一个经济相对发达、文明相对开化的城镇社会，沦为乞丐的祥林嫂才有可能勉强度日。种种迹象表明她虽“生不是鲁镇的人”，却愿意死后也做一个“鲁镇的鬼”。

祥林嫂人格中有一种近乎偏执的反抗性和叛逆性，这与阿Q只能依靠“精神胜利法”聊以维持最基本的生命存在貌似有很大不同，然而稍加细究便可发现，阿Q同样对自己被排斥被轻视的处境极端敏感和不满，他几乎无时不渴望被未庄主流社会认可和接纳，甚至被高看，他的“精神胜利法”和“投降革命”便是其具体表现。在这一点上祥林嫂与阿Q看起来是两个不同的极端，实际上又不无惊人的相似。而如同溺水的人越挣扎就越快被淹没一样，祥林嫂的所有抗争抑或“反诅咒”行动，反过来都促使她更早地奔向“地狱之门”。祥林嫂的最大人生悲剧就在于她的轻信和盲从。她太在意别人的看法，太渴求被周围的人们承认和接纳，只要看到一线希望，哪怕是不能称为希望的“希望”，也不顾一切地像追逐幻影一样徒劳追随；而和阿Q一样，祥林嫂对自己的真实处境和真实需求充满无知和错判。而貌似全无信仰、得过且过的阿Q，其实也和祥林嫂一样有着盲从和轻信。祥林嫂的“反诅咒”行动有时简直是“暴力反抗”。例如，她拼命反抗被强行嫁给贺老六的行为，按照卫老婆子的说法，“回头人出嫁，哭喊的也有，说要寻死觅活的也有”，祥林嫂的反抗太过异乎寻常。她在被强行押到新郎家的途中已是一路“嚎，骂”，喉咙全哑；待到被拉出轿来，“两个男人和她的小叔子使劲的擒住她也还拜不成天地”，他们一不小心，“一松手，阿呀，阿弥陀佛，她就一头撞在香案角上，头上碰了一个大窟窿”。[①]然而从局外人的角度看，祥林嫂的搏命反抗又包含太多可悲可笑的成分。她抗争的直接后果不过是“第二天也没有起来”，到了“再后来”的年底，就与贺老六生了个儿子。没过几年，祥林嫂和她的儿子都“心宽体胖”了起来：“母亲也胖，儿子也胖。”[②]当初因撞到香案而在其额头落下的伤疤，则成为日后柳妈等人调笑她的谈资。

今天的人们会更倾向于寡妇再嫁是不可剥夺的权利，祥林嫂当年对这一权利的拒斥更像是在以死捍卫自己的贞洁名分。她的反抗动力绝非个性意识的觉醒，而是来自根深蒂固的封建礼教观念。祥林嫂更在意的是周围人对自

① 鲁迅：《祝福》，原载《东方杂志》半月刊第二十一卷第6号。

② 鲁迅：《祝福》，原载《东方杂志》半月刊第二十一卷第6号。

己的看法，她后来一遍遍向人们讲述儿子悲惨死去的“传奇故事”，也不过是借此获取更多人的同情和怜悯，期冀获得更多人的接纳。她接受柳妈的建议，不惜倾其所有而向土地庙“捐门槛”，更显示出祥林嫂始终不放弃任何抗争和改变自身命运的努力。柳妈让她“捐门槛”以洗刷自己罪孽、重获人们接纳的劝说深深打动了祥林嫂，她天真地以为从此以后就可以重获新生，然而却完全事与愿违。小说描写到经此变故后的祥林嫂，终于明白自己的一切抗争都注定是徒劳的，她的罪孽无论怎么洗刷都无济于事。“哀莫大于心死”，她的眼睛很快“窈陷下去”，“连精神也不济了”，几乎变成了“一个木偶人”。[①]然而即便如此，祥林嫂内心深处那颗叛逆的种子依然没有被连根拔除，种种不满、怀疑和抗争的火种仍在她的内心蠢蠢欲动。她甚至对“灵魂的有无”这一涉及人生观的根本问题提出了自己的质疑。要知道这在笃信封建迷信的鲁镇社会，简直太过大逆不道。

祥林嫂在除夕与回乡过年的叙述者“我”不期而遇，她抓住这一可遇而不可求的珍贵机会向“我”发出生命之中的最后一次求助抑或挣扎。在她潜意识中，“我”不仅出门在外、见多识广，精通天文地理和人世哲理，更重要的是“我”生活在北京等现代化都市，接受过现代文明的熏染。没受过什么教育的祥林嫂几乎凭着本能，就从“我”身上嗅到一股与众不同的现代文明气息，她对“我”像久违的老朋友一样单刀直入地发出“灵魂拷问”，对“我”帮她解开心中的疑团寄予厚望。小说描写到，祥林嫂向“我”发出积压许久的疑惑时，两只久无神采的眼睛似乎也忽然发了“光”。要知道每当祥林嫂心中有所盼望的时候，她的眼睛就会展现出类似的光彩。只是这些点滴光亮很快便像茫茫暗夜中的流星那样一闪而过，消失得无影无踪。来自现代大

---

① 鲁迅:《祝福》, 原载《东方杂志》半月刊第二十一卷第6号。

都市的“我”同样对祥林嫂爱莫能助，与鲁镇其他人一样表现出心有余而力不足的惶惑和悲哀。意识到永世不得翻身的祥林嫂孤苦无助又心怀绝望地死在大年夜，彻底“坐实”了自己被诅咒的“谬种”身份，反过来也以自己特有的方式着实“咒诅”了一番无时不在凌辱和排斥她的整个社会。而鲁四老爷等其他人，却只能在她背（死）后对其发出恶毒的埋怨和诅咒。他们明明对祥林嫂怀有成见却又刻意掩饰，人人以虚伪为必须恪守的天职。试想一下，在一个人和人坦诚相待的社会里，如果彼此之间能开诚布公地讲明一些道理和禁忌，并以契约的形式加以宣示和约束，很多或隐或现的嫌隙和矛盾是可以通过协商解决的。祥林嫂与她周围的社会环境之间或许就不会陷入“势不两立”、“做鬼”也不能和解的困局之中。但传统中国的文化氛围决定了人和人之间几乎不可能“打开窗户说亮话”，从而只能在嫌弃和义愤、防范和猜疑间越陷越深，也使得人人都在心灵的炼狱中备受煎熬。

四、“市镇小知识分子”视角与“乡—镇中国”观照

“市镇小知识分子”这一概念来自台湾著名作家陈映真，他在 1975 年 10 月以许南村为笔名撰写的《试论陈映真》一文中，以“市镇小知识分子”为核心概念对自己的创作历程和意蕴进行了鞭辟入里的剖析。在他看来，一个市镇小知识分子在现代社会的层级结构中总是处于一种中间地位，“当景气良好，出路很多的时候，这些小知识分子很容易向上爬升，从社会动荡上层得到不薄的利益。但是当社会的景气阻滞，出路很少的时候，他们不得不向着社会的下层沦落。于是当其升进之路顺畅，则意气昂扬，神采飞舞；而当其向下沦落，则又往往显得沮丧、悲愤和彷徨。陈映真的早期作品，便表现出

这种闷局中市镇小知识分子的浓重的感伤的情绪"[①]。作为台湾当代文坛上最有影响力的左翼作家之一，陈映真表现出的自我剖析、自我反思意识着实令人叹服；而这样一种"闷局中市镇小知识分子"立场的认知，笔者认为同样适用于海峡两岸的众多现当代作家。

综观20世纪20年代至40年代活跃于中国现代文坛的那些著名作家，除了"皇城根儿"出身的城市庶民老舍，从小生活于上海弄堂的"本土"市民张爱玲，以及巴金、李劼人、施蛰存等出生于成都、杭州等省会城市之外，其他大多数作家如鲁迅、郭沫若、茅盾、沈从文、郁达夫、萧红、丁玲、沙汀、艾芜等，均来自中小城市抑或小县城、小市镇和小乡镇。这些小城市、小县城和小市镇散落于中国各地，在整个社会层级中处于承上启下的关键环节，通过对城与乡、中心与边缘的勾连，使整个社会组成一个巨大的整体性社会网络。依照陈映真先生的说法，处于社会中间地位的这些"市镇小知识分子"在历史转型时期，往往"比谁都早而敏于同时预见一个旧有事物的枯萎和新生事物的诞生"[②]，同时"因着他们的沉落和无出路，有时也有改革世界的意识和热情"[③]；成年后他们作为同辈人中的佼佼者常常到达北京、上海抑或西方大都市接受现代教育，其后的工作环境更以大都市和省会等中心城市为主，成为引领社会风骚的时代先进。但那种根深蒂固的"小城镇知识分子"视角依然挥之不去，并对其文化心理人格和创作倾向发挥着不可忽视的影响。他们对于北京、上海之类大都市既充满向往和惊奇，又感到陌生隔膜；对乡

① 陈映真：《试论陈映真——〈第一件差事〉、〈将军族〉自序》，载《陈映真文选》，生活·读书·新知三联书店2009年版，第3页。

② 陈映真：《试论陈映真——〈第一件差事〉、〈将军族〉自序》，载《陈映真文选》，生活·读书·新知三联书店2009年版，第6页。

③ 陈映真：《试论陈映真——〈第一件差事〉、〈将军族〉自序》，载《陈映真文选》，生活·读书·新知三联书店2009年版，第4页。

下农村社会的愚昧落后、闭塞保守则格外敏感。他们常常自觉不自觉地站在“城里人”角度回望“父老乡亲”的生活，洞察到乡村社会的种种可悲可叹且可鄙可笑处；与此同时，“市镇小知识分子的改革论之不彻底的、空想的性格，又表现在他们的认识与实践之间的矛盾。他们所想的和所做的往往很不一致，甚至于互相背反。这种矛盾，首先导致他们在行动上的犹豫、无力和苦闷”[①]。在笔者看来，陈映真的这一自我剖析同样适用于被他奉为精神导师的鲁迅等现代经典作家身上。

“市镇小知识分子”立场决定了鲁迅等现代作家观照和形塑现代中国乡土社会的独特方式。鲁迅等人的乡土小说堪称乡土中国的真实写照，但鲁迅笔下的“鲁镇/未庄社会”与其说是乡土中国社会的浓缩，不如说是“乡镇中国”的典型写照。鲁迅笔下的鲁镇，其市镇中心形象无须多言，《阿Q正传》里的未庄也具有一定的市镇特征，它对阿Q、小D等“外来务工人员”的吸引，说明相对其他边远农村，未庄应属经济相对富庶、商业较为发达的“庄镇”，而且距离城市很近，很可能是位于城乡之间的一个“门户”。不仅阿Q等人由此进入城里颇为便捷，而且城市一有风吹草动也立刻波及此庄。从城市飘然而至的“革命”迅速打破了未庄这类乡土社会的安定，加速了城市（现代化）的急速扩张。被（城市）革命影响或裹挟的乡村，从此更加沦为城市的附庸和被支配对象。作为“盲流”的阿Q最终被城市里的“衙门”判处死刑，在城市里被押赴刑场获得“大团圆”结局。而在小说结尾处，我们看到赵太爷家的佣人吴妈也已来到城市里做工了。此后沿着吴妈这类乡下女人进城的足迹，必将在中华大地上演无数更加生动曲折的传奇故事。

---

① 陈映真:《试论陈映真——〈第一件差事〉、〈将军族〉自序》，载《陈映真文选》，生活·读书·新知三联书店2009年版，第5页。

从“市镇小知识分子”立场出发，鲁迅对乡土中国社会的观照和形塑基本上是以乡镇为本位，同时向乡村和城市两个貌似截然相反的方向辐射展开的。只不过他的小说创作主要以农村为题材，对于北京、上海等现代都市更接近于城市漫游者的生活经验。而他对乡下农村的体验观察，则同时兼具现代启蒙者和田园理想追随者的双重视角，因而他笔下的乡土农村既有触目惊心的愚昧落后和原始野蛮，又不时呈现乡土田园的理想化特征，这在《故乡》中对少年闰土的浪漫想象，在《社戏》里对乡下农村诗意化生活场景的追溯等情节，表现得尤其明显。而所有这些诗意化想象又与作家本人的童年温馨记忆融为一体。鲁迅式的抒情方式及其对底层农民形象采取的“哀其不幸，怒其不争”的复杂情感态度，百余年来一直深刻影响着现当代的众多作家。

第三节　“（半）殖民现代性”批判
——吕赫若《牛车》与茅盾《春蚕》之比较

作为台湾新文学奠基人之一的吕赫若（1914—1947），素有“台湾第一才子”之称。1934年，刚刚从师范学校毕业担任教职的吕赫若，就创作完成了平生第一篇小说《暴风雨的故事》。他原本把这篇小说投到了张文环在东京主编的一家文学杂志，可惜稿子寄到时，这家杂志已经停刊。但吕赫若并没有因此气馁，而是继续执着地进行创作。第二年，他的代表作品《牛车》发表于日本著名左翼文学刊物《文学评论》（1935年1月2卷1号）上。这是继杨逵的《送报夫》之后，又一篇被该杂志重点推出的台湾作家创作的小说。在该杂志的《编辑后记》中，还有一段关于这篇小说的说明文字：

> 创作栏的吕赫若氏是住在台湾的新人。受到曾经当选本募集小说杨逵氏《新闻配达夫》(按:《送报夫》原名为《新闻配达夫》)的刺激，突然间台湾文坛之活跃令人惊讶，所以在此又介绍一位台湾的新人作家，是本志非常引以为傲的。这篇《牛车》是比《新闻配达夫》更优的佳作，故敢以推荐。

现在看来，当时《文学评论》编辑的眼光是很有见地的。《牛车》发表后，在台湾岛内外都引起了强烈反响，第二年，还被大陆的著名文艺理论家胡风翻译成中文，与杨逵的《送报夫》、杨华的《薄命》等小说一起，选入《朝鲜台湾短篇小说集——山灵》一书，经由上海文化生活出版社出版，这是日据时期被介绍到祖国大陆的最早的台湾小说。22岁的吕赫若，因此一举成为台湾文坛上一颗耀眼的新星，《牛车》也成为台湾新文学史上最重要的短篇小说之一。

一、《牛车》与“殖民现代性”批判

《牛车》是一篇对日本侵略当局强行送来的“殖民现代性”进行尖锐批判和清醒反思的批判现实主义杰作。其情节并不复杂：农民杨添丁一家一直依靠着牛车拉货谋生，尽管生活很不宽余，但总算过得下去，正如杨添丁念念不忘的那样：“在双亲遗留下来的牛车上迷迷糊糊拍打黄牛的屁股，走在危险、狭窄的保甲道时，口袋里随时都有钱。”但是随着汽车等机械工具的侵入，再像过去那样依靠牛车拉货来谋生的方式实在是行不通了。这是显而易见的：无论是速度还是效率，彳亍前行的牛车都无法和现代化的机械工具相抗衡。小说描写到，杨添丁走遍了镇子上所有的制材工厂、米店、批发店，但没有人肯雇用他的牛车。处于困顿中的杨添丁也曾试图再去做一回佃农，但他连向地主交的租金都无法凑到，又有哪一家地主愿意把地租给一穷二白的杨添丁去种呢？被生活逼迫得走投无路的杨添丁怎么也不明白："在米价昂贵的从前，可以快乐地过日子。却在米价便宜的今天，每天为米烦恼。"与杨添丁一样不明白的还有他的妻子阿梅，作为一个没有多少文化与见识、性格又有些泼辣的农村妇女，阿梅对造成自己不幸的社会根源缺乏起码的了解，却只能整日对丈夫发牢骚："我只知道你在逃避。不是赌博、懒惰，就是去找女人……"杨添丁面对如此内忧外困的局面却无能为力，只能任凭妻子卖身养活全家。小说的结尾处，杨添丁在警察的欺诈和妻子的奚落面前，终于铤而走险，干起了小偷小摸的勾当。但刚刚偷了第一次，拿着几只家禽到市场上销赃的时候，就被警察"大人"逮个正着，之后，杨添丁一家就从这个世界消失了。

杨添丁一家的悲剧命运，最为典型地表现了日据时期，日本现代机器文明对殖民地台湾底层百姓生活的冲击。众所周知，所谓"文明""现代化"一类冠冕堂皇的字眼，一直是西方殖民主义者为自己的侵略行径进行辩护和矫饰的遮羞布。在"文明""进步"的光环下，殖民主义者不仅摆脱了霸占别人土地、抢夺异族财产的道德焦虑感，还以"现代文明"的使者身份君临殖民地，声称自己肩负着"开化"被殖民者的"光荣"使命，使自己的侵略行径显得冠冕堂皇。然而，殖民主义者对殖民地人民进行"文明开化"的后果究竟如何呢？从表面上看，日本殖民当局的工业化、机器化运作有效地促使台湾从传统农业社会向现代工业社会迅速转型，但一个让任何富有起码正义感的知识分子、历史学家们都不应忽略的基本历史事实是：台湾广大劳动人民和底层百姓并没有从这种带有掠夺性质的"现代化"过程中得到实际利益，反而陷入了流离失所、饥寒交迫的可悲境地。事实上，日本殖民主义者为了满足本国统治阶级的穷奢极欲和对外扩张的罪恶目的，完全把宝岛台湾变成了日本本国的原料生产场地与加工基地。殖民当局采取政治上高压，文化上怀柔与控制并存，经济上依靠官僚垄断、肆意盘剥的多面政策，将台湾民众尤其是底层百姓驱赶到了牛马不如的悲惨处境中。因此，社会经济机构严重畸形，少数人作威作福、穷奢极欲，包括广大农民在内的社会大多数人却过着饥寒交迫、颠沛流离的生活。而传统封建势力与殖民强权的结合，少数享有特权的官僚资产阶级与帝国主义勾结起来，再加上地主阶级的残酷压迫，终于共同把社会最底层的农民阶级抛到了极度贫困和破产的边缘。

这种少数人作威作福、多数人饥寒交迫的两极分化的社会现实，固然是一切剥削社会的共同特征，但帝国主义对外扩张的侵略本性所导致的、对殖民地人民的疯狂掠夺，无疑进一步加剧了殖民地社会的两极分化。因为殖民当局对殖民地实行“现代化”的过程，是以殖民母国的利益为准绳的。至于殖民地的社会发展，尤其是殖民地人民生活水平的提高，根本不在殖民当局的考虑视野之内。以台湾的“现代化”过程为例，日本殖民当局的确向台湾输入了西方近代式的国家官僚组织、司法系统、警察制度等，甚至学校教育也得到大力普及。但这些现代化的政治经济体制中，唯独不包括议会组织等涉及当地人民权利的制度。不仅如此，日本当局还赋予台湾总督以至高无上的行政、立法、司法权力，凭借这些特权，殖民当局可以随意处置台湾人民。而一切从日本的利益出发的畸形经济模式，更是一方面把台湾变成了日本的原料供应基地，另一方面又造成了台湾对日本的依附性发展模式。于是，经济压榨与种族歧视、民族压迫相互扭结，使得普通台湾人在民族屈辱之中被奴役和剥削的状况尤为严重。

二、“男盗女娼”与“丰收成灾”:《牛车》与《春蚕》之比较

将吕赫若的《牛车》与大陆著名作家茅盾的短篇小说《春蚕》放在一起

加以比较与分析，绝不是出于一种简单的随意性，也不单单是因为这两篇作品主题内涵的相通相近，更主要的是因为这两篇同样创作于20世纪30年代的小说作品，仍然对当前海峡两岸的社会文化极具现实性的启示意义。

茅盾的《春蚕》写于1932年，吕赫若的《牛车》创作于1934年，次年发表在日本东京的《文学评论》杂志上，这两部小说都与当时的社会背景有着直接而复杂的关联。众所周知，20世纪30年代，伴随着西方政治上的欺凌与侵略，经济上的侵略也进一步加剧。帝国主义列强不仅拼命地向中国输入跨国资本以牟取暴利，冲击着中国原本就十分脆弱的民族工业基础，而且还向中国这样一个人口众多、生产力落后的廉价市场大量倾销包括“洋米、洋面”在内的农产品与日常用品，使得千百年来基本上保持着自给自足小农经济状态、依靠种地为生的广大农民，一下子跌入了生活崩溃的边缘。

共同的命运加紧了海峡两岸人民与知识分子的血肉关联。富有社会责任感与人道主义情怀的两岸现代作家，不约而同地把同情与关注的目光投向了那些挣扎在时代剧变中、饱受中外统治阶级压迫的底层百姓的悲剧命运。包括茅盾在内的一些作家还直接触及农民们“丰收成灾”的奇特社会现实，吕赫若的《牛车》虽然没有写到这一现象，但他通过原本依靠牛车运输而维持生计，却在“日本天年”时代走向破产的杨添丁一家的悲剧命运，形象性地揭示了伴随着殖民化而来的工业化、机械化浪潮对底层农民的致命性打击，笔者认为其社会概括力与艺术典型性当不次于茅盾的名作《春蚕》。

稍加分析就会发现，不论是在主题内涵还是情感指向上，《牛车》都与茅盾的《春蚕》极为相似，杨添丁夫妇在被日本殖民统治带来“现代化”进程中的穷途末路，与老通宝一家“丰收成灾”后几乎山穷水尽的境地，简直如出一辙。而造成他们共同的悲剧命运的直接原因，就是资本主义以“发达”“进步”一类的名义对殖民地半殖民地国家和地区的经济掠夺；这两篇作品都写出了社会的急剧变动给农民命运带来的巨大冲击，写出了帝国主义“送”来的机械化与工业化文明给社会底层百姓带来的厄运。

《牛车》中描述杨添丁起早贪黑赶着牛车奔走在“保甲”道上，却屡屡被来自日本的汽车与自行车赶超而过的一段文字，可以看作全篇小说题旨的一个隐喻：“在道路上可以看到田里零零星星有几个农夫，以及牛的身影在眼前晃过。自行车与载货两用车从后面拼命追过迟缓的牛车，突然间看了一下杨添丁的脸，然后扬长而去。”

在这里，作为现代化交通工具的自行车和载货两用车，与只适合于在田间小路慢吞吞行走的牛车之间，构成了鲜明的对比。作者让老实巴交、只知埋头苦干的杨添丁在那样一个汽车日趋盛行的机械化时代，仍执意地驱赶着牛车四处奔波揽活儿，实在是一种充满辛酸的讽刺。连坐在碾米厂门前聊天的老翁们都知道“现在不是牛车的时代”了，他们告诫杨添丁：从清朝时期就祖祖辈辈传下来的牛车一类的东西，实在是太不适合这“日本天年”了，可怜的杨添丁却还要苦苦地守着破旧而缓慢的牛车做最后的挣扎，未免有些太“不识时务”了。

无独有偶，《春蚕》中也有一段类似的文字，写出了机械化交通工具的横行霸道，只不过地点从陆地上的公路转到了江南一条小河的河面上：

> 汽笛叫声突然从那边远远的河身的弯曲地方传了来。就在那边，蹲着又一个茧厂，远望去隐约可见那整齐的石“帮岸”。一条柴油引擎的小轮船很威严地从那茧厂后驶出来，拖着三条大船，迎面向老通宝来了。满河平静的水立刻激起泼剌剌的波浪，一齐向两旁的泥岸卷过来。一条乡下“赤膊船”赶快拢岸，船上人揪住了泥岸上的树根，船和人都好像在那里打秋千。

柴油引擎的“小轮船”虽然个头不大，却是马力十足，身后拖着三条大船还照样急速前行，所经之处使得平静的水面都激起了“泼剌剌的波浪”，这就难怪靠人力划行的“赤膊船”只好“赶快拢岸”，给小轮船让路了，连船上的人也显得有些惊慌失措。如同牛车迅速被汽车淘汰一样，单单依靠人力的“赤膊船”，被柴油引擎的小火轮取代也是势所必然。历史学家们也许会说，这种取代是巨大的社会进步，是不以人的意志为转移的历史规律。但我们要发问的是：浩浩茫茫的历史烟云，难道就仅仅凭借着几条僵硬而干瘪的历史规律来支撑吗?

我们看到,《牛车》中的杨添丁与《春蚕》里的老通宝，都凭着自己的直觉与本能坚决排斥、敌视着那些伴随西方殖民而来的现代化机械工具。而这种敌视绝不能被仅仅理解为下层百姓的保守、落后与闭塞，最主要的应该是他们出于现实利益的考量。《牛车》中的底层百姓们，在生活的苦难中充分领教了“日本东西很可怕”这一朴素道理；而在他们眼中，凡是“文明的利器”都来自日本，成了“日本独特的东西”。同样，老通宝之所以“向来仇恨小轮船这一类洋鬼子的东西”，也不仅仅因为他对“洋鬼子”根深蒂固的偏见，更主要的是他本能般的直觉：“自从镇上有了洋纱，洋布，洋油——这一类洋货，而且河里更有了小火轮船以后，他自己田里生出来的东西就一天一天不值钱，而镇上的东西却一天一天贵起来。他父亲留下来的一份家产就这么变小，变做没有，而且现在负了债。”中国传统的自给自足的小农经济，是太依赖天时和世道了。稍稍有些天灾人祸，农民们的生活就会受到严重的震荡，更遑论“洋米、洋面”以及汽车等“洋鬼子的东西”大量涌入的社会剧变时期了。

茅盾和吕赫若在《春蚕》《牛车》等作品中的艺术表现，都表达了这样一种历史理念：对任何一个历史事件、任何一场历史变动的价值评判，应以它对普通百姓的影响作为最根本的依据，任何其他冠冕堂皇的理论与口号则未必可靠。不论在任何时代，都应当让生活在最底层的百姓们看到希望的曙光。否则，即使是“上等人”的日子恐怕也不会太好过，这也同样是不以人的意志为转移的历史规律之一。因此，如何在剧烈的历史变动面前，让那些处于社会最底层的农民不致走向绝路，这是任何时代任何社会都必须引起高度重视的社会问题。两位文学家以自己深厚的人道关怀与敏锐的社会忧思，艺术化地表现了自己对这一重大社会问题的独特思索与感知。

在两位作家笔下，20 世纪 30 年代所谓的“社会进步”并没有给老通宝、杨添丁一类生活在社会底层的普通百姓带来任何直接的现实利益，相反，却加速了他们的破产，使他们原本就入不敷出的惨淡生活更加困顿。他们都不约而同地控诉了这种畸形的“社会进步”。不过，茅盾显然比吕赫若更为乐观一些，所以到了《春蚕》的续作《秋收》等作品中，他让多多头等年轻的农民兄弟从一次次被欺骗被压迫的现实困境中逐渐觉醒，自发地组织起来，掀起了星火燎原般的“抢米”风潮；作家还为老通宝这样因循守旧的旧式农民，设计了于贫病交加中“退出历史舞台”的归宿。相对而言，吕赫若则显得孤愤了许多，因此他不惜让杨添丁夫妇以堕落、偷盗等激烈的“不法”行为来表达他对当时社会的不满与抗议。

三、现代化愿景：“时代进步”与“人民幸福”

值得注意的是茅盾与吕赫若这两位作家，都意识到了现代化与民族化并非水火不容、势不两立。有论者在谈到吕赫若思想历程的转折时曾经认为：“历经《清秋》之心理挣扎和过渡，到《玉兰花》阶段，深受汉文化熏陶、又怀抱左翼思想的吕赫若，终于看清时代的前景和路向，蓦然回首，在灯火阑珊处，于玉兰幽香里，他终于领悟到近代化（按：即‘现代化’）与汉民族文化并非相排斥而可相容的可能性。”[①] 其实，吕赫若并非到了创作《玉兰花》的时候才“蓦然回首”地认识到“近代化与汉民族文化并非相排斥而可相容的可能性”的，作为一名接受过现代教育的知识分子，他不可能连这样的历史常识都不具备。只不过在早期创作中，吕赫若把更多的笔墨用在批判伴随殖民化而来的机械化文明的负面作用，特别是对底层百姓的巨大伤害上。而这种批判即使在21世纪初的今天，仍然具有强烈的现实意义。

两位作家在面对与殖民化纠葛在一起的“现代化”运动时所深刻感受到的矛盾与困惑也是相通的。实际上，半殖民地半封建社会的中国大陆知识分子与处于日据时期的台湾现代知识分子，感同身受的精神压力与心灵冲突并没有本质的差别，只有程度上的不同而已。事实上包括吕赫若在内的中国现代知识分子，即使在理性上认识到对于落后的中国来说，是多么迫切需要工业文明，他们也绝不可能接受这种以侵略和殖民的方式强行“送”来的现代工业文明。不论是对于台湾岛，还是对于长期闭关锁国、积贫羸弱的整个中华民族来说，不存在要不要输入工业文明、要不要建立现代化社会的问题；问题的关键是：任何国家都不能以侵略和殖民的方式来向别国强行输入所谓的工业文明。

然而西方近代资本主义的发展恰恰离不开对殖民地的霸占与掠夺。正如卡尔·马克思精辟论述的那样：“世界贸易和世界市场揭开了资本的近代生活史。……这些殖民地为初创的制成品取得了市场，而且通过独占市场，取得越来越多的积累。靠赤裸裸的掠夺、奴役、杀戮从欧洲以外夺取的财宝被运回母国并转化为资本。”也正是在这个意义上，马克思尖锐地指出：“资本

---

① 张恒豪：《日据末期的三对童眼》，载陈映真等《吕赫若作品研究》，台湾联合文学出版社有限公司1997年版，第92页。

来到世间，从头到脚，每个毛孔都滴着血和肮脏的东西。”[1] 日本虽然是一个后起的资本主义国家，但它在对外扩张和殖民统治方面，绝不次于任何一个西方资本主义国家。而日本法西斯主义兴起后，对台湾的殖民同化与高压统治更是达到了令人发指的程度。因此，伴随殖民化而导致的畸形现代化绝不是广大人民尤其是底层百姓的福祉。关于这一点，不仅是吕赫若一人，也是日据时期不少台湾知识分子的共识。“台湾现代文学之父”赖和曾有这样的感叹：

> 时代说进步了，的确！我也信他很进步了，但时代进步怎地转会使人陷到不幸的境地里去，啊！时代的进步和人们的幸福原来是两件事，不能放在一处并论啊！[2]

赖和的感叹和忧思极具启发意义。当“时代的进步”不能给广大底层人民带来幸福，反而加剧了广大人民的不幸与灾难时，我们又有什么理由要求那些善良无辜的百姓为所谓的“进步”鼓掌欢呼呢？因此，站在杨添丁的角度来看，他完全有理由憎恨汽车等机械化运输工具，因为正是它们的闯入与横行，才使得杨添丁一家陷入生活的困顿：“再怎么迟钝的杨添丁，也能感觉到自己的家近年已逐渐跌落到贫穷的谷底。”这些生活在最底层的百姓虽然没有什么高深的理论，也许他们最关心的只是他们自己的切身利益，但谁又有权利指责他们缺乏高瞻远瞩的历史眼光呢？甚至要求他们为时代的所谓“进

---

① 马克思：《资本论》第一卷，中共中央马克思、恩格斯、列宁、斯大林著作编译局译，人民出版社 1975 年版，第 167、784、829 页。

② 赖和：《无聊的回忆》，载李南衡主编《赖和先生全集》，台湾明潭出版社 1979 年版，第 229 页。

步”付出残酷的牺牲呢?

当然，作为现代知识分子的赖和、吕赫若等作家，面对“现代化”的认知与态度，显然要比他们作品中的底层百姓复杂得多。日本学者垂水千惠认为吕赫若的早期作品《牛车》《风水》等，具有与“否定日本有关”的“否定近代”(按:“近代”在这里也可理解为“现代”)倾向[①]，应该说并非完全空穴来风。但垂水千惠对吕赫若屈辱处境、在“近代化”剧变中承受的精神压力，显然缺乏足够的体察。的确，吕赫若在《牛车》《风水》等作品中，不仅揭示了现代机器文明对底层百姓生活的冲击，更表现了现代机器与商业文明对台湾社会的另一个负面影响：在西方现代文化观念的冲击下，善良、朴实等传统美德在日渐沦丧。杨添丁一家的悲剧也使我们管窥到：日本殖民统治者强加给台湾人民的社会“现代化”结果，竟然是这些底层百姓中的男性丧失了谋生能力之后，在走投无路的情况下不惜触犯法律，干起了偷盗的勾当；女性们则只能依靠出卖身体得过且过。——所谓“男盗女娼”社会道德的蜕化，竟然伴随着现代机器文明的输入同时进行，实在是一个我们不得不正视的残酷现实。但如果据此认定吕赫若全盘“否定近代化”，那显然大错特错。同样的分析也适用于茅盾，凭借茅盾、吕赫若的现代文明见识与涵养，他们在理性上是不可能否定现代化进程的，他们否定的只是作为殖民侵略与经济掠夺伴随物的畸形“现代化”而已。

---

① 参见张恒豪《日据末期的三对童眼》，载陈映真等《吕赫若作品研究》，台湾联合文学出版社有限公司1997年版，第92页。

第四节　城乡剧变与乡土“炸裂”
——以阎连科《炸裂志》为中心

在当代作家中，阎连科扣准时代脉搏的能力总显得异乎常人。他对于当代中国改天换地式的时代剧变具有特殊的感知，同时意味深长地反思着那一个个轮番上演的重大历史事件。他执着于展现中国社会走马灯式的风云变幻，却又烛照出轰轰烈烈的大变动、大变迁背后的不变乃至恒定因素。长篇小说《炸裂志》便是这样一部令人震惊的作品。在本节中，试图从贯穿《炸裂志》首尾的几种情节模式入手，对这部作品蕴含的既丰富多彩又无以言表的文化心理意蕴略加探讨。所谓情节模式，在此并不具有特别的文学理论意味，仅指那些反复发生在孔明亮、朱颖等小说人物身上的行为习惯和支配他们具体言行的长时间行动计划的总和。这些行动计划和行为习惯决定了小说的主题意蕴，也影响着这部作品独特的艺术韵致。

一、“发展（达）”与“违法”：物欲横流的“浪漫”神话

《炸裂志》描述了一座位于河南中原地带的名不见经传的小山村——“炸裂村”，在其“带路人”孔明亮的领导下，短短几十年内就从普通乡村发展为现代化“超级大都市”的“裂变”过程。小说男主人公孔明亮堪称特定时代造就的一位特殊“历史英雄人物”，他一步步抓住不可多得的时代机遇，以极快的速度率领父老乡亲走向富裕，并带动周边村庄实现了共同富裕。孔明亮率领下的“旧貌换新颜”式的“发展”与“进步”，极大地迎合了上级部门

"立竿见影"的政绩期待，于是孔明亮一次次被提拔和重用。而伴随孔明亮的步步高升，炸裂也迅速由"村"变"城"，由"城"变为了"超级大（都）市"。炸裂村的"裂变"过程可称为当代中国社会在现代化道路上突飞猛进的典型样板，也是离开了精神导引的城市化运动像脱了缰的野马一样吞噬着传统乡土社会的"神话式写真"抑或"写真式神话"。炸裂村普通百姓对于"发财""发迹"和"发达"不择手段的追求，与整个炸裂对经济发展的狂热追求相辅相成、融为一体、互为表里。"所有的炸裂人，为了钱，似乎从来没有停脚慢慢走过路，日日都在你追我赶地奔跑着。一切都是动的慌张的。"[①] 这既是整部小说的情节总和，也是出现在小说中的绝大多数人的行为总和。

"炸裂"是一个寓言，也是一种隐喻。作家充分运用小说的虚构、虚幻、梦幻和虚假功能，以及语言自身的多重性、模糊性和暧昧性特征，"正话反说""反话正说"，"小说""戏说"外加"胡说"，进而达到一种"真作假时假亦真，假作真时真亦假"的朦胧艺术境界。"小说家言"原本"道听途说"，绝不足信，更何况还是"满纸荒唐言"。然而谁又能否认最"虚幻"与最"真实"、最"歪曲"与最"本真"之间常常达成一种奇妙的同构？别的暂且不论，出现在小说中的"村变镇""镇变城"之演变历程，不正是现实中当代中国近几十年来很多乡村的共同发展模式？至于那一座座刚建成的新城市，没过几年就变成了要被拆除的"旧城"；那一栋栋刚盖了几年的新楼很快就被扒掉，盖了"更新更高的楼"；"昨天还有人唱歌，跳舞的广场上，忽然被绳子围起来，说要把地面的水泥地砖全拆掉，换成从澳大利亚进口的花岗岩"[②]。这些不正是我们常年来"耳濡目染""见怪不怪"的日常现象？

---

① 阎连科：《炸裂志》，上海文艺出版社 2013 年版，第 57 页。

② 阎连科：《炸裂志》，上海文艺出版社 2013 年版，第 264 页。

这是一个崇尚新潮、以旧换新的崭新时代，一切都要新，新了还要更新；这还是片面追求速度，过于崇尚效率的时代，一切都要快，快马加鞭已远远不够，还需要超越时空般地“飞”起来。——不，“飞”也已经太落伍，像孙悟空那样“一个筋斗十万八千里”式的腾云驾雾，不过是古人想象的产物而已，现代人的视野早已更开阔宏大，志向当然也会更高远，于是“炸裂”便应运而生：“炸裂”是爆炸，是瞬间的膨胀；“炸裂”是裂变，核裂变的威力谁人不知？谁人不惧？当原子与原子极速碰撞并发生裂变，就会产生神话般的物质能量；当心灵与心灵、心灵与外物极速碰撞并产生裂变，同样会造就惊人的心理能量。——它不仅令人联想到核爆炸、核裂变，或许还可让我们联系起最原始、最基础的宇宙大爆炸？要描述此种跨越时空、近似开天辟地式的“炸裂”，神话的介入和建构绝对不可避免。

正所谓“时势造英雄”“识时务者为俊杰”，“时势”和“英雄”不可分割，“俊杰”与“时务”也相辅相成。通过“时势”可以加深对“英雄人物”的理解，通过“英雄人物”也可更好地反观那个英雄辈出的时代抑或“时势”“时务”；正如特殊的时代造就特殊的“英雄”和“俊杰”、扭曲的社会则会锻造扭曲的人格一样，一个利欲熏心、物欲横流的时代，上天必然会“安排”几名“妖孽”扰乱人间的固有秩序。小说男女主人公孔明亮与朱颖如影相随，他们狼狈为奸、相得益彰，在给炸裂村带来史无前例的大发展与大跃进的同时，也将数千年延续至今的传统道德约束和是非观念践踏殆尽。我们发现不按常规出牌，不走人间正道而巧妙地拣选到所谓更快更方便的捷径，正是孔明亮等人发迹的不二秘诀。小说描写到，当他还是一个普通农民、其他人还在那里安分守己地“种地做着小本生意”的时候，孔明亮已经先知先觉地动起了歪脑筋和坏念头，想着如何铤而走险，如何不劳而获地实现发家致富的美梦了。孔明亮所在的炸裂村是京广铁路所经之地，山路陡峭，火车行驶缓慢，孔明亮便用备好的长竹耙，把运载的焦炭、黑煤等物资从火车上扒下来，然后拿去变卖取现，就这样他成了炸裂村第一位“劳模万元户”。这当然极富讽刺意味，但当地政府对孔明亮的“投机取巧”“违法乱纪”却睁一只眼闭一只眼，甚至变相鼓励这种快速致富的行为。孔明亮不仅被当地政府树立为勤劳致富的榜样和样板，而且被任命为村长，寄望他领导当地群众一起发家致富。孔明亮果然不负众望，他带领炸裂人从胜利走向更大的胜利，从一个小目标的实现到设计并完成了一个个更大更远的目标。

孔明亮等人的成功抑或飞黄腾达，很大程度上取决于他们超乎寻常的政治嗅觉，和不计后果、不择手段的“赌徒”“亡命徒”精神。笔者认为作家通过这部作品尖锐揭示出的当代中国社会的某些阴暗角落，在“致富”与“犯法”、“社会进步（经济发展）”与“违法乱纪”、个人的“飞黄腾达”与“歪门邪道”之间的种种吊诡，乃是最值得关注的。当实干不如“巧干”，“老实本分”不如“违法乱纪”，而所谓“巧干”几乎已嬗变为“非法”代名词的时候，“男盗女娼”“杀鸡取卵”式的爆裂式发展，从普通百姓的“发家致富”到突飞猛进的城市化进程，必然会导致我们精神家园的丧失。如此“现代化”之路，不过是一个充斥着原始欲望的可怕陷阱。

《炸裂志》堪称当今炸裂时代物欲亨通的一个经典神话，是对于我们这个时代最荒诞不经的夸张想象，同时也堪称对物欲当道、物欲无所不能的一曲浪漫想象。——笔者更愿意将其视为作家本人一厢情愿的神话狂想：如果说金钱“百无一用”是一种神话传说，“钱能通神”同样也是一种神话传说；如果说“柳下惠坐怀不乱”的故事是一种传说，西施与貂蝉“步步成功”的故事同样也是一种演绎。问题不在于哪种神话传说更具真实性，而在于何种演绎更深入人心，更符合人们的心灵需要。而当人们普遍相信“有钱能使鬼推磨”的神话时，它就会愈加固化成左右人们言行的坚定信念。当一切皆可成为手段，包括自己的身体和感情都可成为现世荣华富贵的某种工具，当为了满足那一点点高人一等、不可一世的身心感觉而宁愿牺牲一切，一切皆可让步于此，一切皆可为此出卖的时候，必然是最基础、最原始的财欲、色欲和权欲等个人私欲的无限膨胀乃至沆瀣一气。

二、结亲与复（解）仇：私欲膨胀后的虚妄癫狂

仇杀、复仇、美人计、以身相许、联姻以及通过和亲方式化解仇怨等，向来是人类社会此起彼伏、无法止息的重要旋律，也是通俗文艺作品得以畅销、吸引读者（观众）不可或缺的经典剧目。这部小说也不例外，男女主人公孔明亮与朱颖既是一对生死冤家，更是天造地设、生死相依的一对情侣。由于错综复杂的历史原因，朱孔两家在炸裂村属于世仇关系。但身为时代新人的女主人公朱颖没有被仇恨冲昏理性的头脑，没有被悲愤的眼泪模糊其炯炯的目光。她品尝着仇恨的滋味却又超越仇恨，汲取着仇恨的营养又左右着仇恨。在审时度势之后，朱颖发现只有通过与孔家联姻，把自己嫁给孔明亮，才能从内部瓦解、腐蚀和占领仇家，从而实现掌控炸裂村的人生理想。——这正是对古人和亲传统的创造性弘扬和升华，她像追逐猎物一样追逐着孔明亮，让他插翅难逃，同时又恶狠狠地发出誓言："嫁给你，这辈子我都要把你们孔家捏在我手里！"[①] 后来她果然说到做到。朱颖的成功复仇，在文艺批评家看来显然揭示出一种爱与恨的复杂吊诡。她对于有"杀父之仇"的孔明亮一家既抱有刻骨铭心的敌意和仇恨，又满怀艳羡和爱慕。她在复仇成功的同时——朱颖最终用美人计害死了自己的公公，同时也是父亲仇人的孔东德，

① 阎连科:《炸裂志》，上海文艺出版社 2013 年版，第 15 页。

算是对死去父亲的一个交代——也背离了老父生前的乡土理念和道德操守，最终与权势蒸蒸日上的孔明亮一家实现了“无缝对接”，与之完成了彻头彻尾的同流合污，难舍难分。女儿的所作所为，倘若老父亲朱庆方地下有知，不知会感到欣慰和荣耀，还是一种更为彻骨透心的悲凉？

孔明亮和朱颖的婚姻，既是权衡利弊得失的理智选择和讨价还价、赤裸裸物质交换的联姻手段，又不乏彼此渴慕的感情基础。他们两人既是对手，是不共戴天的仇人，又是“心心相印”的知己。朱颖明白那敢想敢干抑或“胆大妄为”“无所不为”的孔明亮，必是她今生今世唯一的“命中人”。她为他的魅力所折服，为他的勃勃雄心和远大前程而心动神摇。与世世代代生活在不可抑制的怨愤、恨怒中不能自拔的父老乡亲一样，朱颖沉溺于争强好胜、攀高踩低的争斗中难以自拔。她真正爱的只是她自己，真正关心的只是她自己的意志能否得到贯彻，从而将一种病态的自我膨胀发展到极致；但当她把自己的命运像押注一样押到孔明亮身上时，她与孔明亮的生死相依也就极易转化为一种主奴式的人身依附关系。在被孔明亮打入“冷宫”后，朱颖幽幽地念叨着“死是我的人”“你和炸裂都是我的”[①]一类咒语，其实更像是表达赤胆忠心的“我是你的人”之忠心表白。

孔明亮和朱颖两人的性格有着太多的相似之处，都对世俗人生的荣华富贵满怀贪恋，对权力、权势充满无以复加的热切向往。无独有偶，两人都口口声声地说自己的一切努力奋斗完全是为了别人，为了炸裂的父老乡亲，骨子里却时时刻刻把自己以外的任何人，都当成满足自己私欲、实现个人意志的某种工具。令人瞠目结舌且啼笑皆非的是，这种为了对方好的信誓旦旦抑或夸张矫饰，炸裂人几乎无师自通地心领神会且活学活用，他们如此巧舌如

① 阎连科：《炸裂志》，上海文艺出版社 2013 年版，第 281 页。

簧地游说美国老板到炸裂来投资："为了你们的良知，你们就在我们这儿投资吧！为了你们的公义和上帝，让你们的钱就在我们这儿扎根吧！"[①] 一切为了"你们"，但"我们"才是真正的主人。

孔明亮始终标榜自己以"公"字当先，即使得知父亲孔东德去世的消息，也公然宣称自己先公后私的公仆情怀："天大的事也没有镇改县的事情大……天大的私事都没有最小的公事大——死爹死娘也一样。"[②] 这可谓是"宁要社会主义的草，不要资本主义的苗"之当代翻版，真是大义凛然、豪气冲天。然而当孔明亮见到从军队复员回乡的三弟孔明耀时，说的第一句话却是："三弟，回到炸裂你想干啥儿？炸裂县就是咱们孔家的，想从政还是想经商？"[③] 孔明亮对弟弟敞开胸怀，畅谈自己的人生梦想："哥从政，你经商，三年五年炸裂由县改为市，哥当市长时，你也有五十亿、八十亿或者一百、上千亿的资产在手里。"[④] 原来孔明亮所谓的"先公后私""狠斗私心一闪念"的背后，却是彻头彻尾的公私不分、假公济私，这真是绝妙无比的兄弟一家、政商一家、家国一家、小我与大我彻底泯灭了界限的"物我合一""他我合一""天人合一"的理想境界！只有卸下了道貌岸然的伪装，他才真正明白自己想要的是什么："孔明亮觉得世界上最好的东西还是权势、女人、床铺和枕头。"[⑤] 而妻子朱颖也完全洞察到自己丈夫的那点儿小心事："不能白白当镇长。你要说话和法律样，不能白当镇长呢。你要和皇帝一模样，有妻妾六院，宫女上千，

---

① 阎连科：《炸裂志》，上海文艺出版社 2013 年版，第 245 页。

② 阎连科：《炸裂志》，上海文艺出版社 2013 年版，第 174 页。

③ 阎连科：《炸裂志》，上海文艺出版社 2013 年版，第 234 页。

④ 阎连科：《炸裂志》，上海文艺出版社 2013 年版，第 234 页。

⑤ 阎连科：《炸裂志》，上海文艺出版社 2013 年版，第 131 页。

不能白当镇长呢。”[①] 朱颖露骨地宣称：“炸裂这辈子都是我们孔家的！”[②] 不管这是异想天开的疯狂呓语，还是对炸裂人的可怕诅咒，都透露出炸裂一小撮权势者信奉的最真实不过的逻辑：有权才有一切！

与孔明亮相比，朱颖的胆识更为过人且更具有“领袖”天赋。她相信凭借自己的身心实力和手段，可以不折不扣地达到自己随心所欲的一切目的：“天下没有我做不成的事。”[③] 她聪明绝顶、从容自信、坚韧不拔，作为一名才色双全的女强人，朱颖非常清楚自己想要什么，也清楚以什么样的手段能最快速最便捷地得到她心中的“想要”。我们看到小说中以逸待劳、以柔克刚的朱颖，总能比风风火火的孔明亮技高一筹，也总能在关键时刻将其牢牢控制住，迫使孔明亮不得不一次次向她下跪示弱。她让所有的炸裂人都向自己磕头下跪，表示臣服；她把整个炸裂（村、县抑或超级大都市）变成了自己貌似可以掌控的天下，却唯独无法打败她自己最原始、最强烈的本能欲望。她得到一切的同时也失去了一切，因为她永远走不出自己的心魔，只能眼睁睁地看着自己和整个炸裂走向虚无的深渊却无能为力。

朱颖和孔明亮这一对比翼双飞的鸳鸯，尽管在有生之年恣肆地燃烧着生命的火热激情，他们契合时代新潮和前所未有的“时势”“时务”，开创出前所未有的“新天新地”，但他们的人生剧本与数千年沿袭已久的、在炸裂大地先后上演的宫斗大戏并无本质区别。他和她都活在世世代代的怨怼和彼此的争斗中无法自拔。他们处心积虑、心机算尽地把别人当成可供自己操弄的玩偶，同时又无法摆脱自己沦为别人玩偶的命运，最终他们都沦落为自己原始本能和膨胀私欲的玩偶。而所谓“炸裂志”，的确更像是一部随心所欲天马行

① 阎连科：《炸裂志》，上海文艺出版社 2013 年版，第 135 页。

② 阎连科：《炸裂志》，上海文艺出版社 2013 年版，第 204 页。

③ 阎连科：《炸裂志》，上海文艺出版社 2013 年版，第 89 页。

空的疯癫史，包括孔明亮、朱颖在内小说中的所有人物，都像得了梦游症、躁狂症、失心病，被欲望驱使着一路狂奔，却不知奔向何方。正所谓“人心不足蛇吞象”，丧失了精神导引的欲望膨胀，带给人的只能是疯狂、疯癫和虚幻，而最终的指向则是无边无际的虚无黑洞和地狱般的深渊。

三、进城与还乡：“叱咤风云”的时代见证

女主人公朱颖的辉煌人生，离不开她在城乡之间游刃有余的穿梭。如果说朱颖最初离开炸裂村去往城市还存在某种被迫的因素，那么只有来到城市这个广阔的现代空间，她的才华和美貌才得到了魔法般的施展。恰如瞬间炸裂一样，在城市里她快速完成了自己的华丽转身，实现了人生的大腾飞与大跃进，成为万众瞩目的“城市妖姬”。

朱颖这类女性天生就属于城市，如果她被牢牢限定在乡土农村，无论怎样“兴风作浪”都难以摆脱被排斥、被歧视、被压覆、被扼杀的命运。《白鹿原》里的田小娥，或许是其“前世”的绝佳写照；她最好的人生结局，也不过如赵树理《小二黑结婚》中的三仙姑那样，一面找一个“窝囊废”老公得过且过，一面要些小聪明“装神弄鬼”，伪装并压抑着自己的蓬勃欲望而已。但现代化城市却给了这类女性千载难逢的历史机遇，让她们如鱼得水般地施展人生宏图。自古以来，城市就比乡村更能吸引女人，尤其是那些年轻貌美、多才多艺和志向远大的女人。现代化城市更是充分发挥出吸纳人才、吸纳精英、吸纳优秀“性资源”的“吸附”功能，从而强化着自己的“中心”地位。朱颖及其同伴们在灯红酒绿、时尚摩登的现代城市里纵横驰骋、所向披靡，顺利打通社会上的各个关节，成为几乎无所不晓、无所不能的“通天人物”。

朱颖进城后实现发迹和走向成功的人生故事，在她的家乡旋即演化为传

奇。村人们对这位原本可以随意轻侮的“丑小鸭”，如今摇身变成了高不可攀的“白天鹅”充满了惊奇和惊叹。她很快成为家乡人民艳羡的对象和学习的榜样，而榜样的力量总是无穷的。炸裂村的青壮年男女们在朱颖的感召和当地政府的号召下，纷纷离开家乡加入城市里的“盲流”大军。尤其是那些年轻纯朴的姑娘，乖顺而从容地踏上了她们进城的路，在万花筒般的城市里尽情“绽放着她们青嫩嫩的花，去结她们丰硕的人生果实了”[①]。

进城又可称为“上城”，因为城市之于农村，不仅是经济文化的中心，还是行政管理的上级，代表了更高级的行政中心和更大范围的权力中心。城市左右着乡村，城市也控制着乡村、决定着乡村的命运。对于农村人而言，要想走捷径和“上层路线”，就不能不到城市里去。掌控了城市才能真正掌控处于基层位阶的广大乡村，而获得了乡村人民的拥戴才能奠定最牢固可靠的“群众基础”。朱颖完全了解这一破解中国社会权力体系的神秘钥匙，并将其牢牢抓在手中。在城市里打通关节的朱颖，可以绕过村委会而直接“从县里取得了一块宅基地的土地证”[②]，让农村里的父老乡亲大为叹服。

一个完整的成功人生，只有“进城”当然是不够的，还必须有“还乡”。中国人最看重的是“衣锦还乡”“叶落归根”。回到家乡而令熟悉的乡邻们刮目相看、高看一眼并由衷赞叹，才能获得最大的心理满足，最大限度地获得一种高人一等、凌驾于众人之上的心理优越感。朱颖的传奇不仅在于她的进城故事，更在于她的还乡经验。她的“进城”与“还乡”，堪称我们这个时代叱咤风云的典型场景。朱颖的第一次还乡，像是一场吸引乡人眼球的奢华与权势的炫耀式展览：她穿着最时尚摩登的“洋衣服”，在村子里招摇过市，

① 阎连科:《炸裂志》，上海文艺出版社 2013 年版，第 47 页。
② 阎连科:《炸裂志》，上海文艺出版社 2013 年版，第 39 页。

"把带回来的香烟和巧克力，无论见到谁，大人和孩子，都要整包、整盒地递过去"[①]。她很快在自己的宅基地上盖起了一座"比村委会的二层楼房还要高出一层的三层楼"[②]。这是炫耀，这是招摇，也是示威和挑战，是向村人挑战、向仇家挑衅。她继承了父亲宁死不屈、抗争到底的顽强意志，也很快实现了为老父复仇、重新向炸裂村的父老乡亲证明自己的夙愿。此后朱颖的每次还乡，都给炸裂人带来意想不到的惊奇："朱颖回来了——朱颖回来给各家各户发钱了！"[③]朱颖的每次归来，都导致炸裂人的群情激昂乃至狂欢。同时兼有"城里人"和"乡下人"双重身份，在城乡之间游刃有余的朱颖，将自己的效用和功能发挥到了极致。

在中国现有的城乡序列中，最大也最中心的城市当然非"京城"莫属。京城代表了"最中心"和"最权威"，代表了各行各业各个领域的最高水准。以孔明亮为首的炸裂当地政府为了吸引外资，为了让那位在越南战场上待过六年的美国总裁下决心"把世界上最大的汽车基地落户到距炸裂县城六十公里外的耙耧地界上"，不仅"把最优惠的政策和最漂亮的姑娘给了美国人"，还特意从京城请来了大厨变着花样招待美国人，"连炒菜的味精都是从特殊的厨房带来的"。[④]——果真是"接待无小事"啊，关键时刻还得依靠来自京城的人压场助阵。炸裂要变为超级大都市，就更离不开"京城里的大人物"们的认可和批准了。于是孔明亮们为了造福自己的人民，不得不一次又一次乐此不疲地出入京城；对自己的丈夫孔明亮了解得通透的朱颖，同时也洞达所有掌控社会权力的男人们的共同人性弱点。

---

① 阎连科：《炸裂志》，上海文艺出版社 2013 年版，第 38 页。

② 阎连科：《炸裂志》，上海文艺出版社 2013 年版，第 39 页。

③ 阎连科：《炸裂志》，上海文艺出版社 2013 年版，第 68 页。

④ 阎连科：《炸裂志》，上海文艺出版社 2013 年版，第 241 页。

一切果然不脱朱颖的预料和掌控。“男盗女娼”构成了炸裂人发家致富的“不二法则”。随着炸裂摇身变为超级大都市，炸裂人终于无须再争先恐后地到城市去打工挣钱，而是足不出户就能感受到现代化大都市的繁荣昌盛。接下来将是外地人争先恐后地奔向炸裂这座超级大都市打工挣钱的既定程序了。然而这样的城市化进程是否可以永远继续复制下去？

四、唾面与下跪：国民劣根性的当代“演绎”

“唾面”与“下跪”堪称阎连科小说中人物最常见的行为模式之一，也可视为破解阎连科小说文化心理意蕴的重要密码。唾面又可称为啐面，即朝着别人的脸面吐口水，它常常与人类的一种本能语言“呸”相伴而行。除了传统文艺中自恃娇宠的妓女（或小妾）与“恩公”调情时偶尔出现此类“下作”举止外，在普通人这里更多的是表达一种厌恶和反感。毫不顾及对方颜面的唾面，可以是对他人的公然挑衅，也可以是居高临下、肆无忌惮地羞辱对方。在《炸裂志》中更多的是后者。

小说中多次浓墨重彩地渲染了唾面的震撼场景。当炸裂村的老支书朱庆方因为跟不上时代变革的急速步伐，无法像孔明亮那样信誓旦旦地许诺一年之内让炸裂村的家家户户都成为“万元户”，而被撤去了村长职务之后，新任村长孔明亮上任后做的第一件事，就是让自己的老父亲孔东德当众向这位仇家的脸上“吐痰”，并召唤众村民一起效仿：“谁若也过去朝朱的脸上、身上吐口痰，他孔明亮就给谁十块钱，吐两口就是二十块，吐十口就是一百元。”[①]于是村民们争先恐后地对着朱庆方吐口水，一时之间“咳痰呸吐的声音”在

① 阎连科：《炸裂志》，上海文艺出版社2013年版，第24页。

炸裂村如雷阵雨般响起，淹没在痰液中的朱庆方就此屈辱而死。

朱庆方“被痰液呛死”这一荒诞不经的情节，作为一种寓言显然别具深意：传统乡土社会的人们不仅别无选择地活在别人的目光里，自己的一举一动、一言一行都被他人一览无余，而且活着的意义和价值也集中体现在别人的高看、轻视及主流舆论的评价上。任何超乎寻常的异端或违反传统伦理的不道德行为，往往都会成为众人瞩目的焦点、口舌讨伐的对象和茶余饭后添油加醋的谈资，人们的言行由此也受到社会舆论和传统道德观念的严重制约。在传统乡土社会，被人唾弃常常是因不道德的言行所致，但朱庆方却是因为太过拘泥于传统，不能带领父老乡亲发家致富而遭到众人的唾弃。孔明亮发起的直接利诱和权势威逼下的“吐痰”行为，不仅颠覆和瓦解了虚伪脆弱的传统伦理道德，更将人们艳羡的目光和追求的目标，牢牢固定到唯物质化的金钱、美色和权势等看得见、摸得着的世俗物件上。从此以后，炸裂村的人们在孔明亮的驱使和领导下，迅速发展出一种不择手段地追求财富和权势，并对财富和权势给予彻头彻尾膜拜的“时代潮流”。这一潮流如同决堤的洪水一样横冲直撞、所向披靡，迅速冲击和占领着社会各个领域。

朱庆方的死代表了一个时代的结束。朱庆方在生命的最后一刻发出绝望而决绝的呼号：“让他们吐！”“让他孔家吐！”这像是一种诅咒，一种凄苦无望却倔强不屈的抗争，又更像是无可奈何的呻吟和叹息。然而那发自心底的不屈不挠的抗议，在轰轰烈烈的时代列车面前又是多么微不足道，它意味着朱庆方的时代在炸裂人对发家致富的强力需求下戛然而止，取而代之的将是孔明亮和朱颖这对“模范夫妻”在炸裂村翻天覆地、掌控一切的崭新时代。一方面是锁住邪恶本能的闸门一旦打开，欲望的洪水立刻淹没了一切；另一方面则是权贵人物的一手遮天、不可一世和小民百姓的趋炎附势、献媚邀宠，永远是千变万化、瞬息万变之下的不变要素。

与唾面相比，下跪则是将自己身体完全放低的一种姿态。下跪意味着彻底的臣服，意味着别无选择的求饶和告饶；下跪也意味着求情，意味着丧失起码的尊严、不计一切代价的寄托。对于虔诚的宗教徒而言，向神明下跪是一种五体投地的膜拜，意味着把自己的命运完全交付给了无所不能、无所不在的神明。而尘世中的人向另一个人下跪，同样表示把对方当成高高在上的神明，寓义着要将自己的命运全部托付给对方“任凭处置”。而接受如此顶礼膜拜的人，自然也就获得了极大的心理满足，以及像神明一样高高在上的优越感。正因如此，强迫对方向自己下跪在一些人那里也就具有不可思议的吸引力和魔力。

女儿朱颖目睹了父亲朱庆方受辱而死的过程，她将父亲的尸首埋葬后离开炸裂村时，对自己的仇人孔明亮发狠般宣示：“有一天我不能让你孔明亮跪着来求我，我就不再回这耙耧山脉的炸裂来。”[①]——她强调的是对方要“跪着”求自己，朱颖后来果然说到做到。在炸裂村民主选举村长的过程中，朱颖以金钱为利器，赢得了比对手孔明亮多得多的选票。而为了保住村长的权力宝座，孔明亮果然依照朱颖的吩咐向其下跪哀求。高高在上的朱颖获得了足以沾沾自喜的胜利，也彻底看穿了自己“相中”的眼前这个男人：“我知道你早晚得有这一天。”[②]

“男儿膝下有黄金”，传统中国道德观念里的男子汉们需要顶天立地、堂堂正正、威武不屈。但对孔明亮这位带领炸裂百姓发家致富的“英雄人物”而言，下跪哀求却是家常便饭。为了保住自己的村长官位，他向要挟自己的女人下跪；为了向上级领导表白忠心，他更理直气壮地磕头下跪：“胡县长，

① 阎连科:《炸裂志》，上海文艺出版社 2013 年版，第 26 页。

② 阎连科:《炸裂志》，上海文艺出版社 2013 年版，第 80 页。

你以为我不敢跪下吗？——不光跪下来，我还敢活活跪死在你面前。”下跪的目的是要表示心甘情愿被对方“拥有”，展示自己的奴才意识：“胡县长，打死我都是你的人。”[①]然而这样的豪言壮语只有傻瓜才会相信，下跪由此演变成一种肉麻而拙劣的表演、一种令人作呕的逢场作戏。争取自己利益的最大化，不择手段、不计代价地寻求和保住自己的权势，才是孔明亮们动辄向人下跪的真正目的。

鲁迅先生在《论照相之类》一文中引述西方一位伦理学家的观点时指出，一个习惯于做高高在上的“人主”者，也极易摇身而变为主人的奴才，“因为他一面既承认可做主人，一面就当然承认可做奴隶，所以威力一坠，就死心塌地，俯首帖耳于新主人之前了”[②]。通过孔明亮等人习惯成自然式的唾面和下跪，我们可管窥到此种奴隶性的二重人格以及鲁迅当年尖锐讽刺的“做戏的虚无党”之国民劣根性，在日新月异、现代化浪潮滚滚而来的当今社会，依然焕发着何等旺盛且令人叹为观止的“生命活力”。

五、余论：“内与外”“古与今”中的“阎连科现象”

作为斩获国际文学奖项最多的一位中国作家，阎连科堪称中国当代文坛走向世界取得最大成就的作家之一。凭借长篇小说《日熄》，阎连科荣获第六届世界华文长篇小说奖“红楼梦奖”首奖；而出版于2013年的《炸裂志》，则获得第五届世界华文长篇小说奖“红楼梦奖”的决审团奖，称得上红楼梦文学奖开奖以来最大的赢家。与此同时，他的许多作品却在中国内地无法出

---

① 阎连科：《炸裂志》，上海文艺出版社2013年版，第178、179页。

② 鲁迅：《论照相之类》，载《鲁迅全集》（第一卷），人民文学出版社1981年版，第184页。

版，成为当之无愧的“异数”，阎连科早就应该称为贯通海内外文坛的“现象级”作家。对“阎连科现象”及当代文坛诸多“作家现象”加以探析，既不能脱离当代中国社会的特殊语境，也需要考察海内外文坛的互动沟通和密切交流。“阎连科现象”体现着当代中国文坛与世界文坛，尤其是与海外华文文学界之间的密切交流、融会贯通，又折射出当代中国社会在新与旧、进步与落后、开放与保守之间的撕咬和断裂。笔者认为只有从“海内外”“古与今”两种纵横交错的视角对之加以审视，才能把握和理解包括“阎连科现象”在内的诸多当代中国社会的“作家现象”。

与其他当代作家相似，阎连科尽管接受了大量西方现代主义、魔幻主义作品，但他骨子里却流淌着写出了“三言二拍”一类作品的古代文人的文化血脉，他自觉不自觉地从“道听途说”“不能登大雅之堂”的“小说卖浆者之流”传统形式中汲取着丰厚的营养。这一点被诸多批评家忽略，无疑是令人遗憾的。阎连科以一双洞达一切的慧眼，洞察着现实中人性的种种堕落和丑恶，他解构着一切、嘲讽着一切，却又不无欣赏地玩味着这一切，不无贪婪地追忆、追述着那稍纵即逝的一切。当夸张、讽刺和调侃带来的欢欣愉悦消弭了愤怒、痛苦、悲哀和不平的时候，于是我们惊异地看到了一个被精心打造的五彩缤纷、神采飞扬、声色犬马的“欲望乌托邦”世界。

《炸裂志》是阎连科“神实主义”写作主张的实践产物。这部作品自2013年问世以来，与阎连科的其他作品类似，一直毁誉参半、争议不断。赞誉者对其“形式的探索性”和“新的令人喜悦的思想深度”的开掘，以及“无拘无束”“无法无天”的叙述手段赞扬有加[①]；批评者则不满小说对社会现

① 以上评价分别出自陈思和、陈晓明对《炸裂志》这部作品的推荐语，参见阎连科所著《炸裂志》封底页，上海文艺出版社2013年版。

实的极端化处理和叙事中的“失控”状态，认为阎连科在这部作品中的叙事已经“挣脱了艺术的怀抱”，“达到了一种游离于美学诉求之外的夸张的极限”。[①] 无论是赞誉者还是批评者，他们始终聚焦于作家那夸张变形、荒诞不经的叙事方式。如果说对于任何一部文学作品的评价和探析尽可“仁者见仁，智者见智”，那么对包括阎连科的“神实主义”在内的任何一种文学主张和理念，当然也应是如此。不过难以否认的是，自从产生“神实主义”的理论自觉之后，阎连科似乎才真正找到了一种最惬意、最自由、最理想化，同时也最契合于他的创作个性的写作方式，并进入一种游刃有余、物我两忘的绝佳创作境界。其笔墨所到之处，时而飞沙走石、点石成金；时而嬉笑怒骂、泼辣尖刻、无所不用其极。他将荒诞与疯癫、嘲讽与反讽、超乎寻常的奇幻传奇与秉笔直书式的历史写真，巧妙杂糅却又貌似天衣无缝地结合在一起。

与此同时，语言的华丽生动、天马行空、汪洋恣肆抑或不加节制、泛滥成灾奇妙地融为一体，几乎汇聚而成一个绘声绘色的“语言乌托邦”。这个“语言乌托邦”跟其笔下的“欲望乌托邦”结合在一起，便组合成一组组极具吸引力并深深打上“中国”烙印的“传奇故事”，并在此基础上为那个源远流长、辉煌灿烂，以传奇志怪为特征的“传奇式中国”形象添砖加瓦。事实上我们在莫言笔下的“高密东北乡”那里，在张艺谋《大红灯笼高高挂》等电影当中，以及严歌苓等众多海外华人作家那里，都见到了此类“传奇中国”形象的持续建构。阎连科与这一建构“传奇中国”形象的海内外华人文学传统息息相关，但他同时为这一传统融入了自己的底色，这个“底色”当然是独具阎氏风格的“神实主义”特征。简单来说就是他将“心想事成”异化为

① 吴祥军:《现实的极端与失控的叙事——评阎连科长篇小说〈炸裂志〉》,《扬子江评论》2014年第2期。

“欲望满足”，把“心比天高”具象化为对欲望“无法无天”式膨胀的诗意化想象和描述。而拨开那些缠绕于令人眼花缭乱、神往无穷乃至望眼欲穿的海市蜃楼般艺术幻境四周的层层云雾，则不难发现传统文人隐隐作祟的“三分讽喻、七分艳羡”的叙述传统抑或固定心结，依然根深蒂固。鲁迅先生当年对清末民初“黑幕小说”的批判，套用在包括阎连科在内的诸多当代作家身上，竟然大致可“歪打正着”，不知是喜是悲？

《炸裂志》中有一段长长的文字，详细描述了男主人公孔明亮那上百平方米的办公室内的布置和装饰，里面除了“靠墙的沙发和被修剪艳美的盆景、芙蓉花和橡皮树——又被称为元宝树”之外，便是“满墙的地图”“满桌的文件”和“一面墙都是顶天立地的大书架”。作家不厌其烦地对书架上陈列的各种中西方文化典籍一一加以罗列，除了《二十四史》、《资治通鉴》、诸子百家、《红楼梦》等的精装本、古本线装本等中国书外；还陈列着《物种起源》《基督教的本质》《西方的没落》《新科学》《乌托邦》《理想国》《太阳城》等堪称旷世大典的外国书。然而与这些上千册名著经典被束之高阁不同，只有一本藏于书架一角的《肉蒲团》，才像是真正“被看久”了的样子。——作家以这段“别有用心”的文字映照出孔明亮真实的心灵世界，无疑再妥帖不过。然而这是否也可折射出创作主体心灵世界的某种自我写照？倘真如此，创造者和被造者合为一体，批判者与被批判者难舍难分，叙述的悖论和批判的吊诡不仅由此产生，一种具有独特东方艺术神韵的华美浑厚的文化奇观也可因之而生，并呈现出多重绚丽生动的文化景观。

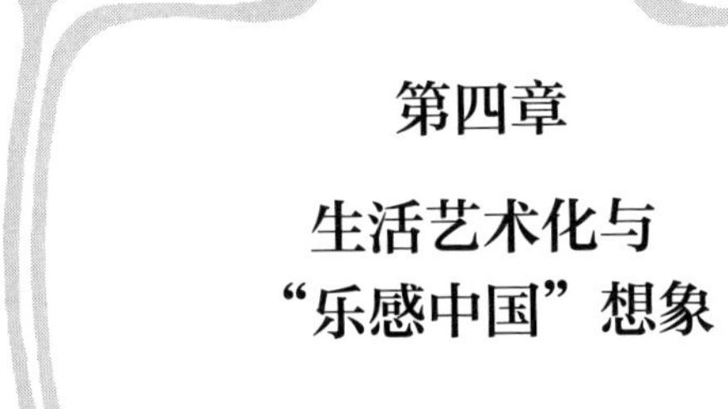

第四章

生活艺术化与“乐感中国”想象

不少从事中西文化比较的学者，常常以“罪感”和“耻感”形容中西文化传统的深层分野。将西方以基督教文明为底色的主流传统称为“罪感”或许不无道理，但不可忽略西方人的“罪感”意识是建立在“全民皆罪”认知基础之上的。如同“天赋人权”一样，人人也“生而有罪”，“天赋其罪”概莫例外。既然如此，也就最大限度地完成了“去罪感化”的逆反性转型。传统中国人的“耻感”意识也差不多有与此类似的转化倾向：一方面是耻辱体验的深邃深刻，当它与仇恨、怨恨心态交织在一起时，则常常歧变为发愤图强或“生生死死永不放过”的执着坚韧；另一方面则是“大丈夫能屈能伸”的生存至上策略，甚至甘受胯下之辱也被传为美谈。像西方绅士之间那样一度盛行的，一言不合便自觉受辱进而相约进行生死决斗，或像日本武士那样不惜剖腹自杀的极端行为，在中国社会反倒绝难见到。此种人生体验及其文化哲学的主流抑或清流，是坚忍不拔、生生不息且自得其乐的“生活的艺术”哲学，其末流却是混淆是非观念、一切以生存至上的机会主义和阿Q式的自欺欺人、得过且过，甚至滑入“死要面子”与“不要脸”之间的奇特背反中，“厚脸皮”与“厚黑学”等亚文化也难免悄然盛行。原本深重无边的“耻感”体验则可能滑入“无耻（感）”的另一极端。鲁迅、林语堂等现代文学巨匠对传统中国“面子”文化的讥讽，已精辟揭示出此种文化心理的复杂吊诡。

唯有“乐感”才是国人从未发生根本改变的最广大深切的人生体验。中国大部处于北半球温带地区，只有南部少数地区位于热带，温润平和的生态地理环境造就了华夏子民“生本快乐”的基本认知，并孕育了他们温厚驯良、乐天知命的文化根性。正因如此，产生于印度次大陆的佛教思想传入“东土”后，其中的“生本不乐”人生体验和否定世俗人生的思维定式只有与本土道教融会调和，成功转型为“以苦为乐”“化苦为乐”，成为国人知足常乐人生观的补充和情绪调味剂，方可在华夏大地落地生根并升华为中华文化主干传统之一。鲁迅、周作人对中国文化“根柢全在道教”的判断，林语堂对中国人视这尘世为“唯一天堂”的概括，皆是一针见血之论。

事实上，“两脚踏中西文化”的林语堂对中国文化弊端不无清醒的体察，但他同时又深深服膺于以乐感体验为底色的道家人生哲学。林语堂在《吾国与吾民》《生活的艺术》等著作中对中国文化的诗意描述，成功将道家休闲哲学与西式个人主义信念包装在一起推销至西方，尽管他把传统中国的文化价值仅仅定位于娱乐休闲及文学艺术想象领域未必妥当，林语堂笔下的理想中国形象也带有明显的梦幻特征，但他却以想象或虚构的方式最大限度地揭示了中国人知天顺命、好生乐生之文化根性，也传达出全球华夏子民共同的理想人生信念。

收入本章的三篇论文，除第一篇《“一团矛盾”里的“乐感中国”——重读林语堂〈吾国与吾民〉〈生活的艺术〉》专论林语堂的“乐感理想中国”建构外，其余三篇分别探讨了钱锺书在《围城》中，以及两位当代台湾作家琦君、詹澈对“乐感”人生体验的精妙传达。就此而言，海峡两岸作家不仅显示出不可抑制的“一家亲”情感，其人生体验、思维方式的一致性也足可令人叹为观止。

第一节　“一团矛盾”里的“乐感中国”
——重读林语堂《吾国与吾民》《生活的艺术》

一、评说中国文化：批判与陶醉

35岁之前的林语堂曾有过一段激进的“反传统”时期，对中国传统文化做过激烈而尖锐的批判。最著名的例子莫过于他1925年在《语丝》杂志发表的《给玄同先生的信》一文。林语堂在文中完全赞同钱玄同提出的“欧化中国”主张，认为这是“唯一的救国办法”“绝不容疑惑者也”。不仅如此，林语堂还发出颇为惊人的言论：“今日谈国事所最令人作呕者，即无人肯承认今日中国人是根本败类的民族，无人肯承认吾民族精神有根本改造之必要。……惟其不肯承认今日中国人是根本败类，故尚有败类的高调盈盈吾耳，尚没人敢毅然赞成一个欧化的中国及欧化的中国人，尚没人觉得欧化中国人之可贵。”[①] 这一言论相比于鲁迅所说的“少读或不读中国书”，不知还要尖刻多少倍。而林语堂提出的“欧化”主张，包括了“思想欧化、精神欧化、习惯欧化”等全方位的“欧化”，与胡适的“全盘西化”并无二致，更与鲁迅“改造国民性”的观点相通。

时隔十余年后，当林语堂在美国出版《吾国与吾民》《生活的艺术》等著作，向西方读者大力宣讲古老中国文化的优雅与美丽时，他是否已忘记曾

① 林语堂:《给玄同先生的信》，载《林语堂文集 · 有所不为》，群言出版社2010年版，第38—39页。

经所做的“今日中国人是根本败类的民族”之断语？从表面上看，林语堂的文化价值观似乎来了个一百八十度的大转弯，但如果我们深入细读《吾国与吾民》一书，就会发现林语堂对中国国民性的评判，与十年前并无本质区别：“尽管中国经验主义的医药给医学上的研究和发现提供了一个广阔的天地，中国的科学无论如何也不可能自命不凡。中国的哲学永远也不会给西方留下一个持久的印象。因为中国哲学的中庸，克制以及和平主义都是由于体力衰弱这一条件所造成的，所以中国哲学将永远不适合于西方人好斗的性情和旺盛的活力。”而“基于同样的原因，中国的社会组织形式也不会适合于西方。孔学过于刻板，道学过于冷漠，佛学过于消极，都不适合于西方积极的世界观”[①]。很难让人相信，这样的断语会出现在向西方人宣扬中国文化的《吾国与吾民》中。可见林语堂对中国文化的总体价值评判，并没有随着年龄的增长而改变。

笔者认为，单以对中国国民性的整体批判和剖析而言，林语堂与鲁迅等“五四”文化先驱并无本质区别。鲁迅极力抨击的中国底层百姓的麻木、奴性与卑怯，乃至阿Q式的得过且过、自得其乐，不是很容易使我们想起林语堂笔下的超脱老滑、消极避世等劣根性吗？只不过与鲁迅通过小说与杂文发出振聋发聩的呐喊不同，林语堂对中国国民性的剖析颇有些像和风细雨，远不如鲁迅那样一针见血、促人警醒。但林语堂更侧重于发掘中国人遇事忍耐、超脱老滑等鲁迅所说的奴性特征，与体力衰弱等生理因素之间的关联。林语堂观点虽未必完全准确，却也更具文化人类学视野，自成一体。与鲁迅等人对国民性的批判，可谓有异曲同工之妙。

《吾国与吾民》第一章论及中国人的基本特征，先从“北方与南方”讲

---

① 林语堂：《中国人》（全译本），郝志东、沈益洪译，学林出版社1994年版，第281页。

起，已见出作者的立意不凡：不仅从侧面烘托了中国人口的众多与地域的广阔，更触及民族融合与汉文化形成的独特历程。而凭着语言学者的特有敏感与文化比较的广阔视野，林语堂相当深刻地认识到了汉民族独特的语言系统——汉字在民族形成与家国认同中的重要作用。

在接下来的“退化”“新血统的混入”“文化的稳定性”等标题下，林语堂依据古代中国人作为“被征服者”而将异族征服者们同化的历史事实，相当客观而冷峻地道出了这种融汇对于汉族人的特殊意义，以及汉族同化异族文化的惊人力量：

> 正是这种与外来血统的混合，在很大程度上决定了汉族能够长期生存下来。……中国当地人在同化能力方面显然比外来入侵者占有更大的优势。从这个意义上讲，满洲人将永远是中国人，而日本人的企图将会彻底失败，政治秩序可以改变，统治者可以更换，然而，中国家族仍然是中国的家族。[①]

证之几年后抗日战争的结局，以及当代中国学界对“超稳定结构”的重新发现，不能不让人惊叹林语堂的文化洞见。不仅如此，林语堂还独具慧眼地认识到了汉民族体格的退化与伦理道德上的中庸理想，以及文化艺术上的精致追求之间的因果关联：

> 在艺术中，他们讲究精美而不讲求力度，其原因之一是中国人在体格上失去了不少过去的活力，以至本能上变得圆滑起来……一个人

① 林语堂：《中国人》（全译本），郝志东、沈益洪译，学林出版社1994年版，第47—48页。

> 无法在力量上显示自己时，就要在精巧上做文章。一个人缺乏敢作敢为的勇气时，就要在合情合理这个道德品质上做文章。[①]

这样的观点，无疑闪烁着诸多灼见。在紧随其后的第二章“中国人的性格”中，林语堂将中国人的性格概括为“老成温厚”“遇事忍耐”“消极避世”“超脱老滑”“和平主义”“知足常乐”“幽默滑稽”等特征，尽情尽性地剖析了种种国民劣根性。但《吾国与吾民》的写作宗旨绝非仅仅对中国国民性的批判与反思，而是客观冷静地勾画出一个完整的中国形象，扭转西方人对中国的偏见与妖魔化倾向，并让他们认识到中国文化的价值所在。这一宗旨决定了林语堂在下笔过程中绝不能将自己的民族写得一无是处、糟糕透顶。在《吾国与吾民·引言》中，林语堂如此袒露内心的痛苦：“他的心中正在进行着一种乃至多种艰苦的斗争，其中有理想的中国与实际的中国之争；有对祖先感到自豪而对外国人又感到羡慕的斗争，这也许是更为激烈的斗争。”林语堂坦承，他的灵魂正被内心激烈的斗争撕裂，“即两种对立的忠诚之间的斗争——对古老的中国的忠诚，一半出于浪漫，一半出于自私，以及对开明与智慧的忠诚，这种智慧渴望变革，渴望将所有那些腐败、堕落、干枯或者发霉的东西一扫而空”。林语堂的自我分析无疑十分准确，他心中对“古老的中国的忠诚”混杂了作家身为中国人的民族自尊心和对自己文化母体的依恋，而“对开明与智慧的忠诚”则要他表现出“罕见的诚实”，客观冷峻地道出自己民族的缺陷与劣根性，以及“诚心改革的愿望”。如何调解这两种截然相反的“忠诚”，将“（民族）自豪感与诚实改革的愿望结合起来”[②]，绝不是一件

① 林语堂：《中国人》（全译本），郝志东、沈益洪译，学林出版社 1994 年版，第 38—39 页。

② 林语堂：《中国人》（全译本），郝志东、沈益洪译，学林出版社 1994 年版，第 26 页。

易事。不过，“两脚踏中西文化”的林语堂毕竟聪明过人，他要求自己在写作时“既能欣赏，又能批判；既用理智，又用情感”。而在章节安排上，林语堂更是煞费苦心：他策略性地把对中国人与中国文化的评说，划分为宏观与具体两个方面（即书中的“背景”与“生活”两大部分），并将那些对中国人与中国文化的整体描述与评价内容统统划归到篇幅较小的“背景”中去，而把更多笔墨用在了对“妇女生活”“社会生活与政治生活”“文学生活”“艺术生活”“人生的艺术”等具体“生活”的描述上。因为在这些中国人的具体“生活”描述中，除了“社会生活与政治生活”一章以外，林语堂都尽可以进行诗意的加工和艺术般的想象了。

笔者发现，只有到了论及中国人的“生活的艺术”时，林语堂才彻底摒弃了先前那种欲说还休、吞吞吐吐的言说方式，也不再理睬既欣赏又批判的话语策略，而是豪情满怀地对中国文化加以一心一意的赞美。他不再有任何顾虑，也不再有任何心理障碍，因为他有充分的自信和不言自明的逻辑理由：“中国人在政治上是荒谬的，在社会上是幼稚的，但他们在闲暇时却是最聪明最理智的。”[①] 至此，林语堂才把该书最后的底牌亮出来：畅谈中国人的人生乐趣，鉴赏中国人的住宅与庭院，邀西方读者一起品尝中国人的美食。总之，是要向西方读者隆重推荐中国人的“生活的艺术”！

而吟风赏月、知足常乐、休闲养生等“生活的艺术”，无不以林语堂最为心仪的道家思想为根基。尽管鲁迅、周作人等“五四”文化先驱都意识到了

---

① 林语堂：《中国人》（全译本），郝志东、沈益洪译，学林出版社 1994 年版，第 314 页。

道家思想在中国文化传统中的巨大影响，并对此有精辟的论述[①]，但鲁迅等人主要是站在批判的立场对此加以批判与反思的，林语堂却深深地陶醉其中不能自拔。他不仅将“旷达地忍耐，幸福地生活”看作中国人最高的人生理想，也当作他自己终生服膺的人生信条。但林语堂恐怕没有想到，他一再批判的中国国民性的超脱老滑、过于聪明、遇事忍耐、明哲保身等特征，不正是这一文化传统所造成的恶果吗？林语堂却情不自禁地沉迷到了这个他所尖锐批判的文化传统深处，并不遗余力地向西方输出此种道家享乐主义哲学。

二、幻想中西合璧：自知与逢迎

但林语堂的最大成功也在于此：谁能否认把我们独特的道家享乐主义人生哲学成功地输出到西方，就不是把中国文化发扬光大？要知道西方主流社会所熟知的中国与中国人形象，多少年来无不以好莱坞电影中的小脚女人和鸦片烟鬼为代表，林语堂的著作至少让西方普通读者接触到一个摒弃了傲慢与偏见的古老中国形象。因此，林语堂对中国在西方世界中的正面形象塑造，绝对称得上功不可没。

论者提及林语堂的成功，往往离不开他那“两脚踏中西文化”的开放视角，尤其是基督教文化对于他的特殊影响。不过，同为中国现代作家的老舍、

① 早在1918年，鲁迅就在《致许寿裳》的信中说：“前曾言中国根柢全在道教，此说近颇流行。以此读史，有多种问题可以迎刃而解。”到了1927年，鲁迅又感叹：“人往往憎和尚，憎尼姑，憎回教徒，憎耶教徒，而不憎道士。懂得此理者，懂得中国大半。”（《而已集·小杂感》）周作人在《中国新文学的源流》也认为：“影响中国社会的力量最大的，不是孔子和老子，不是纯粹文学，而是道教（不是老庄的道家）和通俗文学。”许地山则在《道家思想与道教》一文中强调：“我们简直可以说，支配中国一般人底理想与生活底，乃是道教的思想；儒不过是占伦理底一小部分而已。”

曹禺、许地山等人，都曾深受基督教文化的熏陶与影响；而“五四”以来的鲁迅、胡适等文化巨匠，即使称不上“两脚踏中西文化”，至少也是学贯中西的。林语堂与他们相比，多的是一份自觉的文化输出意识。如果说鲁迅、胡适等人孜孜以求的是以他族之长补我中华民族之短，他们善于从世界文明的先进角度审视古老的中华文化，从而烛照出现实中国的落后与差距，那么林语堂显然更注重中西文化的双向交流，以及中西文化交流中的民族自信与文化自尊。林语堂的可贵在于，当他游离于中国本土视角之外，站到西方现代文明的角度重新审视古老的中华文化时，既能像鲁迅等人那样高屋建瓴地透视出中国文化的种种劣根性，又试图寻求到中国文化蕴含的独特价值，以及在世界文化之林中的意义。当然，林语堂是否真正寻求到了中国文化的独特价值与意义，则又应另当别论。

有了《吾国与吾民》的成功经验，林语堂再接再厉，将其中意犹未尽的“生活的艺术”一章扩写为洋洋洒洒近三十万言的同名著作，进一步让西方读者如痴如醉了一把。而与《吾国与吾民》不同的是，林语堂写作《生活的艺术》的目的简单而明确：旗帜鲜明地向西方读者推销古代中国的道家享乐主义哲学。号准了西方读者的心理脉搏并通晓传播策略的他，在如何使自己的作品既能吸引西方读者的眼球，又能让他们接受（至少不反感）中国道家哲学上，同样是煞费苦心，下了很大功夫。该书开篇第一章的标题为“觉醒”（Awakening），即开宗明义地呼吁西方人从终日劳碌的懵懂状态中清醒过来，好好地享受当下的尘世生活：“我很知道，在美国的匆忙生活中，一定有一种愿望，想躺在一块草地上，在美丽的高树下，享受一个悠闲的下午，一点事也不做。”[①] 这的确极易唤起西方人的共鸣，虽然没有中国道家哲学的输

① 林语堂:《生活的艺术》，安徽文艺出版社 1988 年版，第 4 页。

入，他们未必就不能好好地享受一个悠闲的下午，但此种富有异国情调的悠闲哲学，无疑为西方人的休闲需求提供了几分理论支撑和冠冕堂皇的理由。林语堂紧接着提出了一个他最引以为豪的“拟科学”公式：“现实 + 梦想 + 幽默 = 智慧。”如果说在《吾国与吾民》中，幽默滑稽仅仅被列为中国国民性的特征之一，甚至与超脱老滑等国民劣根性并列，那么到了《生活的艺术》里，“幽默”（去掉了“滑稽”）就成为林语堂张扬中国道家哲学的一个标志性口号。不管他本人是否意识到，林语堂在这里已将道家的享乐主义理念美化为人生的最高理想。

一面是对道家哲学的美化，另一面自然离不开对西方主流文化的批评。其中的道理不言自明：既然是向西方推销中国的道家哲学，就要先证明西方文化在休闲与养生方面的欠缺。“彼无我有，于是送之”才符合文化输出的原则。而只有先破除西方主流文化的一些错误观念，才能在西方人头脑中确立起道家的休闲哲学，正所谓不破不立。林语堂的策略是，以人类先天赋予的“动物性”本能对抗基督教主流文化中的“神性”观念；以人类感官享受的“物质性”基础抗拒纯粹的精神性说教。他甚至向基督徒们大谈异教世界的美丽，公然非议《圣经》中的某些教义，宣称“我为什么是一个异教徒”。这已不仅仅是标新立异的问题，而是要张扬起一种对西方基督教主流文化的反叛姿态。至于“把放浪者作为理想”“这尘世是唯一的天堂”等主张的标举，在西方文化语境中更具惊世骇俗的意味。且不说放浪者（scamp）在英文中原本有无所事事、醉生梦死的小淘气、小流氓等贬义，而要西方人消除永生的观念，以现时尘世的美好享受取代永生的渺茫希望，更是大逆不道。好在美国社会崇尚思想自由与言论自由，对各种反主流的主张都能兼容并包。而美国公众又很在意对他们的批评意见，不论这些意见是否正确与中肯，也不论他们能否最终接受，他们都会容忍对方姑妄言之，自己也乐意姑妄听之。熟谙美国文化精神和美国社会运作机制的林语堂，自然吃准了这一点，所以他无须担心自己的主张被反驳，甚至被扣上各种各样的大帽子，相反，他的主张与言论受到的关注越多，引起的动静越大，《生活的艺术》自然就会越畅销——此种消费主义时代的“眼球经济”到20世纪80年代后才传入中国，并被诸多“文化大腕儿”屡试不爽。殊不知林语堂70多年前在美国就已娴熟地运用，不仅个人赚取了货真价实的美元外钞，还成功地将中国文化弘扬到美国等先进资本主义国家，于己于国都堪称双赢。

但林语堂的批评话语无论多么尖刻，其反叛的大旗无论怎样高举，都不涉及对西方文明的整体评价，而是将批评的对象严格限定在基督教保守主义文化传统范围之内。这既是其聪明所在，也折射出林语堂基本的文化价值观。笔者前文已指出，林语堂对中国文化的整体价值评判较低，却又深深陶醉于以道家为主体的乐生、好生与养生哲学；相反，他对西方文化的整体价值评判是很高的，却又对其中的某些具体方面，如一些传教士表现出的傲慢与无知、教会制度的刻板和功利主义习气等，深恶而痛绝之。更重要的是，支撑林语堂一生的最为基本的信念，就是西方文明源远流长的个人主义传统：“哲学不仅以个人为开端亦以个人为依归。因为个人是人生的最后事实。……世界上最伟大国家之存在目的便是使每一个人民可以过着幸福合理的生活。”[①] 林语堂对西方基督教保守主义进行批判所用的理论武器，也是这种个人主义的基本信念，而这也是他的言论受到西方普通读者认可的奥秘所在。林语堂巧妙地将西方个人主义的基本信念与中国道家享乐主义哲学联系到了一起，从而为他宣讲道家哲学提供了绝佳理由。至于他把美国人的“讲求效率、讲求准时、希望成功”斥为“美国人的三件恶习”，甚至对西餐礼仪大加鞭挞，

① 林语堂:《生活的艺术》，安徽文艺出版社1988年版，第79页。

此类批评即使不是隔靴搔痒，至少也是无关痛痒的。在我看来，甚至有些像“撒娇式”的批评——与其说是批评，不如说是逢迎。

林语堂的中西文化观在他1932年到牛津大学所做的演讲中，已表达得淋漓尽致：“我深信中国人若能从英人学点制度的信仰与组织的能力，而英人若从华人学点及时行乐的决心和赏玩山水的雅趣，两方都可获益不浅。”[①]将西方的社会制度和组织，与中国人及时行乐、赏山玩水的养生哲学结合在一起，这就是林语堂心目中的“中西合璧”！难怪他明确表示：“我自未开讲之先，要先声明本演讲之目的，并非自命为东方文明之士，希望牛津学者变为中国文化之信徒。”其实林语堂本人又何曾是真正的“中国文化之信徒”呢？只不过当他向西方人宣讲中国文化时，不论是出于民族自尊还是迎合西方读者的需要，他都不得不为这种弊端重重的文化传统辩护，并刻意发现其中的悠长之处介绍给西方。中国有句古话：“人贵有自知之明。”不仅个人如此，对于一个民族或国家而言，也同样应具有对自己所属的文化传统或文明形态的“自知之明”。笔者注意到，即使是在不遗余力地宣扬中国道家享乐主义哲学的同时，林语堂依然习惯性（或者说“下意识”）地对它的实用本质加以讽刺：“我相信中国人之所以未能发展植物学与动物学，也便是因为中国的学者不能冷静而无动于衷地去观察一条鱼，而不立即想到鱼在口中的味道而要吃掉它的缘故。我之所以不相信中国的外科医生，也便是因为我怕一个中国外科医生在割开我们的肝脏寻找石子时，他也许会忘掉了而把我的肝脏放进油煎锅里去。”[②]林语堂对中西文化价值评判的天平究竟倒向哪一方，已尽在不言中。

① 林语堂：《中国文化之精神》，载《林语堂文集·有所不为》，群言出版社2010年版，第115页。

② 林语堂：《生活的艺术》，安徽文艺出版社1988年版，第50页。

正因如此，林语堂将中国传统文化之于西方的意义牢牢限定在了休闲娱乐这一文化层面。这既使他在西方迅速“蹿红”，同时又先天般地注定了《吾国与吾民》《生活的艺术》等著作无论在美欧怎样畅销，其影响所及都只局限于大众消费领域，并没有真正深入西方主流文化界，尤其是西方精英文化的内核之中。而当今天的我们重温林语堂式的“中国文化走向（西方）世界”的“盛举”时，真不知是该欢欣鼓舞，还是应倍感心酸。我们能否超越当年的林语堂，还是只能重蹈他的覆辙，将中国文化之于西方的意义与作用，仅仅定位在娱乐消费等大众文化领域？当然谁也不能否认娱乐消费等大众流行文化的影响力，尤其是在当今这样一个消费主义、娱乐主义日益盛行的时代，正如我们不能低估美国的好莱坞、麦当劳风靡全世界的影响力一样。但一个民族对另一个民族的文化影响，终究不能仅仅依靠娱乐消费一类的“软实力”。

三、构建中国形象：虚构与真实

对于林语堂向西方宣讲的中国及中国文化，尤其是他在《吾国与吾民》《生活的艺术》中刻意呈现的那个知足而悠闲、浪漫而优雅的古老中国形象，国内文化界一直非议颇多。其中尤以唐弢先生的观点最具代表性：“他（按：指林语堂）谈儒家、谈道家、谈中国文化，我总觉得隔一点什么，好像在原来的事物表面涂上一层釉彩似的。”唐弢还认为，导致这层“釉彩”的原因是林语堂“用西方的眼睛来看中国人，看中国文化”，而且“他有的不是一般西洋人的眼睛，而是西洋传教士的眼睛”。[①] 唐弢先生的这一论述向来为林语堂研究者所重视，近年还有学者沿着这一思路，进一步认定林语堂是以西

---

① 唐弢：《西方影响与民族风格》，人民文学出版社 1989 年版，第 311 页。

方汉学家的眼睛审视中国传统文化的。[①] 而当代学者周宁则指出："说林语堂带着西洋传教士的眼睛，只涉及问题的一面，另一面，林语堂还有中国国粹主义的眼睛。"因而林语堂具有典型的双重意识，"这种双重意识时常成为他的长处，沟通两种文化；也时常让他陷入窘境，在两种文化的视界之间摇摆，左右难舍"[②]。

笔者认为，指出林语堂具有相互矛盾乃至对立的双重意识，并且在两种视界之间左右摇摆、难以取舍，可谓道出了林语堂文化心态的某些本质方面。但"西洋传教士的眼睛"抑或"西方汉学家的眼睛"，与"中国国粹主义的眼睛"并不完全对立，有时甚至彼此暗合。这在中国近现代文化史上向来不乏例证，林语堂的厦门同乡辜鸿铭，就是集"西方汉学家"与"中国国粹主义"双重视角于一身的典型个案：辜氏家族数代移居马来西亚槟城，并且在西方游学长达 11 年，谙熟西方文化。[③] 成年后的辜鸿铭尽管回到中国，却早以反潮流的姿态步入社会名流行列。他更没有像鲁迅、巴金、张爱玲等中国现代作家那样，有过在封建大家庭长期生活的刻骨铭心的负面体验。相反，在一种怀乡与怀旧的文化心理和某种偏执性格的驱使下，辜鸿铭成为坚定的儒教"卫道士"。个中原因不难理解：运用西方传教士或汉学家的视角看待中国，既可十分触目地见出普通中国人习焉不察的落后一面（当然有时这又与西方主流视角的傲慢与偏见密切关联），也可以唯美与猎奇的眼光鉴赏东方文化的"异国情调"。这后一种视角恰与中国本土的国粹主义不无暗合：他们都主张保持古代中国文化的纯粹性，不希望其发生伴随西方化的现代化变革。

① 参见陈旋波《汉学心态：林语堂文化思想透视》，《华侨大学学报（人文社会科学版）》1997 年第 4 期。

② 周宁：《幻想与真实——从文学批评到文化批判》，中国工人出版社 1996 年版，第 275 页。

③ 参见高令印、高秀华《辜鸿铭与中西文化》，福建人民出版社 2008 年版，第 561 页。

辜鸿铭的文化保守言论在西方颇受欢迎，原因恐怕也在于此。

林语堂尽管不是辜鸿铭那样的“归国华人”，但其成长历程却与其极为相似，他们都是先熟谙西方文明，然后站到“西方传教士”或汉学家的立场上，对中国传统文化加以观察与评说的。林语堂曾坦承，在自己“基督教的童年时代”偶尔跟随其他“异教徒”同胞站听盲人唱梁山伯与祝英台的故事，就被当成一种“罪孽”。[①] 正是在此种单一西方教育的熏染下，林语堂几乎与中国社会和文化绝缘，他到30岁时竟还对孟姜女哭夫而泪冲长城的民间故事闻所未闻，而“任何中国的洗衣工人都比我更熟识三国时代的男女英雄”，以至于他愤怒地感叹：“我被骗去了民族遗产。”只有在清华大学教书期间，林语堂来到北京这样一个中国文化中心，才有机会“恶补”自己民族的历史与文化知识：“我带着羞愧，浸淫于中国文学及哲学的研究。”[②] 而林语堂文化价值观念的转换，辜鸿铭无疑起到了重要作用：“辜鸿铭帮我解开缆绳，推我进入怀疑的大海”[③]，使林语堂跳出了基督教信仰的限制，遨游于博大精深的中国文化海洋之中，“甚至那个缠脚及立妾的问题也不是如我所想象这般干脆和简单的。在我没听辜鸿铭为这二者有力地辩护之前，事实上我并不欣赏立妾及缠足的伦理学及审美学”[④]。可见辜鸿铭封建遗老式的审美趣味，也在一定程度上影响了林语堂的国粹主义视角。

---

① 林语堂：《从异教徒到基督徒——林语堂自传》，谢绮霞、工爻、张振玉译，陕西师范大学出版社2007年版，第190页。

② 林语堂：《从异教徒到基督徒——林语堂自传》，谢绮霞、工爻、张振玉译，陕西师范大学出版社2007年版，第27页。

③ 林语堂：《从异教徒到基督徒——林语堂自传》，谢绮霞、工爻、张振玉译，陕西师范大学出版社2007年版，第41页。

④ 林语堂：《从异教徒到基督徒——林语堂自传》，谢绮霞、工爻、张振玉译，陕西师范大学出版社2007年版，第23页。

但林语堂与辜鸿铭却有本质区别，他既没有辜鸿铭那种顽固不化的“反西化”立场，更缺乏辜鸿铭竭力宣扬与维护传统儒教的虔诚与执着。与辜鸿铭形成鲜明对比的是，牧师家庭出身的林语堂从小就与西方主流文化——基督教文明产生了不可分割的渊源关系，并使他天然地融入西方文化主流的内核之中。而林语堂本人那平和通达的心理个性、宏阔深远的文化视野，更使其对西方文明与中国文化的古今发展趋势产生了颇为全面的了解与敏锐的感悟。正因如此，林语堂对自己所在的“吾国与吾民”的观察与评价，可谓真正做到了既“出乎其外”又“入乎其内”。“出乎其外”，使他超越了普通中国人单一的文化视角与价值观念，见普通中国人所未见，察普通中国人所未察；“入乎其内”，又使他在某种程度上超越了一般汉学家对中国的一知半解与道听途说，以及隔岸观火般的冷漠与距离。而仅仅因为林语堂在评说中国文化时与西方传教士或汉学家的立场有所契合，就认定他未能揭示出中国社会与文化的真正面目，未免失之偏颇。要知道，鲁迅先生对中国国民性的批判，也同样深受日本、美国等汉学家的影响。近年不是还有人指责鲁迅对中国国民性的剖析，是中了西方传教士的诡计吗？

笔者想强调的是，林语堂通过“痴人说梦”般的想象与虚构，在一幅幅富有诗意的道家文化图景中，勾勒了一个近乎乌托邦的完美中国形象。这一古老的文化中国形象，既迥异于近代以来积贫羸弱、危机四伏、屡遭欺凌的现实中国，又不同于辜鸿铭、梁漱溟及现代新儒家笔下的“儒教中国”，而是以道家享乐主义哲学为底蕴的悠闲旷达的古老中国形象。它不仅唤起了西方读者对古老中国文化的好感与向往，更激起无数现代中国人的心灵共鸣与追寻。诚然，林语堂对中国文化的描述充满了强烈个人化的幻想色彩，正像周宁尖锐指出的那样，“《吾国与吾民》与《生活的艺术》中最为精彩的部分，无不是作家主观化的幻想内容，以至于我们常常难以廓清幻想与现实的区别。”[①] 我相信这也是唐弢等人认为林语堂对中国文化的描述“涂了一层釉彩”的原因所在。但不论是唐弢先生还是周宁教授都忽略了其中的吊诡处：林语堂以虚构幻想的形式，不经意间揭示了中国文化最为源远流长、最为根深蒂固同时也是最为本质的特征，即笔者在前文一再指出的中国人的乐生、好生与养生哲学。

请看林语堂对中国式人生理想的概括：“不作十全十美的理想，不作势不可得事物的追寻，不作那些不可得知的东西的穷究。”[②] 而只是“下定决心从生活中获取尽可能多的东西，并且渴望享受已有的一切，万一得不到也不感到遗憾：这就是中国人知足常乐这种天才的奥秘”[③]。不知还有谁能如此一语中的地概括出中国文化的本质特征？林语堂所讲述的，与其说是经过个人加工的中国式人生理想，不如说是他准确地概括了全体中国人共同的人生理想与人生追求。正如林语堂所说，中国人心目中的唯一天堂就是此生此世的现实生活。不仅我们自己愿做鸳鸯不羡仙，连天上的仙女都对我们尘世的快乐羡慕不已，不惜下凡与凡夫俗子做一回“鸳鸯”。至于那些躲在暗处的鬼魂与各色狐狸精们，为了步入这一尘世“天堂”更是不惜一切代价。

四、结语：“一团矛盾”的启示

笔者前文已指出，林语堂的成功就在于他娴熟地运用西方人的语言（英语），并以通俗易懂的言说方式，把中国道家哲学介绍给西方，并获得了他们

① 周宁：《幻想与真实——从文学批评到文化批判》，中国工人出版社 1996 年版，第 271 页。

② 林语堂：《生活的艺术》，安徽文艺出版社 1988 年版，第 86 页。

③ 林语堂：《中国人》（全译本），郝志东、沈益洪译，学林出版社 1994 年版，第 76 页。

的关注与赞赏。然而乐生、好生与高度重视养生，最大限度地从生活中获取享受，无论多么困顿贫苦也能感受到人生的乐趣，以苦作乐，知足常乐，这一根深蒂固的文化传统虽然造就了中华民族特有的坚韧顽强，形成了我们民族数千年没有间断的文化纽带，但也导致了我们民族得过且过、逆来顺受乃至自欺欺人的诸多国民劣根性。其末流，就是鲁迅极力批判的阿Q式的“精神胜利法”。值得注意的是，林语堂本人对此不能说完全没有清醒的认识：“超脱老滑是中国人聪明才智的结晶，它的最大缺点是与理想主义和行动主义相抗衡。它击碎了人们改革的欲望，它嘲笑人类的一切努力……它神奇地将人们的活动限制到消化道以及其他简单的生活需求的水平上。”[①] 此语可谓击中了超脱老滑的要害所在，在这里我们又看到了那个清醒睿智、幽默热情且略带尖刻的林语堂。但林语堂的言传身教和他的巨大成功，却无论如何都像是“超脱老滑”的某种现代翻版，尽管披在他身上的是“脚踏中西文化”的华丽外衣。

林语堂在评说中西文化时的左右摇摆、难以取舍，与其说是两种文化视界的矛盾所致，不如说是他的理智与情感，也即林语堂自称的“心”与“脑”之间的冲突。当然，以“一团矛盾”为乐的林语堂，又是绝对有能力化矛盾为和谐的。在《生活的艺术》中，他曾如此介绍：“中国哲学家是睁着一只眼睛做梦的人，是一个用爱和讥评心理来观察人生的人，是一个自私主义和仁爱的宽容心混合起来的人，是一个有时由梦中醒来，有时又睡了过去，在梦中比在醒时更觉得富有生气，因而在他清醒的生活中放进了梦意的人。他把一只眼睛睁着，一只眼睛闭着，看透了他周围所发生的事物和他自己的徒劳，

---

① 林语堂:《中国人》(全译本)，郝志东、沈益洪译，学林出版社1994年版，第65页。

而不过仅仅保留着充分的现实感去走完人应走的道路。”[①] 这段话简直就是林语堂本人的夫子自道，他本人何尝不属此类“睁一只眼闭一只眼”的“中国哲学家”之列？由此我们能进一步理解林语堂何以要选择幽默戏拟的言说方式，介绍中国人“生活的艺术”了。这固然是他那幽默风趣的天性使然，但又不能否认在冷峻严酷的社会现实与中西文化交流的尴尬处境中，他不得不幽默的无奈与伤感。身为性情中人的林语堂，正话反说、反话正说，常常是他得心应手的撒手锏。只是如此一来，我们就很难廓清林语堂所说的哪一句是真，哪一句是假了。

然而，如果把林语堂仅仅看作根据不同读者做戏的表演家，那么不仅浅陋而且绝对谬误。无论怎样聪明的投机者与表演家，如果没有真性情的投入，都不可能获得真正的成功。笔者发现，在林语堂的诸多“矛盾”中，聪明绝顶的审时度势与奋不顾身的痴情投入，恰恰构成了其个性最为核心的“一体两面”。如果套用西方哲人尼采的相关理论，会发现林语堂的个性中还有一种沉醉到底的酒神气质。正是这种无拘无束、任性自由的酒神气质和横跨中西的开放视野，为林语堂的成功奠定了最为坚实的基础。这种酒神气质与道家的哲学理念是如此相投，使得熟谙西方文化的林语堂对之一见钟情并终生沉迷于此。而在对中国道家哲学的诗性评说与发掘中，他的沉醉型性格获得了绝佳体现。无论如何，人是需要一些不计后果、近似疯狂的“痴迷”精神的。林语堂的人生历程，不过是无数个“痴迷者”走向成功的个案而已。

---

① 林语堂：《生活的艺术》，安徽文艺出版社 1988 年版，第 1 页。

第二节　乡土忆旧与苦难的诗意化
——琦君创作论

现代性的价值根基在于它的普遍主义取向，“就精神品格而言，在于它的反思性；就外在化的历史存在方式而言，在于它的断裂性”[①]。如果说反思是一种思维品格，那么断裂则与从古代到现代的跃升有关，跃升导致了与文化传统、文化心理母体的断裂，导致人们在狂热追求无限进步的同时，又频频回望过去和怀旧忆往，进而反思自己乃至整个社会追寻现代的步伐。享有台湾文坛“闪亮的恒星”之誉的琦君，之所以在海峡两岸持续拥有大量读者，获得极高的人气，在很大程度上与这种普遍化的怀旧忆往心理有关。

一、被忽视的现代性：“童眼”人生与“菩萨心肠”

所谓“童心写作”，与通常意义上的儿童文学并非一回事。儿童文学是一种面向儿童、服务于儿童的创作形式，“为儿童写作”是儿童文学家共同的口号。笔者在此使用的“童心写作”这一概念，则是指创作主体怀持一颗善良美好的赤子之心，以一双“童眼”感知和思索社会人生的一种写作方式。童心写作包含着对童年往事的回望和儿童记忆的书写，并有意无意地营造一个儿童视角下不同于成人世界的独特艺术天地。因为最大限度地契合了人们向

① 陈晓明：《导言：现代性与文学研究的新视野》，载陈晓明主编《现代性与中国当代文学转型》，云南人民出版社 2003 年版，第 7 页。

往童贞、渴望精神还乡和回归（文化心理）母体的心理定式，童心写作极易造就老少皆宜的广受读者喜爱的名著名作。不可否认，很多儿童文学创作都包含“童心写作”的要素，如《安徒生童话》《格林童话》等，但另外一些作品却因夹杂着太多成人对于儿童居高临下式的说教，而与“童心写作”背道而驰。童心写作者心中的期待读者与其说是儿童，不如说是广大成年人。他们所建构的那个具有独特艺术魅力和文化心理况味的艺术世界，未成年人囿于阅历和知识的局限，常常未必能完全感知和理解，相反只有那些已经走出童年，却又频频回味童年、品味童心的成年人，才能对此充分领略并产生强烈的共鸣。

童心写作貌似与现代性启蒙关系不大，因为现代性被公认为与启蒙理性不可分割，“童心写作”却常常给人以感性过剩、理性不足的印象，但事实果真如此吗？众所周知，启蒙主义的核心理念就是对人类理性的诉求，欧洲启蒙主义时代是全球现代性启蒙的关键时期，理性推动了科学技术的突飞猛进。没有科学理性就没有现代机器化大生产，也就没有全球性的工业革命和城市革命。但理性的成熟必然产生对理性自身的反思和批判，并对其达到的可能限度进行探讨。20 世纪以来不断涌现的现代主义和各种以“反传统”著称的“非理性”思潮，说到底都与人们对理性限度的认知有关。诉诸童心和感性的“童心写作”，恰恰为人类超越理性并反思理性的局限铺设了一条宝贵渠道。

而在另一方面，儿童的“发现”不仅是社会现代性的产物，还是人类文明不断进步和革新的副产品。无论是中国还是启蒙时代以前的欧洲，都不存在对儿童的科学界定。儿童期仅被认为是走向成年的准备期，儿童至多被看作“小大人”“微型大人”，甚至是成人可以随意处置的私有物品。很多人的童年记忆简直就像一个噩梦。“越往古代看，人们对儿童的照顾越少，儿童越容易被杀死、遗弃、虐待、恐吓和受到性侵犯。”[①] 现代科学精神和教育技术的广泛应用，才使得区别于成年人的儿童特质被人们“发现”和认知。儿童享有权益在20世纪以前的人类社会，简直就像天方夜谭。联合国《儿童权利公约》直到1989年才问世，尽管在很多学者看来这一公约“过于模糊且情绪化”“理想大于现实”，但相比于古代社会儿童被忽视、被虐待和受剥削的状况，已经取得巨大的历史进步。[②] 当然，人类生命的奇迹尤其是孩童的从天而降，也为我们感悟宇宙的神奇奥妙和人类理性难以企及的高度提供了一个绝佳契机。正如意大利儿童教育学家蒙台梭利所说：“我们对新生儿的态度不应是怜悯，而应是怀着一种对造物之神的崇敬，把这个小生命的心灵看成一个我们无法完全了解的神秘世界。”[③]

在蒙台梭利看来，儿童最大的天性是拥有一种天然的单纯之爱，“儿童的爱，从本质上说是单纯的。他爱，也许是因为他想获得感官印象并借助这些印象不断成长”[④]。然而成年人却常常忽视来自儿童的爱，甚至对之产生厌烦和嫌弃的心理。蒙台梭利提醒我们，与其说是成人对儿童充满关爱，不如说是儿童在全身心地爱着成人（父母）。蒙台梭利认为成年人应不断从儿童那里汲取爱的营养，“没有儿童对他们的帮助，成人将会颓废”[⑤]。身为虔诚基督徒的

---

① ［英］H. 鲁道夫 · 谢弗：《儿童心理学》（修订本），王莉译，电子工业出版社2016年版，第19页。

② ［英］H. 鲁道夫 · 谢弗：《儿童心理学》（修订本），王莉译，电子工业出版社2016年版，第21页。

③ ［意］玛利亚 · 蒙台梭利：《童年的秘密》，金晶、孔伟译，中国发展出版社2003年版，第23页。

④ ［意］玛利亚 · 蒙台梭利：《童年的秘密》，金晶、孔伟译，中国发展出版社2003年版，第129页。

⑤ ［意］玛利亚 · 蒙台梭利：《童年的秘密》，金晶、孔伟译，中国发展出版社2003年版，第134页。

蒙台梭利甚至将儿童的爱神圣化为耶稣基督的象征：“成人应该安慰耶稣的化身，即那些贫穷、被非难的和正在受苦的人。如果我们把这个激动人心的场面用在儿童身上，就会发现，耶稣基督似乎也是儿童的化身。”[①]被生活折磨得近乎麻木的成年人，需要不时借助儿童的单纯之爱净化自我，才能恢复爱的能力。从这一意义上讲，那些步入成年后仍然童心未泯，保持着儿童时期的单纯之爱、深沉之爱的人无疑是值得称道的，他们就像爱的使者一样在儿童与成人之间架起了一座桥梁。无论是“五四”时期宣扬“爱的哲学”的冰心，还是通过创作频频回望童年，对童贞之爱加以咀嚼和品味，并将爱的种子不断撒播的琦君，其在文学史上的价值和文化心理意义都不应被低估。

琦君，原名潘希真（1917—2006），她所有的创作都可视为“童眼观人生”的心灵写照，她终其一生都秉持一颗天真无邪、朴素善良的童心；岁月的累积、离乱的哀愁和世事的沧桑，不仅没有给琦君单纯的童贞气质和温厚的稚气个性掺入任何杂质，反而使其像历经时光之流冲刷的珍珠一样，愈加晶莹剔透、光彩夺目。儿童眼中的世界是一个充满灵性的神秘世界。在儿童的感知中，无论是鸟兽虫鱼还是山川万物皆有灵，即使一草一木也可与之进行情感交通；儿童常常是敏感细致的，甚至细致到在成人看来不无琐碎的地步。许多成年人忽略和不屑于关注的生活细节，在儿童那里却常常得到放大，这在琦君笔下有着充分体现。如果没有怀持一颗儿童般的共情心和好奇心，她怎么可能对邻居家“进进出出的麻雀”倍感兴趣，常常对它们“望得出神”？[②]作家兴趣盎然地观察并描述着窗外“一对肚子呈金黄色”的漂亮鸟儿，从衔木筑巢、“吉屋落成”、产卵孵蛋、哺喂抚育，到雏鸟羽翼丰满，终

---

① ［意］玛利亚·蒙台梭利：《童年的秘密》，金晶、孔伟译，中国发展出版社2003年版，第134页。

② 琦君：《小鸟离巢》，载《母心·佛心》，湖北人民出版社2006年版，第26页。

至脱离父母展翅远飞的整个“成长—离散”过程，那颗柔软细致的心灵也随着鸟儿的一举一动、一喜一乐而欣喜或悲伤，“心中的怅惘，有如亲身经历了一场人世的悲欢离合”。[①] 这种共情心和同理心着实令人感佩。

即使对“侵入”自家厨房的成群结队的蚂蚁，琦君都像一个天真的孩子一样长时间蹲在地上，津津有味地观察着它们的一举一动，惊叹于这些可爱小生灵搬迁“大堆”美味的“壮观”场面。目睹蚂蚁们扛着“如山般高”的粮食到自家洞口“左拉右推”，就是挤不进去，作者看得着急万分，一时性起，禁不住“用一根铁丝，将那缝隙的碎石灰划开一些，洞门大开，它们就顺利进入了”。[②] 其行为举止和心态，与那些天真烂漫的儿童简直如出一辙。作家的外子（丈夫）不堪蚂蚁对自家的侵扰，要用杀虫剂展开一场针对蚂蚁的“大屠杀”，琦君立刻严词制止，晓之以理，动之以情：“想想看我在切洋葱时，气味熏得我涕泪交流，你都感到很过意不去。若是漫天毒雾向我们没头没脸的扑来，使我们窒息，抽筋而死，那将是多么的痛苦？小小昆虫，只不过不会说话，它不是一样的有感觉，有苦乐，一样的知道趋生避死，为生存而奋斗吗？”[③] 真可谓是以情求情、将心比心的典范。儿童的烂漫天性和成人的睿智优雅、宽容慈悲在此天然地融为一体，其寓教于乐、寓情于乐的文学功效，也在貌似日常琐事的记述中淋漓尽致地发挥。

人最可贵的是遭遇苦难而没有被苦难淹没，经受种种不幸、不公和不平而没有让它们玷污自己纯洁良善的心灵，历经岁月沧桑而仍能怀持一颗天使般的赤子之心。琦君散文的一些优秀之作，常常蕴含着这种宝贵的文化心理品格。在著名的《泪珠与珍珠》一文中，琦君先是以美国女作家路易

---

① 琦君:《小鸟离巢》，载《母心·佛心》，湖北人民出版社 2006 年版，第 32 页。

② 琦君:《小鸟离巢》，载《母心·佛心》，湖北人民出版社 2006 年版，第 21 页。

③ 琦君:《守着蚂蚁》，载《母心·佛心》，湖北人民出版社 2006 年版，第 20 页。

莎·梅·奥尔科特创作的文学名著《小妇人》中的一句箴言——“眼因流多泪水而愈益清明，心因饱经忧患而愈益温厚”作为开头，引出全文要表达的主旨；接着又分别征引中国现代作家冰心的一句比喻——“雨后的青山，好像泪洗的良心”，和古代诗人杜甫的凄凉感喟——“莫自使眼枯，收汝泪纵横。眼枯即见骨，天地总无情”；以及阿拉伯文学中被广为传诵的诗句——“天使的眼泪，落入正在张壳赏月的牡蛎体内，变成一粒珍珠”。[①] 借助这些名言警句，作者步步深入地阐发了“心灵因超越苦难而愈加宝贵”的主题。天地无情，人却有情，有情之人寄托于无情天地之间，最容易激发一种悲哀伤感之情。晚年杜甫欲求眼泪纵横却不可得，正道尽了人生的无限凄凉和哀伤！然而作为万物灵长的人类却不应为无情天地所囿，正如人类的精神不应被物质拘囿一样。冰心和奥尔科特都以女性作家特有的细腻敏感和童稚情怀，感悟着爱与美之间的关联，又感慨于人类坚韧顽强的品格；阿拉伯文学的经典诗句则与中国蚌病成珠的古老格言一起，共同浓缩为人类智慧的历史结晶。《泪珠与珍珠》这篇文章之所以赢得了广泛的赞誉，在笔者看来不仅因为琦君博古通今、融汇中外的圆通智慧，更因她善于以纯正凝练的语言和优美经典的意象，将一种人类永恒的文化心理主题深入浅出地道出，而不带有任何说教和做作的成分。

但作家对此仍不满足，文章最后她以“愿为世人负担所有的痛苦与罪孽”而“流泪”的观音，和因为替人类赎罪而被钉死在十字架上“流血”的耶稣作为象征，笔锋直指人间大爱——“眼泪不为一己的悲痛而是为芸芸众生而流”，神祇的崇高无私不由人不流下感激和感恩的泪水。此种“泪泪交织”的感人画面所建构出的乃是一种人与神、人与命运和解共生、和谐共存的美好境界。读者阅读此类文章，会在潜移默化中获得一种心灵的净化，以及灵魂

① 琦君:《泪珠与珍珠》，载《爱与孤独》，江苏凤凰文艺出版社 2015 年版，第 86—87 页。

出神入化的升华。

“留予他年说梦痕，一花一木耐温存。”[①] 琦君借用恩师夏承焘先生的诗句发出如此夫子自道，自然也是她对自己创作特色的准确概括。在一些人看来，琦君散文总不脱那些“鸡毛蒜皮不值一提的身边琐事”和老生常谈的廉价感伤、人生哲学。然而正是借助那些关联着极其个人化的陈年往事和一个个令人感慨万千的人生记忆，通过那些琐碎而片段的点滴记述，作家建构起一个普通成年人似曾相识却又久违了的、洋溢着爱和温暖的童话般的美好生活世界。我们从这个生活世界领略到的，不仅是美好的人生忆旧，更是一种感念和感恩的生活方式，一种超脱淡然却又坚定执着的生命态度，一种饱经离乱和忧患却仍怀持着虔诚信仰的心灵力量，以及一副洞达人性的各种优劣根性却能拈花一笑、理解人性并宽容人性的菩萨心肠！琦君及其代表的童心写作传统，对弥合近现代中国社会因工具理性过于泛滥而导致的人心荒芜，起到了不可替代的积极作用。

二、现代性的别处：乡土忆旧与“文化反刍”

19 世纪法国诗人兰波以一句“生活在别处”的口号闻名于世，这句格言后来被捷克作家米兰·昆德拉作为一部长篇小说的题目。20 世纪八九十年代，《生活在别处》连同米兰·昆德拉的其他小说被翻译成中文而畅销一时，对我国思想文化界产生了震撼性的冲击。“当生活在别处时，那是梦，是艺术，是诗，而别处一旦变为此处，崇高感随即变为生活的另一面：残酷。”[②] 在

① 琦君:《留予他年说梦痕》，载《爱与孤独》，江苏凤凰文艺出版社 2015 年版，第 47 页。

② [捷克] 米兰·昆德拉:《生活在别处》，景凯旋、景黎明译，敦煌文艺出版社 2000 年版，第 267 页。

《生活在别处》中，米兰·昆德拉透过小说叙事传达出的这一人生感悟，也可以说是对人生真相一针见血的揭示。对于无数追寻梦想的人而言，理想和诗意总在远方；“眼下”却让人们联想到肉身的沉沦和不得已的苟且。追逐理想的人们似乎注定要去远方流浪，正如那首台湾作家三毛作词的流行歌曲《橄榄树》所咏唱的：“不要问我从哪里来 / 我的故乡在远方。”不仅是为了追求更加丰富的阅历和高远的自由，更是为了“梦中的橄榄树”[①]，为了心中永恒的梦想。如果说人生是一段或长或短的旅程，那么流浪就是一种无法逃避的宿命，不管是自觉的探险还是无奈的流离。而我们是否也可以假定：作为一种无限进步之象征的（理想）现代性总是在别处？理想在远方，（精神的）故乡也在远方。而成长与分离、分离与回望又不可分割，哪里有童年，哪里就有故乡。对童年的追忆也就顺其自然地演变为对（儿时）故乡的回望。另外，那些远离故土的人常常更容易理解故乡对于自己的意义，也更能完整清晰地观照故土、表现和发掘故土的文化魅力。

琦君童年和青少年都在故乡浙江永嘉，也即今天的温州度过，青年时期迫于战乱动荡而匆匆逃离故土，她一定有着太多的不情不愿和不舍吧？她将故乡视为永恒的精神家园，把抒发乡愁作为创作的永恒母题，也就是顺理成章的事情了。最典型的例子是《烟愁》一文中以人们口中喷出的一缕缕香烟，比喻作家那浓得化不开的乡愁思绪：“一缕乡愁，就像烟雾似的萦绕着我，我逐渐体会到烟并不能解愁，却是像酒似的，借它消愁而愁更愁了。”[②]文章看起来是在回溯自己吸烟的历史，实则是通过追忆自己的童年往事，表达对父母亲人和家乡故土的眷恋思念。随着童年的消逝和家国的离乱，

① 三毛作词、李泰祥谱曲的《橄榄树》（歌曲原名：小毛驴），于 1973 年写出、1978 年由杨祖珺首唱，1979 年收录于齐豫同名专辑《橄榄树》。

② 琦君：《烟愁》，化学工业出版社 2017 年版，第 64 页。

无论是宠“我”宠得像个“被宠坏了的小把戏”一样的二叔，还是专捡大人们剩下的“烟屁股”而“躲到没人的地方去抽”的远房四叔，都已“音信渺渺”；且不说童年时缠在父亲身边观察他吸着“三九牌”等名贵香烟的快乐情景早已不再，连爱“我”胜过爱一切的老母亲也早已作古，作者只能借助于文字聊表怀念之情了。那淡淡的哀愁和长长的喟叹，也正像那一缕缕香烟一样缠绕在作者的四周挥之不去，缠绕于令人叹惋的“感伤的行旅”之中。

琦君笔下的故土和乡土，更像是一种文化心理意义上的“母体”。通过回望乡土，琦君不断实现着回归“（文化心理）母体”的愿望。她忘不了故乡每到桂花盛开便香气扑鼻的时节，以及乡亲们摇落桂花、落花如雨的欢乐景象，像一个“金沙铺地”的“西方极乐世界”（《桂花雨》）；忘不了故乡那一颗颗晶莹剔透、令人垂涎欲滴、永远“吃不够”的杨梅，可惜的是“年光于哀痛中悠悠逝去”，“儿时那种吃杨梅的任性与欢乐，此生永不会再有了”（《杨梅》）；她还忘不了当年在之江大学读书时漫步钱塘江边、六和塔畔，近看潮起潮落，远眺秦望山上夕阳映照下层林尽染的情景；那野花芳草琳琅满目的“秀气灵光”和“母校弦歌”长久地存在于记忆中（《何时归看浙江潮》）；她更忘不了儿时为父亲“磨研朱墨、圈点诗书”的那种单纯的乐趣（《云居书屋》）。琦君用文字建构的那个美好无比的故乡世界，宛如人类童年时代至善至美的“伊甸园”，一个处处充盈着爱与温暖、时时听闻着欢歌笑语的人间“乌托邦”。

在琦君笔下，不仅“月是故乡明”，而且“水是故乡甜”，故乡的一山一水、一草一木、一人一物都成为她心中最美好的记忆和最温暖的慰藉，深刻地形塑着作家本人的心灵世界。无论是那位朴实无华却纯朴善良的阿荣伯伯，还是一度横行乡里的乞丐头子“三划阿王”，都给作家的童年生活增添了无比珍贵的快乐经验：“如果年光真能倒流，儿时可以再来的话，我一定要牵着阿荣伯伯的青布大围裙，在他睡觉的那间小谷仓里，听他那些讲不完的有趣故事。”（《阿荣伯伯》）而“三划阿王”的奇特经历和口中说不尽的传奇故事，则是“我”童年时期难得的“忘忧”解药。他对“我”的期许和期望，成为“我”成长途中永不止歇的动力。琦君从小强烈感受到了父母亲人、师友亲属和乡邻诸人对自己的深切关爱和厚爱，她从故乡那里汲取了无穷的爱的养料，成年后的作家在异国他乡反复回味并阐发着这些来自故乡的爱与温暖，并将其提炼升华，才有了作家笔下那些感人肺腑的灵性文字。世事艰辛，幸而有爱；爱虽孤独，却无处不在；天若有情天亦老，人间却自有真情常在。爱超越了一切，爱也化解了一切的恩怨嗔怒。

在这个以故乡故土为原型的文化心理母体中，居于中心地位的当然非那位忍辱负重、慈悲博爱的老母亲莫属。母爱是中国文人反复讴歌和赞颂的文学母题。“谁言寸草心，报得三春晖”等令人耳熟能详的诗句，道出了全球华人最深沉也最普世化的心声。深受传统文化熏染并与母亲有着深厚感情的琦君，一生写过无数回忆母亲、感念母爱的作品，其中不少已是脍炙人口的名篇。她眼中的母亲总是那么操劳辛苦，却又那么从容淡定、坚韧顽强、勇敢无畏。记忆中儿时乡村旧屋里竟然爬进过一条大白蛇，吓得“我”魂不附体，母亲却不慌不忙，拿起衣橱边的一把阳伞，一边将伞柄伸到蛇的身边，一边口中念念有词：“出去吧，出去吧。”大蛇竟然“乖乖地把头缠在伞钩之上，慢慢游出房门去了”，在年纪小小的“我”看来，母亲简直有“降龙伏虎”的神功，母亲的勇敢镇定更令“我”感佩无比。[①] 琦君记忆中的母亲“一生都在忧伤苦难中度过”，而“我”作为母亲的独女，不仅承受着母亲全部的母爱，

① 参见琦君《和妈妈同生肖》，载《母亲的菩提树》，人民文学出版社 2012 年版，第 37 页。

还寄托了母亲几乎全部的人生希望和信念。[①] 母亲的一言一行都吸引着童年时期"我"的目光，并深深印在"我"的脑海中。

作家笔下的母亲形象及其对母爱的称颂，虽然已被众多评论者关注，但较少有人深入挖掘母爱之于琦君创作心理的原型意义：正如作家本人所言，她与母亲间的情感除了骨肉至亲之外，"更有一种患难之中相依倍切的知己之感"。不仅如此，母亲的言传身教决定了作家的世界观和人生观，深刻影响了琦君行为处世的方式。琦君笔下的母亲形象，乃是一位不可替代的精神导师和永远的人生指引者，兼具了"教母""师父""人格典范""人生榜样"等多重角色。笔者注意到人过中年以后，琦君追忆母亲的文字愈写愈多：不仅母亲做的菜让"我"回味留恋（《妈妈的菜》），母亲当年罚我在佛堂前软软的"小蒲团"上下跪的情景，如今回忆起来也是那么温馨体贴（《妈妈罚我跪》）；母亲的命运多舛和凄苦心情更让"我"心揪和感叹（《妈妈的小脚》）。然而女儿心中的母亲，永远像故乡老屋后院里的那棵"菩提树"，给了作家以最柔软也最刚强的心灵支撑（《母亲的菩提树》）。晚年的琦君更从大西洋不时遥望彼岸的故国故土，深切怀念着天各一方、阴阳两隔的母亲。她无限深情地对母亲的在天之灵表白，自己的心一直与母亲相依相守、永未分离："异乡的夜是寂静的，客中的岁月是清冷的。但我心头仍感到十二分温暖，因为我永远拥有您的爱。"[②] 故乡故土与逝去的母亲融为一体，逝去的母亲并未远去，离散的女儿始终徜徉在母爱的博大怀抱里。

再联想到琦君不到一岁之时，生父便因病离世，四岁那年，生母又不幸离世的人生经历，琦君作品中的父母双亲，其实是对她爱护有加、视如己出

---

① 参见琦君《妈妈的菜》，载《烟愁》，化学工业出版社 2018 年版，第 182—183 页。

② 琦君：《妈妈，您安心吧（代序）》，载《母心 · 佛心》，湖北人民出版社 2006 年版，第 5 页。

的伯父潘国纲、伯母叶梦兰[1]，我们或许会对琦君念兹在兹的母爱和父爱多了一层复杂的感喟。正如有台湾学者指出，琦君的童年生活始终掺杂着命运的悲凉、人情的冷暖和家族世变的沧桑，但所有这些人世的炎凉悲痛，到了她笔下都像经过了神奇的过滤和升华，只“留下清澈的本质”，“即使伤感，读来也总有一分难以言喻的甘美”。究其原因，其一缘于作家那敦厚明澈的天性，其二则得益于母亲那“厚实的爱”[2]。根据笔者粗浅的阅读，琦君在文字中似乎鲜有提及自己的亲生父母。固然与亲生父母过早离世、琦君对他们的印象已然模糊有关，似乎也折射出创作主体文化心理的某些隐秘特征：她是何其不幸，又何其有幸！伯父伯母（养父养母）对她的眷爱有加和言传身教，让屡经家庭变故的琦君无时不感念于心、感恩于心，并从小就生成一种敏感于爱的早慧性格。这对其创作心态的影响不可谓不大焉。母爱在琦君笔下已具有超越世俗的神圣意义，是安顿其心灵的永恒港湾。

在琦君的成长途中，不同阶段给予她谆谆教诲的老师，也起到了至关重要的作用。对于跟自己有过或多或少瓜葛的几位教师，无论是小时候父亲请来的私塾家庭教师，还是稍稍长大后进入新式学堂接触到的中英文教师；无论是曾对她青睐有加、鼓励有加、春风化雨式的教育，还是当头棒喝、冷水浇头式的训诫，琦君都心怀感恩、念念不忘。尤其是大学时代的夏承焘老师，其为人、为学和为文在琦君眼中都堪称世之典范。琦君一生笔耕不辍，其风格旨趣始终不脱夏老师当年的理想追求：“时时体验人情，观察物态，对人要有佛家怜悯心肠，不得着一分憎恨。”[3]琦君终其一生，既以敏锐独特的视角洞

① 参见《琦君年表》，载周吉敏主编《一生爱好是天然：琦君百年纪念集》，中国文联出版社2018年版，第3页。

② 宇文正：《永远的童话——琦君传》，台湾三民书局有限公司2006年版，第100页。

③ 琦君：《吾师》，载《爱与孤独》，江苏凤凰文艺出版社2015年版，第201页。

达人情人性，又以宽广超脱的心胸包容着一切人世沧桑，同情并欣赏一切，也与夏老师当年的言传身教密不可分。作家笔下的夏承焘等知识分子堪称民国文人风范的典型代表。

以母爱为中心，对包括父母亲人在内的乡亲乡邻的相守相望之情，师友同人的教诲和相助之谊等，琦君都详细追忆并加以描述，由此建构起了一个以亲情、师情、乡情和友情为主导的，既感伤又温暖的乡土怀旧世界。在这一乡土怀旧世界中，我们既看到了天真稚气与成熟宽厚的相辅相成、离乱苦难与达观从容的彼此勾连，更感叹于传统与现代的奇特融汇。那既是一片高度艺术化、审美化和理想化的传统乡土，又是一个既新且旧、经受了现代洗礼，却未失去中国优秀传统文化根基的“美丽新世界”。如果说琦君对母亲及其背后的乡土之追忆和怀念，可视为某种形式上的“心灵反刍”，那么她用文字实现的这一“心灵反刍”，也就转化为令人惊叹的“文化反刍”，并进而反馈到当年她的故乡。这位蜚声中外的作家，今天已成为其家乡的一个著名文化标签。

三、宗教世俗化与生活诗意化

琦君所建构的那个乡土忆旧世界，浸润着深厚的传统文化氛围，其中尤以佛教文化的熏染、滋润为重。琦君的世界观和人生观都深受佛教影响，其文学作品显示出深厚扎实的佛教哲学底蕴。琦君作品蕴含的爱的思想，与她将佛家的博爱观念融入自己的创作密不可分，对此学界已有充分认知。有学者指出琦君始终将“佛心之爱”看成“人生觉解的最高层级”，将人生的觉解之路看成对爱的追求过程，并将佛陀的大慈大悲之爱视为人世间“自然的、世俗的浑沌之爱”的终极坐标，努力探求一种与“佛心”同生的本真之爱[①]，应当说是颇有见地的。

从某种程度上可以说正是佛教观念塑造了作为文学家的琦君，因此她的创作甚至可以纳入广泛意义上的佛教文学范畴。琦君那根深蒂固的佛教思想，是母亲言传身教和儿时故乡无所不在的佛教文化氛围熏染的结果。在她心中，崇高无私的“母心”与慈悲无边的“佛心”连为一体，而“佛心”又与纯真无伪的“童心”、广袤无边的“爱心”相辅相成。值得注意的是，年轻时的琦君曾在学校受过长达10年的基督教教育，13岁那年她就考入杭州弘道女校，后来更是在之江大学这样的教会大学接受高等教育，但她对佛教的虔诚信仰始终没有改变。在教会学校期间，即使每天必须依照校方要求坚持做礼拜、信耶稣，但琦君在心里还是忍不住把耶稣视为来自西方的“菩萨”。她的这一内心衷曲和信仰变通，还是离不开母亲的亲身传授：母亲早年也曾经被信仰耶稣的教友邻居拉去做礼拜，虚于应付的她表面上虽然笑眯眯地跟着教友做礼拜，内心却把耶稣比作“观音”。妈妈开明的头脑和圆通的智慧深刻启示着琦君；妈妈那头头是道且颇能自圆其说的解释，更让琦君从心底里折服：“耶稣和观音都是得道的菩萨。在天堂里是不分家的。阿弥陀佛也跟上帝一样。上帝派耶稣来到世界做桥梁，超度人。佛派观音到世间来，见男人就化作男身，见女人就化作女身，只为好与人接近，便于超度！”[②]此种以“佛眼”观基督的灵活变通，在虔诚的基督徒看来难免荒谬可笑，然而笔者却认为，没有什么比这更能真实地揭示包括琦君母女在内的广大中国人信仰世界的本真面目。近年基督教信仰又在中华大地悄然兴起，颇有遍地开花之势，但细察众

---

① 李伟：《觉解人生的心路——琦君文学作品中佛教文化现象探索之一》，《浙江社会科学》2008年第8期。

② 琦君：《妈妈，您安心吧（代序）》，载《母心·佛心》，湖北人民出版社2006年版，第3页。

多信徒对基督教的理解和接受，他们何曾脱离琦君母女当年的心态呢？很多人依然是把耶稣基督当作来自西方世界的更加灵验的“洋菩萨”来信奉和膜拜的。一旦他们认为基督的灵验不再，内心的信仰也常常应然而逝。

琦君本人及其创作，为探索中国人文化信仰和信念的圆融通达、开明灵活，提供了生动而宝贵的范例。再进一步探析琦君的文化信仰，尽管对于佛教很早就产生了不可动摇的坚定信念，但她却很难称得上是虔诚的佛教徒。尤其是对某些从佛教“原教旨主义”出发而主张“无我”和厌世主义的倾向，琦君绝不赞同。早在童年时期，她就对自己的家庭教师——那位说话慢声细语、终日茹素，连走路都害怕踩死蚂蚁的佛家弟子颇为不屑，对其灌输的“身体就是一个臭皮囊，是最最没用的东西”一类说教颇为反感。[①] 相反，她认为“实质（物质）的我”与“精神的我”并不存在必然冲突，只有具备“顽强的身体”和“丰富的生活经验”，才能历练出坚定正确的意志，以及“包容与舍己为人的精神”。[②] 琦君的这一人生观显然经过了现代科学人生观的洗礼，她积极倡导并孜孜以求的，是身体与心灵、物质与精神、外在与内在、个人与命运之间的和谐统一，而不是两极化的对立矛盾，更不是片面化的一方将另一方彻底压倒或消灭。

晚年在聆听了台湾著名佛学家沈家桢博士弘扬佛法的演讲后，她对其彻底破除“我执”、达到“无我”境界的主张同样不以为意：“我倒觉得，‘我’的观念，不必勉强破除，只要能虚心、谦和、宽容，有一个‘我’的实相存在，反倒可以将心比心，推己及人。基督的‘爱人如己’，佛的‘我不入地狱，谁入地狱’，儒家的‘正心诚意，修齐治平’，岂不都是从小我出发，推

① 琦君：《家庭教师》，载《爱与孤独》，江苏凤凰文艺出版社 2015 年版，第 202 页。

② 琦君：《浅近的领悟》，载《母心 · 佛心》，湖北人民出版社 2006 年版，第 143 页。

广到大我而终至无我吗?”[①]她从历代佛教徒宣扬的“护生诗”“戒杀诗”一类诗文中，读出的却是儒家的“仁民爱物”之心。在她看来，“仁民爱物”需要从自己切近的感受中推广开来，恰如孔子所说的“能近取譬，可谓仁之方也已”。而那离自己的感知最近的，当然还是心中的那个“我”。[②]儒教的“仁民爱物”与佛教的“大慈大悲”在琦君这里是完全相通的，此种种“最平实、最简易的信条”中蕴含的圆通、通融智慧，又是“只认一个上帝的排他性”的基督教无法相比的；佛教倡导众生平等，因而要怜惜芸芸众生的主张，也是基督教教义遥不可及的。[③]笔者认为由此可揭示出琦君不能接受基督教的心理奥秘所在：基督教排他性、独占性的刚性原则，与她那充满圆融和圆通智慧的心理需求终究难以契合。

琦君坚守的那个以佛家哲学为主体的信仰世界，是一个汇聚了中国传统儒道哲学兼及现代基督教博爱理念的文化心理体系；琦君等人的这一中国化的佛教信仰，不仅与印度佛教哲学固有的“人生即苦”理念有本质分野，更与佛教哲人们宣扬的通过“苦练修行”而达到“了断尘缘”“解脱寂灭”的修行主张截然不同。这是儒教与道教兼融化的佛教、世俗化的佛教、中庸化的佛教，当然也是人间化的佛教。其核心要旨是以出世的精神，过入世的生活，以苦为乐，化苦为乐，最终实现知足常乐，以求最大限度地享用世俗人生。如同生活中的一些人喜爱食用苦瓜，不仅可以借此品尝些生活中的苦味，由此感悟到更多的甜美快乐，还有益于健康和延年益寿。具有丰富圆通智慧的中国人民对于佛教文明的“利用”，再次验证了他们层出不穷的生存智慧、通达智慧。在《我的佛缘》一文中，琦君更以其家乡颇为流行的“三净素”为

---

① 琦君:《浅近的领悟》，载《母心 · 佛心》，湖北人民出版社 2006 年版，第 143—144 页。

② 琦君:《浅近的领悟》，载《母心 · 佛心》，湖北人民出版社 2006 年版，第 144 页。

③ 参见琦君《浅近的领悟》，载《母心 · 佛心》，湖北人民出版社 2006 年版，第 145 页。

例，阐发了此种善于变通和通融的生活智慧："三净素就是不亲自动刀杀的、没有亲眼看见杀的、不是为你杀的。……这是佛家劝爱吃大荤的人的通融说法，因为戒杀极难，只好放宽点。"[①] 这真是中国人心理信仰的绝佳表白和生动写照。如果说中国佛教徒在接受来自异域的佛教文化观念时，从本土儒家的"仁民爱物"理念和"能近取譬""推己及人（物）""爱屋及乌"的心理逻辑出发，生发出"不杀生、不吃荤"一类貌似比印度本土佛教更为严格的清规戒律，但他们同时又创造性地运用圆通智慧将其一一破解。这是一个何等聪明又充满了人生情趣的民族啊！

对那些得道高僧或研修专家而言，无论是琦君对佛教信念的坚守，还是对中西宗教文化贯通的理解，都有些浅近平凡，但切不可忽略这些浅近平凡的常识，才是广大中国人民能够接受、乐于接受、喜闻乐见并津津乐道、足以支撑起他们信仰大厦的文化信念。这不也正是琦君作品在海峡两岸获得广泛共鸣的重要文化心理原因吗？从另一角度看，琦君对宗教信念的感悟和阐发又恰恰蕴含着最应普及的人类文化理念：人毕竟不是神，更不能要求凡夫众生都达到修炼成佛的至高境界。无论是宗教信仰还是文化观念，都应服务于人的生活，而不是让人沦落为供自己驱使和奴役的工具。信仰是为了让人民的生活更加美好，不是要人们破坏乃至放弃自己的生活。一些宗教极端主义和恐怖主义利用人们的厌世和愤怒情绪，尤其是年轻人自我厌弃的偏执心理，诱惑和驱使他们做出非理性、反人类的极端行为，才是最可怕也最邪恶的。

宗教的世俗化又导致包括佛教在内的整个民族的信仰体系走向世俗的审美化。中国化的佛教所追求的经由顿悟、禅悟而得道的独特而便捷的方式，

① 琦君:《我的佛缘》，载《母亲的菩提树》，人民文学出版社 2012 年版，第 5 页。

本身就包含着某种神秘主义的美学旨趣。一代代中国文化精英已将这一宗教世俗化和生活艺术（诗意）化的传统发挥到了极致，这在琦君笔下同样有着突出的表征，她对生活艺术化的呈现，其创作诗文结合的特征及诗意化追求，学界已多有论述，在此不再赘述。前文提及她借用恩师夏承焘先生的诗句“留予他年说梦痕，一花一木耐温存”，概括自己的创作特色和艺术追求，岂不正是宗教世俗化和生活艺术化的具体表征？它既融合了千古文人人生如梦的一声长叹，又表达了对如烟往事的无限感慨和怀念；既有着“人生到处知何似，应似飞鸿踏雪泥”（苏轼《和子由渑池怀旧》）的苍凉感喟，又夹杂着“莫听穿林打叶声，何妨吟啸且徐行”（苏轼《定风波·莫听穿林打叶声》）的轻飘洒脱；更主要的是对于世俗生活的留恋热爱和过往人事的深情厚爱——过往的一切都在诗人细细的咀嚼和回味中，充盈着温情、温暖和温存！生活尽管随时可见苦难、不幸和离乱，但总能乐在其中，且能自得其乐。在历代文人的承传和师承作用下，这一反复呈现生活诗意化的艺术传统已延续至今并将不断发扬光大。

将琦君笔下这个其乐融融、和谐美好的以佛家哲学为核心的混搭型信仰体系，与早年胡适、鲁迅等“五四”文化先驱对传统宗教文化的尖锐批判稍作比较，其鲜明的对照可谓一目了然：鲁迅对传统礼教“吃人”性质的揭露，对封建信仰体系“瞒和骗”的抨击自不待言；胡适与琦君一样从小生活在“敬拜祖宗”“礼神拜佛”的传统乡村文化氛围中，他的母亲与琦君的母亲一样是观音菩萨的虔诚信徒。但相近的文化氛围却没有使两人的心灵成长、信仰涵化趋于一致。对胡适而言，那些“诸神凶恶丑怪的祖宗”和“天堂地狱的民间传说”只让他早早滋生一种反感、恐惧与叛逆的心理。[①]童年时期，胡适曾萌生过毁坏菩萨神像的念头，尽管没有付诸行动，却很容易使我们想起更早年的洪秀全毁坏孔子神像，以及孙中山年轻时涂毁乡村庙宇神像的行为，将它们串联在一起加以比照，不能不令人怀疑：激进的变革是否总是从对传统信仰体系的反叛和破坏开始的？作为学者和文人的胡适当然与洪秀全的“造反”理想、孙中山的“革命”理念有本质不同，但后来成为“文学革命”主将的胡适在激进反传统方面，与洪秀全、孙中山等人又不无相似之处。

个人文化信仰的选择因人而异，不必也不可能强求一致。值得注意的是，胡适代表并引领了“五四”那个时代众多先进知识分子的文化选择，他试图以自己认定的极具纯粹（西方）现代性的“科学人生观”取代“前现代”的传统信仰体系，但他显然太过乐观或者说偏颇了。胡适不仅大大低估了传统信仰体系坚不可摧、生生不息的生命力，也忽略（或者说未充分考量）了传统信仰体系在经过现代化改造之后，与来自西方的现代性融会贯通、和谐共存的可能性。胡适等人倡导的“科学现代性”，是否会导致人们对现代科技的盲目崇拜和迷信，以及现代人新一轮的自恋自大和自我迷狂，更是值得反思和深究的重大课题。重新回到本节开始论及的现代与传统的“断裂”议题，那么琦君等台湾作家反复表现的文化怀旧和文化乡愁母题，及其对传统信仰体系的回首眷顾乃至坚守，无疑有助于这一“断裂”的修补。“他们对过去进行回顾，是因为他们要为一个更好的未来作准备。”[②]法国哲学家卡西尔对精神还乡和忆旧者们的描述，对于当今海峡两岸的文化发展同样具有现实意义。

---

① 参见胡适《我的信仰》，载胡适著，王怡心选编《不朽：我的宗教——胡适论人生》，北京大学出版社2016年版，第204—205页。

② ［德］恩斯特·卡西尔：《国家的神话》，范进、杨君游、柯锦华译，华夏出版社1999年版，第221页。

第三节 岁月“发酵”，其味（乐）无穷
——读詹澈诗集《发酵》

作为一名非专业的草根派诗人，詹澈也许不能称为那种才高八斗、出口成章的诗歌天才，但我们却不能不感动于他的坚持，感动于他几十年如一日地对于诗歌的一往情深，对诗情诗性追求的执着。自20世纪70年代以来，詹澈一直笔耕不辍，先后出版了《土地请站起来说话》《手的历史》《海岸灯火》《西瓜寮诗辑》《小兰屿和小蓝鲸》《海浪和河流的队伍》《绿岛外狱书》《海哭的声音》《下棋与下田》等10余部诗集，产量不可谓不丰富；他的诗学追求在台湾诗坛或许谈不上摩登和新潮，但不能否认诗人詹澈历经大半生的不懈探索，已在台湾诗坛自成一家，早已形成了与众不同的艺术品格。笔者认为可以用质朴本色概括詹澈诗歌的艺术风格，如果说得再具体些，应该是当今两岸诗坛上“以生活（万象）入诗”“以泥土为诗”“以散文（口语）入诗”“以感慨（议论）入诗”的最有代表性的践行者之一。

一、从“呐喊”到“发酵”

严羽在《沧浪诗话》中，曾以著名的“以文字为诗，以议论为诗，以才学为诗”之论形容宋代诗人的一代诗风，虽然他是针对宋诗的弊病有感而发的，却敏锐地概括了有宋一代诗歌的整体特色。与唐诗相比，“以文字为诗，以议论为诗，以才学为诗”的宋代诗歌或许在诗绪诗味上不那么纯正浓烈，但谁又能否认由此也形成了宋诗在数千年中国诗歌史上别立一宗的独特地

位？追根溯源起来，詹澈的诗作是与唐宋以来中国诗歌的这种“议论化”传统、“散文化”传统、“生活化”传统、“市井化（大众化）”传统，有着“剪不断，理还乱”的密切关系的。

詹澈诗歌的另一个渊源，则是五四新文化运动以来的自由体诗写作传统，尤其是以左翼意识形态为理论基础的大众化历史传统。在思想意蕴上，詹澈自觉继承和发扬了“五四”诗歌先驱们关切现实、关怀民众，关切底层农民的现实主义精神。“五四”开启的白话新诗运动，曾为中国诗歌摆脱传统格律的束缚、走向自如奔放的自由体诗写作，提供了前所未有的历史机遇，也为诗人们走进大众、靠近民间和接近“地气”带来了伟大的时代契机。百年中国新诗尽管曾先后涌现出象征主义、现代主义、新旧格律派、朦胧诗等各种浪潮，但关切社会现实、情系广大民众的自由体诗写作方式始终是诗歌创作的主流。20世纪三四十年代的艾青等人对广大人民的苦难和作为民族受难象征的土地之表现，生动地展现出诗人与时代强音之间的密切关系，正如有诗评家所说，詹澈一直以艾青为榜样，无论是对土地/农民的深厚情感，还是艾青式的忧郁与悲悯，都在詹澈这里得到了明显的传承；阅读詹澈的诗，你会发现许多为当代诗学所疏远的概念，如“良知”“时代心声”“使命感”“历史感”等，在他笔下常常被激活，“并焕发新的功用与生命力”[①]。从这一意义上讲，诗人詹澈在当今两岸诗坛上无疑是一个不可忽视的存在。

不加拘束的自由体诗写作，有时也可能使得语言因过于散文化和口语化而难免给人以粗糙拖沓、缺少锤炼之感；再加上所述所写和所思，往往离不开“下里巴人”的乡野粗鄙之事，与文人雅士们津津乐道的“雅致”和“雅

---

① 沈奇:《序　赤子情怀与裸体的太阳——论詹澈兼评其诗集〈詹澈诗选〉》，载詹澈《詹澈诗选》，台海出版社2005年版，第2页。

趣”自不可同日而语；诗人的目光还因过多地集中于政治乃至时事之中，往往造成创作上的意识形态化、概念化、口号化和空洞化的偏颇。凡此种种缺憾，在詹澈的诗作中都或多或少地存在过。但令笔者倍感讶异的是，诗人詹澈在坚守自己风格的同时，更不断地改进自己先前的不足，努力追求自我的更新和进步。如果说他早期的一些诗作有时尚不脱模仿的痕迹（如《春风》等诗作对艾青《黎明的通知》一类诗歌的模仿），在情感表达上也存在简单化、过于强烈化的倾向，乃至给人以一览无余的感觉，那么随着岁月的积累和时光的冲刷，那个曾经慷慨激昂、指点江山的年轻的詹澈，在逐渐走进中年的同时，诗风也随之变得老辣深邃，沉着淡定了许多。詹澈的晚近诗作虽然少了些慷慨激昂和热血澎湃的呐喊，却多了不少常人所不及的哲思与禅意。这一方面是诗人在饱经岁月的风云沧桑后，看过了太多的白云苍狗，已不像年轻人那样有一说一地直抒胸臆，却常常历经情感的凝练与发酵之后，再徐徐道来的写作方式所致，另一方面与诗人中年以后，对于世间万象和社会乱象平添了不少多元立体的观照视角，显然也有很大的关系。

这种诗风的转变和诗艺的进步，在其晚近出版的诗集《下棋与下田》中已初露端倪。及至这部最新的诗集《发酵》，笔者惊喜地发现诗人詹澈对于诗艺的研习虽不能说已炉火纯青，却也一方面在情感内蕴上能“见人所未见，言人所未言”，另一方面在语言风格上又与古人倡导的“近而不浮，远而不尽”极为切近，其中的不少诗作恰如陈年老酒，历经岁月的珍藏与发酵，其味愈加绵延醇厚，颇近似古人所称道的“韵外之致”“味外之旨”之境界。

二、“发酵”与体味

在这部新诗集中，《发酵》一诗想必是最值得关注的代表性作品之一，诗人以此作为诗集的题名，也可看出这首诗在他心中的地位。笔者认为《发酵》一诗相当典型地荟萃了詹澈在人到中年以后酸甜苦辣咸乃至香与臭之五味杂陈的复杂人生体验，也较为集中地折射出他对整个社会人生的观察与思考，在某种程度上代表了诗人詹澈的诗性追求与美学理想之特质。诗人在这首诗里先从年轻时候“父亲曾经带着我到处寻找垃圾”写起。这一老一少仿佛“两个拾荒者”，他们捡拾的不只有“杂草”“牧草”“废纸”“稻草”“落叶”等城市人眼中的“垃圾”，还有“牛粪”“鸡粪”“羊粪”一类农村人心中的“肥料”。正如诗人所说：在贫富悬殊和城乡对立的当今社会，谁能给垃圾下个准确的定义呢？富人弃之不用的“废品”，或许正是穷人们求之不得的“珍品”抑或“佳肴”；在城市里被认为是环境污染之“罪魁”的垃圾，运到乡下则很可能转化为“有用的堆肥”。

紧接着诗人向我们展示了“父亲教我用圆锹与铁叉翻动半熟的堆肥”：“一层草一层牛粪，一层粗糠一层鸡粪，像九层糕 / 有时掺杂鸡骨头与厨余，以前，更早 / 没有抽水马桶与化粪池，挑沥人粪尿是最好的 / 臭味一层一层的掀开来，随着水蒸气往上腾……”而父亲对于蒸蒸日上的熏天臭气似乎毫不在意，他一面翻动着“越往下翻”颜色就越黑，也“越油”“越肥”的堆肥，一面在口里津津有味地嚼着槟榔，“久不闻其臭，仿佛闻着香气，像是吃臭豆腐 / 发酵，像食物在胃里消化，各种微生物 / 像面粉揉成面团蒸成馒头，白米蒸成红发糕”。——诗人在此几乎调动了人类的视觉、触觉、听觉等感官体验，深情满怀地描述（追忆）着当年父亲与他一起堆肥的具体场景。尤其是嗅觉的放大乃至膨胀，几乎给读者以触鼻惊心的震撼感。在两岸诗坛上，笔者尚未看到任何一首诗能像《发酵》这样，以如此形象生动的语言，极富画面感和立体感，既细致入微又言简意赅地将“屎品”与食品、“废料”与肥料、臭味与“品味”之间貌似尖锐对立，实则既相辅相成又相互转化的二元关系，加以淋漓尽致地表现的现代诗作。

在该诗的最后一段，随着诗人的笔锋一转，整首诗的境界也一下子变得雄奇阔大了起来：“而父亲早已去世，骨灰还是不忍，不敢 / 撒在树下成为堆肥，像成堆的落叶与枯草 / 化作春泥再护花。而几千年来，战场上 / 多少尸体都已是地下的肥料或石油，而文明的我们 / 再活的新鲜光亮，又如何能远离战争，与垃圾。”在细致入微地描摹与状物的同时，却已自然而然地由庸常琐碎的点滴生活记忆升华为全社会乃至全人类的宏大话题。是啊，天下谁人没有“方便”的时刻？无论是多么伟大的历史伟人，多么坚强无畏的英雄好汉，还是多么惊为天人、倾城倾国的美人，又有谁离开得了那些以吃喝拉撒睡为内容的世俗日常生活？从小的方面讲，人体作为一个几近完美的生命循环系统，自然少不了“入口”和“出口”，但我们常常过于看重“入口”而忽略了“出口”，甚至因其“入口”在上、“出口”在下而想当然地认定，凡是涉及“入口”的事宜都给人以“高大上”的印象，或至少与“文化”扯上关系；可一旦涉及“出口”，则不脱低级、低俗和“下流”的感觉，结果常常为其大吃苦头而浑然不觉；从大的角度而言，垃圾的制造、回收和利用是整个社会不可回避的重大问题，但现代社会的创造者和设计者们却常常过于关注其中光鲜灿烂的一面，而忽略甚至回避由此导致的垃圾和环境污染等丑陋现象。机器大生产和现代城市的扩张，以及消费主义生活方式的泛滥，则使得当今人们产生的垃圾常常十倍、百倍地多于传统的农业生产方式，并打破了传统社会的生态平衡关系，却无法建立起生态关系的新平衡。于是在很多地方都出现了“垃圾围城”、环境破坏一类的现象。如何让现代社会远离垃圾和战争，的确是我们每一个人需要面对和思索的重大课题。

以“垃圾”入诗，以“粪便”入诗，以“狗屎”入诗，在很多人看来简直是对诗歌女神的亵渎。在他们心中，诗歌本来应该是美的，不仅意象要美，抒发的情感和表现的主题要美，语言和题材也应该是美的，甚至一切都要美轮美奂，也即要唯美。但作为“泥土诗人”和“草根诗人”的詹澈却偏偏反其道而行之，这或许有些大逆不道，笔者却认为詹澈既非故作叛逆，更与现代主义标新立异、故弄玄虚式的审丑完全不同，这应是他尽可能地将不加修饰、不加矫饰和伪饰的原汁原味的生活，将原生态的日常生活体验写进诗歌的一种尝试和努力。如果我们承认“以生活入诗”的合理性，并且承认以自由奔放为本质特征的白话新诗在表现人类生活的日常体验、发掘和提炼日常生活体验的诗意和哲思方面更得心应手，就应该认可詹澈的这种难能可贵的尝试：它不仅拓展了白话新诗的表现题材，扩大了现代新诗的版图，也为观照当今人们在传统与现代、低俗与高雅、光鲜亮丽与丑陋阴暗之间游移不定、彼此牵连的日常生态和心态，提供了一个独特的绝佳视角。

将“粪便”作为诗歌表现和吟咏的对象，在整部诗集中并非独立的个案，另外一首《小巷里的狗屎》则以“狗屎”为中心意象，串联起城市与乡村、过去与现在、诗人的童年与中年：城市里一方面“大楼增生”，另一方面却也“无法停止下陷”；一方面是“流浪狗快要绝迹”，另一方面却是“卖狗肉者在流浪狗拘留所外徘徊，窥视”，对狗儿们虎视眈眈。而寄居在这高楼林立的超级大城市中的“我”，奔波于“在买不起房子但还租得起房子之间”，又何尝不像流浪狗一样流离失所？诗人从眼前观察到的流落于城市小巷深处的一只流浪狗“半蹲在墙角，仰望着天空”，“用力的，呻吟着，抖索着拉下一坨狗屎”的场景，联想起童年时自己“蹲在瓦屋外的树下拉屎”，而自家的小狗就趴在身边，“饥饿的用舌头舔食热热的屎条”，“气味中弥漫着稻谷黄金一般灿烂的颜色 / 小狗和我一起站起来跑向刚收割完的稻田……”那是一幅多么美好的“野外”景象啊！天人合一，其乐融融，生机勃勃，洋溢着丰收的喜悦和生命的快乐，与现代化大都市“小巷里游动起鱼骨与蹒跚着猪脚的馊味”

的腐朽气象，形成了鲜明的对比。但吊诡的是诗人却和绝大多数海峡两岸的知识分子一样，宁愿选择像流浪狗一样在大都市里居无定所地漂泊，却不愿回到乡下老家打发时光。

我们发现从20世纪30年代的沈从文，到六七十年代的黄春明等人，他们无不在迫不及待地奔向城市的同时，又将美好的记忆和幻想送给了那个渐行渐远的农村故乡，那个未被城市文明玷污的美好田园抑或世外桃源。平心而论这首诗的主题和表现手法并没有特别新颖之处，风格也没有了《发酵》那样的苍凉悲壮与磅礴大气，相反却因过于明显的自况自喻和自怜而略显凄凉了些。

相对而言，笔者认为收在《下棋与下田》集子中的《思考蹲坑》一诗，应更能体现诗人的独特思索和历史洞察力。诗人在这首诗中告诫城里人不要再使用坐式马桶，而要重新尝试“蹲下来”：“这蹲下来的记忆，这蹲下来的软体/使我在迈入中年以后，常常思考/身体能承载多少情感与思想的重量/才必须蹲下来休息，重新思考与选择”。[①] 他甚至认为下蹲不仅是一种休息的姿势、一种满怀希望的等待、一种平等的表现，甚至连“蹲”这个汉字的造型也比“站”和“卧”“多一点尊严与耐性”。

“蹲”其实还是一种原始活力和生命力的具体表现，要不然怎么能像诗人所说的那样，父辈的农民最习惯的动作便是蹲在田边聊天？“他们的声音混合着潺潺的水流声/随着祖母挑着粪坑里的屎渣往菜园走去——”[②] 而与乡下人习惯了“蹲”相比，城里人却因太依赖坐式马桶而越来越与“蹲”无缘，直到有一天他们突然发现自己再也无法下蹲，他们那乏力的膝盖和酸软的腰背，

① 詹澈：《思考蹲坑》，载《下棋与下田》，台湾人间出版社2012年版，第139页。

② 詹澈：《思考蹲坑》，载《下棋与下田》，台湾人间出版社2012年版，第139页。

已承受不起下蹲所需的巨大体力。城里人在越来越娇贵的同时，也变得越来越衰弱无能。

在笔者看来，以《发酵》为代表的对于两种对立事物之间的互应关系，乃至相互转化关系的洞察和思索，应该说是贯穿整部诗集的一条思想主线。由这一主线出发，诗人詹澈既俯瞰大地，又上观天文；既抚追历史又展望未来，充分体味着社会人生的无穷奥妙。而这又与这部诗集的另一个关键词“中年”息息相关。如果说人生如一辆不紧不慢的马车，不知不觉便开始了“中年”这一旅程，那么生活中鲜亮和亮丽的一面已渐渐褪色，而昏暗、衰败乃至丑陋之类的另一人生本相，则渐渐张开了它那狰狞的面目。中年以后的我们，对于生活早已不能再用青春与美好一类的词语加以修饰，常常多了些复杂立体的多元认知与多重体验和体悟。经由岁月的“发酵”，我们欣喜地发现诗人詹澈更多地品味到了生活的那些本真滋味，也更多地参悟到一些历史的真正洞见。

三、体味与反观

中年以后，对于“色”“音”“味”一类的感官刺激或许已不再像少年人那样有着特殊的敏感乃至嗜好，但由此也较容易走出古人所说的“五味令人口爽，五音令人耳聋，五色令人目盲”的声色享乐阶段，不再过多纠缠于物质层面的享受和快乐，而更多地侧重于心灵的感悟和精神的愉悦，从而体悟到酸与甜、苦与乐、香与臭、美与丑、动与静、爱与恨、恩与仇、荣与辱、成与败、高雅与低俗、生存与死亡、春风得意与黯然失落等貌似尖锐对立、势不两立的诸事物之间的对应与关联关系，对于整个社会人生也多了些冷峻的反思和达观的认知。

这样的体味和认知在《邻居》等诗作中有着鲜明的体现。诗人詹澈形容自己行色匆匆地奔波于“从清明往端午的路上”，他笔下的清明与端午乃是一对“邻居”，而“刚祭拜完亲人，就想到一个诗人”，“亲人”与“诗人”岂不也是“邻居”？邻居未必一定在地理空间上相近，还可以是心灵空间的拉近和相依相靠。詹澈在冥想中与自己崇拜的“诗人”（屈原）之间是何其心灵相通：“隔着一个夜晚，翌晨朝雨，宗亲都醉了 / 只有他独醒，徘徊于江边，于巷弄 / 爱国多盲目了，只有爱情不眠，想昭君的青塚。”在这里，“爱国”与“不爱国”、“爱国”与“爱情”、“清醒”与“迷醉”之类看似尖锐对立抑或互不相关的概念，统统变成了相辅相成、难以切割的“邻居”。“邻居”是一种感悟，也是一种隐喻，它象征了世间万物的关联和共生关系，这既符合传统中国道家的哲学思想，也与马克思主义哲学中普遍联系的观念颇为契合。然而诗人绝非仅仅陶醉于哲理的沉思和语言的游戏，他真正关切和忧惧的是正面临着急速转折、处在十字路口的台湾社会，又该怎样与它的“邻居”们和谐共处、团结互助，而不至于迷失了自己的方向，丧失了自己的精神原乡？“我与邻居们，急驶在高速公路上，急驶在一个转弯的大问号里。”不过从另一角度而言，现实的迷惘与历史的必然方向之间，同样也是一对相互依靠、不可分割的“邻居”，所谓万变不离其宗，一切皆有定数，道理恐怕也在于此吧！

在《另一对邻居》一诗中，诗人詹澈虽然同样驾车行驶在“从清明往端午的路上”，对于“历史与现实”的思索和感悟却悠远深入了许多：“隔着车窗与栅栏，我在速度中，不经意 / 在高速公路上看见，一对邻居；一簇坟冢挨着一个村落往后走，走得很慢。”从村落与坟茔这一对“邻居”中，诗人看到了传统乡土社会中生生不息、生死轮回、互助共生的良性循环与平衡：“一个活的扶着一个死的，或者一个死的 / 又活过来扶着一个老的，它们与墓碑 /

沿山陵线，参差着交叉着十字形的电线杆。”然而现代都市的扩张和膨胀却打破了这种平衡关系，城市在不断地欺凌和挤压着农村，于是我们看到，一方面是城市化无限制的拓展，另一方面则是乡村的破败与萧条，只有“穿心而过”的高速公路在提醒它们：“历史与记忆，土地与情义，不能忘记。”这虽是针对台湾岛有感而发，但对于正在经历着前所未有的城乡大变革的当今大陆社会，又何尝不无警示意义？

如同白昼与黑夜、新生与衰亡、养料与废料是一对对不可分离、相互转化的“邻居”一样，历史与现实、城市与乡村、社会的飞速变革与代代相传的历史记忆之间，也理应成为“好邻居”！大千世界、宇宙万物、芸芸众生，原本就是由一对对“邻居”组合而成的。感悟到这一点，也就走出了非此即彼的单向思维定式，走出了势不两立的敌我思维定式，从而对于宇宙人生多了些理性的观照和悲悯的注视，而自我也渐渐走出了“心为物役”的盲从境地，达到一种“不以物喜，不以己悲”的从容淡定之人生境界。

于是我们看到，诗人从一户农家传出的为庆祝结婚而燃放的鞭炮声中，却联想到了村外坟场上尚残留着的“扫墓时放鞭炮的纸花”，联想到了远方靶场“记忆中的打靶声”，他已不再像小时候抢着去捡拾弹壳那样对一切都满怀喜悦，却对于战争、苦难和人世间的悲欢离合都有了自己的独特感知与思考：“有多少人的生命就那样一闪而过 / 多少人的爱情在那一闪中注定一生”，“爱情的草浪与婚姻的坟场”，在这“清明近端午的 / 路上”同声共存，互为“邻居”。但他仍然满怀祝福和祈祷，期待新人“不会是婚姻的过客”，祝福这一对新人生死相守（《路过鞭炮声》）；而那名徘徊在幼稚园附近，身穿一件“已脏的衣服”，偷偷喝掉别人家门口牛奶的小孩子，则唤起了诗人记忆中同样贫困的童年——“我用手还擦掉眼泪 / 一条河水一样沉浮在，无数次的疑问与悲怀”（《偷窥那小手》）；还有那位功力深厚，“以穴道推拿人体内与心中”之污垢的中医按摩老师傅，与那些操皮肉生意的“年幼的摩登小姐们”同在一条城市街道上，“这人世如一条街，这条小街全是这行业”；尽管按摩小姐们常常“埋怨我抢她们的生意，诅咒我快死 / 想办法要把我赶出这条街”（《中医按摩老师傅》），但他们还是不得不在同一条街上做“邻居”。也许现代社会就是如此，善与恶、美与丑、年轻与衰老、肉体的放纵堕落与灵魂的提炼升华、天使与魔鬼，原本也是一对对“邻居”？当然这样的观照并非要陷入一种无是非的混沌状态，抑或四大皆空的消极虚无，而应在洞达社会人生真相之后，对于造物主创造万物之神奇精妙满怀深切的敬畏，对于宇宙真理和永恒秩序怀持一种坚定的信念和信心，对于芸芸众生之复杂人性则怀持宽容理解和悲悯同情，并执着于人与人之间的相爱相助、彼此提携。

笔者发现诗人詹澈非常善于捕捉那些美好而动人的瞬间。在《相携前行——遇见一对老母与白子》一诗中，他描述自己在一条“绕着公园走的路上‘遇见’一个老母扶着白发苍苍的儿子”，而“她儿子的白发多过她的白发”。这一幕让诗人深深感动并感慨万千，他不仅联想到多年以前自己的老母“白发人送黑发人那一幕”——“我母亲用扫帚敲打我青年的大哥的棺木 / 目送棺木被抬出村庄的巷口”，那一幕是如此地令人伤痛、令人唏嘘，多年以后依然历历在目。岁月悠悠，当年那撕心裂肺的一幕经过了时光的冲刷，已经变成苍凉的记忆。如今的这一幕却让已年届中年的诗人感觉到一种欣慰和温暖，仿佛“一个已老的世代牵着一个先老的世代”。这首诗写得苍凉而不凄凉，是笔者在整部诗集中读到的最令人感动的作品之一。

从“邻居”的视角观照社会人生，不仅对他人与他物多了些感同身受的理解与同情，同时也因跳出了自我中心的狭小圈子，能自觉不自觉地站到他人与他物的视角反观自己，从而更加准确深刻地了解自己、认识自己，并塑造出一个更加完整客观的自我形象。

四、反（返）观与前瞻

孔子有云："三十而立，四十而不惑，五十而知天命，六十而耳顺，七十而从心所欲，不逾矩。"中年正是从四十到六十的这一阶段，它是青少年之后，也是老年之前，是它们的"邻居"抑或"朋友"。人到中年，自然会有更多对过去岁月的回忆，对儿时童年的回想，对（美好）青春的回味；对于自己的人生也多了些从容不迫、淡定自如的反观和反思。不过在从少年或青年的迷惘踟蹰变为沉着坚定的同时，也要避免从时尚新潮转向保守怀旧和过于消极低沉。

从青年到中年乃至老年，某种程度上可以说是一个由动转为静的过程，很多时候已不再激情燃烧，也不再蠢蠢欲动，渐渐学会了静观人生和旁观世界。以静观动，动会更加直观也更有神采；以动衬静，静的魅力也更加凸显。而动静结合则能更完整地洞察这个世界变与不变、瞬息万变中的恒定不变。一方面"太阳每天都是新的"，另一方面又"只有一个太阳"，无论发生多么天翻地覆的世事剧变，那同一个太阳都会照常升起和降落。诗人詹澈对此显然有着深切的体会，他在诗作中刻画了一系列"闹中取静""变中不变"的手工业者：那生存在新店城民族路口"一个玻璃框起来的小屋"里的女裁缝师，任凭城市面貌的日新月异，都一如既往地缝补着"游子的身上衣"，"补好生活的路上掉了的纽扣，拉链拉紧两边"（《女裁缝的二胡》）；而那位沉静地坐在嘉义市东市场小巷边的老妇鞋匠，则几十年如一日地修补着过往人们的皮鞋——"她坐着一种和影子一样黑的沉默／看尽鞋头闻尽脚臭，看尽人面真伪人心"，她的"静"与安宁，反衬出的是周围世界的"动"与嘈杂。那一个个匆匆而行的路人，那一辆辆疾驶而过的车辆（火车、汽车乃至救护车），都与她擦肩而过，但她像神明一样傲世独立，"努力缝补走过的缺憾"。她偶尔与人们微笑招呼，把爱与温暖洒向人间（《老妇鞋匠》）；这饱经沧桑而荣辱不惊的老妇鞋匠宛如一个“定海神针”，只要坐在那里，就为这城市增添了一份难得的定力。

以“静”观“动”的典范，当首推诗集中的《翻卷雌雄》一诗。诗人描写自己站在高山之巅，观察一对在天空中翱翔的老鹰，它们“像风筝高高盘旋在陀螺一样的山峰上”，蓦然之间，“远方一声长笛似的呼啸，从云层冲下来”，天地间也仿佛“被闪电一样的亮了起来”，两只老鹰，两个黑点，在空中迅速靠近，并黏合——“两只老鹰纠结在一起，你以为是双雄拼搏／然而首尾迅速紧紧咬交，在天空停顿片刻，停止呼吸／就不畏生死，团结成一朵盛开的花”，它们的身体“自信与自如”且“重力加速度”地向下坠落，只有在接近地面的刹那才放开彼此，“以双线染色体似的弧度再往上盘旋”。那一刻整个天地似乎都被这一对老鹰搅动得重新回到混沌一片、阴阳未明的原初状态；在这一开一合、一起一落之间，一个新生命或许就已开始孕育。这真是自然界中最令人叹为观止的“动”与“静”的结合之一，也是世间少有的生命壮观景象！可惜诗人最后只发出了“多少男女，多少英雄美人，很快不见了，曾经酷似那样翻卷雌雄”的感叹，未免过于简单消极了些。

同样给人类似感觉的还有《早班车的起站》《打铁店》等作品。在《早班车的起站》中，诗人从“这早班的地铁捷运，不断的绕着一个圆圈”的运行轨迹中获得灵感，联想到了“起点就是终点”的佛道两家的轮回式观念，进而发出了“在这城市底层，水声遥遥／没有太阳，没有雨，没有月亮与星光／始与终，生与死的回圈，与自由中的不自由”的喟叹。诗作虽然直观地刻画出现代城市社会“变与不变”、“动与不动”、既呼啸前行又原地打转的“潜行法则”，却难免给人以消极悲观的印象；而《打铁店》中“我”的那位铁匠“同学”，几乎复制和重复了父辈（也许是祖辈）的人生道路。童年的“我”

跟着自己的父亲赶着牛车经过“这家打铁店”，“父亲弯腰拿起牛蹄铁和镰刀片／交给那个打铁匠，他的儿子我的同学／站在黑幽幽的店门口，黑夜就在身边”；中年以后，“我的同学与他父亲一模一样的姿势／在打铁店里躬身打着铁块，五十年了／他还在那里把月饼式的铁块锤成发光的月亮／再把月亮锤弯锤长锤成镰刀，汗水滴滋在／炉心里”。时间在此仿佛停止了，时空也仿佛凝固在了一起，而“我和我的同学都已半百了，这世界还需要铁”，“我”的“躬身用手工写诗”与同学的弯腰打铁，乃至父亲在田地的躬身劳作，虽不“形似”却又何其“神似”！这一切都仿佛定格为一个永恒的画面。

中国古人向来强调“诗画结合”，强调诗中有画，画中有诗，诗是流动的画，画是静止的诗。詹澈对此早就心有灵犀，他的诗作一直有着强烈的画面感，对此很多评论者都已指出并做了深入分析，笔者不再赘述，在此只想补充一点：詹澈诗作中那些鲜明的画面立体感，还得益于对现代摄影艺术的借用和综合利用。如前文提及的《翻卷雌雄》中的那对老鹰的影像，再如他对人物“弯腰”等动作的“抓拍”：农民在田里劳作离不开“弯腰”，诗人的铁匠同学挥锤打铁离不开弯腰；而大山深处原始部落的甩发舞也离不开弯腰，只是她们那飘舞的长发，更让人想起“黑色的海浪”(《在深山看见海浪》)；2015 年 3 月 12 日植树节，台湾各界为嘉义台北故宫博物院南院落成举行植树典礼，在诗人眼中，那是政界和文化界要人的一起“弯腰”，“这一次弯腰，在阿里山面前／在孙中山植树的日子，省视／传统与现代流线形建筑后面”，这是一次“礼拜的仪式”，“这一次弯腰，我们扮演植树者，一时的农夫”。(《这一次弯腰》)

笔者认为詹澈还善于从眼前联想到远方，从现实联想到过去，从身边的亲人联想到远方的家国，进而生发出对宇宙人生、天地万物与众不同的感想和冥想，这自然使人想起古人所说的“精骛八极，心游万仞”，但并非单一的天马行空、漫无边际，而是像放飞的风筝一样，始终围绕着“自我与家国”这条主线徐徐展开，并最终收回到“自我”的身边。与此同时，借助于“他人”与“他物”，诗人塑造了一个较为完整的多棱立体的自我形象。他不仅从那断了腿的以卖彩券为生的“残疾者”身上看到了自己的影子——“他断腿，我折腰，在生活的路上／他看着我，要我给他一组数字／我想自己盘算，还是交由电脑选号／在我与自然，在天命与宿命间”，而所有的数字最终都化成了“隔日的朝露，如梦幻泡影”(《驻足彩券行门口》)；还从无家可归的“孤狗”(《孤狗》)那里，从爬上 18 层高楼的一排蚂蚁身上(《上层的饥饿》)，从居所排水孔里爬出的“坚强盲目的蟑螂子”身上，看到了自我形象的某种投射。

中年以后，不得不意识到人“终究要面对自己的身体，在灵魂面前”，“记忆力慢慢减退”，口腔里的牙周病、眼睛里的飞蚊症等慢性病都在“慢慢加速”，不得不“药上餐桌”，“早餐的桌上，仍摆着不想忘记的药丸，如昨晚的星粒”(《药上餐桌》)，诗人甚至要发出“垂垂老矣”的感喟了。——这样一个诗人的自我形象，或许很难与那个曾在 2002 年担任十二万农渔民“与农共生”大游行总指挥的詹澈相提并论。而笔者在 2005 年第一次见到詹澈先生时，也难以将眼前这位沉默寡言、平静如水、其貌不扬的“农民诗人”与曾经叱咤风云的政治人物联系在一起。不过在读了他的《十二万农渔民大游行传真》等著作之后，我愈加坚定了自己的这样一个看法：真正意义上的政治家不一定都是能言善辩、巧舌如簧的辩士，也未必像时尚明星那样离不开镁光灯的聚焦，而更需要一种献身其中的无私忘我精神，一种总揽大局的从容淡定，和审时度势下的力挽狂澜等气魄。作为一名发动和领导十几万底层民众走上台北街头表达诉求，却又能做到一切和平有序的总指挥，詹澈具备了这样的精神气度。

我们在诗人的另外一些作品中，还是可以看到那个热血澎湃、振臂高呼的斗士般的詹澈，那个为民请命、不计得失的领袖式的詹澈，以及那个关切现实、疾恶如仇的批判者和讽刺者詹澈。他还将自己关切和同情的目光投向了遥远的西半球。2010年10月6日，美国德州一名妇女因连续四个月领不到食物券（粮票），带着儿女到州政府办公室持枪与政府对峙长达七小时，在绝望中先对儿女开枪，后又饮弹自尽。诗人就此悲愤地向那死去的美国妇女喊话："玉米，玉米，有一半被加工为石油／在21世纪的第一个十年，第几个十字路口／你举枪射杀自己儿女，然后自尽，为了粮票"，而"你的祖国刚结束一场以谎言发动的战争，在伊拉克／伊斯兰十几万人死了"，他同时愤怒地质问美国当局："山姆叔叔，你看见了，那些硝烟／是一场看不见死伤，却死伤无数的战争。"(《枪与粮食票》）而在《肉搏的赛局》一诗中，诗人由2012年的一则关于希腊足球的新闻有感而发，批判了当今世界的弱肉强食和武力当道。一方面是雅典足球俱乐部的经费难以为继，另一方面则是全世界最富有的军火商与石油商们一点也不赞助足球比赛这一"和平的赛局"。在身为"全世界最大的军火商与石油商"的"山姆大叔"的领导与唆使下，整个世界正变成一个巨大的"肉搏的赛局"。在当今全球化日益突出的时代背景下，任何国家和地区乃至个人，都不能完全脱离"世界"而独立存在。笔者期待越来越多的台湾诗人和文人走出狭隘的所谓地域"优先"视野，走出盲目的自恋和自怜而更多地拥抱"全世界"。

詹澈那质朴本色的艺术风格，当然离不开质朴本色的语言作为依托，而"本色"又与"（五味）杂陈"相辅相成、融为一体。但在质朴本色的总体特征之下，詹澈诗歌语言的艺术性和音乐性依然很强。尤其是他的一些拟人和比喻的运用非常新奇独到，如"一台台冷气机凸出的双眼，滴着泪与汗涎"(《两排电线杆》)，简直把"冷酷无情"的空调机写"活"了；再如救护车发出的声音，在诗人笔下幻化为“急医—有医—有医—无依—有依”的象声语言；穿街而过的火车声变成了“工农—工农”(《老妇鞋匠》)；汉语中的“玉米”，在诗人这里还巧妙地与英语中的“E-mail”联系起来（《枪与粮食票》)，不能不说达到了一种出其不意又出神入化的境界。遗憾的是，这样的文字与其整个诗作相比略显少了些。不过正如诗人所说，那些“菲佣”等跨国护工跨洋越海向远方的亲人，只轻轻地道一句“父母健康，身体健康”就能让人感动异常。这类简单质朴的语言却能“每天问候着温暖着人类／沉潜着政客口水与战火喧嚣的底层”(《非垃圾性的语言》)。我们这个世界最需要的是温暖与关切，而纯真质朴的感情与朴拙本色的语言最为切近，是不需要过多修饰的。在语言已被无良政客和大众传媒操弄的当今时代，质朴本色的语言显得尤其可贵。

中年如秋，是忙碌的季节也是收获的季节，“一年好景君须记，最是橙黄橘绿时”，笔者在此禁不住衷心祝愿“老友”（且不管这一称谓究竟是否合适）詹澈先生慢慢“发酵”自己的诗绪，慢慢凝聚自己的情思，慢慢观赏这形形色色的大千世界和人间万象！行过“中年”，风景独好，慢慢欣赏这形形色色的大千世界和人间万象！

第五章

北京（南京）书写与中国想象

每一个民族都离不开自己独具特色的“文化本土”。家乡和祖国不仅与“乡土”相连，更关联某一特定的“都”与“城”，因为那才是“文化本土”最具典型意义的“中心”所在。对于有着悠久历史和文化传统的中华民族而言，尽管历史上的“都城”不止一个，但北京无疑是最重要也最核心，同时又是最能融汇历史与现实的伟大首都。历史上的北京曾是军事边镇，近千年的沧桑风云却使其因缘巧合地从“边缘”变为难以替代的“中心”。而这并不只是农耕文明内部的单一产物，更是北方游牧部落与中原汉族文明相互角力、彼此融汇的结晶。北京对于促进和维护中华民族的多元一体和完整统一曾发挥过无可估量的历史作用。即使在今天，北京仍然像一个处在关键中枢位置的“锁头”，牢牢地把乡土与城市、历史与未来、传统与现代、梦想与现实“锁”在一起，“锁住”了中华民族的整合统一，“锁住”了现代中国的曲折转型。“老北京”不仅是“老中国”的“肉身原型”，同时，“老北京”也是现代中国最重要的文化象征符码。

历史上与北京相提并论的华夏都城，大概只有曾经的长安（西安）、洛阳、开封、金陵（南京）等屈指可数的几座城市。如今它们都已逐渐退出历史舞台中心，即使是长安也已改名西安，成为地域性而非全国范围的都城。而南京这座城市尽管一度处于富庶的江南地区，但其最辉煌灿烂的时期却是在华夏中国大一统体制暂时中断、南北政权割据时期。它几乎无法担当现代中国这一多民族国家的国都所具备的融合整个华夏于一体的重任。历史上的南京不仅是一座繁华富丽的诗意之城，也是一座苦难之城、悲剧之城。“南京”与“北京”成为海内外华人作家想象中国最重要的两种方式，既是厚重的历史记忆使然，也是因为这两座城市对传统中国最深厚悠久的审美艺术况味的承载。笔者一直期待能将“南京里的中国”与以北京为路径进入中国想象的中外作家作品加以比较，相信一定会成为有趣的对照。收入本章的四篇文章，三篇以北京书写和想象为论述对象，一篇涉及台湾文学中的南京书写，希望是一种有益的尝试。

第一节　文化离散与文化本土（中心）建构
——以北京为中心的考察

一、西方语境下的文化离散

当今汉语学术界使用的“离散”一词，主要来自对英语“diaspora”的翻译。与该词相近的词还有“exile”“dissemination”等。与“diaspora”相似，它们可被翻译为“流散”“流放”“散居”“侨居”等。而英语中的“diaspora”则具有特定含义，它最初指的是在巴勒斯坦之外的犹太人或犹太人共同体的聚集，后来引申为族群或共同体的分离、散居。20世纪90年代以后，西方学者才开始将离散与文化身份（cultural identity）相连，并逐渐意识到流散写作（diaspora writing）的独特文化历史意义。[①] 在很多学者看来，流散写作因其

① 参见温越、陈召荣编著《流散与边缘化：世界文学的另类价值关怀》，甘肃人民出版社2011年版，第3页。

跨文化的独特视角而常常产生一种深刻的洞察力，并使之成为当代最有魅力的写作方式之一。[①]流散文学家往往具有一种失去文化母体而漂泊到异国他乡的“沦落者”的生存体验。他们一方面前途未卜、寄人篱下，成为淡出主流文化的“失语者”，另一方面又对故国和故土怀有不可抑制的怀念和想望，渴望重返神话般的精神乐园。而这常常使得流散作家们在世俗生活之外产生一种超越生命之上的精神追求，一种为了重返精神家园而坚韧不拔、知其不可为而为之的坚定情怀。[②]值得注意的是，“虽然对流散写作或流散现象的研究始于90年代初的后殖民研究，但进入全球化时代以来，由于伴随流散现象而来的新的移民潮的日益加剧，一大批离开故土流落异国他乡的作家或文化人便自觉地借助于文学这个媒介来表达自己流离失所的情感和经历，他们的写作便形成了当代世界文学进程中一道独特的风景线：既充满了流浪弃儿对故土的眷恋，同时又在字里行间洋溢着浓郁的异国风光。由于他们的写作是介于两种或两种以上的民族文化之间的，因而既可与本土文化和文学进行对话，同时又以其‘另类’特征而跻身世界文学大潮中”[③]。在当今时代，流散研究以及流散文学研究已经成为全球化时代的后殖民文化研究的热门课题。

如果我们重新回到“diaspora”的原初含义，不难发现希伯来人在过去的两千多年中虽然经历了无数被侵略、被征服、被压迫、被奴役乃至被屠戮的苦难，有着绵绵不绝的逃亡和离散经验，但不管生活在哪个国家或地区，他们总是顽强地保持着自己的民族文化共同体而不被居住国主流文化同化。正因如此，无论身在何处，散居在世界各地的犹太人都比较容易产生一种与自

① 参见温越、陈召荣编著《流散与边缘化：世界文学的另类价值关怀》，甘肃人民出版社2011年版，第22页。

② 参见孟昭毅《流散写作：东方文学研究新垦拓的沃土》，《东方丛刊》2006年第2辑。

③ 清衣：《海外华人写作与流散研究高级论坛在北京举行》，《外国文学研究》2004年第2期。

己的现实生存环境格格不入的“异乡人”体验，那种被排斥、被疏离的孤独感和异化感也一再被强化。长期受到这种文化氛围耳濡目染的犹太作家，也大多倾向于一种自我放逐和自我否定式的人生态度，由此也造就了众多犹太文人那独特深邃的现实洞察力和社会批判力。不少犹太作家都通过自己的作品体现出鲜明的前卫意识和强烈的反叛精神，在艺术形式上进行了多种可能的花样翻新。强韧深厚的文化历史渊源和坚定执着的宗教文化信念，不仅赋予了犹太人源源不断的思想活力和积极进取、敢于冒险的科学探索精神，也让他们的文学艺术在世界文学中独树一帜，成为犹太民族文化传统和民族精神的鲜明体现。与其在经济和科技领域里举世瞩目的伟大成就相比，处在世界文学进程前列的犹太文学也同样毫不逊色。

需要指出的是，全球离散的犹太人那牢不可破的文化向心力与民族凝聚力，是与他们对心灵故乡——“圣地”抑或“圣城”耶路撒冷的向往不可分割的。无数次的迁移和流浪，孕育出的是离散到世界各地的犹太人对故乡“圣城”既持之以恒又坚韧不拔的依恋和神往。直到今天，世界各地的犹太人仍然以各种方式表达着他们对心灵故乡的向往。在他们建造的会堂中，常常有一堵墙“面向耶路撒冷”；甚至每一个正统犹太人家的墙面，也被不经意地命名为“耶路撒冷”；他们在祈祷时经常说的一句话就是：“耶路撒冷啊，我若忘记你……”[①] 可见对耶路撒冷的记忆、神往和膜拜，已然与他们的文化心理血液、日常生活方式和根深蒂固的宗教信仰融为一体。从某种程度上可以说，以耶路撒冷为核心的上帝信仰、故土怀念和帝国记忆，支撑着古老的犹太民族历经浩劫和沧桑流离而依然顽强地繁衍生息，一次次凤凰涅槃般地走

① ［美］拉莱·科林斯、［法］多米尼克·拉皮埃尔：《为你，耶路撒冷》（上），晏可佳、晏子慧、姚蓓琴译，浙江人民出版社 2015 年版，第 12 页。

向新生。如果说世界上的任何一个民族都与某一地域生死相连，那么耶路撒冷在犹太人心中几乎就是至善至美的伊甸园，是他们梦幻的理想家园，是他们心灵的最后归宿地。在犹太教教义中，耶路撒冷是希伯来圣祖亚伯拉罕献子并与上帝立约的“应许之地”，是他们最初被迫离开和最终要回归的地方。他们在日复一日的祈祷中反复诵念和发愿：“吹响我们自由的伟大号角，高举起召集我们流亡者的大旗，我们要从各地聚集到我们的国土上。”[①] 这种宗教信仰中心观念的强化，自然也促使耶路撒冷成为天然的政治中心和文化中心，正如以色列国歌《希望之歌》中所咏唱的：“只要我们心中还藏着犹太人的灵魂；眺望东方的眼睛，还注视着锡安山顶；两千年的希望不会化成泡影，我们将成为自由的人民，屹立在锡安和耶路撒冷之上。”在经历了千年流散和文化重构之后，耶路撒冷已然成为犹太人文化历史和现代以色列国的象征。1950 年，以色列宣布定都耶路撒冷；1980 年，又宣布耶路撒冷为“永恒的与不可分割的首都”。

以色列人的这种“耶路撒冷情怀”，对以色列文学的影响可谓无与伦比。“对于生活在地中海之滨的几代以色列犹太作家来说——不管他们是土生土长的居民，还是从世界各地移居而至，耶路撒冷同样具有一种超世拔俗的意义：或是犹太教徒的朝圣之所，救赎之地，或是流散地犹太人心之所系的家园，或为启人心智的源头，抑或是困扰在智者心头的沉重负担……凡此种种，均在不同时代、不同生活背景的作家笔下有所体现，形成了特有的耶路撒冷情结。”[②] 从古老的《圣经》《塔木德》到当代的众多犹太作家，都在反复记载、描述和想象着他们心中的圣城耶路撒冷。对耶路撒冷的书写和想象，也就成

① 张力升：《重回耶路撒冷：犹太人的三千年》，金城出版社 2009 年版，第 14 页。

② 钟志清：《以色列作家与耶路撒冷》，http://blog.sina.com.cn/u/1230163063。

为犹太文学中永恒的主题之一，成为犹太作家贡献给世界文学的最为独特亮丽的一道风景线。

二、“离散中国”与文化中心的多元变迁

一个民族和一座城市，竟然有着如此直接而深切、复杂而多重的文化历史和心理情感关系，这在世界文化史上或许只是独特的个案。相对于犹太人而言，我们华夏民族没有他们那种严格的一以贯之的全民性、排他性的宗教信仰，在历史上自然就不可能产生像他们那样的“圣城”观念和“（文化）中心情结”。

台湾学者龚鹏程曾在题为《散居中国及其文学》的长篇论文中，系统梳理了中国从周朝开始就“由封国而羁縻而藩国”形成的中国体制，由直辖地逐渐向外离散，以及近代以来中国人在全球散居的历史脉络。周朝初年，位于中原地区的周王朝建立起的诸侯封建制度，其目的乃是“封建诸侯，以屏藩周”。也就是说，周天子通过分封诸侯试图建立起的，是一个以周朝都城（直属管辖地区）为中心的“封建体系”。所谓“中国”的观念便由此而来：从字面意义上讲，“中”顾名思义就是“中心”“中央”，“国”在古代乃是指城邑、城市、城镇，“中国”就是指“中央之城”“中心之城”，后来才逐步发展为今天所说的国家（王国）、疆域一类概念。正如龚鹏程所说，“这样的中国观，乃是仿佛同心圆式的，由中央直辖地向外辐射，一圈一圈，由封国而羁縻而藩属。”[①]

① 龚鹏程:《散居中国及其文学》，http://www.fgu.edu.tw/~wclrc/drafts/Taiwan/gong/gong-01.htm。

此种文化地理观和周王朝的神权政治有机结合在一起，颇类似于古希腊神话中的奥林匹斯山系：宇宙之王宙斯居住于山巅之城内，那里是世界的中心和顶端，也是权力的核心。但到春秋战国时期，随着周王室势力的衰微和大国诸侯的崛起，华夏大地开始陷入礼乐崩坏、群雄争霸的天下大乱局面。于是许多诸侯国的都城都可称为“中国”，“中国”不再是周天子的专利，其概念也发生了巨大变异。至秦始皇吞并六国、“一统华夏”之后，在中华大地上建立起第一个中央王朝政权，并以“郡县制”取代了“封建制”，“中国”的概念也就不再仅仅局限于天下暨诸侯治下的“都城”，以及所谓“天下之中”的中原地区了，逐渐扩展为中央政权所管辖的整个华夏中国疆域。嬴政时代还实行了“车同轨”“书同文”等举措，为两千多年的华夏中国奠定了大一统的基础。秦以后的历代王朝皆沿用秦制，大一统观念在华夏子民中遂根深蒂固。不过，周王朝的“封建”抑或“朝贡—册封”制度依然在一定范围内得到延续，并被有效地用在边疆和海外“蛮夷”之地的治理中。

在中国古人心中，“普天之下，莫非王土”的天下政治观与“中国”位于世界中心的政治地理观是相辅相成的。而在“中国”暂时管辖不到或不屑于直接管理的海外“蛮夷”之间，则类似于一种中央政权与地方王国之间的层级关系。“蛮夷”和“藩属”的分野，往往在于是否经过“朝贡”而被“册封”。对于很多地方王国而言，被纳入“中国（中央）体系”乃是一种莫大的荣光和获得政治合法性的不二选择。此种“朝贡”抑或“藩属”体系，以及根深蒂固的“天下中心”观念，一直延续到近代，随着西方资本主义列强的军事侵略和文化冲击才逐步瓦解。

与传统“中国”体系和“中心—边缘”观念相适应的，既是政治中心和文化中心的合一，也是政治中心与文化中心的恒定稳固，并且以安土重迁、骨肉相附的中国乡土社会为基础。不过，古代中国社会的历史演变却远非如此单一或理想化，相反却呈现出文化中心与政治中心不断迁移、持续变迁的多元景象。究其原因，则与每隔数百年就发生的王朝更迭、战乱频仍、天灾人祸而导致大量人员的流离失所、人口迁移息息相关。事实上，正如古代的“庙堂中国”之下存在着一个“江湖中国”一样，在安土重迁的“乡土中国”缝隙之外，还存在着另一个同样历史悠久的“离散中国”。——笔者在这里依照的是汉语本义的“离散”，事实上除了前文所说的从西方语言翻译而来的“跨国离散”之内涵，它还包括了原初意义的妻离子散、家国飘零等意义——并试图与华夏历史上的移民、迁移、流离等一国之内跨地域的人员流动现象联系起来。

众所周知，自秦汉以降的中国历史就发生过此起彼伏的大规模移民。尤其是在西晋永嘉以后的两晋南北朝时期、唐代安史之乱至五代十国时期以及南北两宋之际，堪称古代中国历史上的三次移民高潮。[①] 西晋初年的“八王之乱”“五胡乱华”和流民起义都曾导致严重的社会动荡，促使北方汉族人士不得不大规模南迁。这一移民现象自西晋怀帝永嘉年间（307—313）持续到宋元嘉年间（424—453），长达 150 年之久，在史书上被称为“永嘉南渡”。[②] 唐代安史之乱以后，藩镇割据和地方武装力量及唐末农民起义的兴起，同样导致了由北向南的大量迁移和移民。此后便是中央政权崩溃、华夏大地四分五裂的五代十国时期；北宋时期，宋朝政权与虎踞北方的辽国和后来崛起于白山黑水之间的女真人建立的金国之间长年征战，人民苦不堪言，1125 年，金朝攻灭辽国；1126 年，攻破北宋都城开封，劫掠宋徽宗和宋钦宗二帝及官民数万人，史称“靖康之变”。其余宋朝大批宗室逃离到南方，拥戴宋徽宗第

① 参见范玉春编著《移民与中国文化》，广西师范大学出版社 2005 年版，第 26—68 页。

② 参见范玉春编著《移民与中国文化》，广西师范大学出版社 2005 年版，第 29 页。

九子赵构在临安（今杭州）建立南宋政权，使得大宋王朝又维持了100余年。综观这三次移民高潮的直接原因，都与中原政权的内乱和易帜、西北少数民族的侵入与内迁，以及农民起义造成的战乱频仍、灾祸连连有关。及至13世纪初，蒙古政权开始在草原崛起，先后攻灭金国和南宋政权的同时几乎横扫欧亚大陆，一度建立起世界上最庞大的帝国。而这个帝国的“大都”所在地，则是今天的北京城。

如果把古代中国的历史变迁概括为“一治一乱”之间的相互更替，那么“治世”与“乱世”的区别，就在于中央政权的兴亡和大一统体制的稳固建立及其暂时的崩溃。宁做一只“太平犬”而不当乱世流离人，无疑道出了底层百姓最为朴素的心声。而频仍的战乱和王朝的兴替，则直接导致了古代中国文化中心与政治中心的多元变迁。总体而言，中国文化中心有一个从北方向南方、从西北到东南、从内陆到沿海的大致演变过程。早期的文化中心和政治中心、经济中心常常是三位一体的。早期中国历史的王朝政权夏朝和商朝，核心地域和都城所在地往往处于今天所谓的“中原地区”。商朝的国都殷墟在今天的河南安阳，即传统观念上的“天下之中”；周灭商后，先后定都于镐京和丰京（今天的西安城之西南），史称“西周”；公元前771年，周幽王为戎人所杀，西周灭亡；次年周平王被拥戴为国王，并将都城迁至洛邑（今天的洛阳），史称“东周”。此后秦朝一统天下后定都咸阳，位置距离今天的西安很近；至于汉唐两朝的国都，则始终在今天的西安与洛阳之间交替。可见至少从西周初年至唐朝末年这近两千年的历史中，华夏中国的政治经济和文化中心，始终不外西安、洛阳这两座城市。我们华夏民族的“国运”，也在很大程度上与这两座城市直接关联。而那时的北京城及周边地区，无论是“幽州”“范阳”还是“燕京”，都还只是中央政权执掌者眼中的边境要塞和军事重镇而已。

历史上的北京从军事边镇发展为“中都”乃至“大都”，也即从“边缘”转为“中心”，绝不单单是农耕文明的产物和汉文化内部发展的结果，而是北方游牧部落与中原汉族文明相互角力、彼此融汇的复杂历史结晶。可以说是游牧部落首先“发现”了北京，开发建造了这座城市。1153 年，海陵王完颜亮将金国国都迁到中都大兴府，正式揭开了北京千年古都的历史序幕。或许正得益于北京地理位置“边缘—中心”之间的特殊张力，和中原汉族文明与边地游牧民族之间既争斗又融汇的复杂关系，才造就了历史上北京那兼容与大气（霸气）的文化特质。作为中华民族多元融汇的历史产物，北京见证了中原中心地区与周边“蛮夷”之间的一次次纷争和通融，经历了无数次“胡汉”之间的复杂矛盾及其杂糅，决定了它那不可替代的既“边缘（境）”又“中心”的独特地位。

自宋元以降，中华大地反复上演的多民族纷争大戏，不同地域和文化之间人们的迁徙流动形成复杂的地缘政治，凸显出北京的关键意义：与其说“得中原者得天下”，不如说“得北京者得天下”。明朝初年明成祖朱棣把首都从南京迁到北京，实在是极具战略眼光的伟大举措。在今天恐怕没有一座城市像北京这样，将古老与现代、传统与时尚、汉族与其他少数民族、（中国）本土与西化、地域性与世界化奇特地融为一体。

三、西方（海洋）文明冲击与北京角色变迁

一种普遍而笼统的说法，是中华文明乃大陆文明的典型。论者常常以孕育了现代西方文明的古希腊文明为参照系，以达到一种中西对比的直观效应：以海洋为主导的古希腊文明发展了自由贸易和民主政治，迥异于传统中华文明的封闭保守和中央集权。这种观点还强调了文明属性与地理环境的关联性：

希腊半岛多山而少平原，不适合农作物的种植，但它拥有的优良海港却为远洋贸易奠定了基础；中华文明则以黄河、长江两大流域为摇篮，形成了以中原地区为主的农耕文化云云。

不能否认此类观点有一定的合理性，但以偏概全的简单化倾向也显而易见。且不说传统中华文明更多的是一种多元文化结晶，就其具体形态而言，它至少包括了以汉人为主体的中原农耕文明、北方游牧部落的草原文明和以闽粤浙等东南沿海地区为核心的海商文明等几大板块。如果划分得再具体些，还包括西南地区的高原山地文明圈，巴蜀盆地的巴蜀文化圈，长江中下游的荆楚文化圈、吴文化圈；北方中原的齐鲁文化圈、燕赵文化圈等难以计数的“亚文化圈”。多元的文化源头和地域分布与多元的种族血统相辅相成，共同造就了中华文明的博大精深、和合包容精神。不仅如此，全球范围内的海洋文明也有着复杂多元的不同形态，例如以岛国著称的日本就发展出了既迥异于西方，也迥异于世界其他国家的独特海洋文明传统：日本不仅像希腊那样多山且少耕地，长期以来既倚赖于大海的庇护，以海为生，又饱受台风、地震、海啸等海患之苦，从而形成一种既狭隘封闭又对外扩张、既保守自卑又自尊自大的“岛国心态”，一种与直面恶劣生存环境息息相关的团体忠诚意识和冒死、“敢死”精神，以及文化文学艺术领域里的唯美浪漫精神与“物哀”美学传统。

稍稍回顾一下历史便可见出，传统中国曾孕育并发展出一种怎样辉煌灿烂的东方海洋文明，这是建立在和合融汇、和平交往、以和为贵基础上的，以互利通商、合作共赢为宗旨的中国本土特色的海商文化传统。如果我们对大量相关史料和民间传说稍加了解，便不能不惊叹于东南沿海人民对海洋的热爱与向往是何其强烈。——与北方人常常把海洋视为“害”（与海谐音）不同，他们将其视为可以带来财富和好运的广袤新奇的“洋世界”（与“羊”谐音），他们还把身边这个地球上最大的海洋命名为“太平洋”，寄托了心中多少美好的祝愿！而作为中国特色海神崇拜之重要表征的妈祖信俗，原本只是福建湄洲岛一代群众的“造神”结果，却很快发展为遍布中国南北的信仰风俗，并得到了官方的认可与“册封”，此后又随着华人华侨向台港澳暨东南亚等海外地区的移民和流动，终致演变为遍布全球各地的信俗文化。妈祖文化的南下北上和四海流传，既是中华文明走向世界的生动例证，又显示出中华海洋文化的独特魅力与特色；既揭示出全球华人在流离远方中回望故乡，在异国他乡恪守自己文化传统的情怀，又表现了他们乐观坚定、追求和平、善于包容的博大心胸。

可惜自明朝中叶以后，由于王朝统治者的专制闭塞和“海禁”政策，使得民间自发的中国本土海洋文化传统遭到了严酷打压，也使中华民族陷入闭关锁国的泥潭无法自拔。而这一时期又恰恰是西方海洋文明迅速崛起和全球性海外殖民运动蓬勃发展的时期。而对待海洋和全球化贸易截然不同的态度，决定了中西方民族不同的发展道路和各自的不同命运。这也是近代中国转向国力衰弱，在现代化转型过程中遭受屈辱的重要缘由。已牢牢奠定国都地位的北京在这一历史转型中扮演的角色，却是尴尬而复杂的。

西方殖民者从“海上”而来，从沿海进入了内地（陆）。这与古代中原地区频频遭受北方游牧部落的侵扰迥然不同，除了地缘方向的截然相反以外，他们带给古老中国的不仅是惨痛剧烈的民族屈辱，还有先进的科学技术和全新的观念。19 世纪中叶以后的几十年内，传统中国人的世界观、地理观、历史观、社会政治观和整个价值观念体系都先后被颠覆，经历了所谓“数千年未有之大变局”。而传统与现代、东方与西方、本土与西化的观念冲突，很大程度上是围绕着（现代）西方带来的新型海洋文明展开的。如前所述，世界上不同国家和地区都曾孕育了不同特色、不同程度的海洋文化传统，但不可否认只有现代西方人率先认识和掌握了海洋的全球性本质及其规律。西方列强先后由“海上霸主”跃变为“全球霸主”，在全球范围内拓展了自己的海外殖民地。正如一些西方历史学家反复提及的，哥伦布的发现新大陆和麦哲伦的环球航行，彻底改变了世界历史的进程，人类社会由此开启了全球化时代。或许古希腊人的“地中海”观念，已蕴含着海洋是有明确边际的，“海的那天”还有一个美好的“黄金世界”的乐观期待；而古代中国却形成了以中国为中心、四周被海环绕的“四海”观念及“地中海”意识，视海洋为“畏途”和异己力量的传统因袭观念很难被冲破。

自 1840 年中英鸦片战争爆发，清朝统治者在现代西方的步步紧逼面前，除了被动地步步退让之外，根本无法实现实质性的自我反思与更新，直至陷入丧权辱国、国将不国的可悲境地。而作为中国心脏地带和“首善之区”的北京，被迫向西方人开放的曲折历程，其中不仅蕴含了近代中国的辛酸屈辱，也折射出古老的中国社会艰难迈向现代世界的沧桑脉络。另外，尽管当时的北京是西方人设法闯入中国的一个最终目的地，尽管他们使用的坚船利炮无往而不利，但西方人要真正深入这样一个清帝国最核心也最坚硬封闭的天朝上都，也颇费了一番周折。早在 1842 年，清政府与英国签订屈辱的《南京条约》之时，虽然被迫答应开放广州、上海等通商口岸，还将香港岛割让给英国，然而对于英国代表团提出的在首都北京建立使馆区，允许外国使节自由进入并居住等原则问题却寸步不让。清朝当局宁愿割地赔款，也绝不能让西方“蛮夷”随意抵达天子身边。那不仅会造成对皇权的大不敬，还将涉及政权统治的生死存亡。

1856 年，英国发动第二次鸦片战争，法国也趁火打劫地加入，兵临北京城下的英法联军强迫清政府签订了《天津条约》，除了获取更多的政治经济霸权之外，条约中还醒目地加上了一则条款：“大不列颠政府可以在北京获得一处地方或者租用房屋，以建立自己的使馆；中国政府对此要给予协助。”[①] 对于清政府而言，这一要求的蛮横无理和不可接受性大大超过了既往的割地赔款，无奈他们反对无效。然而战争的威胁一旦暂时缓解，清政府却随即“变脸”。当英国使团携带本国国会批准的条约文本于 1859 年抵达天津，要求进入北京与清廷“互换公文”时，却被清政府勒令不可进京。英国使团试图强行从水路闯进北京，却遭到清兵袭击并炸沉了他们的四艘炮艇。在英国人眼中，如此出尔反尔并践踏“国际法”，岂可等闲视之？于是再次派出军队，以武力强迫清政府履行所谓“条约义务”。英法联军攻占北京城后的烧杀抢掠，尤其是“火烧圆明园”的恶行早已臭名昭著，笔者在此不再赘述。

但强行进入北京并驻扎于皇城根儿的列强“使馆区”，始终就像插在清政府心口上的一把尖刀，成为他们撕心裂肺的疼痛。另外，现代西方的侵入和西方文化的强力冲击，也导致了国内“西化”“洋化”与本土文化的激烈冲突。其中杂糅了传统与现代、乡土与城市、以北京为核心的广大中原内陆地区与东南沿海地区之间，因发展不平衡而引起的文化心理落差和冲突。沿海城市及通商口岸的蓬勃发展和当地人民的“慕洋”“崇洋”情结，与广大农村及内陆地区日益滋生的“排洋（外）”“仇洋”及“灭洋”心理形成了鲜明对照。义和团运动的爆发，在某种程度上可以说是这几种冲突积聚下不可调和的表现。清当局在民怨沸腾和内部权争的背景下，竟然幻想借助这场“扶清灭洋”的群众运动达到自己的私利，甚至借此驱赶居住在“京师禁地”使馆区中的西方人。而八国联军对北京的攻占，将近代中国的民族屈辱推向了顶点。1900 年之后的清政府，不仅在世界各国面前颜面尽失，也让其统治下的

① Michael J. Moser and Yeone Wei-ChihMoser, *Foreigners Within The Gates: The Legations at Peking*, Chikago: Serindia Publications, Inc., 2006, p.22.

广大臣民切实感觉到了它的气数已尽。极端愚昧自私、刚愎自用的最高统治者慈禧太后，无疑是造成这一中华民族空前（很可能也是绝后）的奇耻大辱的罪魁祸首。仅仅 10 年之后，随着辛亥革命的爆发，清政府就被彻底推翻。

晚清时期封建皇权的被迫松弛，以及作为国都的北京在现代化进程中的迟疑徘徊和相对保守，则为沿海地区和通商城市的现代化进展，尤其是担负着拱卫京师重任的天津等港口城市的快速崛起，提供了难得的历史契机。这些与现代海洋文明息息相关的通商城市，不仅展现出“边缘地带”的巨大活力与潜力，也为现代中国开辟了一条“从边缘影响中心”“从沿海影响内地”的必由路径。同时大量从“乡下”家乡移居到上海、天津等现代化都市，港台地区乃至海外的“离散者”们也纷纷反馈于家乡乃至祖国——其中不仅是金钱和财富的馈赠，更主要的是现代观念的启蒙。华夏子民的迁徙流动从国内扩大到“海外”，虽然早在 13 世纪，在蒙古征服中国内地之后就已出现。据史料记载，14 世纪后期就有中国人在柬埔寨、爪哇、苏门答腊、新加坡等南洋地区定居。大规模的“下南洋”和“下西洋”运动，则井喷式地出现在 19 世纪。据不完全统计，这一时期从中国移民到国外的中国劳工有 1000 万—1500 万人。[①] 颇为吊诡的是，19 世纪华人的海外移民和流散几乎与近代中国遭受西方侵入和欺凌，并导致传统朝贡体系分崩离析的历史同步。

孙中山领导的辛亥革命及其创建的中华民国政权，从某种程度上可以说是海外华人华侨联合那些从乡村“流离”到城市的国内精英知识阶层，发动的一场由外及内、自上而下的激烈社会变革。辛亥革命的胜利极为典型地折射出“从边缘影响中心”“从海外影响中原”“从（东南）沿海影响内陆地

---

① 参见［加］杰布·布鲁格曼《城变：城市如何改变世界》，董云峰译，中国人民大学出版社 2011 年版，第 34 页。

区”的力量所在。孙中山的一句“华侨乃革命之母”，形象地道出了辛亥革命的实质性内涵。中山先生本人也是一位不折不扣的“华侨”，他所依据的革命资源和革命力量主要来自海外及港台地区。历史上的南洋地区（今天的东南亚）曾经是国民党从事革命活动的最大根据地。武昌起义之后，革命党人对北京一度拒斥，袁世凯却一定要在北京就任中华民国大总统，由此轻而易举地“窃取了辛亥革命的胜利果实”，凸显出“南方”的革命进步与北京及北方中原地区对革命的排斥。1927 年的北伐战争，同样是从作为“革命根据地”的广州出发，很快就摧枯拉朽般地打倒了曾经雄踞中原内陆和北方地区的反动军阀，在形式上实现了中华民国的统一。中华民国政权的建立，无疑是全面借鉴和引入西方现代海洋文明的产物，但它始终未能实现与中国本土文化传统的有机衔接。尤其是未能实现几个现代化城市与广大农村地区、经济富庶的东南沿海地区与贫困落后的内陆地区之间的良性互动，不能不说是它的一个致命缺陷。笔者甚至认为，这也是国民党政权逐步走向溃败的历史原因之一。

近代北京没有像上海、广州乃至南京那样现代化与西化，却因此保留了更多的古都风韵和旧京风貌，成为传统中国的不二象征。1909 年从香港进入中国的法国作家谢阁兰，途经上海、苏州、南京等城市，抵达北京后才第一次感觉到达了所谓“真正的中国”：“北京才是中国，整个中华大地都凝聚在这里。”[①] 谢阁兰心中“真正的中国”，其实更像是西方人苦苦追寻的东方异国情调，原始古朴且能激发浪漫想象。这一充满东方异国情调的老北京形象，也受到一些有西化倾向的现代中国文人的推崇。在现代著名作家林语堂看来，

① 吕超:《东方帝都——西方文化视野中的北京形象》“绪论”，山东画报出版社 2008 年版，第 2 页。

“北京代表了中国的一切——泱泱大国的行政中心，能够追溯到大约四千五百年前的伟大文化的精髓，世界上最源远流长、完整无缺的历史传统的顶峰，是东方辉煌文明栩栩如生的象征”[①]。与谢阁兰不同的是，林语堂对老北京的怀念、想象和塑造，展示出的是一种浓烈的故国情怀和中华民族的文化自豪感。

但稍加分析便可看出，所谓“老北京”绝非仅仅“老中国”的表征，它其实是在经过现代化改造和中西文化融汇之后的一个半新半旧、半土半洋的北京城。正如一度身为北洋大臣的袁世凯曾经充当改革新政的急先锋，“携洋人而自重”才获得逼迫清帝退位、窃取革命果实的资本一样，其背后的势力绝不能以“乡土”“守旧”和“反动”而简单概括之。在很多历史学家看来，20世纪前期的北京近乎完美地将东方的古老情趣与西方的现代化城市特征融为了一体。北京大学等新型教育机构在北京的创建、五四新文化运动在北京的发起等，更使得老北京自身那悠久深厚的文化历史底蕴，与锐意创新、自由民主的时代新声机缘巧合地融会在一起，北京成了当之无愧的文化中心。

四、离散视野下的文化本土想象与“文化北京”建构

所谓离散，是指人的离散或流离，正如人的流动、迁徙是文化流动最主要的体现一样。华夏子民的海外流散虽然自19世纪初就已大规模出现，但那些出自闽粤东南沿海地区的“草根”民众，大多对北京没有什么直观的体验和印象。在传统家国观念及中央皇权体制的影响下，这些“边缘”人群仅仅把北京视作天高皇帝远的陌生京师而已，其离散经验和故国回望往往与北京

---

① 林语堂：《辉煌的北京：中国在七个世纪里的景观》，赵沛林、张钧等译，陕西师范大学出版社2003年版，第197页。

不相干。只有进入20世纪以后，尤其是辛亥革命的爆发和清政权的覆亡，曾经导致大批王室贵族的地位一落千丈，一部分迫于生计而逃离了北京，甚至流落到海外。北京在国人心中的故都文化角色也由此开启。20世纪中期，更有大批文人跟随国民党政权迁离到台湾，或流落至香港。他们中的不少人之后又从台港迁移到东南亚、欧美等世界各地，成为所谓“失根的一代”。此后两次大规模的与北京相关的海外迁移、离散现象，则发生在“文革”前后和改革开放的历史新时期。此起彼伏的“洋插队”与海外留学运动，彰显出人们对现代西方的热情拥抱和复杂多重的故国情怀。这些台港文人暨海外离散华人对北京的记忆、想象和书写，也就成为其中国情怀最为典型的表现之一。正如有学者所说：“在当今这个全球化的语境下，海外华人写作近十多年来已经变得越来越重要，它已成为流散研究的一个重要课题。”[①]那么从文化离散或全球离散华人的视角考察文化北京形象的建构，以及北京建构全球性文化中心的意义，在笔者看来不啻一个新颖的视角。

每一片大陆都有它自己的地之灵（D.H.劳伦斯语），每一个民族都被某一个特定的地域吸引，这就是家乡和祖国。如果我们承认这样的观点富含一定的深刻哲理，就不能不承认每一个民族都离不开自己独具特色的“文化本土”。而家乡与祖国又与“都城”相连，那才是文化本土最具典型意义的“中心”所在。对于有着悠久历史和文化传统的中华民族而言，尽管历史上的“都城”不止一个，但北京无疑是最重要也最核心，同时又融汇了历史与现实的伟大首都。面对建构独具中华魅力和民族特色的“文化本土”这一历史使命，北京既责无旁贷也必将大有作为。而不少海外离散华人从自己的切身体验出发，对此早就表现出一定程度的先知先觉。他们眼中的老北京不仅是

---

① 清衣：《海外华人写作与流散研究高级论坛在北京举行》，《外国文学研究》2004年第2期。

老中国的“肉身”原型，同时也成为现代中华民族的象征。这与北京在20世纪中国的现代民族话语体系中占据着不可替代的中心位置可谓一脉相承。不要忘记正是1937年7月7日在北京郊外卢沟桥畔骤然响起的枪炮声，才彻底击碎了国民党政府对日本侵略当局的幻想，从而催生了中国社会朝野各派的政治力量同仇敌忾、一致对外的坚强决心，揭开了中国全面抗战的序幕。全面抗战时期，也是古老的北京进入特殊状态下的故都沦陷时期。无数被迫从那里撤离并流落到西南大后方乃至海外的文人作家频频回望故都，与中国历史上屡屡出现的“江山北望”遥相呼应。在很多现代作家笔下，故都北京被当成了民族受难和祖国母亲遭受蹂躏的直观象征。如果把林语堂在美国想象北京的长篇小说《京华烟云》，与老舍流落到武汉等地怀念和想象日寇铁蹄下老北京市民生活的《四世同堂》稍作比较，不难发现它们惊人地相似：不仅《京华烟云》中那个“被空间化、凝固到巍然屹立的北京城”变成了“一个超级的大写‘能指’”[①]，《四世同堂》里那群生活在北京小羊圈胡同里或隐忍偷生，或卖身投靠，或暗暗积聚着抗争意志的老北京人，俨然是整个中华民族苦难的真实写照。

1949年10月1日，新中国的成立无疑是中国历史的又一重大转折。从新中国成立之初起，首都北京就被热火朝天地加以建设和改造，天安门广场、长安街的扩建及一系列新地标的建造，象征了社会主义建设的蒸蒸日上和破旧立新，也使“新北京”与“新中国”达成一种惊人的同构关系，“老北京”则一度被扬弃。在“大干快上，力争上游”的建设理念指导下，一座集政治中心、经济中心和文化中心于一体的全能型都市被打造出来，北京的空间政

① 宋伟杰：《既“远”且“近”的目光——林语堂、德龄公主、谢阁兰的北京故事》，载陈平原、王德威编《北京：都市想像与文化记忆》，北京大学出版社2005年版，第520页。

治和权力美学也被发挥到极致。与此同时，则是上海等沿海城市、通商口岸的衰落。在西方资本主义列强的围堵封锁和冷战意识形态的尖锐对立下，社会主义新中国几乎与现代西方海洋文明一度隔绝。直至 20 世纪 70 年代末，中华民族步入改革开放的新时代，我们才重新接续上深厚悠久的中外海洋文明与全球性的海商文化传统。中国经济在近半个世纪的飞跃式发展，深圳、上海浦东暨一系列沿海经济特区、港口城市的崛起，说到底都与这一传统息息相关。而加紧了现代化建设步伐的首都北京，既可以说是中国社会快速发展的排头兵，又在全球化时代的全球城市体系中扮演着举足轻重的角色。但它在乡土与城市、传统与现代、全球化与本土化、首都功能与宜居城市之间不同角色的冲突，却始终未得到实质性缓解。

今天的北京在突飞猛进向前发展的同时，也存在着巨大的问题：环境污染尤其是大气阴霾造成的“京霾”常常挥之不去，过多的人口聚集不仅推高了北京的房价，也使其患上了交通拥堵、城市面积过大等“大城市病”。“北京问题”其实是“中国问题”的集中折射和体现，凸显出地域发展的不平衡。人们为什么千方百计地涌向北京？道理其实非常简单：作为首都、代表中央的北京集中了全国太多的优质资源。人们聚集在这里，乃是出于对“首善之区”的无比向往和热爱，出于对自己美好生活的追求——如果只有在北京才能实现他们的人生梦想，那么有什么理由阻止人们会集到北京呢？

当前的北京需要妥善处理的几个重要方面的关系中，自然离不开首都功能与非首都职能之间的有效剥离与结合，而这必须对传统大而全的全能型城市理念进行深刻的检讨与反思。而如何处理好“（北京）本地人”与“外地人”之间的关系，处理好北京“常住人员”与“流动人员”之间的关系，也就成为北京文化建设的重中之重。历史学家葛剑雄曾一针见血地指出：“没有移民，就没有中华民族，就没有中国疆域，就没有中国文化，就没有中国历史。”[①]今天我们同样可以说，没有外来人口，没有流动人员，就没有当今的北京。人口的流动无疑是城市的命门，流动带来了生机，流动也增强了活力，流动同时促进了文化创新。北京应全方位激发和强化高质量、多层次的人员流动、人才流动。

其次需要着重考量的是：在“历史北京”与“现实北京”、“文化北京”与“政治北京”、“内在北京”与“外在（物质）北京”之间，该如何有机统一而不致发生“断裂”？与此相关的还有海内外华人社会在离散与回望、新乡与故土、传统与现代、中华本土与西化、乡村与城市，以及梦想与现实之间的种种纠葛。如果未来的北京能够兼顾这些纠葛，妥善处理好以上几个重要方面的关系，那么在不远的将来，“世界城市”抑或“全球都市”的梦想也许会顺利实现。

第二节　海内外文人互动与“文化北京”形塑

一、古典北京形象的历史变迁

近千年国际视野中北京形象的嬗变轨迹，始终与世界舞台上华夏民族的整体国家形象相辅相成。根据周宁等学者的研究，西方视野下的中国形象作为西方现代化的“他者”镜像，鲜明地呈现出“理想化”“神秘化”与“丑恶

① 葛剑雄：《家山何止大槐树（序）》，载安介生《山西移民史》，山西人民出版社 1999 年版，第 3 页。

化”“妖魔化”的两极，前者表达了西方人对古老东方的“欲望与向往”，中国成为他们表现自我否定与自我超越的“乌托邦”；后者则表达了“恐惧与排斥”，中国形象就此沦为西方人“满足自我确认与自我巩固的需求的意识形态”。[①] 与之相应的是国际视野中的北京城市形象同样以西方进入现代社会为分界点，经历了一个从“乌托邦”式的东方帝都转变为衰落残败却极具美感的古都形象的过程。20 世纪初随着北京城被迫全面开放，先后来到北京的西方人士在充分领略这座东方历史古都之魅力的同时，也通过文字和影像等方式率先建构了一个美轮美奂的国际化“北京古都”形象，由此孕育了现代意义上的“京味文化”雏形。

13 世纪的意大利商人马可·波罗最早将“汗八里（Cambaluc）”（元大都）的繁华盛况介绍到西方，在欧洲受到广泛关注并引发西方社会对华夏中国的浪漫想象和神往。马可·波罗笔下富丽堂皇的元大都几乎使所有欧洲城市相形见绌，成为一座无与伦比的国际都会和世界之都。此后一批又一批旅行家、西方传教士和外国使团先后来到北京，他们以自己的亲身经历、所见所闻拨开关于北京城的重重迷雾，同时又交错着各种夸张虚构和道听途说。西方从 15 世纪开始，历经文艺复兴、工业革命、地理大发现和全球性航海贸易，快速推进自身的现代化进程，但华夏中国却在一次次王朝更迭和兴亡转换中越来越陷入天下一统的幻梦难以自拔。只是由于中西方间的长期隔膜，北京在西方人眼中的“乌托邦”形象尚未发生根本动摇。

16 世纪末抵达北京的意大利传教士利玛窦，曾长期居住在北京并安葬于此，他对这座都市的观察和记述显然要客观细致许多。利玛窦通过实地考察，验证当年马可·波罗所描述的金碧辉煌的“汗八里”就是他眼前的北京城，

① 周宁：《跨文化研究：以中国形象为方法》，商务印书馆 2011 年版，第 292 页。

从而解开了困扰西方学术界多年的“北京与汗八里”“中国与契丹”之间难以辨别的历史谜团。而在利玛窦等西方传教士看来，北京乃至整个中国都需要“福音的光辉”照耀，北京遂成为他们眼中的有“改造前景”的古老都市。但随着中西文化冲突的尖锐和东西方政治经济实力的逆转，他们对北京的观感也渐渐发生变化。尤其是雍正皇帝下令驱逐在华各国传教士，教皇也于1773年解散了向中国等地散播“福音”的耶稣会之后，北京则沦为危险、堕落和衰败的“东方的巴比伦”。①

更大也更实质性的转折发生在18世纪末。1792年，已成为世界头号强国的大英帝国派出了一个由400多人组成的庞大外交使团访问中国，试图与中国建立通商关系，即历史上著名的“马戛尔尼使团访华事件”。作为近代西方与古老中国的第一次正式接触，应该说中英双方都对马戛尔尼一行的此次访华高度重视。英国希望借此与中国建交并通商，清廷上下则将使团的来临视为头等大事。在中方看来，使团在北京期间已备受礼遇和款待，英国人却感觉他们自己“如同乞丐一般地进入北京，如同囚犯一般地居住在那里，如同贼寇一般地离开那里”②。如此鲜明的反差折射出中西方之间难以跨越的文化隔阂。清官方想当然地认定，对英使团的怀柔已充分彰显中华“天朝上国”的“皇恩浩荡”，那些远道而来的“蛮夷”竟然提出诸多过分“大不敬”的要求，实在可恶之至；英国人眼中的清帝国却徒具外强中干的庞大躯壳，作为国都的北京自然成为帝国封闭落后的直观象征。40多年后，英国等西方列强便凭借武力强行撞开古老中国的大门，当年使团成员的观察记录和航海经验“功不可没”。

---

① 参见吕超《东方帝都——西方文化视野中的北京形象》，山东画报出版社2008年版，第96页。

② ［法］雅克·布罗斯：《发现中国》，耿昇译，山东画报出版社2002年版，第94页。

鸦片战争后中国境内被迫出现一座座通商口岸和城市租界，它们既将古老的中国社会强行拖入西方主导的现代化进程，又在中华大地上划出一个个势力范围，造成中国主权的破坏和民族屈辱。身为“京师禁地”的北京在向西方世界开放的过程中，要比其他城市艰难曲折许多。在北京是否向外国人（西方人）开放这一问题上，中西方展开了持久而尖锐的交锋，甚至必须通过战争才得以解决。无论是1860年英法联军对北京的攻占和火烧圆明园的暴行，还是1900年八国联军对北京的占领，都成为中华民族近代史上最屈辱的标志性事件。而按照传统中国内部王朝更迭和成王败寇的历史规律，对国都的攻占已预示了旧王朝的败亡和新王朝的开启。事实上当时的咸丰皇帝和清贵族已做好逃回“东北老家”的打算。只是留守北京的皇帝胞弟奕䜣等人通过与西方人打交道发现，他们只关心清政府能否遵从其意愿、服从他们制定的规则，并无取而代之的意图，才让衰颓腐朽的清王朝又苟延残喘了半个世纪。但此后的清王朝已丧失统治的合法性，当1900年的慈禧当局不得不再次像曾经的咸丰帝那样仓皇出逃时，清王朝走向败亡的命运已被牢牢锁定。

20世纪初，大量外国使节、传教士、西方商人和平民开始自由进入北京，他们对眼前这座辉煌都城的观感和印象，也发生了从曾经的“未来之城”“繁华之城”到“过去之城”“落后（守旧）之城”的转换。这座城市卫生条件的脏乱、城市居民的愚昧麻木等，都在其“现代”眼光烛照下格外“触目”。站在今天的角度重温那些明显带有西方偏见的北京记述和北京想象文字，可以发现它们在傲慢刻薄的背后不时闪现一些令人深思、值得借鉴的独到见解。与此同时，几乎所有来到北京的西方人士都被这座古老都城的文化艺术魅力倾倒。北京虽不可避免地走向衰朽和破败，但其又最大限度地保留了传统中国的社会历史和文化艺术神韵，凝聚着“最中国”的独特传统。在他们眼中，没有哪座城市能像“老北京”这样更能代表“老中国”之美。

二、谢阁兰的“发现”与“老北京”的显现

在西方汗牛充栋的北京记述中，一个经常被提及的典型案例是法国作家谢阁兰对北京的观感。他于1909年从香港“登陆”，由南向北深入中国内地，一路所见皆是中国半殖民地化和被迫现代化（西方化）的“重复”，只有抵达北京后，谢阁兰才从失望中探寻到惊喜，见识到一个“真正的中国”：“我的行程先是经过香港，英国式的，不是我要找到的；然后是上海，美国味的，再就是顺着长江到汉口，以为可到了中国，但岸上的建筑仍然是早已眼熟的德国或英国或别的。最后我们上了开往北京的火车……北京才是中国，整个中华大地都凝聚在这里。”[①] 谢阁兰敏锐地注意到北京作为国都之于整个传统中国的文化凝聚力量，其观点极具代表性，而他所说的“真正的中国”与其说是现实的中国，不如说是他苦苦追寻的东方文化梦想。北京最大限度地满足了谢阁兰关于“老中国”的文化梦想，这在他的当代长篇小说《勒内·莱斯》中有着充分展现。

《勒内·莱斯》虽然采取带有自传色彩的日记体形式，其实极尽虚构夸张之能事。小说创作于1913年11月1日至1914年1月31日之间，作品貌似准确写实，以对叙述者“我”自1911年2月28日至1911年11月22日期间游走于北京城内外的所见所闻、道听途说为主线，展现了辛亥革命爆发前后的清王朝从风雨飘摇走向穷途末路、中国社会改天换地般的风云变幻。在那个特殊历史时期，无数中国人尤其是北京城内皇家贵族的命运彻底改变。然而作家关注的重心并不在此，小说两位主人公——叙述者“我”与勒内·莱

---

① 吕超：《东方帝都——西方文化视野中的北京形象》“绪论”，山东画报出版社2008年版，第2页。

斯对北京这座城市，特别是对宫门紧闭的皇家禁地——紫禁城的神往，几乎超过了对中国其他一切人事的兴趣。作家一方面通过叙述者“我”的口吻，反复表达自己作为一名西方人对紫禁城的渴慕之情：他一次次在北京的大街小巷骑马策行，在紫禁城高大的红墙外踟蹰观望，憧憬并幻想着红墙之内的种种情景，迫切期待能深入其内一探究竟；另一方面又借助勒内·莱斯这一主人公形象纵横驰骋于皇宫内外，甚至直达当时中国的最高权力主宰——隆裕太后的闺房。而勒内·莱斯对“我”不无添油加醋的吹嘘更让人跌破眼镜：他不仅有幸成为皇家豢养并信任的大内密探，挽救过摄政王的身家性命，还是隆裕太后的秘密情人，他们之间甚至有过一个孩子！随着这些貌似荒诞不经、神秘离奇的讲述，一个既神秘莫测又美轮美奂的东方古都形象，也如海市蜃楼般活灵活现地呈现于读者眼前。

“洞穴”与“高墙”是《勒内·莱斯》中描述北京城最常用的两个关键词。“洞穴”是门户的别称，却更容易让人联想起隐藏于隐秘角落后的“别一洞天”。“洞穴”意象契合谢阁兰等西方文人对北京这座东方古都的既诗意浪漫又神秘莫测的想象。那一座座拱形的城墙之门，在作家眼中变成一座座“文明、神秘、幽静、深邃而且令人神往的洞穴”①，穿过它们便是壁垒森严却空虚空洞、富丽堂皇又杀机四伏的帝国皇宫。“洞穴”既代表大地深处的古朴神秘之美，同时又象征被阴柔化了的女体。她无知又单纯、失语且失智、幽怨而空虚，等待勒内·莱斯和“我”这类现代西方男人的“进入”和“启蒙”。不过在西方长驱直入的“主体”与阴森空虚的东方“客体（洞穴）”之间，却横亘着一道道高大厚重的墙垣。——“墙”是古代中国城市最直观醒

① ［法］维克多·谢阁兰：《勒内·莱斯》，梅斌译，郭宏安校，生活·读书·新知三联书店 1991 年版，第 110 页。

目的外在表征，传统中国的“城”总是与“墙”不可分割，汉语里的“城”在很多时候就是指具有防御功能的城墙。谢阁兰笔下那一道道突兀的高墙与“洞穴”交相辉映且同样触目，它们构成一个个不可跨越的阻隔，阻挡并压抑住“我”进入紫禁城的强烈欲望。那些高达“二十英尺”“砖石比寻常厚四倍”[①]的城墙，在作家笔下简直比第一次世界大战德法边界的“兴登堡防线”还难以突破。

有学者认为城墙意象代表了谢阁兰对东西方之间难以逾越的“认识的高墙”之体察，《勒内·莱斯》这部小说更可视为作家试图突破东西方认识壁垒的一种努力，是作家“为摆脱平庸丑恶的现实、追求一个新鲜的世界的一种尝试”[②]。此看法极有见地，但笔者想补充的是，西方文人一再表现的这种“对异国文明的探索热情”，实际上兼具“形而上”与“形而下”双重意义。对未知世界不可抑制的好奇与生命力蓬勃张扬中“对他乡的征服”常常相互交织。谢阁兰借助小说虚构充分满足自己乃至读者传奇想象的同时，也毫不掩饰对东方异国的“殖民无意识”。这可以从他把《马可·波罗行记》称为不可想象的他乡征服史一类赞词看出来。[③]而深入被高墙环绕且宫门紧闭、戒备森严的皇家所在地——紫禁城，也就成为谢阁兰笔下的主人公们费尽心机一探究竟乃至实现自我价值的关键。

随着叙述者“我”和勒内·莱斯的进入，整个北京城乃至中国几乎都化身为一个巨大的臣服恭顺的“东方雌体”。小说中的“我”不止一次登上北京

---

① ［法］维克多·谢阁兰：《勒内·莱斯》，梅斌译，郭宏安校，生活·读书·新知三联书店 1991 年版，第 195 页。

② 郭宏安：《评〈勒内·莱斯〉——中译本代序》，载［法］维克多·谢阁兰《勒内·莱斯》，梅斌译，郭宏安校，生活·读书·新知三联书店 1991 年版，第 10 页。

③ 参见［法］维克多·谢阁兰《勒内·莱斯》，梅斌译，郭宏安校，生活·读书·新知三联书店 1991 年版，第 151 页。

城门楼，居高临下地俯视着这座“四周是乡村的巨大的四边形”城市和“如同一头挤过奶的母牛卧在征服者的墙根下”像“畸形的方块”一样的“华人城”（北京外城）。置身于这座东方古城，他体验到一种近似“创世者”的感觉[①]，他甚至下意识地将自己熟悉的北京城门和街巷戏谑地称为“我的门”“我的产业”和“我的真正的领域”[②]。小说一再渲染“我”与“满洲妇女”之间令人销魂的爱情，作为西方文学中历久弥新的叙事母题之一，此类西方男人对东方女性的占有和征服，以及东方女性对西方男人的仰慕和臣服，显然最大限度地满足了西方人的自恋自负。

20世纪初期的北京虽然风雨飘摇，政治变动此起彼伏，然而像谢阁兰之类的西方人却凭借当年八国联军入侵北京的“战果”在这座曾经严厉拒斥外国人的“京师禁地”长期居住，他们在“治外法权”保护下享受着类似“京城洋隐士”般悠哉悠哉的自由生活，既摆脱了本国世俗事务的烦扰，又可抱持一种隔岸观火的从容视角，既近且远地观察中国社会的急剧动荡，并由此探寻到一种古老东方的异域情调，对眼前的这座城市乃至整个中国展开诗意浪漫的传奇想象。毫不夸张地说，《勒内·莱斯》所呈现的北京在“北京国际形象演变史”上堪称具有划时代的转折意义。如果说13世纪的马可·波罗在西方人面前建构了一个既富丽堂皇又时尚前卫的“东方帝都”“世界大都”形象，那么20世纪初的谢阁兰则将北京打造为一座门洞半开半合的神秘古都形象。这一形象宛如一位蒙着神秘面纱的东方美人，既衰朽破败又充满特殊美感，既魅力无穷又危险重重。尤其有意思的是作家幻想北京城之下还潜藏着

① 参见［法］维克多·谢阁兰《勒内·莱斯》，梅斌译，郭宏安校，生活·读书·新知三联书店1991年版，第73页。

② ［法］维克多·谢阁兰：《勒内·莱斯》，梅斌译，郭宏安校，生活·读书·新知三联书店1991年版，第113页。

一座外人未曾知晓的“地下城”。——这个地下北京城同样林立着各式各样的“城堡”“角楼”、各种各样的“拐弯抹角”，以及随时可吞噬性命的“水平走向的井”，如皇宫里那口阴森可怖的“珍妃井”那样。而这个博大广阔、幽暗神秘的地下北京城，也随时召唤着不畏艰险的西方勇士们深入探险！

三、“故都”回眸与“（民国）北平”流连

北京作为国际古都形象的明朗化、清晰化，并成为举世闻名的文化之都、田园之都和艺术之都，还与清帝逊位、封建王朝统治终结这一重大变迁相关。尤其是紫禁城不再为帝王私有，而是由原来戒备森严、令人望而生畏的皇家禁地变为集辉煌壮丽与宁静祥和于一体的故宫博物院，它才成为令人流连忘返、赞叹不已的中华民族的珍贵文化遗产和享誉世界的旅游胜地。在一系列“去禁忌”和“去政治化”的平民化举措之后，位于北京内外的“三山五园”等皇家园林也开始向普通市民开放，成为全体国民共有、共享的游览休闲场所，它们蕴含的文化历史和艺术魅力才前所未有地绽放出来。而当年的皇帝和王公贵族从各地搜罗的那些珍宝奇玩，也成为来自世界各地人们共同观赏的对象，变身为中华民族名副其实的“国宝”。

经过辛亥革命等重大社会变迁洗礼的老北京，虽然积蓄其中的千年“王气”不可避免地黯然褪色，但另一种敦厚宽容、和平幽默的社会民气却由此酝酿升腾起来；爆发于1919年的五四新文化运动，更为其“深长悠远的古都韵致注入了新鲜的活力”[①]。20世纪初的北京不仅近乎完美地把东方的古老情趣与西方的现代化城市特征融为一体，还将自身悠久深厚的文化历史底蕴，

① 杨东平:《城市季风：北京和上海的文化精神》（修订本），新星出版社2006年版，第5页。

与锐意创新、自由民主的时代空气机缘巧合地融会一起。那个原本由闯进北京的西方人发现并率先建构的带有东方异国情调色彩的老北京城市形象，由最初的封闭保守演变为浪漫华丽、安宁祥和的象征性符码，并被现代中国文人接受。他们在剔除老北京形象背后的西方中心主义、殖民主义色彩之后，进一步将这一集中体现传统中国文化艺术特色的“古都北京”形象，提升至现代华夏民族的“肉身”原型。于是这一率先由西方人尝试确立的“以北京想象中国”叙事模式，逐渐被后来的老舍、林语堂、熊式一、金庸、李敖等海内外华人作家加以创造性转化，成为20世纪海内外华人作家最经典，也最直观生动的想象中国的一种方式。而不论是沈从文等“身在北京”却以想象“乡下”故土为乐事的“京派”作家，还是老舍之类深谙北京文化艺术神韵的本土“京味作家”，抑或是近现代以来流散于世界各地的华人作家，均不约而同地通过对“古（故）都北京”的艺术想象，建构了一个既原始又浪漫的古老中国形象。在一系列社会变动的强力冲击下，这一古老中国形象正不可避免地走向衰颓；然而它又如此恒常稳定、变动不居，仿佛永远被定格在历史时空之中。

民国时期的北京城既古老又维新，既保守落后又时尚摩登，“北京满足了中国人文化心理中稳定、连续、凝聚和向心的强烈要求”[①]。历史上没有哪座城市能比老北京更能集中体现传统乡土中国的文化心理要义。20世纪30年代初的吴伯箫对当时的北京（平）城曾如此赞叹：“虽然我们有长安，有洛阳，有那素以金粉著名的南朝金陵，但那些不失之于僻陋，就失之于嚣薄……没有一个像你似的：既素朴又华贵，既博雅又大方；包罗万象，而万象融而为一”，他甚至认为“只有你（北京）配象征这堂堂大气的文明古国”，“仿佛

---

① 杨东平：《城市季风：北京和上海的文化精神》（修订本），新星出版社2006年版，第41页。

是你才孕育了黄帝的子孙，是你才养长了这神明华胄，及它所组成的伟大民族”。[①] 当代学者赵园通过对周作人、郁达夫、林语堂等现代作家北京体验的考察，发现他们对北京的观点简直“统一到令人吃惊”的地步，与他们那“芜杂”“破碎”且不无矛盾的上海体验完全不同。[②] 赵园显然未充分考虑二三十年代的沈从文在体验北京时的“乡下人”痛感，也未预见 20 世纪 90 年代以后阎连科、刘震云、刘庆邦、邱华栋等当代作家对北京的不适感及其书写。但她意识到北京的“乡土”意味正是其吸引现代中国文人的力量源泉，却是慧眼独具，正如赵园所说，“比乡土更像乡土”的北京几乎浓缩了传统“乡土中国”所有梦幻般的美好因素，并使之具有一种生动具体、可感可知的“肉身”观感和体验。但北京带给人们的又绝非传统文人单一化的所谓“本乡本土”情感认同，而是建立在“扩大了的乡土感情”基础之上，由共同的文化心理结构、共同的文化经验和共同的心理情感积淀下来的，对共同“文化乡土”和“精神故园”的一种身心归属感。[③]

以北京为原型的“古都/故都”意识，如何演变为华夏审美传统中的超稳定因素，及华夏文明生生不息的重要文化心理源泉？这无疑是值得探讨的话题。学界近年关于“京味文化（学）”的讨论颇为热烈，王一川先生曾将“京味”和“京味文学”的精神特质概括为：“故都北京在其现代衰颓过程中让人回瞥到的一种独一无二的和不可重复的地缘文化景观。”[④] 他指出京味文学

① 吴伯箫：《话故都》，载姜得明编《梦回北京——现代作家笔下的北京（1919—1949）》，生活·读书·新知三联书店 2009 年版，第 112 页。

② 赵园：《北京：城与人》，北京师范大学出版社 2014 年版，第 34 页。

③ 赵园：《北京：城与人》，北京师范大学出版社 2014 年版，第 6、14 页。

④ 王一川主编：《京味文学第三代——泛媒介场中的 20 世纪 90 年代北京文学》，北京大学出版社 2006 年版，第 7 页。

是一种“能让人回瞥到故都北京城衰颓时散溢出的流兴的文学”[①]。这一表述虽有些晦涩拗口，却概括出京味文化、京味文学的文化心理特质：在时空定位上，“京味”属于“故都北京”之历史地理范畴；在美学形态上，京味作家和艺术家以自己的文化体验和艺术想象，反复表现的是现实生活中正走向衰颓或消失的故都北京的文化历史神韵，从中折射出新与旧、古与今之间的复杂冲突和融汇渗透；“回瞥”体验则显现出国人在现代剧变中所面临的文化心理认同的纠结困惑，以及通过文化记忆和文化怀旧重建自我认同的一种尝试。

王一川对“故都北京”文化心理况味的强调，凸显出“古 / 故都”情怀与中国传统审美体验的同构关系。历史上由黍离之悲引发的感时伤怀和无数文人抒发的怀古之情、兴亡之叹相互交织，始终是数千年来古典文学的主旋律。自辛亥革命爆发、清朝覆亡之后的 20 世纪 10 年代起，一些清贵胄和封建遗老眼中的北京就已沦为“前清故都”；此后爆发的一次次社会剧变，尤其是国民党北伐战争胜利后将国都迁至南京、北京被改称为“北平”之后，这座古老都市的“故都”意味得到进一步深化与固化，被历史定型化的北平及“北平文化”成为无数文人流连回味的对象。

历史上的“北平”一词最早来自战国时期燕国的右北平郡，其年代要比“北京”更为久远。20 世纪三四十年代，不再担任首都重任的北平反而在文化和教育领域充分发挥了关键优势，如台湾青年学者许慧琦所说：“在近代中国城市追求源生于西方的现代性过程中，北京的表现颇有别于其他商埠城市：在国都阶段，心态保守的中央政权，多少起了压抑西化、追求时髦的作用，

① 王一川主编：《京味文学第三代——泛媒介场中的 20 世纪 90 年代北京文学》，北京大学出版社 2006 年版，第 8 页。

传统文化仍居社会主流；到故都时期，北平把传统文化当成繁荣城市的宝贵资产，在追求与拥抱西方进步物质文化的同时，却在价值观与城市意象上，保留中国文化的精神。有意思的是，这种充分开发传统精髓，以重新定位城市，赋予城市新生命的努力，只有当北京成为故都之后，才获得充分展现。”① 北京更名为“北平”，反而使其更轻便地跃升为举世闻名的历史之都、平民之都、文化之都和教育之都。

四、郁达夫的“知味”与“京味”自觉

现代文坛上的老舍、郁达夫、林语堂等文坛巨匠及海内外华人作家，均表现出浓郁的“北平情结”。老舍等作家笔下的“北平”要比人们印象中的“京都”、京师更具民间亲和力，而这恰是后来被称为“京味文化”的老北京（平）文化传统最具艺术魅力和生命活力的意蕴所在。“京味”及“京味文化（学）”等概念虽然迟至20世纪80年代才出现，但作为客观现象的京味文化、京味文学却可追溯至晚清民初时期，与“古/故都北京（平）”形象的历史定格，现代文人对“故都北平”的回瞥、回望相辅相成。时至今日，“老北平（京）”那美丽的身影历经岁月冲刷更加清晰可见。作为对现代“京味文化”最早产生自觉意识且深谙其“味”的现代文人之一，笔者认为郁达夫那篇创作于1934年8月的经典散文《故都的秋》，特别值得一提。若撇开老舍等展现老北京文化风貌的鸿篇巨制不谈，因着特殊的艺术嗅觉和对秋日故都“京味”的传神揭示，这篇不足2000字的文章在同类作品中堪称“压轴之

---

① 许慧琦:《故都新貌——迁都后到抗战前的北平城市消费（1928—1937）》，台湾学生书局2008年版，第25页。

作”，理应在早期“京味文学”中占有一席之地。

郁达夫一生多次来到北京，其中 1923 年 10 月至 1925 年受邀在北京大学任教职期间住的时间最久。他特意把家安置在什刹海附近，便于“就近”观赏老北京（平）的风土人情。1934 年 8 月是他最后一次踏上这片令其着迷的“故土”。当时的北京（平）已是风雨飘摇，大有“山雨欲来风满楼”之势。尽管城内百姓依然过着安宁平静的生活，郁达夫却嗅到一种非同寻常的意味。他把感时伤秋的悲叹与家恨国仇的忧患交相呼应，万千感慨化于笔端。如果说 20 世纪三四十年代的老北京（平）给我们留下一个最美的“背影”，郁达夫则为这华丽而寥落的背影定格了一个最美的写照。

位于北纬三十九度左右的北京四季分明，秋天是它最美的季节。1934 年的北京（平）之秋似乎来得格外早些，迹象表明郁达夫是融合多年的古（故）都生活体验与记忆，由“眼前之景”联想“记忆之景”“梦幻之景”，完成这篇经典之作的。当然我们有更充分的理由相信，郁达夫与 1934 年秋的北京（平），像极了是在“最美的时节”遇到“最美的你”。对老北京（平）的惊鸿一瞥彻底惊艳了郁达夫。他笔下的老北京（平）像极了一位迟暮的富贵美人，正日渐衰落却不失雍容华贵，饱经沧桑而宠辱不惊，同时从喧嚣回归宁静、从绚烂趋于平淡。

郁达夫出生于南方，人生轨迹和活动空间主要在中国南方地区。但恰恰是这样一位对北京不无隔膜感的江南才子，却最活灵活现地传达出“故都北平”独有的文化艺术神韵。除了作家独特的审美洞察力和文化艺术修养外，另一个不可忽视的因素是身为南方人初到北京而产生的新奇感和文化地理震惊感对其审美感受的影响。他兼具熟悉的陌生者和奇异的欣赏者双重视角，充分调动各种感官体验，将北京秋色奇异而梦幻般的美感展现得淋漓尽致。作家眼中最寻常不过的北京秋雨，也比“南方的下得奇，下得有味，下得更像样”[①]。相对而言，南方各地的“秋的意境与姿态”总给人以“看不饱，尝不透，赏玩不到十足”的缺憾，如同“二十四桥的明月，钱塘江的秋潮，普陀山的凉雾，荔枝湾的残荷”无法跟老北京“陶然亭的芦花，钓鱼台的柳影，西山的虫唱，玉泉的夜月，潭柘寺的钟声”相提并论一样。唯独在北京，他才能把秋色、秋景、秋意、秋韵和秋味等一次性“吮吸”个饱。喜欢游历的郁达夫阅城无数，不时以把玩的态度遍尝人生百味。但所有这些城市都比不过老北京（平）的典丽堂皇和悠闲清妙。

特殊的家世教养和生活体验铸造了郁达夫的天性聪慧与纤细敏锐，使他天生对于一切美好事物不无敏感和迷恋。他的多愁善感与老北平这座“故都”秋季的萧瑟气息天然相投。中国文人对于秋的情感向来以“赏秋”“伤秋”互为表里。一方面是“自古逢秋悲寂寥”（刘禹锡），另一方面则是“一年好景君须记，最是橙黄橘绿时”（苏轼）。“圆满”的秋收之后则是下一轮的“阴晴圆缺”，文人们感受到的更多的是“时光匆匆”“人生几何”般的苍凉。郁达夫从老北京人的日常生活中既感受到无穷诗意，又从这诗意中体味到一种人生的悲哀。在刻意展现这座古老都市幽怨悲怆的凄凉美的同时，他又被其中沉静祥和、坚韧顽强的城市文化品格打动。连当地市民习以为常的顽强生长在“屋角，墙头，茅房边上，灶房门口”的枣子树体现出的旺盛生命力，都令郁达夫赞叹不已；那些跻身皇城根儿下过着寻常日子的普通百姓，早晨起来“泡一碗浓茶，向院子一坐”，一边望着“很高很高的碧绿的天色”，一边聆听着“青天下驯鸽的飞声”，就可以享受到生活的悠闲惬意。从这些历经动荡却乐天知命的老北京人身上，郁达夫与中外文人一起，探寻到一种关乎整

① 郁达夫：《故都的秋》，载李杭春、陈建新主编《郁达夫全集 · 第三卷 · 散文》，浙江大学出版社 2007 年版，第 188—191 页。

个华夏民族生生不息、乐天知命且坚韧顽强的特殊文化心理性格。中外文人既瞩目于北京城内外白云苍狗般的社会动荡，又惊叹于置身其中的老北京人于乱局之中仍波澜不惊，秉持雍容宽厚品性的“定力”。

不仅如此，郁达夫对“故都之秋”的品味流连，几乎将目之所及、听之所及等感官体验统统以味觉统摄，不经意间将其与中国最经典的审美艺术传统加以接续，才是最值得称道的。从孔子闻《韶》“三月不知肉味”开始，中国文人便开始将味觉与艺术审美愉悦联系起来；南北朝时期的钟嵘和刘勰都强调以“味”言诗，晚唐司空图更将“味外之旨”与“象外之象”“韵外之致”乃至“弦外之音”比拟。“滋味说”遂成为传统中国审美艺术理论最具本土创造性，也最具生命活力的理论之一。钟嵘所说的“使味之者无极，闻之者动心”(《诗品》) 之境界，同样可用于对包括“京味文化”在内的一切文化艺术的欣赏品鉴之中。深受传统文化浸染的郁达夫几乎无师自通地谙熟于传统文人一切尽在“赏玩”中、一切又尽在“怅惋”中的文化心理况味。他将此种尽情品味又无限伤感的艺术情趣几乎发挥到极致。来自故都北平的慷慨悲凉之风则使其文风一改过去江南才子的缠绵悱恻，曾经的吴侬软语也一变而为颇有燕赵遗风的苍凉悲怆。一如几年后随着全面抗日战争的爆发，他被迫流落异国他乡，在国破家亡的刺激下由醇酒妇人的落魄文人一变而为隐忍顽强的抗日斗士。

最后笔者想说的是，“京味文化”作为北京这座古（故）都神韵的艺术呈现形态，它源自地域又大大超越了地域风情，是最（可能）接近中华民族文化整体风貌的地域文化形态。可以想见，“京味”将与“广味”“川味”等中国风味典型符码一起，成为世界性的中华文化名片之一，乃至海内外华夏儿女家国情怀的一种象征。

第三节　精神还乡与林海音的“南城北京”——以《城南旧事》为例

德国神秘派诗人诺瓦利斯指出：“哲学活动的本质就是精神还乡，凡是怀着乡愁的冲动到处寻找精神家园的活动皆可称之为哲学活动。”[①] 诗人眼中的哲学观念未必准确，却有一种天才般的直觉敏感。处在家国离乱中的人们容易激发起对故国家园的回望，在离乱动荡中积聚着重返故乡、重新聚合的心理能量。中国文人百余年的流离失散，与此起彼伏的社会动荡、国家兴亡息息相关。林海音出生于日本大阪，三岁那年（1921）随父母回台湾居住；两年后（1923）又随父母迁往北京定居，一直到1948年才重新返回台湾。俗话说“哪里有童年，哪里就有故乡”。林海音的童年和青春岁月都是在北京度过，北京成为她心灵的故乡绝不奇怪。

一、回望“南城”与京华怀旧

作为心灵故乡和精神原乡的老北京城，在林海音笔下具有鲜明的区域特征。

---

① 诺瓦利斯的这句话曾被国内学者广泛引用而未标明出处。它最早出现在赵鑫珊的《科学·艺术·哲学断想》一书中：“哲学活动的本质，原就是精神还乡。或者换言之，凡是怀着一种乡愁的冲动，到处寻找精神家园的活动，皆可称之为哲学。”（生活·读书·新知三联书店1985年版，第6页），在2005年的第二版中，作者将“哲学活动的本质，原就是精神还乡”一句单独标注为出自诺瓦利斯的德文作品。笔者查阅诺瓦利斯的中译作品集之后发现，目前这句话又被翻译为：“哲学本是乡愁——处处为家的欲求。”（没有下文）（［德］诺瓦利斯：《诺瓦利斯作品选集》，林克译，重庆大学出版社2012年版，第271页）

正如作家本人所说："童年在北平的那段生活，多半居住在城之南——旧日京华的所在地。父亲好动到爱搬家，绿衣的邮差是报告哪里有好房的主要人物。我们住过的椿树胡同，新帘子胡同，虎坊桥，梁家园，尽是城南风光。"①《城南旧事》每篇作品的主人公总是勾连着一个或多个老北京的场景地点，将它们一一串联起来，就可组成一幅相对完整的南城老北京历史地图。作者对此也有一种自觉意识，晚年她在散文《一张地图》中，曾详细记述一对老友给她带来一张老北平地图，使得她惊喜万分的情景："在灯下，我们几个头便挤在这张地图上，指着，说着。熟悉的地方，无边的回忆。"②整个晚上他们都在凭着这张地图诉说着记忆中的老北京，"客人走后，家人睡了，我又独自展开了地图，细细地看着每条街，每条胡同"③。那张地图带给了他们多少快乐的回忆和美好的遐想！

作家在小说中引领我们跟随叙述者小英子那欢快轻盈的脚步，深入老北京的街头巷尾、胡同人家、同乡会馆、亭台楼阁以及各种游乐场所，如数家珍地回味着曾经留下她足迹的每一片热土。通过对童年的回望，一次次神游北京，梦回心灵的故乡。小说《惠安馆》一开始，她就让英子跟随妈妈到"骡马市的佛照楼"去买东西，她们"从骡马市大街回来，穿过魏染胡同、西草厂，到了椿树胡同的井窝子，井窝子斜对面就是我们住的这条胡同"④。胡同里最醒目的建筑当然非惠安馆莫属，惠安馆里最引人注意的人物则是"疯子"

① 林海音著，沈继光摄影：《城南旧事》"后记"，当代中国出版社 2004 年版，第 212 页。

② 林海音：《一张地图》，载《北平漫笔：林海音散文精选》，当代世界出版社 2018 年版，第 67 页。

③ 林海音：《一张地图》，载《北平漫笔：林海音散文精选》，当代世界出版社 2018 年版，第 68 页。

④ 林海音：《城南旧事》，岳麓书社 2017 年版，第 3 页。《城南旧事》目前有多种版本出版，本文引用文字如无特别注明，一律出自该版本。

秀贞。秀贞失疯的背后是一个令人辛酸无比的故事。她不可救药地爱上了来北京求学的穷学生思康。然而思康却不是秀贞值得托付终身的意中人，他对秀贞始乱终弃，一去不回；秀贞未婚先孕生下的孩子又被家人瞒着偷偷扔掉。失恋和失子的双重打击使秀贞精神失常，成为人们流言蜚语中的“惠安馆的疯子”。然而这个“疯子”又是何等美丽善良，心地单纯啊！无论是她那长长的辫子，还是辫子上扎着的“大红绒绳”，以及身上穿的一身“绛紫色的棉袄”和“黑绒的毛窝”，无不有着鲜明的地域特征，又打上了那个时代的特定烙印。

惠安馆联结起“我”和秀贞，“椿树胡同的井窝子”则将英子与她两小无猜的童年玩伴妞儿串联起来。今天的年轻人恐怕已对老北京的“井窝子”颇感陌生，“旧时北京，自来水尚未完全出现前，都是在一些胡同里挖井取水。并且设以辘轳绕粗绳打水，再由水车分送附近各住户”[①]。那时的北京人常常“聚井而居”，胡同也因此得名，“井窝子”四周更是儿童玩耍的热闹场所，英子与妞儿便相识在井窝子旁。妞儿自小被亲人遗弃，被养父母捡拾后又成为他们的赚钱工具；而“我”通过宋妈与“换洋火的老婆子”——那位“眼瞧着”秀贞失疯的老街坊的闲谈中，得知秀贞的孩子刚生下来就被包裹成一团，“趁着天没亮，送到齐化门城根底下啦”[②]。

齐化门即今天的北京朝阳门，元朝至明朝初年称齐化门。1437—1439年，明朝政府对北京城进行过大规模修缮，并将齐化门改名为朝阳门，但民间直到1949年前后还延续着齐化门的旧称。作为京畿交通要道的齐化门历来商业繁华、人来人往，秀贞父母偷偷将她的私生子遗弃此处，当然是希望

① 林海音：《旧京风俗百图》，载《英子的乡恋》，江苏人民出版社2014年版，第87页。

② 林海音：《城南旧事》，岳麓书社2017年版，第9页。

很快能被人发现、捡拾和抱养。而妞儿也听养父母说，她同样“来自”齐化门。天真而极富想象力的英子误将两个孩子等同起来，她努力成全妞儿与秀贞“母女相认”，不料一场更大的悲剧却导致了两个年轻生命的死亡。

在《我们看海去》中，作者进一步张开想象的翅膀，“神游”到她儿时曾经住过的南城新帘子胡同：“新帘子胡同像一把汤匙，我们家就住在靠近汤匙的底儿上，正是舀汤喝时碰到嘴唇的地方。”[①]新帘子胡同留下了林海音童年最美好的一段记忆，在晚年散文《新帘子胡同》中，她对新帘子胡同的儿时生活仍念念不忘：“新帘子胡同的家因为在胡同尽头，是个死胡同，所以很安静，每天在我放学后撂下书包，就跟宋妈带着弟弟妹妹到大街上看热闹，或者在我放学回来时，宋妈和弟、妹已经站在门口‘卖呆儿’等着我了。”[②]而英子那时上学经过的刚刚打通的兴华门，城门外还堆着“一层层的砖土”[③]。这一景象也并非完全虚构：兴华门即今天的和平门，民国时期为了贯通南北新华街，在城墙上开凿了两个拱形券洞，最初叫新华门，后来改称和平门。张作霖时期曾将此门改为兴华门，不久又改回和平门。作者在小说中仍沿用兴华门的称呼，正说明那段民国往事给她留下了深刻印象。道路施工给过往行人带来不便，但对充满新奇的小孩子来说，当他们沿着从城墙拆下的城砖土堆而临时搭成的崎岖不平的小路蹦蹦跳跳上学的时候，却不啻为一次快乐的历险体验。

随着兰姨娘“闯入”英子家，那一个个曾代表老北京市井风貌的“特色地标”：城南游乐园、三贝子花园观影楼、人声鼎沸的虎坊桥大街、读书人向

---

① 林海音：《城南旧事》，岳麓书社 2017 年版，第 55 页。

② 林海音：《新帘子胡同》，载《北平漫笔：林海音散文精选》，当代世界出版社 2018 年版，第 90 页。

③ 林海音：《城南旧事》，岳麓书社 2017 年版，第 66 页。

往的京华印书馆等，则如万花筒般接连映入读者的眼帘（《兰姨娘》）。兰姨娘透着性感风骚、善于打情骂俏和吃喝玩乐的个性，与她“身后”的秦楼楚馆、书场戏院、麻将牌桌、杂耍玩意儿一起，共同组成了灯红酒绿、热闹非凡的老北京市井风俗画卷；更值得一提的还有英子和保姆宋妈步履匆匆的身影，她们一路从绒线胡同走来，穿过兵部洼、中街、东交民巷，一直抵达笔直宽阔的哈德门大街，也就是今天的前门大街，到处寻找宋妈失散的女儿（《驴打滚儿》）；这一带正是当年老北京最繁华热闹和时尚前卫的地区。文中提到的“西交民巷的中国银行”、东交民巷的“美国同仁医院”等现代建筑，为南城老北京的市井风貌平添不少现代化乃至西化的异域风情。

北京南城又称外城，由于特殊的历史原因，这一带不仅聚集了大量平民乃至贫民，更是文人雅士驻足停留、流连忘返的聚集地。在明清北京城的规划中原本没有所谓外城，“很长一段时间，这片土地只是一望无垠的郊区而已”[①]。明朝嘉靖二十九年（1550），蒙古俺答汗率军从古北口一路烧杀抢掠，直抵北京城下，京师重地惨遭重创。经此一役，嘉靖皇帝觉得只有九门内城还不足以保证自身安全，于是下令在京城之外再建造一座城墙。但因财力所限，只建了南边的一小段便不得不停工。当局只好把城墙的东西两端与原来的东便门、西便门连接在一起，好似给北京戴了一顶帽子，由此形成一个独特的南城文化圈。[②]历经时代变迁和岁月冲刷，这一地区逐渐成为官民倚重的经贸往来中心、商业娱乐中心和文化艺术中心。且不说其中的大栅栏地区商家林立，老字号比比皆是；天桥一带更堪称老北京的“嘉年华”，吃喝玩乐、杂耍游戏应有尽有；更有琉璃厂一类文人墨客向往的“圣地”和供人们寻花

---

① 傅岩：《城南旧事：“围城”内外的崇文和宣武》（上），《文史参考》2010 年第 15 期。

② 参见傅岩《城南旧事：“围城”内外的崇文和宣武》（上），《文史参考》2010 年第 15 期。

问柳、宴会酬唱的八大胡同等娱乐场所，“南城北京”遂成为最能体现“旧京繁华”不可或缺的标志和表征。与之相应的则是各地会馆纷纷云集于此，“据统计，北京有百分之七十的会馆坐落在宣武门以南、前门以西这片区域”[①]。《城南旧事》中提到的惠安会馆，想必就是以林海音童年在北京居住过的晋江会馆为原型虚构而成的。

以“南城”为中心，林海音打造了一个市井化、平民化与生活化的老北京形象。这一形象既与林语堂等人眼中富丽堂皇、高贵典雅的“贵族化北京”“文化乌托邦北京”不同，也区别于老舍笔下的“胡同北京”“大杂院北京”和贫民化北京。林语堂是把老北京视为文化心理的“乌托邦”模型加以刻画的，他眼中的老北京就像一个“国王的梦境”，如梦如幻、如诗如画，如人间天堂般神奇缥缈。在《京华烟云》等小说中，林语堂对南城老北京亦多有涉及，但主要是为了陪衬老北京人生活的富足安康；老舍从小生活在老北京的大杂院，对这座城市的大街小巷、三教九流无不谙熟于心，因而他作品中那种地道纯正的“京味儿”在现代文坛几乎无人可及。但他小说人物的活动范围主要集中于从护国寺、积水潭到香山一带的北京西北部地区，人物形象以挣扎于贫困线的底层百姓最为传神。

与老舍、林语堂相比，林海音则通过一种浓得化不开的乡愁乡思，刻意呈现一种纯净化的老北京日常生活诗意。林海音建构的“南城老北京”，其实是民国时期中产阶级眼中的市井化北京，是一个融文化乡土与摩登都市为一体的既新且旧的“民国老北京（平）”。

需要指出的是，北京并非林海音和林语堂的真正故乡，严格而言他们只是北京的匆匆过客。但他们都不约而同地将北京视为自己的精神故乡，背后

① 傅岩：《城南旧事：“围城”内外的崇文和宣武》（下），《文史参考》2010 年第 16 期。

的文化心理逻辑值得追寻探究。《城南旧事》中多次凸显英子一家的外来者身份，同时也似是一种自我提醒："我想起妈妈说过，我们是从很远很远的家乡来的，那里是个岛，四面都是水，我们坐了大轮船，又坐大火车，才到这个北京来。"[①] 不过，外来者的陌生化视角反而有助于显现老北京的区域特色。如同曹雪芹在《红楼梦》中有意通过林黛玉、刘姥姥等外来者的视角表现贾府的富贵堂皇一样，林海音观察北京的独特"台湾视角"，也让其笔下的（民国）老北京城增添了一些珍贵的海洋文化气息。小英子经常诵读的一首童谣是："我们看海去！我们看海去！……金红的太阳，从海上升起来……"[②] 在作家笔下，连土生土长的老北京"破落户"都颇具现代意义上的"海洋意识"。——那位不学无术、"把家当花光了"的小偷儿，之所以被迫干些小偷小摸的勾当，是为了供养弟弟"漂洋过海去念书"[③]。这与老舍笔下那些终日守在皇城根儿下麻木不仁，沉溺于"北京城就是世界中心"的幻想不能自拔的老北京人完全不同。林海音无意中为长期闭关自守的老北京城面向现代海洋世界敞开怀抱，"笑迎八面来风"，奏出了一曲时代先声。

二、回味童真与"父亲的家国"

意大利著名儿童教育家蒙台梭利经过长期的观察和研究发现，儿童会经历一个对周围事物常常产生"不可抑制的冲动"的敏感期。这种"不可抑制的冲动"出于他们对所处环境的刻骨铭心的爱，"这种爱不仅仅是情感的反应，而是智力发展的需求，它能促使儿童去看和听，进而不断地成长"。蒙台

① 林海音:《城南旧事》，岳麓书社 2017 年版，第 11 页。

② 林海音:《城南旧事》，岳麓书社 2017 年版，第 56 页。

③ 林海音:《城南旧事》，岳麓书社 2017 年版，第 71 页。

梭利借用文学巨匠但丁的话语，将儿童的这种与生俱来的需求称为“爱的智慧”[①]。在她看来，儿童正是凭借一种单纯的爱而获得自己的感官印象，并借助它们不断成长的；儿童对成人具有特别之爱，他们对成人极为敏感，总是有意无意地模仿着成人：“成人的一言一行都深深地吸引着儿童，并使他们着迷。”[②]

与人们总是强调成人（尤其是父母）对儿童的关爱和照顾不同，蒙台梭利提醒我们，实际上是儿童在爱着成人，“我们应该记住，儿童爱我们并想服从我们，儿童爱我们胜过其他的一切”[③]。然而很多时候成年人却未意识到这一点，对儿童寄托于成人的无比信赖和深沉热爱，懵懂无知且没有给予及时回应；成年人对儿童的冷落和冷漠常常给儿童造成难以弥补的心灵创伤，使他们错过“爱的智慧”的敏感期，长大后则造成爱的能力的欠缺。这与弗洛伊德等人开创的现代心理学一再强调童年创伤对于个人心理发展的巨大影响一脉相承。而那些成年后仍不时回望童年，始终怀持一颗赤子之心的人无疑是值得称道的。他们就像天使一样，把童年时期孕育而就的爱的种子撒播向广阔的世间。

林海音就是这样一位秉持童心、传播爱心的写作者。她每每通过创作回望童年，其实是对儿童“爱的智慧”的品味流连与发挥。《城南旧事》中的叙述者小英子作为一名天真无邪、率真无伪的小孩子，虽然看不懂大人的世界，无法理解大人间的是非恩怨，当然也分不清“好人”与“坏人”，但她以一颗未经世俗玷污的童心观察和感受着身边的一切人与事，又像是一位高高站到

① ［意］玛利亚·蒙台梭利：《童年的秘密》，金晶、孔伟译，中国发展出版社2003年版，第130页。

② ［意］玛利亚·蒙台梭利：《童年的秘密》，金晶、孔伟译，中国发展出版社2003年版，第132页。

③ ［意］玛利亚·蒙台梭利：《童年的秘密》，金晶、孔伟译，中国发展出版社2003年版，第132页。

云端，怀持一颗悲悯同情的心俯视着芸芸众生的小天使。一方面，她爱心满满，有一颗菩萨般的慈悲救世之心，却又时时感到自己的无能为力。正因如此，那人人避之不及的“惠安馆的疯子”竟跟“我”一见如故，成为难舍难分的“忘年交”。在无法承受生活打击而精神崩溃，从而使心灵重新回归到原始本真、分不清现实和幻想的“疯子”与心智未开的孩童之间，显然有一种天然的默契和心灵贴近；而那挑着“破烂货的挑子”的小偷儿也被英子的善良温情打动，乐于向她敞开心扉。

另一方面，儿童的天真蒙昧与惊人的早慧早熟，在英子这里也奇特地融为一体。她在荒无人烟的野草地碰见正掩藏“赃物”的小偷儿，虽然“倒抽了一口气”，却很快恢复镇定。凭着一种天性或过人机智巧妙地与小偷儿周旋，既保守小偷儿的秘密，也安全保护了自己，成功将其“化敌为友”。小偷儿为生活所迫，不得已干起盗窃营生，却再三向英子表白自己“不是坏人”，内心深处潜藏着一种趋善、向善和求善的天性。很多时候人性的善与恶就这样错综复杂地交织在一起。然而冥冥之中自有恢恢天网，善良懵懂的英子还是无意之中向便衣警察提供了小偷的犯罪线索，小偷儿被绳之以法。但在目睹小偷儿被抓的情景后，她却依在妈妈的身边“很想哭”[①]。英子良善慈悲的天性及其童真之爱，为这个世界提供了最温柔也最坚强的支撑。

英子为兰姨娘与德先叔“穿针引线”的过程，则凸显其性格中的早慧早熟和“鬼精灵”特征。兰姨娘从小被父母卖掉，被迫沦落风尘，20岁时嫁给施大那个“老鬼”，如今她从施家逃出，走投无路之际投奔英子家，还半开玩笑地说要拜英子妈为“姐姐”，在他们家“住一辈子”。面对这天上掉下来的“馅儿饼”，爸爸自然有些心猿意马（那个年代男人三妻四妾并不鲜见），只是

① 林海音：《城南旧事》，岳麓书社2017年版，第78页。

苦了身怀六甲、挺着大肚子的妈妈。小小年纪的“我”虽然不懂“妈为什么忽然跟爸生气”，却敏锐地感觉到了家里气氛的“不对”，她既为爸担心，又想着如何替妈解忧。幸好家里来了一位爸爸的好朋友德先叔叔，一位正在北京大学读书的“了不起”的“新青年”[①]。经过“我”的巧妙安排和在两人之间真假难辨的“传话”，终于使他们走在一起，同时保全了自己家庭的完整和睦，可谓用心良苦、心机巧妙。

不过英子的叙述是否夸大了自己的作用？英子的记忆究竟哪些是真，哪些是假？恐怕早已“假作真时真亦假，真作假时假亦真”，真真假假已难分了。广义而言，所有的记忆都包含了想象和虚构。能否“记得很清楚”已不重要，重要的是她与秀贞、与玩伴妞儿之间建立的友谊，以及她发自内心的同情和关爱。如果没有这种“爱的智慧”，没有这种发自儿童的敏感而单纯的爱心，她怎么会萌生出帮助失魂落魄的“疯子”寻找失去女儿的念头？产生帮助妞儿摆脱养父母虐待之家庭牢笼的幻想？生活的洪流尽管难免事与愿违，小小的英子却总想凭借敏感而弱小的心灵尽其所能地关爱、帮助与之相遇的每个人。

值得注意的是，叙述者对自己记忆真实性的有限性始终保持清醒的理性认知。在英子帮妞儿找到她所谓的亲生妈妈——惠安馆的“疯子”秀贞之后，她一面描述妞儿与秀贞相认与相约“逃离”，一面又反复渲染自己因感冒发烧而“糊涂”。英子病愈后看到妈妈手上戴的金镯子，却不由得想起：“这只金镯子不是——不就是我给一个人的那只吗？那个人叫什么来着？我糊涂了，但不敢问，因为我现在不能把那件事记得很清楚。”[②]由此也可以看出作家对现代主义手法的巧妙借用。

---

① 林海音:《城南旧事》，岳麓书社 2017 年版，第 91 页。

② 林海音:《城南旧事》，岳麓书社 2017 年版，第 51 页。

《城南旧事》里的几位主人公，都经历了一个离家与归家、失散与寻亲，以及渴盼聚合的人生轨迹和心路历程。《惠安馆》里秀贞的失女和寻女、妞儿与父母的离散和寻找父母自不必说；兰姨娘更是在亲人离散（被抛弃）后不断地寻找（新）家庭；《我们看海去》中的小偷儿在经历了家国离乱、家道中落以后，期盼着通过帮助有志气的弟弟离开故乡北京，“漂洋过海去念书”，实现光宗耀祖、重振家业的梦想，也不啻为另一种形式的“离家—归家”叙事；《驴打滚儿》中的宋妈迫于生计，离开嗷嗷待哺的子女来到英子家当奶妈和保姆，自己刚生下的“丫头子”却被丈夫狠心送给了别人，儿子则因无人照料而落水溺亡。——如此惨剧简直有些骇人听闻。在一些批判现实主义作家眼中，这或许是“为奴隶的母亲”们又一活生生的写照。但林海音并未将笔触进一步伸向暴露社会阴暗面的领域，却以儿童似懂非懂的道听途说叙述着这些悲剧的蛛丝马迹并点到为止，给读者以想象和回味的余地。相反普通人在苦难命运前的隐忍顽强、从容淡定则是作者刻意表现和讴歌的主题。

宋妈是贯穿《城南旧事》首尾的人物，但到了《驴打滚儿》才真正立体丰满起来。小说中几次写到宋妈的哭泣，每次都凸显出她性格的顽强和隐忍。即使是在遭遇了痛失一双儿女的重大人生变故之后，也依然保持着少有的沉着冷静，至多蒙着脸哭一阵子，“不敢出声儿”[①]。在那个年代，“乡下人”的命真苦，“乡下人”的命真贱，但“乡下人”的生命力真是坚韧顽强，“乡下人”的胸怀更是博大包容。被迫离别亲生儿女的宋妈把更多本能的母爱洒向了自己照看的小英子们的身上。小说以细腻的笔墨刻画了宋妈在亲生儿女与替主人家照顾的“养子”之间难以两全、无法割舍的爱。她第一次来到英子家试工，因奶量充足而被主人看中；在辞别自己的丈夫和女儿时却只能默默哭泣，

① 林海音：《城南旧事》，岳麓书社 2017 年版，第 106 页。

“背转身去掀起衣襟在擦眼泪，半天抬不起头来”[1]；作为保姆和奶妈，她像爱着自己亲生子女一样爱着主人家的几个孩子，恪尽职守，忠诚可靠。无论多么牵挂自己的一双被迫别离的儿女，她总是深藏着自己内心深处的感情，不在主人家面前表现出来。即使最后不得不离开英子家，临走前还替他们做好了最后一顿早餐，不忘叮嘱小英子：“好好念书，你是大姐，要有个样儿！”[2]她是多么舍不得主人家的这几个孩子！小说在此渲染的是一种城里人与乡下人、上等人与下等人、主人与仆人之间相互理解、互敬互爱乃至同舟共济的和合文化精神。

与周围几户人家的支离破碎或有着各种难言的隐痛相比，英子家要平静幸福许多，然而这种平静幸福随着爸爸的突然离世也戛然而止。“爸爸的花儿落了”，而我“也再不是小孩子”了。[3]爸爸的去世使得家里失去了最坚实的依靠，作为长女的“我”不得不承担起家长的部分责任。懂事并自觉到责任重大的“我”虽然失去了快乐幸福的童年，却也从此真正懂得什么是自立自强。作家还详细刻画了那样一位女儿眼中的父亲形象，他率性无伪，责任感强，思想进步而心系国家，喜欢花草更热爱生活，乐善好施且胸怀宽广，对子女更是集严厉与慈爱于一身。可惜这样一位家之顶梁、国之栋梁，却不幸英年早逝。小说字里行间洋溢着的是对父亲平生遭际、人格品行的理解与怀念。

成长往往伴随着分离。自婴儿从母腹呱呱落地，人就开启了分离的人生历程；到最后的衰老病死，更意味着永远的别离。人世间最大的悲伤，莫过于生离死别。但死亡带给我们的并不总是悲伤与哀痛，还有收获和希望。死亡与成长一样，都是不可抗拒的宿命。死亡既是生命旅程的归宿，或许也意

---

① 林海音:《城南旧事》，岳麓书社 2017 年版，第 102 页。

② 林海音:《城南旧事》，岳麓书社 2017 年版，第 114 页。

③ 林海音:《城南旧事》，岳麓书社 2017 年版，第 115 页。

味着另一段旅程的开始。逝去的童年固然值得怀念和留恋，成长途中同样充满亮丽的人生风景；尘世的日常生活当然令人眷恋无比，美好的未来和遥远的星空同样让我们神往不已。在成长途中一边频频回望童年，一边义无反顾地勇敢向前，坦然接受命运的一切挑战和安排，乃是蕴含于这部作品的一个深刻哲理。作家刻意将“爸爸的花儿落了”与英子的小学毕业典礼交织在一起展开叙述：“快回家去！快回家去！拿着刚发下来的小学毕业文凭——红丝带子系着的白纸筒，催着自己，我好像怕赶不上什么事情似的，为什么呀？”[①]英子的童贞稚气和明知故问，既渲染了悲剧突然降临时的抱憾与哀伤，又彰显出女主人公面对不幸的淡定和坦然，既表达了敢于面对现实的无畏勇气，又契合着小说整体上哀而不伤、怨而不怒、温柔敦厚的美学风格。英子童真未脱的告白：“我们是多么喜欢长高了变成大人，我们又是多么怕呢！当我们回到小学来的时候，无论长得多么高，多么大，老师！你们要永远拿我当个孩子呀！”[②]更将一种既渴望长大又留恋童年的孩童心理刻画得惟妙惟肖，道出多少人心中无尽的感喟。

作家在20世纪五六十年代的台湾创作这部作品时，正是海峡两岸紧张对立的特殊时代，也是台湾社会风雨飘摇的年代。她从台北遥（回）望北京，怀念着祖国大陆的江河湖海、山川草木，其中失父、失家的悲哀，不能不说跃然于纸上。家的破碎与国的分裂，家之悲与国之哀难分彼此地融杂在一起。但与当时台湾文坛上凄切沉痛的“怀乡文学”迥然有别，林海音以童稚的天然之爱、单纯之爱勾连起“父亲的家国”，最终超越了苦难，也超越了自己的时代。正如有学者所说：“一个作家能不能立足、能不能长远，与他

① 林海音:《城南旧事》，岳麓书社2017年版，第120页。

② 林海音:《城南旧事》，岳麓书社2017年版，第119页。

的作品能否超越时代背景有关。林先生的《城南旧事》写的是人类命运共同的东西，它是绝对经得起时代考验的。”[①] 这部童年忆旧之作，之所以会成为海峡两岸共同推崇的“北京乡土文学”的经典作品，与其中蕴含的“人类命运共同的东西”不可分割。

将林海音的《城南旧事》等“京味儿”作品放置于中国现当代历史变迁的整体脉络中考察，其文化和文学史意义会更加明显，她对“旧京繁华”、京腔京韵的诗化记忆，与老舍的《茶馆》等作品一起，为三四十年代和八九十年代以来的当代京味文学之间架构起一座宝贵的艺术桥梁。

第四节 20 世纪台湾文学中的南京书写

现代史上的南京总令人想起现代史上的民国：辛亥革命爆发后，孙中山于 1912 年元旦在南京宣布就任中华民国临时大总统，南京遂成为新生的中华民国的首都。但仅仅过了三个月，袁世凯在北京继任总统，南京的首都地位遂“夭折”；直到 15 年后的 1928 年，随着北伐战争的全面胜利，蒋介石才又重新将国都迁至南京。从 1928 年至 1949 年的 20 余年，无疑是中国内忧外患、战争风云密布和国共两党激烈纷争的时代，称得上中国历史中的“乱世”。然而那样的“乱世”却又是一个英雄辈出，自由奔放，大创造与大破坏、大危机与大变革并举的时代。当我们在太平盛世的今天重温那个热血和战火铸就的民国时代，与其说是在怀旧，不如说是在召唤一种与我们渐行渐

① 傅光明:《林海音：城南依稀梦寻》，大象出版社 2002 年版，第 56 页。

远的理想精神，一种超越功利算计却关乎民族国家的旧梦抑或新梦。南京与这种充满青春朝气的理想，有着太多剪不断、理还乱的复杂纠结。

半个多世纪以来的台湾文人作家，一直怀有一种痛切而深厚的“南京情结”。——那里有着他们自己和父辈太多的记忆、梦想与回味。本节试图以吴浊流的《亚细亚的孤儿》、白先勇的《台北人》和齐邦媛的《巨流河》为例，梳理和探讨三位作家笔下的南京体验和想象，并借此对他们共同拥有的“南京情结”做一初步探讨。

一、《亚细亚的孤儿》里的南京：匆匆过客的“家园之城”

吴浊流的《亚细亚的孤儿》创作于1943年至1945年期间，1946年在日本最初出版。作为不可多得的台湾文学经典之一，小说以主人公胡太明的人生经历为主线，穿插了他在台湾、祖国大陆及日本的不同见闻和体验，淋漓尽致地表现了日据时期台湾人民孤苦无依的悲苦情怀。整部作品一共分为五篇，其中第三篇详细描述了太明初到大陆后居住在南京的观感和体验。我们发现胡太明从上海“登陆”后，上海这座城市除了给他以光怪陆离的摩登印象外，并没有让他感到故国的特殊亲切感，“上海这个地方杂居着中国人、欧美人和日本人等各种民族”，形成的是“一个不协调的调和局面”。这里既有“口衔烟斗妄自尊大的西洋人”，也不乏“庸俗而略带小聪明的日本人”，更到处充斥着叫花子和“路边的病丐”，崇拜洋人的女人和若无其事地挽着游客“消失在黑暗中”的“神女”。[①]

① 吴浊流：《亚细亚的孤儿》，载中国现代文学馆编《吴浊流代表作》，华夏出版社1999年版，第92页。

相对而言，作为首都的南京则宁静祥和了许多，且以其深厚的历史底蕴将太明深深吸引。可以看出作家本人对于南京怀有深厚而特殊的情愫，小说中不时出现的“上海路”“书院街”“太平路”“健康路”“中山东路”等街道名称，足以说明他对南京的城市交通该是多么熟悉；而“苛园”“明星大戏院”等，如今恐怕只有老南京人才能心领神会了。作家不仅让胡太明在南京的各大名胜古迹中时时游走，明孝陵、鼓楼、北极阁、鸡鸣寺等，都让他流连忘返、陶醉其中；还让他马不停蹄地穿行于南京城的大街小巷，深入普通百姓的家庭内部，以局外人和新来者的眼光观察着南京市民的原生形态和生活情趣。无论是“紫金山巅的月亮”还是玄武湖畔的秋高气爽，都让他充分领略到大自然的美景，“比起台湾常见的那些丛山峻岭”，紫金山“的确巍峨得多了”，“这种山岳，只有在大陆上才能看得到的”。[①] 而胭脂井附近的台城古迹，则引发了他的无限感慨，像中国传统文人一样为之洒一掬同情泪。他时而与自己“梦寐难忘、深铭肺腑”的女子淑春一起泛舟玄武湖，渡过秦淮河，在五洲公园花前月下、卿卿我我，“在那黄沙弥漫的石霸街”携手散步；时而与友人到“景阳楼”品茗，纵谈国家大事；或者独自一人来到“福昌饭店六楼的一家咖啡室”小坐，将夫子庙的街景“尽收眼底”。[②] 总之，吴浊流笔下的南京具有一种天然而熟悉的“家常感”。作家既让胡太明像一个从容的游客那样，在对这座城市的“深度游”中细细品味它那独特的文化历史魅力，同时着意表现了太明像一名普通市民一样，对融入南京日常生活的渴望。可以看出他的确是想以此为“家”的：他在南京不仅收获了真诚而丰富的友谊，

---

① 吴浊流:《亚细亚的孤儿》，载中国现代文学馆编《吴浊流代表作》，华夏出版社 1999 年版，第 90 页。

② 吴浊流:《亚细亚的孤儿》，载中国现代文学馆编《吴浊流代表作》，华夏出版社 1999 年版，第 124 页。

还收获了爱情与婚姻，组建了自己的小家庭；一度找到了适合自己的工作：任教于一所“模范女子中学”。“当春风开始吹佛的时候，他跟学校和学生都已经混得很熟了。”[①]

太明与淑春两人相爱一个多月后便宣告结婚，“在太平路附近筑了新居”。婚后的太明一度沉浸在“幸福的满足”中，“宛如置身于温泉中”不能自拔。[②]虽然小说中的胡太明与几位女性都先后发生了情感纠葛：早在家乡的乡间学校任教员时，他就既感受到家乡女子瑞娥的朦胧爱意，却又被时尚性感的日本女孩久子“迷惑”，并因向久子表白爱意遭到拒绝而自感被深深“伤害”；到日本东京留学时又属意房东女儿鹤子，终因与久子“恋爱失败的教训”而不敢再做“进一步的发展”。但与他面对日本女性的胆怯和自卑态度形成鲜明对照，也与他对家乡女子瑞娥的不屑一顾迥然有别，他对淑春这类“所谓典型的苏州美女”却既爱慕又能平等交往，并满怀自信地该出手时即出手，一改其在台湾和日本女性前的自负或自卑。

笔者甚至认为，只有当胡太明来到南京，在南京生活的这段时间，他才真正找回了自我，也找到（当然也切实享受到）了渴盼已久的爱情，找到了心目中的“家”。细读小说中涉及南京的这一部分文字，其行文风格也比其他几章显得从容平静。胡太明只有在身处南京之时，才真正从心底发出了“人生的幸福就是健康，以及和志趣相投的可爱女性过着和平的生活”[③]一类感喟。小说中描写道，他也像南京人那样穿起了传统中国人的长袍，感觉“精神似

① 吴浊流：《亚细亚的孤儿》，载中国现代文学馆编《吴浊流代表作》，华夏出版社 1999 年版，第 101 页。

② 吴浊流：《亚细亚的孤儿》，载中国现代文学馆编《吴浊流代表作》，华夏出版社 1999 年版，第 113 页。

③ 吴浊流：《亚细亚的孤儿》，载中国现代文学馆编《吴浊流代表作》，华夏出版社 1999 年版，第 103 页。

乎也有些不同了”，在街上行走的时候，也不再有人像以前那样盯着他看，“使他觉得自己已变成和他们同样的伙伴”。[①]可以想见如果没有后来的时局动荡等原因，胡太明是做好了在南京安家落户的长期计划和打算的，他是要以此作为自己的归宿的。

但幸福的美梦总不能长久，婚后不久胡太明就感觉到了“淑春的转变”。两人最先发生的争执，是由妻子“在金陵大学毕业以后”何去何从的问题而起。太明希望淑春“以主妇的身份”专心料理家务，而淑春作为一名接受过新式教育的现代女性，却坚决主张“到社会上去谋生”，甚至明确向太明申明：“我是不愿意受家庭束缚的，结婚并不是什么契约，我不能因婚姻而失去自由啊！”[②]以今天的眼光审之，很难认定淑春这些“偏激的意见”有什么过错，她对丈夫将自己视为“订立长期契约的娼妇”的指责，也并非全无道理。其实太明本人也感觉到自己“已经算是旧时代的人物”了，脑子里装的还是“封建思想”，可惜他缺乏必要的自我反省和批判，因而丧失了自我改进的能力；更重要的是，身为丈夫的太明对妻子缺乏包容、理解和信任，相反却时时被狭隘的嫉妒心理控制：妻子在自家与人打麻将，因为“不愿打牌”而躲到卧室里“去睡了”的太明却“怎么也睡不着”，耳朵里充斥着的是“不知自爱的妻那种令人心惊肉跳的放荡的笑声”。这里的“心惊肉跳”“放荡”等词语，从另一角度不恰恰折射出太明的“神经过敏”？妻子带他去舞厅跳舞，太明却无法容忍“自己妻子那妖冶的胴体，在每个男人的怀抱中，依旧交换着

① 吴浊流：《亚细亚的孤儿》，载中国现代文学馆编《吴浊流代表作》，华夏出版社1999年版，第96页。

② 吴浊流：《亚细亚的孤儿》，载中国现代文学馆编《吴浊流代表作》，华夏出版社1999年版，第113页。

和他们共舞”[①]。凡此种种，足以折射出太明高度以自我为中心的大男子主义倾向，才是夫妻两人之间感情裂痕越来越大的主要原因。两人婚姻悲剧的发生，与其说责任在身为妻子的淑春一方，不如说更多地在丈夫胡太明这里。先是因为胡太明被淑春的美貌征服而神魂颠倒，过于草率地与之结合；后又因太明在婚后发现与自己先前的爱情理想不完全一致，而瞻前顾后、左顾右盼，对妻子心生怨愤和厌弃之心，致使两人离心离德，最后到了婚姻崩溃的边缘。

借鉴男权主义抑或女性主义视角稍加审视便可发现胡太明作为一名（台湾）小知识分子对淑春的始乱终弃，充分暴露了他那软弱自私、优柔寡断的性格缺陷。至于太明在中日战争全面爆发的前夜，由于自己的台湾人身份而被国民党警察以存在“间谍”嫌疑秘密软禁，虽然可视为大陆当局对台湾同胞的怀疑和不信任，从而对太明这类满怀报国热情而投奔到祖国大陆的台湾志士劈面浇了一盆冷水，但倘若对大敌当前的特殊战争环境稍稍了解，不难发现其中也有不少情有可原或不得已而为之的苦衷。在“幽禁”等章节中，作家既渲染了胡太明被国民党特务监禁时那“阴森恐怖的气息”，也突出了负责审讯他的那位“高级特勤科长”的“绅士风度”，太明向他倾诉了自己“对于中国建设的真情”，科长则被太明的拳拳爱国之心感动，并且相信太明不是日本间谍，“但是我无权释放你，这是政府的命令，我是不得不扣留你的”。[②]人生有时终究逃不过理与法、法与情之间的冲突。胡太明最终在女学生素珠的冒险帮助下成功越狱，则为小说平添了不少浪漫传奇的色彩。他与素珠之间的诗书暗语和传情，足以令人回味无穷。胡太明此时的被囚禁，与后来被

---

① 吴浊流：《亚细亚的孤儿》，载中国现代文学馆编《吴浊流代表作》，华夏出版社 1999 年版，第 117 页。

② 吴浊流：《亚细亚的孤儿》，载中国现代文学馆编《吴浊流代表作》，华夏出版社 1999 年版，第 119 页。

日本殖民当局强征入伍及皇民化高压时期的精神崩溃是有天壤之别的。只是他的这次入狱经验彻底阻断了太明长做南京人的梦想，他原本是要以此为家的，却终究只是这座古老都市的一名匆匆过客。

然而作家以胡太明的视角，对于淑春这类生活于南京的新潮进步女性的审视，也不能说全无道理。我们发现淑春一方面真诚而热切地追逐着社会上的一切新思想和新观念，头头是道地谈论着“新生活运动”“男女平等”“妇女解放”等时髦口号，另一方面对于“新生活”的理解其实是相当狭隘和浅薄的：除了打牌、跳舞等新旧享乐方式之外，就是走上街头组织群众运动。而她生完孩子、恢复体力后，便把孩子交给女佣看管，甚至连报纸掉在地上都懒得捡起，家务完全依赖女佣，完全是旧式贵族小姐的派头；她最热衷的乃是在群众游行中抛头露面，高呼“打倒日本帝国主义”“抗战救国”一类口号，或者发表即兴演说。在太明看来，妻子的演说“除了带着强烈的煽动性以外，丝毫没有什么内容，那仅是由许多武装的词句堆砌而成的‘感情论’而已”。然而这些貌似慷慨激昂的口号与煽动性话语，却大受群众的欢迎。太明诧异于像妻子这类“不仅毫无军事常识，就连自己国家的军备情形也一无所知”的浅薄女性，居然也能“高唱主战论”。为此深感忧虑的他甚至想到“历史上的那些欺诈行为，实在是由于大多数民众太愚蠢所致”[①]。与之迥异的则是一些“看准形势”的高层官员极力散布失败主义和投机情绪：“中国迟早逃不出灭亡的厄运，既然迟早要灭亡，为什么不趁未灭亡以前，彼此多做几笔生意呢?”[②] 持投机主义态度的官员如此，“识时务”的普通人同样如此，“为

① 吴浊流:《亚细亚的孤儿》，载中国现代文学馆编《吴浊流代表作》，华夏出版社 1999 年版，第 125 页。

② 吴浊流:《亚细亚的孤儿》，载中国现代文学馆编《吴浊流代表作》，华夏出版社 1999 年版，第 129 页。

了将来的饭碗问题，不如趁早学一些日语”，已成为不少南京人的“共识”。于是大敌当前的南京城内，竟然涌现出前所未有的“日语热”，其中既有为了抗日斗争的需要而对日语的强化学习，也不乏暗暗做好充当“顺民”准备的人们加紧了学习日语的步伐。——被怀疑为“日本间谍”、实际不过是“守旧者”和“过客”的台湾人胡太明，对抗战前夕南京城内种种乱象的观察，或许只是吴浊流的“小说家言”，然而直到今天依然不无警醒意义。

二、《台北人》中的南京：失落了荣华旧梦的“天堂国都”

笔者曾在《溯梦“唯美中国”——论白先勇〈台北人〉的经典意义》一文中提到，白先勇笔下的那群“台北人”，其实是被迫从大陆流离到台北的一群“台北客”。他们昔日在中国大陆一个个享受着无与伦比的青春和浪漫、荣耀与奢华，但沦落到台湾这座“孤岛”之后，却一个比一个穷困潦倒，甚至陷入穷途末路的可悲境地。而无论是他们朝思暮想的亲人和恋人，还是热血澎湃的理想与追求，乃至整个人生的存在价值和意义，都统统留（准确的是“埋葬”）在了海峡对岸的祖国大陆。[①]他们暂时“寄居”在台北这座完全格格不入，也不属于他们的城市，不过徒具生命的空壳而已。——或者凭借对当年在祖国大陆荣华生活的回味和缅怀而聊度余生；或者怀抱一丝重返故园、亲人团聚的幻想，勉强支撑着自己伤痕累累的心灵。而当这幻想的泡沫彻底破灭之日，也就是他们精神崩溃、生命终结之时。

《台北人》中大大小小的人物虽然分别来自祖国大陆的不同地区和省份，

---

① 参见拙文《溯梦“唯美中国”——论白先勇〈台北人〉的经典意义》，《中国现代文学研究丛刊》2013 年第 9 期。

但作者提及最多的却是南京、上海和桂林这三座城市。对它们的描述和回想，也典型地体现出作家白先勇的故国情思和家国情怀。桂林是白先勇的故乡，他在这里度过了生命最初的七年；1945 年抗战胜利后，白先勇曾随父母到南京短期居住，不久又定居上海（1946—1948）。而相对于上海这座最能直观地折射出现代中国社会动荡变迁的摩登都市，作为古老都城的南京与当时国民政府抗战胜利后凯旋“还都”的欢乐气氛融为一体，对于仅仅九岁的白先勇而言，更像是难忘的惊鸿一瞥。纵览《台北人》中的十四篇小说，涉及南京或以南京为叙事背景的作品，至少有《一把青》《思旧赋》《秋思》《游园惊梦》《国葬》等。在白先勇这里，南京是一座梦幻之城、天堂之城，也是一座历史之城、记忆之城，是永远的心灵家园，是一座美轮美奂却再也回不去的仙境般的“国都”。

小说《一把青》开篇，便是“抗日胜利，还都南京”那一年，叙述者“我”作为一名“中下级空军”的眷属，从闭塞偏僻的四川“骤然回返那六朝金粉的京都”，“到处的古迹，到处的繁华，一派帝王气象，把我们的眼睛都看花了”。[①] 抗战胜利后的南京呈现出一派朝气蓬勃、欣欣向荣的繁华气象。作为这座都市时尚标志之一的，便是那些偶尔出现在城市街头的英姿勃发的飞行员。他们既是让人仰慕的战功赫赫的国家英雄，又是令人侧目的时尚前卫的新潮一代。他们常常身穿“美式凡立丁空军制服”，手上挽着一个打扮入时、花枝招展的年轻姑娘在城市街头“摇曳而过”，为这座城市平添了不少亮丽的风景。经历了艰苦卓绝的十四年抗战，这些战斗英雄可谓苦尽甘来，到了该享受胜利果实和爱情滋味的时候了。小说女主人公朱青便是在这样难得的时代际遇中，结识了年轻有为的飞行员郭轸，两人一见钟情，不可救药地

① 白先勇：《一把青》，载《台北人》，上海文艺出版社 1999 年版，第 17 页。

坠入爱河并结为眷属。可惜不久国共内战爆发，郭轸所在的飞行大队被派往前线，不幸在“民国三十七年的冬天”机毁人亡。郭轸的死亡彻底改变了朱青的人生轨迹，让她脱胎换骨并失去了心灵的寄托。小说通过“南京时期”和“台北时期”两个截然不同的时空，刻意营造了性格对照鲜明的两个朱青形象：一个是发育尚未完全的少女，羞怯青涩的同时也透露着青春可爱的纯情；另一个是成熟妖娆、“爱吃童子鸡”的风骚女人，在听天由命、随遇而安、处变不惊的同时，也沦落为麻木不仁、放纵肉体享乐的行尸走肉。从“南京”到“台北”的时空转换，俨然成为从精神到肉体、从“天堂”到“炼狱（或者说地狱）”的跌落。其中最触目的对比，便是朱青同样在得知丈夫或恋人死亡噩耗时截然不同的反应。南京时期的她听到郭轸飞机失事的消息，第一反应便是无法接受这一事实，“她抱了郭轸一套制服，往村外跑去，一边跑一边号哭，口口声声要去找郭轸。有人拦她，她便乱踢乱打，刚跑出村口，便一头撞在一根铁电线杆上，额头上碰了一个大洞”[①]；但多年后在台北面对恋人小顾的死亡，朱青却是出奇的平静。从当年的痛不欲生到此时的轻描淡写、处变不惊，朱青的“身心剧变”不知是让人欣慰还是令人寒心。

如果说朱青在纸醉金迷的生活中麻木了肉体和神经而“乐不思蜀”，她与《永远的尹雪艳》中“总也不老”的尹雪艳一样，都给人一种“商女不知亡国恨，隔江犹唱后庭花”的沉痛感，那么呈现于《思旧赋》《秋思》等作品中的台北与南京之间的今昔对比，则被刻意地将个人命运的失意凄凉与国破家亡的悲哀融汇交织、彼此映照，进一步加深了作品的悲剧苍凉意味。《思旧赋》中曾经戎马生涯、显赫一时的李长官，晚景却不胜凄凉，李家大小和仆人们“死的死，散的散”：妻子逝去，儿子痴呆，女儿与人私奔，仆人们则四散而

---

① 白先勇:《一把青》，载《台北人》，上海文艺出版社 1999 年版，第 26 页。

去。曾经轰轰烈烈的美好时光，如今却只能存活于记忆和回味中。那座位于台北“南京东路一百二十巷”的李公馆，简直就是家族衰颓和破败的活标本：作为“整条巷子中唯一的旧屋”，与周围“新式的灰色公寓水泥高楼”相比，实在有些触目。李宅破烂的房屋顶上那一片片残缺的瓦片，那一簇簇从屋檐缝隙中长出的野草，以及大门上“锈黑的铁座子”，无不在诉说着房屋主人的落寞和失意。两位老女仆——罗伯娘和顺恩嫂在这座几近废墟的园子里的闲话对谈，则很容易使我们想起“白发宫女在，闲坐说玄宗”的古人诗句。只是她们谈论的不是传说中的玄宗，而是昔日的南京：

> 二姊，你还记得我们南京清凉山那间公馆，花园里不是有许多牡丹花吗?
>
> “有什么记不得的?”罗伯娘哼了一下，挥了挥手里的抹布，“红的、紫的——开得一园子！从前哪年春天，我们夫人不要在园子里摆酒请客，赏牡丹花哪? ①

当年“南京清凉山那间公馆”的春意盎然、万紫千红，与今日台北城内这座李宅的杂草丛生、人丁凋敝，自然是今非昔比。从南京到台北，失去的不仅是荣耀与光华，还包括青春与活力、梦想和希望。而牡丹、芍药、菊花一类鲜花意象的运用，足可见出白先勇非常善于通过它们切入古老中国的审美传统，与古人一再抒发的容颜易老、青春易逝、烈火油烹之荣华富贵，转眼便成空的凄凉人生况味交相辉映。

同样在《秋思》中，华夫人身处台北的自家花园，嗅着眼前“一捧雪”

① 白先勇：《思旧赋》，载《台北人》，上海文艺出版社 1999 年版，第 84 页。

菊花的芳香，脑海里浮现的却是抗战胜利后与丈夫在南京久别重逢、“班师回朝”时的盛大景象：那年秋天，“日本鬼打跑了，阳澄湖的螃蟹也肥了，南京城的菊花也开得分外茂盛起来”，一身戎装、英姿勃勃的丈夫“带着他的军队，开进南京城”，那是何等的意气风发！她更忘不了当年与丈夫手挽手走进南京住宅那座开满菊花的花园，“满园子里那百多株盛开的‘一捧雪’，都在他身后招翻得像一顷白浪奔腾的雪海一般”[①]。而同样是“一捧雪”这样的菊花名种，台北住宅里的菊花却已有不少腐烂死去，散发着死亡的腥臭气息；南京花园里的菊花则永远灿烂辉煌，因为它们始终与青春、光荣和梦想相连。——只存在于记忆和怀念中。

将“南京”与“台北”的“天壤之别”演绎得最为淋漓尽致的，当然非《游园惊梦》莫属。这篇小说不像《一把青》那样，将女主人公的人生分为“南京”与“台北”两个截然不同的时空，但作家笔下的这群贵妇人身处台北却依旧沉浸在过去的“南京时代”。他们魂牵梦萦的，始终是以“南京”为中心的故国、故园和故乡里的亲人与恋人。“南京”不仅是贯穿小说首尾的一个中心意象，而且整篇《游园惊梦》都可以说笼罩在南京的阴影之下。他们在台北的生活充其量只是徒具其“形”，“南京时期”的青春年华和荣华富贵才是真正的“神”；在今日落寞怀旧的“钱夫人”与当年“风头正盛”的“蓝田玉”之间，在“窦夫人”与“桂枝香”之间，在眼前殷勤劝酒的“程参谋”与当年让蓝田玉“只活过那一次”的“郑参谋”之间，是一种典型的“形”与“神”、“空壳”与“内核”、“衬托”与“被衬托”的截然分野。离开了“南京”及其背后的文化历史传统和艺术渊源，当然就无法准确把握这篇小说的真正内涵。

---

① 白先勇:《秋思》，载《台北人》，上海文艺出版社 1999 年版，第 141 页。

小说一开始，女主人公钱夫人坐计程车应邀来到窦公馆。当接待她的老侍从刘副官讲着一口苏北口音与其叙旧之时，钱夫人便立刻想起：“对了，那时在南京到你们大悲巷公馆见过你的。”[①]这一两句短短的问候之语，已为勾起钱夫人对南京往事的回忆埋下了伏笔；紧接着钱夫人的着装再次涉及“南京”：时隔多年后的她依然穿着那件“墨绿杭绸的旗袍”，她念念不忘的是“这份杭绸还是从南京带出来的呢”，虽然已经陈旧得“发乌”，但她总舍不得在台北当地买件新的将其换掉，因为“台湾的衣料粗糙，光泽扎眼，哪里及得上大陆货那么细致，那么柔熟？”[②]在突出强调钱夫人对“台湾衣料”的“偏见”之余，刻意表现的是她内心深处不可抑制地对“南京往事”的怀旧；而钱夫人与宴请他们的窦公馆女主人公窦夫人刚一见面，就从窦夫人“果然还没有老”的相貌容颜中，联想起“临离开南京那年，自己明明还在梅园新村的公馆替桂枝香请过三十岁的生日酒”[③]一类旧事。之后钱夫人及其周围人们的一言一行、一举一动都与“南京”息息相关：钱夫人的丈夫钱鹏志是因为在“南京夫子庙得月台”听了她的《游园惊梦》，才将她收为“填房夫人”的。遥想当年在南京，谁人不知“梅园新村的钱夫人”？“南京那些夫人太太们，能僭过她辈分的，还数不出几个来。”[④]而作为“昆曲梅派正宗传人”的她，想当年又是怎样的艺压群芳、独占鳌头！只是当年的“蓝田玉”如今已是美人迟暮，荣华不再。时光匆匆，斗转星移之间，一切都成了过眼烟云。作为落寞贵妇的钱夫人，甚至对那些“个个旗袍的下摆都缩得差不多到膝盖上去”的旗袍款式都看不“入眼”，并勾起她对昔日“南京”的留恋与怀念：

① 白先勇:《游园惊梦》，载《台北人》，上海文艺出版社 1999 年版，第 150 页。
② 白先勇:《游园惊梦》，载《台北人》，上海文艺出版社 1999 年版，第 152 页。
③ 白先勇:《游园惊梦》，载《台北人》，上海文艺出版社 1999 年版，第 154 页。
④ 白先勇:《游园惊梦》，载《台北人》，上海文艺出版社 1999 年版，第 161 页。

"在南京那时，哪个夫人的旗袍不是长得快拖到脚面上来了？"[1]

在"台北"与"南京"之间，呈现出的是无所不在的今不如昔。昔日的南京埋葬了钱夫人这类贵妇所有的光荣与梦想、所有的美好青春与恋情，今日的钱夫人早已失魂落魄，这岂不是她再也无法像在南京得月台时那样，以吴音软语演唱昆曲《游园惊梦》的真正原因？

永远的南京！永远的天堂！历史上的南京既孕育了中国文人心中最诗意也最惬意的生活方式，又因经历了太多的兴亡更替而成为人们抚今追古、感慨万千的对象。南京及其背后的吴越文化地域，曾一度兴起最辉煌灿烂、典雅瑰丽又从容淡定的东方文明，也曾造就中国历史上最优美雅致的贵族文化传统和审美艺术形式。但这种充满诗意的贵族文化传统，因为常常与女性化的阴柔难以切割，所以在历史上它面对一次又一次北方"莽汉"和"蛮夫"们的野蛮强暴和征服，始终难以"保全其身"。然而在遭受一次又一次的"屠城"和"屠杀"之后，南京依旧巍然挺立。它既是一座荣耀之城，也是一座伤心之城；既是一座苦难之城，也是一座坚韧之城、幸福之城。它在一代代文人的惬意舒适或忧伤感喟中，在"流水落花春去也"的喟叹与"潮打空城寂寞回"的凄凉唱和中，建构起中国文化和文学最为深厚悠久的诗意与唯美精神。白先勇的《游园惊梦》便是将这一兴亡感喟、怅惋人生的艺术传统，借助西方意识流等现代派手法发挥到极致的代表性作品之一。

戏如人生，人生如梦！南京便是这样一个意味深长的"失落之梦"。失落的南京，失去的天堂！而当"家亡"与"国破"融为一体、世事无常与"黍离之悲"彼此交融的时候，这种感伤美学往往体现出中国文艺的最高境界。从《游园惊梦》中的钱夫人到《秋思》里的华夫人，她们心中年轻英俊的

---

① 白先勇：《游园惊梦》，载《台北人》，上海文艺出版社 1999 年版，第 158 页。

“白马王子”都与南京融会在一起。钱夫人心中的“白马王子”，不仅“马是白的”，“路也是白的”，而且“到中山陵的那条路上两旁种满了白桦树”[①]；还有《国葬》中的老义仆秦义方，在参加“李故将军一级上将浩然”的葬礼时，眼前浮现的也是“抗战胜利，还都南京那一年”，李长官到南京紫金山中山陵谒陵的景象。——无论如何，南京都是心之所向、魂之所系的所在。然而，如同曾经的荣华早已不再，曾经的南京，他们同样再也“回不去”了。

三、《巨流河》里的南京：青春永驻的“精神之城”

不同于吴浊流的《亚细亚的孤儿》和白先勇的《台北人》，齐邦媛的《巨流河》是一部带有个人回忆性质的长篇纪实文学。该书于2009年由台湾天下文化出版有限公司出版发行，2011年由北京生活·读书·新知三联书店出版了简体本，并在海峡两岸产生了不小的反响。如同以虚构为标志的小说往往能更为深刻地揭示出社会历史的真实一面，以“纪实”或“写实”为旗帜的“记忆文学”，也难免会融入虚构想象的成分。而正因为有了这些真真假假、虚虚实实地交织在一起的“记忆”抑或想象，原本苦难深重、不堪回首的历史，由此变得更加有滋有味、生动活泼、多姿多彩起来。齐邦媛在《巨流河》中反复抒写的那个令她刻骨铭心、无法忘怀的“南京”，是与父亲及永远的精神家园、初恋情人和令人神伤的少年情怀不可分割的。南京留下了她最难忘的童年记忆和爱情传奇，同时也埋藏着她最引以为憾的青春梦想。

《巨流河》中首次提到南京，是1930年年初“我”随母亲、哥哥和姥爷从沈阳坐火车经过三天两夜的长途跋涉，辗转北京等城市，最终抵达当时

① 白先勇：《游园惊梦》，载《台北人》，上海文艺出版社1999年版，第171页。

的中华民国首都南京，与久别的父亲团聚：火车在“浓郁的白色蒸汽里”驶进南京下关火车站，透过雾气他们看到站在月台上等候着的父亲，乃是一位“英俊自信、双眼有神的陌生男人”，他那笔挺的身姿和刚毅的神情，近乎完美地体现了少女齐邦媛心中的“理想父亲”形象。与之相比，父亲要迎接的那位他“十九岁时被迫迎娶的妻子”，以及妻子身边“两个穿崭新棉袍的乡下孩子”，却显得“土气”并拘谨。他们以胆怯和迟疑不安的目光，打量着眼前这个陌生的男人，怀着前途未卜的忧虑注视着父亲背后那座巨大而现代的“南方大城”。置身于这座大城的茫茫人海，陌生的父亲无疑成了唯一的依靠和“孤注一掷”般的寄托。但也恰恰是父亲使他们拥有了一个温暖幸福的家，使得南京成为作者心目中“最接近故乡的地方”[①]。

父亲没有辜负他们的寄望，他既高大伟岸又温和平易，既威严正直又体贴入微。对于从东北乡下投奔自己的妻儿，他没有任何的嫌弃。父亲像坚石一样的存在给了一家大小难得的幸福感。——听着隔壁父亲温和沉稳地对母亲“轻声细语”的说话声，年幼却已早早懂事的“我”便能安然入睡。[②]父亲对于子女更是教导有方并以身作则。他乘车在工作途中看到脚踩进泥泞不能自拔的女儿，“他叫司机出来把我的鞋从泥里拔出来给我穿上”，却不让孩子搭坐自己的公务车去上学；甚至连带有“机关头衔”的公务信纸，他也绝不让子女私用：“一则须知公私分明，再则小孩子不可以养成炫耀的心理。”[③]父亲还告诫年幼的邦媛绝不可撒谎。父亲的教诲令“我”终身受益，“使我一生很少说谎”，“即使要跟人家说一点善意的谎话，都很有罪过感”。[④]

---

① 齐邦媛:《巨流河》，生活 · 读书 · 新知三联书店 2011 年版，第 158 页。

② 参见齐邦媛《巨流河》，生活 · 读书 · 新知三联书店 2011 年版，第 13 页。

③ 齐邦媛:《巨流河》，生活 · 读书 · 新知三联书店 2011 年版，第 13 页。

④ 齐邦媛:《巨流河》，生活 · 读书 · 新知三联书店 2011 年版，第 14 页。

齐邦媛笔下的父亲富有学养、满怀识见、更敢作敢为、勇于担当。[①]无论是年轻时的他先后赴日本东京和德国柏林求学，在异国他乡寻求救国救民之良药；还是学成回国后戎戈铁马，驰骋于北中国的苍茫大地；乃至在民族危亡之际挺身而出，“夹着脑袋”深入东北沦陷区，秘密联络抗日志士，无不显示出他为了国家民族而勇于赴汤蹈火的大无畏英雄气质。尤其值得称道的是，父亲不仅有着钢铁一样的意志，他不畏权势、仗义执言、敢于“犯上”，还具有非同寻常的远见卓识。早在德国留学时期，他通过博览群书和比较中西近代历史而觉悟到：“只有真正的知识和合理的教育才能够潜移默化拯救积弱的中国，而不是激动热情的群众运动。不择手段只达目的的革命所遗留下的社会、文化问题需要更多的理性解决，才能弥补。”[②]基于这样的识见，他在风雨飘摇的国难当头，更加痛切地认识到教育的重要性。经多方筹措，于1934年在北平报国寺创办了“国立中山中学”，两年后（1936）因局势动荡而搬迁至南京郊外的板桥镇。全面抗战爆发后，又随国民政府离散到四川、广西等地，颠沛流离却始终弦歌未绝，不仅接济和培养了大批从东北流亡到内地的贫家子弟，也为当时的抗战培养了不少英雄义士，而这一切都离不开父亲的不懈努力。女儿眼中的父亲已近乎一个不朽的英雄、一个永恒的传奇。父亲的一生当然并非一帆风顺，他有过振臂一呼铤而走险的激流勇进，也有过孤注一掷起兵失败后亡命天涯的悲怆，但历经动荡和危亡变局，父亲依旧像一座小山巍然挺立，成为支撑起家国大业的中流砥柱。只要“父亲”在，女儿的“家国”就在，心灵的依靠也在，心中的理想乃至信仰就不会消失。这是“女儿”齐邦媛的幸运，也是那一代文人知识分子的幸运。当年齐世英参与筹

---

① 参见齐邦媛《巨流河》，生活·读书·新知三联书店2011年版，第14页。

② 齐邦媛：《巨流河》，生活·读书·新知三联书店2011年版，第15页。

划的郭松龄针对张作霖的倒戈兵变，对于“改变东北命运”所起的作用，史家自会有不同的看法，然而一群年轻人的热血澎湃，抑或头脑发热，图谋大计的个人雄心和救国救民的一片热心（当然也可以说成一种自我想象）之间的错综交织，却是不争的事实。

齐邦媛刻意塑造的“父亲”的高大形象，不仅颠覆了1949年后大陆读者心中长期固定的卑劣猥琐的“国民党反动派”的刻板印象，也与民国时期招致民怨沸腾的贪污腐败的国民党高官，以及台湾乡土作家笔下的那些趾高气扬、专横跋扈、招摇撞骗的国民党“接收大员”迥然有别。不过也许更值得追问的是：历史为什么没有按照齐世英这类知识分子愿景中的方向前进？或者像齐邦媛父亲那样清廉且有远见的国民党高官，为什么终究只能无力回天、抱恨一生？

“南京”既然与“父亲”融为一体，也就自然而然地隐喻了新生和希望，代表了“蒸蒸日上的新中国”。因而齐邦媛笔下的南京几乎囊括了一切美好的事物，南京的一切也都充满了“新气象”。连他们家当年租住的“新房子”对面的高大槐树，一到初夏便盛开的那一串串“淡黄色的香花”，也成了她“终生的最爱”；每天早上他们去“鼓楼小学”上学沿着的新修的“江南铁路铁轨”，也给她以新奇或焕然一新的美好印象。[①] 更让作者记忆深刻的，是南京中央政府倡导的“新生活运动”和“全民建设新中国”的号召。当时的南京大街小巷到处贴满了“不许吐痰”“振作图强”的“新生活运动标语”，身为南京小学生的作者还曾积极响应过政府的号召张贴过这些标语，见证了南京城的“旧貌换新颜”。齐邦媛关于南京的童年记忆，当然不乏苦难和不幸，1934年她患了严重的肺病，一度生命垂危。在医生的建议下她被送到一家德

① 齐邦媛：《巨流河》，生活·读书·新知三联书店2011年版，第28页。

国人开设的“北平西山疗养院”。她在那里目睹了许多病友的死亡，感受到前所未有的孤独和痛苦。——肺病当时作为不治之症带给人的身心痛苦，可以从鲁迅、白先勇等人那里略见一斑。在小小的邦媛的记忆中，每当有病友逝去就会有工人在其病房中撒上石灰，因而她称为“撒石灰的童年”[①]。但这“撒石灰的童年”也是与南京无关的，或者因为远离父母、远离南京，至少被作者有意无意地与记忆中的“南京”实施了切割。

作者笔下的南京简直可以说是新生的“中华民国”的一个“肉身”原型：

> 一九二八到一九三七年以南京为首都的中国充满了希望，到处都在推动新建设。那段时期，近代史上有人称为“黄金十年”，日本有正式记录提到，军方主张早日发动战争，不能再等了。因为假如现在不打中国，待她国势强盛起来，就不能打了。[②]

不能否认，当时“以南京为首都的中国”的确生机盎然，但“到处都在推动新建设”的与其说是全中国，不如说仅仅限于南京等中心城市。而当年南京中央政府积极倡导和大力主张的“全民建设新中国”，不知是否尽数囊括了西北荒野地区那些饥寒交迫的人？或者虽在理论上包含在实践中难以顾及？总之地域和地区发展的不均衡，无疑是当时的国民政府难以破解的困境之一。尤其是东南沿海地区的富庶繁华与西北地区的破败萧条、南京等少数大城市的蒸蒸日上与广大农村地区的困顿停滞形成的反差，简直太过强烈。

南京之所以让齐邦媛如此魂牵梦萦，还因为那里埋葬着她的初恋情人，

---

① 齐邦媛:《巨流河》，生活·读书·新知三联书店 2011 年版，第 29 页。

② 齐邦媛:《巨流河》，生活·读书·新知三联书店 2011 年版，第 28—29 页。

她心目中的青春偶像张大非。根据作者记述，张大非的父亲因为在担任伪“满洲国”的沈阳县警察局局长期间，接济地下抗日人士而“被日本人在广场上浇油漆烧死”，一家八口四散逃亡。他从东北辗转流离到内地，看到报国寺旁“庙门上贴着‘国立中山中学’招收东北流亡学生的布告”，经过考试选拔后被录取，“食宿一切公费，从此有了安身之所”。[①] 对于张大非等孤苦无依的流浪儿而言，父亲创办并任校长的中山中学，绝不仅仅是一个暂时的栖身之地，而已凝聚为一个血泪相连的大家庭。一个个像张大非这样无家可归的少年，在这里得到了世间少有的关爱、同情和尊重，并成长为报国杀敌的战斗英雄。张大非的不幸身世和经历也深深拨动了身为校长千金的“我”的特殊心弦：“我永远记得那个寒冷的晚上，我看到他用一个十八岁男子的一切自尊忍住号啕，在我家温暖的火炉前，叙述家破人亡的故事——和几年前有个小男孩告诉我他爸爸的头挂在城门上一样悲惨。”[②] 不过仅仅只有怜悯和同情，并不足以赢得邦媛这类（知识）少女的芳心；吸引“我”的也不单是张大非那特有的“忧郁温和的笑容”和在落寞中的“和平”与“宁静”，最主要的是他将上帝的福音带到了“我”身边。原来张大非在流亡期间曾被一所教会学校收留，在那里他可以“尽情求告一个父亲的保护和爱”，于是一无所有的他信奉了基督教。浸润于基督教的文化海洋，他那无依无靠的心灵才渐渐获得了安详和宁静，并孕育出一种坚毅勇敢的精神品格。“有一次，他带来他自己的那本小小的、镶了金边的《圣经》给妈妈和我看，说这是离家后唯一的依靠。”[③] 从此，那本小小的《圣经》连同张大非这个人，便对“我”产生了特殊的吸引力。

---

① 齐邦媛：《巨流河》，生活 · 读书 · 新知三联书店 2011 年版，第 39 页。

② 齐邦媛：《巨流河》，生活 · 读书 · 新知三联书店 2011 年版，第 39 页。

③ 齐邦媛：《巨流河》，生活 · 读书 · 新知三联书店 2011 年版，第 39—40 页。

尽管涉及张大非的文字在书中并未占很多篇幅，但我们依然可以发现张大非与“父亲”一样，是贯穿整部《巨流河》的灵魂人物之一。张大非不仅与“父亲”相关——父亲创办的学校收留并培养了他，他也将爱与温暖回报给了他们。——更与伟大的“天父”相连。我们发现张大非在每个最迫切需要的关键时刻，都能及时出现在邦媛的身边：南京板桥时期，有一次“我”跟随“哥哥和七八个同学”去牛首山郊游，却被远远地落在了后面。正当她“在半山抱着一块小岩顶”而“在寒风与恐惧中开始哭泣”时，蓦然回首，却看到“张大非在山的隘口回头看我”，那流淌于眼中的同情与关怀，令十二岁的邦媛从此终生难忘，“数十年间，我在世界各地旅行，每看到那些平易近人的小山，总记得他在山风里由隘口回头看我”[①]；南京陷落后，邦媛一家逃离到汉口，母亲却在旅途颠簸中得了急性肠炎而一度生命垂危，“我”一个人正站在母亲病房门口手足无措之时，张大非及时赶到，跪倒床前“俯首祈祷”。在亲人的呼唤、医生的救治和上帝的佑护之下，母亲奇迹般地转危为安。而张大非也在来去匆匆之间，交给“我”一只小包，里面包着一本“和他自己那本一模一样的《圣经》，全新的皮面，页侧烫金”[②]。这本齐邦媛珍藏一生的宝书，引导并决定了她一生的信仰。张大非由此成为“我”与上帝之间的使者。

作者还通过张大非的两次自我更名，勾勒了他那非同寻常的传奇般的人生经历：家亡国破后他将父母给自己取的寓意吉祥的名字“张乃昌”改为“张大非”；为了参加空军又将“大非”改名为“大飞”；1945 年抗战胜利前夕，却不幸以身殉国，如一道划过夜空的闪电，照亮了少女齐邦媛的灵魂。“张大飞（非）的一生，在我心中，如同一朵昙花，在最黑暗的夜里绽放，迅

① 齐邦媛:《巨流河》，生活 · 读书 · 新知三联书店 2011 年版，第 40 页。
② 齐邦媛:《巨流河》，生活 · 读书 · 新知三联书店 2011 年版，第 48 页。

速阖上，落地。那般灿烂洁净，那般无以言说的高贵。”[①] 在作者笔下，这一人物几乎集合了“初恋情人”、“大哥哥”、人生导师、传道者乃至“精神之父”等不同角色。死去的英雄更成了神，他与上帝同在，与作者心中最崇高神圣的爱和信仰同在。

因为与张大非的特殊渊源，齐邦媛笔下的南京被深深打上了一层关乎“精神”和“信仰”的特殊烙印。她自 1937 年年底逃离南京，一生只回过南京两次：1945 年抗战胜利后返回南京，她参加了张大非“殉国周年追思礼拜”；1995 年 5 月，75 岁的齐邦媛再次回到南京居留三天，重新造访了位于紫金山的航空烈士公墓。在 3000 多位中国空军烈士的名字里找到了那块编号为 M 的，刻有张大飞姓名、籍贯和生卒年的墓碑。饱经沧桑的作家立在烈士碑前，却近乎本能地质疑那言简意赅的短短一行字，能否让烈士张大飞的灵魂得以皈依？[②] 曾经的血与火的交织、曾经的慷慨激昂都已烟消云散，唯有精神的高贵、信仰的坚定可以超越历史而永存。《巨流河》中对张大非的生动叙述，再次验证了“青春、爱情和死亡”这一叙事模式的不朽魅力。不论是古今中外还是虚构想象、回忆抑或“写实”，它都能激荡起人们心中最深沉持久的浪漫情愫。当青春与战斗、爱情与家国大业乃至上帝、信仰融为一体的时候，更容易营造一种深邃的情感和唯美的想象。由此以来，南京在作家心中就化身为青春永驻的“上帝之城”“精神之城”，具有了崇高神圣的非凡意义。但也正因如此，如同辽宁铁岭只是她的“纸上故乡”一样，南京也已然成了她的“纸上家园”。更何况如今现实中的南京早已“面目全非”，与他们记忆或幻想中的南京想必已全然不同甚至“不相干”了。

---

① 齐邦媛:《巨流河》，生活 · 读书 · 新知三联书店 2011 年版，第 370 页。

② 参见齐邦媛《巨流河》，生活 · 读书 · 新知三联书店 2011 年版，第 366 页。

后　记

本书稿荟萃了我多年关于中国现代文学和海内外华文文学的研究成果，借助于谱系理念，聚焦海内外华人作家和文人知识分子的文化中国话语流变对华文文学研究的多重影响，试图从“文化离散”“乡土守望/流离”等不同维度，探讨华人作家建构文化中国的鲜明特征，同时以典型作家现象作为个案分析，探讨海内外华/汉语文学叙事谱系和演变规律。

多谢北京师范大学刘勇教授将其收入“中国现当代文学谱系研究丛书”，还有我的同事李浴洋多次督促，才使得该书稿顺利完成。我的研究生柳诗、谭琳潇、郑世琳、宋鑫雨、蒲凤仪、杨一多、傅馨瑶参与了最后的文字校对工作，在此一并表示谢意；另外也感谢文化艺术出版社贾茜编辑为本书付出的辛劳。